KB158325

枯木灘
中上健次

KAREKI NADA
Copyright © 1977 by Kasumi Nakagami
Originally published in Japan by Kawade Shobo Shinsha, Japan
Korean translation copyrights © MUNHAKDONGNE
Publishing Co., Ltd., Seoul, 2001

Korean translation rights in Korea reserved
by MUNHAKDONGNE Publishing Co., Ltd.
under the license grated by Kasumi Nakagami
through SHINWON AGENCY.

이 책의 한국어판 저작권은 신원 에이전시를 통해
저자와 독점 계약한 (주)문학동네에 있습니다.
저작권법에 의해 한국 내에서 보호를 받는 저작물이므로
무단 전재 및 무단 복제를 금합니다.

古木 漢 고목탄

나카가미 겐지 장편소설 · 허호 옮김

문학동네

| 차례 |

아키유키를 둘러싼 가계도

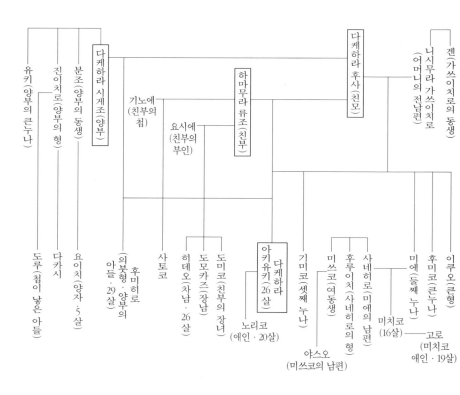

- 다케하라 시게조(양부)
- 하마무라 류조(친부)
- 다케하라 후사(친모)

- 유키(양부의 큰누나)
- 진이치로(양부의 형)
- 분조(양부의 동생)
- 겐(가쓰이치로의 동생)
- 니시무라 가쓰이치로(어머니의 전남편)
- 기노에(친부의 첩)
- 요시에(친부의 부인)
- 이쿠오(큰형)
- 휴미코(큰누나)
- 미에(둘째 누나)

- 도루(첩이 낳은 아들)
- 다카시
- 요이치(양자 · 5살)
- 후미히로(의붓형 · 양부의 아들 · 29살)
- 사토코
- 히데오(차남 · 26살)
- 도모카즈(장남)
- 도미코(친부의 장녀)
- 아키유키 다케하라(26살)
- 기미코(셋째 누나)
- 미쓰코(여동생)
- 후루이치(사네히로의 형)
- 사네히로(미에의 남편)
- 미치코(16살)

- 노리코(애인 · 20살)
- 야스오(미쓰코의 남편)
- 고로(미치코 애인 · 19살)

가레키나다(枯木灘) 해안 주변 지도

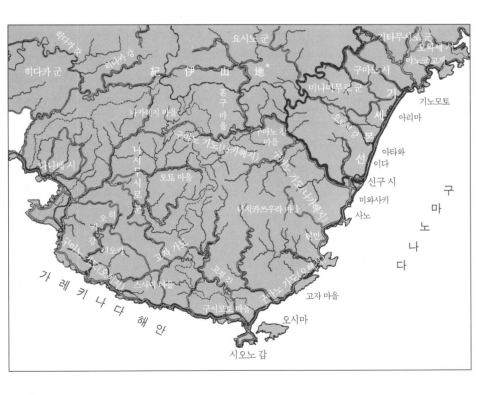

히다카 강
히다카 군
요시노 군
기타무로 군
오와세 시
야노곤 고개
구마노 시
紀　伊　山　地*
미나미무로 군
기노모토
혼구 마을
나카헤지 마을
아리마
다나베 시
구마노 강 마을
구마노 가도(나카헤지)
구마노 강 마을
오토 강
기
세
야타와
구마노 가도(나카헤지)
이다
니시무시로 군
오토 마을
본
선
신구 시
오리 강
나시카쓰우라 마을
미와사키
거금 강
히오키 강
고헤 가도
고자 강
사노
항만
구마노 가도(오헤지)
스사미 마을
구마노 가도(오헤지)
고자 마을
구
마
노
나
다
구시모토 마을
오시마
가 레 키 나 다 해 안
오시마
시오노 갑

*기이 산지. 일본 본토의 가운데 위치한 와카야마, 나라, 미에 세 현에 걸쳐 있는 산지.
　가레키나다 해안은 태평양에 면해 있다.

날은 아직 완전히 밝지 않았다. 도로변에 위치한 창고 곁에는 가지를 크게 벌린 커다란 목부용(木芙蓉)이 있다. 매년 여름이 다가오면 그 나무에 하얀 꽃이 피어, 낮이건 밤이건 그 주변에 오는 사람을 흰색과 향기로 물들였다. 인부들이 오더라도 수고를 덜 수 있도록 아키유키는 혼자 창고에서 작업 도구를 꺼내어 목부용 곁에 세워둔 덤프트럭에 실었다. 아키유키의 의붓형인 후미아키가 작업반을 지휘하고 있었다. 후미아키는 항상 "도구 준비는 인부들에게 시키면 돼" 하고 말했다. 그러나 후미아키가 "일당은 그래서 주는 거니까 인부들을 편하게 해줄 필요는 없어" 하고 말해도 아키유키는 남들보다 한 시간가량 일찍 일어나 작업 도구를 점검하고 준비하는 일을 그만두지 않았다. 아키유키는 곡괭이와 삽이 좋았다. 그것으로 땅을 일구고 흙을 퍼낸다. 인부들을 편안하게 해주겠다는 생각은 아니었다. 고정 멤버인 열 명의 인부들에게 자신이 나누어준 작업 도구로 일을 시키는 것이 지금 자신의 역할이라고 생각했다. 의붓아버지인 시게조는 그러한 아키유키를 보고 "작업반을 맡으면 후미아키보다 훌륭한 감독이 될 거야" 하고 말했다.

"벌써부터 바나 카바레에 놀러다니기나 하고." 의붓아버지인 시게조는 두 아들을 비교하며 친아들인 후미아키에게 말했다. "아키유키를 보라구."

"나보다도 아키유키가 여자들에게 인기가 있는걸."

후미아키가 웃으면서 말했다.

"여자한테 인기도 없는 남자를 뭐에 쓰겠어?"

아키유키가 대꾸했다.

양팔에 작업 도구를 껴안고 창고와 덤프트럭 사이를 오가는 아키유키의 머리에 부드럽고 싱싱한 나뭇잎이 닿았다. 나뭇잎의 감촉은 마치 짧게 깎은 머리를 쓰다듬어주는 여자의 손길을 연상시켰다.

작업 도구를 다 싣고 난 아키유키는 집으로 들어갔다. 바깥 공기를 쐬고 온 아키유키에게는 집안의 따뜻한 공기가 불쾌하게 느껴졌다. 어머니 후사가 일어나서 만들고 있는 차죽* 냄새가 났다. 향기로운 차 냄새가 집안에 가득했다. 이 년 전에 새로이 개축한 집이다. 후사가 아키유키를 데리고, 시게조가 후미아키를 데리고 함께 살았던 집보다 훨씬 넓다. 정원이 있다. 시게조는 정원에 연못을 만들어 비단잉어를 길렀다. 비단잉어는 노송나무로 지은 이 집과 잘 어울렸다.

날이 완전히 밝았다. 아키유키는 연못 쪽으로 향한 의자에 앉았다. 후사가 얼굴을 내밀었다.

"아직도 자고 있어?" 아키유키가 물었다.

---

* 차를 달인 물로 끓인 죽. (본문 중의 * 표시는 모두 역주.)

"어젯밤 늦도록 자지 않았거든." 후사는 대답했다.

"빨리 자라고 해도 다들 싫다며 안 자는 거야."

후사는 유리 문을 열었다. 차냄새가 바깥으로 빠져나갔다. 아키유키는 아침의 차가운 공기가 들어오는 것을 느꼈다.

"한심한 녀석들이로군. 두들겨패서 깨울까?" 아키유키는 웃었다. 아키유키의 웃음소리에 대꾸하듯이 "일어났어" 하고 눈을 비비며 속내의 바람의 요이치가 장지문을 열고 나왔다. 시게조의 동생 분조의 양아들인데 다섯 살이 갓 지났다. 지난 3월, 오사카에서 살던 분조 부부가 헤어졌을 때, 양아들인 요이치를 이 집에 본*까지만 맡겨두기로 약속했다. 요이치는 분조를 잘 따랐다. 분조도 요이치를 귀여워했다. 곁에서 보고 있노라면 누구나 친부자간이라도 이 정도는 아닐 거라고 여길 정도였다. 본에 데려가겠다는 말을 남기고 분조가 다시 오사카로 떠났을 때, 역 플랫폼에서 요이치가 비명같이 울어대는 울음소리에 함께 울지 않은 사람이 없었다. 아니, 아키유키 혼자만 울지 않았다. 배웅 나온 사람들처럼 울어보고 싶었지만 눈물이 나오지 않았다.

후사는 "요이치!" 하고 불렀다. "빨리 잉어 밥을 줘야지. 잉어가 밥 줘, 빨리 줘, 하고 입을 뻐끔거리고 있잖아."

"연못에 먹이를 뿌리는 건 네 담당이잖아."

아키유키는 그렇게 말하고는 눈을 비비고 있는 요이치의 머리에 알밤을 한 대 주었다. 요이치는 "아얏!" 하고 킥복싱 흉내를 내며 작업복을 입은 아키유키의 허벅지에 발길질을 했다. 아키유키가 잽싸게

---

* 盆. 정식 명칭은 우라본(盂蘭盆). 음력 7월 보름에 조상에게 제사 지내는 불교 행사. 보통 그날을 전후한 며칠간의 연휴 기간을 말함. 백중맞이.

요이치의 발목을 붙잡자 요이치는 몸의 균형을 잃고 쓰러졌다. 요이치는 울지 않았다. 엉덩방아를 찧고 나자빠져도 그다지 아프지 않은 듯 "에잇!" 하고 몸을 일으켜 다시 아키유키에게 덤벼든다.

"요이치, 그만해!" 하고 후사가 말했다. "먹이 주고 빨리 옷을 입지 않으면 아키유키 형이 그냥 두고 가버릴 거야."

"그럼! 도루가 오면 곧바로 떠날 거라구."

"할아버지하고 약속했잖아. 할아버지가 요이치한테 잊지 말고 먹이를 주라고 했지?"

후사는 텔레비전이 있는 방으로 들어가, 빨아서 접어둔 요이치의 옷을 갖고 왔다. "자!" 하고 요이치에게 건넨다. 요이치는 순순히 그 옷을 입는다. 영특한 표정을 짓고 있다. 후사는 셔츠와 상의를 차례로 요이치에게 건네주면서 "시키는 대로 하지 않으면 할아버지한테 일러서 유치원에 다니게 할 거야" 하고 진지한 표정으로 말한다. 요이치의 머릿속에서는, 여기서 유치원에 다닌다는 것은, 어깨에 가방을 메고 노란 모자를 쓰고 원래 자신이 살던 고아원에 다니는 듯한 느낌이 들었던 것이다. 골격이 빈약한 체구였다. 손을 대고 힘을 주면 부러져버릴 듯한 목이었다.

아키유키는 연못 너머에서 바람에 실려오는 물냄새를 맡았다. 이십 년 후에는 요이치가 자기처럼 되리라고 생각했다. 아키유키의 손은 스물여섯 살 된 사내의 손이라고는 믿어지지 않을 정도로 핏줄이 솟고, 뼈마디가 억셌다. 지카타비*를 신기 위해 아무것도 신지 않은 발은 단지 뼈에 껍질이 붙어 있을 뿐이었다. 털이 무성했다. 승마용 바지 아래, 정강이부터 발등까지 피부가 벗겨졌던 흔적이 있다. 아키유

---

* 밑창이 고무로 된 버선 모양의 작업화.

키가 바로 요이치와 같은 나이였을 때, 형과 함께 갔던 대나무숲에서 그 상처를 입었다. 무슨 일로 그랬는지, 대나무가 다리의 살갗을 찢어놓은 것이다. 아키유키는 당시의 일을 떠올렸다.

아키유키의 형은 스물네 살의 나이에 목매달아 자살했다. 아키유키가 열두 살 때의 일이다. 아키유키와 죽은 형 이쿠오는 아버지가 달랐다. 형과 누나들의 아버지는 죽었지만 아키유키의 친아버지는 살아 있다. 모두들 걸핏하면 형인 이쿠오는 배우가 돼도 이상하지 않을 만큼 균형 잡힌 얼굴에 마음씨 착한 청년이었다고 말한다. 그러나 아키유키에게는 술에 만취해서 칼이나 도끼를 들고 "어머니와 아키유키는 이리 와 앉아, 기왕이면 의붓아버지와 그 아들 후미아키도 함께 앉아" 하고 협박하던 험악한 이쿠오밖에 기억에 없다. 그때로부터 햇수로 십사 년이 지났다. 이제 그 험악한 형이 혼신의 힘을 다해서 목을 조르더라도 죽일 수 없을 만큼 아키유키는 건장한 체구가 되었다. 실제로 아키유키는 힘이 셌다. 한 살 아래인 도루보다 두 배 정도는 힘이 셌다.

도루가 오자 출발했다. 짙은 아침 햇빛이 지붕을 비추고 있었다. 인부들이 목부용이라고 부르는 창고 곁의 나무에서 새잎이 빛을 발하며 떨고 있었다.

아키유키는 덤프트럭의 운전석에 앉았다. 조수석에 요이치가 올라타고 이어서 도루가 "영차!" 하며 탔다. 도루의 얼굴은 철야라도 한 듯이 부어 있고 눈은 충혈되어 있었다. 커브를 틀자 곧바로 큰길이 나왔다. 행인은 없었다. 아키유키는 덤프트럭의 액셀러레이터를 밟았다. 큰길을 달리다 오른쪽으로 꺾어 국도로 들어섰다. 그 국도는 사방이 산과 바다와 강으로 둘러싸인 이 시에서 외부로 이어지는 유일한 도로였다. 오사카로 가건 나고야로 가건 이 길 밖에 없다. 그 외에는 아키유키가 어렸을 때 완전 개통된 기이 반도의 해안선을 달리는 기차를 이용하는 수밖에 없었다. 시오노미사키 인근에 있는 고자가와 하구의 니시무카이에서 태어나 자란 아키유키의 어머니 후사는 이 마을에 식모살이를 올 때, 배로 덴만까지 와서 기차를 탔다. 아키유키의 누나인 요시코가, 역시 이쿠오와 마찬가지로 아버지가 다르지만, 열다섯 살의 나이로 나고야의 방적 공장에 취직하러 갈 때도 기노모토까지는 기차로 가고, 거기서 다시 버스로 갈아타고는 야노코 고개를 넘어 오와세에서 기차를 탔다. 이곳은 좁은 땅이었다.

네거리에서 우회전했다. 산으로 접어드는 국도였다. 그 국도를 따라가면 혼구가 나오고, 거기에서 좀더 가면 야마토, 혼구에서 왼쪽으로 가면 다나베가 나온다. 혼구에서 다나베까지는 옛날에 구마노 참배*를 하던 나카헤지의 옛 자취가 남아 있었다. 아키유키의 의붓아버지의 할아버지, 즉 후미아키의 증조부는 다나베 부근에서 나카헤지를 지나 혼구로 가서, 그곳에서 할아버지를 낳았고, 할아버지는 할머니와 결혼해서 신구로 내려왔다. 할아버지는 여섯 명의 자식을 낳고 죽었다. 요이치의 양아버지인 분조가 그 여섯 남매의 막내였다. 그때 분조는 두 살이었다. 장녀인 유키는 유곽에 팔려갔다. 맏형이 아버지 대신 열심히 일했다. 후미아키의 아버지이자 아키유키의 의붓아버지인 시게조는 그 동생이었다. 이 마을에서 혼구까지는 자동차로 대충 두 시간은 걸렸다.

포장된 도로는 강을 따라 이어지고 있었다. 터널을 빠져나가면 곧바로 구불구불한 강을 따라 커브가 있었다. 강은 빛났다. 아키유키에

---

* 와카야마 현 구마노 지역의 구마노 삼산(熊野三山)이라 불리는 세 곳의 신사(구마노니마스 신사, 구마노나지 신사, 구마노하야타마 신사)를 차례로 참배하는 것. 옛부터 이 지역은 영험한 곳으로 유명하다.

게는 바위 많은 산에 심어진 나무들의 어두운 초록 속에서, 푸른 강물만이 살아 움직이고 있는 생명체처럼 여겨졌다. 밝고 푸른 물이 자신의 두 눈을 통해서 혈관으로 흘러들어 그의 몸이 밝고 푸르게 물들어가는 느낌이 들었다. 그런 느낌은 자주 있었다. 공사장에서 일을 하고있을 때면 항상 그랬다. 땀을 흘리며 땅을 파면서 아키유키는 자신이생각할 필요도 판단할 필요도 없는, 힘주어 땅을 파는 움직이는 육체가 되어 있는 것을 느꼈다. 흙이 명령하는 대로 따를 뿐이었다. 단단한 흙은 그런 식으로, 부드러운 흙은 그 나름대로, 아키유키는 그곳에물들어 있었다. 이따금 불현듯 그런 자신이 흙을 상대로 자위 행위를했던 듯이 여겨졌다. 지금도 그랬다.

"강물이 차가워 보이는군." 아키유키는 말했다.

"옛날에는 이때쯤이면 수영을 했는데." 도루가 말했다.

"넌 수영을 한 게 아니라 미역을 감았지? 수영 못 한다고 난리쳤잖아?" 아키유키는 도루를 놀렸다.

오른쪽으로 꺾어서 지류를 따라 들어갔다. 요이치는 자고 있었다. 아키유키도 도루도 좌석에 등을 댄 채 다리를 뻗고 있는 요이치를 깨우지 않았다. 도루는 요이치를 보고 복화술 인형 같다고 아키유키에게 말했다. 무슨 생각을 하며 자고 있는 걸까? 골치 아픈 곳에 끌려와난처한 입장에 놓인 것만은 확실했다. 양아들로 가지 않고, 양친과사별을 했건 생이별을 했건 그대로 고아원에 있는 편이 훨씬 행복했을지도 모른다. 요이치는 아키유키와 나이가 스물한 살이나 떨어진사촌뻘이다. 도루와도 마찬가지다. 도루는, 아키유키의 의붓아버지인 시게조의 형이자, 요이치의 양아버지인 분조에게는 큰형에 해당하는 진이치로가 첩과의 사이에서 낳은 자식이었다. 도루의 아버지는 작년 가을에 죽었다. 아키유키와 도루는 어렸을 때부터 놀이 친구였다.

인부들은 운전사로 고용한 후지사키가 마이크로버스로 데려오기로 되어 있었다. 그 시간까지 아직 약간의 여유가 있었다. 현장 바로 아래 계곡에 은어가 있었다. 아키유키와 인부들은 점심시간에 그 은어를 얕은 여울로 몰아서 도망치지 못하도록 하고는 손으로 잡았다. 아키유키는 요이치에게 그 이야기를 한 것이었다. 요이치는 마치 아키유키가 자신의 친형이기라도 하듯이, 은어를 잡고 싶으니 그곳에 데려가달라고 말했다. 무릎을 꿇고 애원하다가 그래도 대답이 없으면 덤벼들었다. 의붓아버지인 시게조는 그러한 요이치를 눈을 부라리며 꾸짖었다. "그렇게 떼를 쓰면 오사카로 돌려보낼 거야!" 그렇게 야단맞자 요이치는 잠자코 눈물을 글썽거렸다. 아키유키는 요이치가 떼를 쓰는 심정을 이해할 수 있었다. 시게조의 심정도 알 수 있었다. 요이치가 필요 이상으로 떼를 쓰는 것은, 양아버지의 형, 전혀 혈연관계도 없는 백부 시게조의 집에서 당분간 살아가기 위한 지혜였다. 자신의 신세를 원망해도 소용없고, 풀이 죽어 혼자 고집만 부려도 아무런 득이 없다. 그렇다면 차라리 눈치코치 볼 것 없이 내키는 대로 행동하는 편이 좋다. 예전의 아키유키가 그런 식이었다. 어머니가 자신의 다섯 자식 중에서 유일하게 아버지가 다른 아키유키만 데리고, 후미아키가 딸려 있는 의붓아버지와 살림을 차렸을 때, 아무런 거리낌없이 시게조를 아버지라고 불렀다. 떼를 쓰다가 통하지 않으면 어깨를 떨구는 요이치는 이십 년 전의 아키유키 자신이었다. "좋아, 데려가주지" 하고 아키유키가 말하자 요이치의 표정은 순식간에 밝아졌다.

요이치는 강에 들어가기 위해서 바짓가랑이를 걷어올리고 있었다. 도루는 이미 강에 들어가 있었다.

아키유키는 강가에 섰다. 강물 소리가 귀에 가득했다. 바람이 불 때마다 건너편 산의 관목들이 잎사귀를 뒤집으며 흔들렸다. 산이 몇 겹이나 중첩되어 있는 가운데, 바로 그 산의 입구 부근에 생긴 강의 얕은 여울이었다. 물은 하얀 거품을 내며 흐르고 있었다. 아키유키는 도루가 요이치의 손을 잡고 물살이 빠른 여울을 건너는 모습을 보았다. 두 사람은 건너편 물위로 솟아난 바위 위에 섰다. 두 사람은 몸을 구부려 돌멩이를 늘어놓기 시작했다. 돌멩이를 들 때마다 요이치는 "영차!" 하는 소리를 냈다. 몸을 구부린 도루의 저편 바위 위에 붉은 꽃의 좀나무가 보였다. 아침 햇살은 두 사람의 실루엣을 만들었다. 아키유키는 지금 꿈속에 있는 기분이었다. 요이치가 시게조와 후사의 집에 머물게 된 이후로 아키유키는 자주 '그 사내'라고 확실히 알 수 있는 꿈을 꾸었다. 간밤에도 그 사내와 그 자식들의 꿈을 꾼 것이다. 아키유키는 울고 있었다. 마치 간암으로 쓰러져 누워 있는 아버지의 임종 머리맡에서 도루가 여자처럼 다다미 위에 엉덩이를 붙이고 정좌한 채 참지 못해서 다다미에 머리를 대고 울었던 것처럼. 분조가 본까지만 참으라고 자상히 설득했음에도 불구하고 요이치가 플랫폼을 달리며 고함을 지르고 눈물을 흘렸던 것처럼. 그 사내는 죽어가고 있었다. 눈과 눈이 마주쳤다. 눈물이 솟았다. 잠에서 깨자, 어째서 그런 꿈을 꾸었는지 아키유키는 신기하게 여겼다.

그 사내는 바로 아키유키의 친아버지다. 태어나서 한 번도 그 사내와 함께 살았던 적은 없다.

클랙슨 소리가 났다. 마이크로버스에서 내려온 여자 인부가 강가에 서 있는 아키유키에게 "또 은어잡이야?" 하고 말을 걸었다. 인부들은 마이크로버스에서 내리자 서둘러 덤프트럭에서 작업 도구를 내리기 시작했다. "후미아키는?" 하고 아키유키는 강가에서 큰 소리로 묻다가 간밤에 또 늦도록 놀러다녔구나, 하고 생각했다.

"감독님은 곧 오신대요." 여자 인부가 대답했다. 아침 햇살이 눈부신지 눈을 가늘게 떴다. 강 위쪽 길에 세워둔 덤프트럭에도, 마이크로버스에도 아직 해는 비치고 있지 않았다.

강물의 흐름을 거슬러 강어귀에서 솟아오른 해는 아직 산 전체에는 미치지 못했다. 인부들이 산 속 공사 현장에 도착했기에 도루와 요이치에게 은어잡이를 일시 중단하라고 말하려다가 그만뒀다. 인부들이 도구를 내리고 작업 준비를 하는 동안, 모처럼 데려온 요이치를 위해서 도루에게 잠깐의 짬을 주자고 생각했다. 산으로 둘러싸인 이 작은 마을, 마을이라고는 하지만 띄엄띄엄 집이 산재해 있는 이곳에서 시청에 신청한 도로 포장공사였다. 어제까지 일정은 대충 잡혔고, 산 측면에 도랑을 만드는 작업도 끝났다. 오늘은 점심 때까지 콘크리트를 치기 위한 준비를 해두면 된다. '후지타'에 발주해뒀던 레미콘이 점심 무렵 믹서차로 도착한다. 요이치를 이 산 속의 작은 강가로 데려온 것도, 점심 때까지는 노는 것이나 다름없다는 계산에서였다.

아키유키는 햇빛을 받으며 강가에 서서 두 사람을 보고 있었다. 얕은 여울에 둑을 만들려고 요이치가 돌멩이를 들어 나른다. 최근 일이 년 동안 갖가지 사건이 있었다. 사람들이 뒤에서 갖가지 소문을 수군거렸다. 그 소문 하나하나에 자신이 관련되어 있다는 것이 신기했다. 나는 '여기에 있고 지금 존재한다'고 아키유키는 생각했다. 하지만 인부들, 동네 사람들, 아니 어머니와 의붓아버지, 누나들의 입에서 튀어나오는 소문이나 이야기 속의 자신은, 여기에 있는 자신이 아니라 또 한 사람의 아키유키라는 생각이 들었다. 정말 자신은 복잡하게 뒤얽힌 관계 속에 있었다. 남들에게 따돌림당하고 미움받고, 그러면서도 어떤 사람들에게는 경외의 대상이 되고 존경받던 그 사내가 낳은 스물여섯 살 난 아이인 것 같았다. "그 사내는 왕처럼 뽐내고 있는 거야." 언젠가 누나인 미에는 그렇게 말하며 놀렸다. "파리똥 같은 왕이야?" 아키유키는 말했다. 모든 원인은 그 파리왕 같은 사내에게 있었다.

인부들의 하루는 해와 불가분의 관계에 있다. 해와 더불어 일하고 해와 더불어 작업을 중지한다. 한여름이건 땅이 얼어붙은 겨울이건 비만 오지 않으면 일을 했다. 여름에는 해가 길고 겨울에는 짧았다. 계절과 관련되는 모든 것들도 아키유키와 같은 인부에게는 깊은 관계가 있었다. 열여덟에 고등학교를 졸업하고 잠시 동안 오사카에 있는 사원 삼십 명가량의 건설회사에서 일하다가, 사방이 산과 강과 바다로 둘러싸인 이 마을로 돌아온 이래로, 해에 물들고, 계절의 풍경 속에 물들어 공사장 일에 땀을 흘렸던 것이다. 그 땀이 지금도 온몸을 뒤덮고 있다. 목에 두르고 있던 수건으로 얼굴의 땀을 닦았다. 도랑에 콘크리트를 치기 위해서 만든 거푸집널은 준비가 끝났다. 이제 콘크리트를 붓기만 하면 된다. 아키유키는 도랑을 건너뛰었다. 도면을 펼치고 나카노에게 손짓으로 설명하고 있는 후미아키와 눈이 마주쳤다. 요이치는 마이크로버스 곁에서 판자에 못질을 하며 놀고 있었다. 짙고 짧은 그림자가 몸을 따라서 움직였다.

"기요짱!" 아키유키가 불렀다. "감독한테 돈 받아서 뭐 좀 사오지 그래."

여자 인부는 남편에게 맞아서 부러진 앞니를 보이며 아키유키를 보고 웃더니 "마침 그렇게 하려던 참이야!" 하고 대답한다. 목에 감고 있던 수건으로 땀을 닦는다. 후미아키는 아키유키의 얼굴을 힐끗 보더니 곧장 나카노가 갖고 있는 도면으로 시선을 돌리며, 승마 바지의 호주머니에 손을 찔러넣는다. 나카노에게 다음 현장의 설명인지 내일로 다가온 시의 도살장 신축 공사 입찰에 관한 설명인지를 하면서 돈뭉치를 꺼내서 지폐를 두 장 뽑아든다. 여자 인부는 그것도 모르고 도루에게 잡은 은어를 보여달라고 말하고 있다. 대신에 아키유키가 후미아키의 손에서 천 엔짜리 지폐 두 장을 넘겨받아 "어이!" 하며 기요짱에게 건네줬다. "요이치도 기요짱과 함께 사러 갔다 와!" 그리고 아키유키는 "휴식, 휴식!" 하고 말했다.

오늘 하루는 그다지 서두를 일이 없었다. 한때 관계가 끊어졌던 적은 있지만, 의붓아버지인 시게조 대(代)부터 통산하면 이미 십 년이나 부리고 있는 나카노에게 후미아키는 "쉬운 일이 아냐" 하고 말하고는 도면을 둘둘 말면서 아키유키의 얼굴을 본다. 그리고는 "아키유키, 미치코가 왔더군" 하고 말한다. "벌써 도착했어?" 아키유키는 뜻밖의 느낌이 들었다. 미치코는 아키유키와 아버지가 다른 누나 미에의 딸이었다. "아직 시부모님 댁에도 가지 않았는데 오사카에 도착한 김에 우선 인사나 하러 들렀다더군. 차체가 낮은 차를 타고."

"한심한 녀석들이야." 아키유키는 후미아키의 이야기를 듣고, 갓 열여섯이 된 미치코가 배를 내밀며 차에서 내리는 모습을 떠올렸다. 상대방인 고로는 열아홉 살이었다. 미치코는 리젠트 머리를 한 고로의 부축을 받으며 차에서 내렸을 것이다.

"배가 산더미만하더군." 후미아키가 말했다.

후미아키의 저편으로 강이 보였다. 그 강도 역시 빛나고 있었다. 먹을 것이 담긴 종이 봉투를 들고 요이치가 달려온다.

문득 아키유키는 미치코가 미에의 첫아이로 태어났을 때의 일을 떠올렸다. 아키유키가 열 살 때였다. 어렸을 때 늑막염을 앓아서 몸이 약하고 성격이 유별난 미에는 중학교를 나와서도 아키유키의 다른 누나들, 요시코나 기미코처럼 다른 곳에 식모살이를 가지 않고 이곳에 남았다. 사실 아키유키로서는 지금 생각해도 그 무렵 자신과 혈연관계에 있는 사람들, 어머니 후사나 아버지가 다른 형, 누나들이 도대체 어떤 식으로 생활하고 있었는지 기억에 없다. 장녀인 요시코는 나고야의 방적 공장에 갔다가, 그 공장 맏아들의 눈에 들어 결혼을 했다. 아키유키보다 여섯 살 위인 삼녀 기미코는 중학교를 마치고 한 달가량 이 마을에 있다가 오사카의 이마이케에서 바를 경영하는 사촌으로부터 애를 봐달라는 부탁을 받고 떠났다. 미에 누나가 열일곱 살 때였다. 후사를 따라서 바닷가에 있는 조산부 출장소의 어두운 복도를 지났다. 미에는 중학교를 마치고 일 년가량 오빠의 집에서 살다가, 후사가 아키유키를 데리고 의붓아버지와 결혼하자, 양계장을 하던 오빠 이쿠오의 집안일을 도맡아하고 있었다. 그 미에가 후사도 이쿠오도 몰래 비밀리에 가출한 것이었다. 가출해서 사내와 함께 노무자 합숙소에서 살고 있다는 소문이 들려온 것은 얼마 후의 일이었다. 이쿠오가 데려왔다. 성질이 과격한 후사는 미에를 보자마자 머리채를 휘어잡고 "이것아, 이 못된 것아!" 하며, 울면서 용서를 비는 미에를 다다미 바닥에 밀어붙였다. 몸을 부들부들 떨었다. "늑막염에 걸린 너를 어떻게든 살리려고 아버지가 산도 밭도 팔았는데. 그런데 네가……" 후사는 말을 잇지 못했다. "그런 하찮은 사내에게" 하고 후사는 말했다. "어미도 아비도 배신한 거야!" 그 미에가 아이를 낳은 것이다. 그 아이가 미치코였다. 아키유키는 미에의 곁에서 자고 있는 갓난아이를 보고 너무나 작은 데 놀랐다. "주름투성이네." 아키유키가 그렇게 말하자 누나인 미에는 염소 같은 눈으로 미소를 지으며 "나도 깜짝 놀랐을 정도야" 하고 말했다. "그렇지, 엄마?" 하고 침대 곁의 둥근 의자에 앉아 있는 후사에게 말했다. "아키유키가 태어났을 때도 이렇게 작았지?"

그 갓난아이인 미치코가 커다란 배를 하고 돌아온 것이다. 아키유키에게는 옛날에 있었던 일이 완전히 그대로 연극처럼 재연되고 있는 느낌이 들었다. 아니, 자신이 십육 년 전의 형과 같은 역할을 맡고 있는 느낌이 들었다. 형 이쿠오는 미에를 어떻게 생각했을까.

이쿠오는 미치코가 태어난 다음다음 해에 스물네 살의 나이로, 혼자 살던 집에 있던 한 그루 감나무에 목을 매달아 죽었다. 아키유키에게 그 자살은 아무리 풀고 풀어도 다시 새롭게 탄생하는 수수께끼였다.

요이치가 빵을 먹고 있었다. 아키유키는 도루 옆에 앉았다. 몸을 구부려 시장하다는 듯이 빵을 먹고 있는 도루의 가슴에 은줄이 달린 펜던트가 걸려 있는 것을 발견하고는 "뭐야?" 하고 물었다. 지체 없이 여자 인부 하나가 "애인한테 받은 거래" 하고 놀린다. 도루는 얼굴도 들지 않고 빵을 입에 넣은 채 "주웠어" 하고 대답한다.

"기요짱, 거기 주스 좀 집어줘" 하고 아키유키가 말했다. 여자 인부인 기요짱은 "네, 네" 하고 활기찬 목소리로 일어나 병마개를 따서 건네준다.

"기요짱은 아키유키한테만 지나치게 애교를 부려. 상냥한 목소리로 말야." 담배를 피우던 후미아키가 눈을 가늘게 뜨고 말했다. 기요짱은 일부러 허리를 두 번 정도 흔들더니 "감독님과는 달리 아직 독신이니까. 도루나 아키유키 같은 독신 남성에게는 다정하죠" 하고 말하고는 다시 주스 병을 잡는다. "도루, 주스 마시겠어?" "필요 없어." 도루는 무뚝뚝하게 대답했다. 일제히 웃었다.

"뭐야, 여자 마음도 모르고."

22

"기요짱에게도 여자 마음이 있나?" 나카노가 말한다.

"기요짱의 여자 마음은 굵직한 막대기로 매일 밤 쑤셔달라는 거겠지." 후미아키가 말한다.

"망측한 소리도 다 하네." 기요짱은 말한다. 그리고는 도루에게, "안 그래? 부끄럽게시리" 동의를 구하듯이 말하며 주스 병을 건네준다. 기요짱은 동조도 하지 않고 웃지도 않는 도루에게 "새삼스럽게 그런 소리 하지 않아도 매일 밤 하고 있다고 그렇지?" 하고 덧붙인다. "내가 알 게 뭐야, 그런 걸." 도루는 정색을 하며 반박한다. 다시 웃는다.

거푸집널 위에 걸터앉은 운전수 후지사키가 한마디 거든다. "나도 기요짱한테 다정한 소리 한번 들어보게 독신생활로 돌아갈까?"

"어림도 없지." 후미아키가 말한다. "넌 마누라말고도 여자가 있잖아?"

"정말 놀랍네. 어째서 당신 같은 사내에게 여자가 잔뜩 있지?"

"여자에겐 얼굴이나 돈이 문제가 아냐." 후지사키는 웃었다.

"뭐야, 그것말고 뭐가 있어?" 아키유키가 말했다. "그런 얘기뿐이야?" 도루가 주스 병 주둥이를 잡고 이리저리 흔들며 말했다. 아무도 웃지 않았다. 병마개는 따지도 않은 채였다.

해가 기울었다. 아까까지 빛나던 강물도, 하얀 가루를 뿌려놓은 듯한 나무들도 원래의 물과 나무로 되돌아왔다. 현장이 산 속 깊은 곳이라면 산의 경치에, 강변이라면 강의 경치에 인부들은 물들어버린다. 요이치는 거푸집널 위에 앉아 있었다. 인부들의 이야기에 귀를 기울이는 것이 아니라, 세상이 자신을 중심으로 돌지 않는 걸 알아차린 듯 인부들로부터 한 걸음 떨어져서 일단 인내하고 있는 느낌이었다. 아키유키와 어머니 후사가 옛날 일을 얘기할 때에도 그랬다. 요이치는 입을 다문 채 가만히 앉아 있었다. 양아버지 분조가 부부 싸움을 할 때 요이치의 모습도 마찬가지였다. "이 아이에겐 죄가 없지만, 이 아이가 미운 건 아니지만……" 하고 가만히 앉아 있는 요이치를 보며 후사는 말했다. 후사는 첫 남편의 자식, 이쿠오 요시코 미에 기미코 네 명을 그대로 두고, 그 파리왕의 아들인 아키유키 하나만 데리고 지금의 남편인 후미아키의 아버지와 살림을 차렸다. 시게조의 동생 분조는 술을 마시기만 하면 집에 왔다. "사기당한 거야, 속은 거라고, 이렇게 사내를 마구 갈아치우는 여자에게!" 하고 소리쳤다. "형이 못 하겠다면 내가 내쫓아주지." 그렇게 말하며 분조는 자신의 형이자 아키유키의 의붓아버지인 시게조와 늘 옥신각신 싸움을 했다. 술을 마시지 않은 시게조가 술에 취한 분조를 옴쭉 못 하게 하기는 쉬운 일이었다. "내가 괜찮다면 괜찮은 거야. 잠자코 있어!" 시게조는 분조의 팔을 비틀며 말했다. 공사 청부업자인 시게조와 야채 장사를 하는 분조는 체격도 힘도 다르다. "남의 여자에게 시비 걸지 마!" 요이치가 그 분조의 아이라고 생각하면 몸 속에서 증오심이 솟구치지만, 고아원에 들어갔다가 양아들로 입양되었고, 또 그 양부모와 이별한 불운을 생각하면 불쌍하다고 후사는 말한다. 요이치는 벽에 등을 기대고 다리를 가지런히 뻗은 채 아키유키가 말을 걸 때까지 움직이지 않고 있었다.

후미아키에게 잠시 현장을 맡기고, 이번에는 아키유키가 요이치를 데리고 강으로 들어가 은어를 잡아주려고 생각했다.

"요이치, 은어잡이 또 할까?" 아키유키가 물었다. 요이치는 부리나케 일어나 눈을 반짝인다. "나도 할 테야." 도루가 말했다. "어차피 점심 때까지는 할 일도 없으니까."

아키유키는 도루에게 아무런 대꾸도 하지 않았다. 성큼성큼 강가를 걸어 바위 위로 가더니 작업화를 벗고 맨발이 된 채 종아리를 꽉 죄고 있는 승마 바지의 단추를 풀어 걷어올렸다. 바위는 뜨거웠다. 데워진 돌과 물과 풀의 열기가 코에 풍겨왔다. 강으로 들어갔다. 물은 차갑고, 강바닥의 돌에 물살이 거세게 부딪히며 발을 간질였다. 아키유키는 아까 요이치가 은어를 잡기 위해서 만들어놓은 함정 안에 섰다. 도루가 요이치의 손을 끌고 강을 건너왔다. 현장 인부들이 이쪽을 보고 있었다. 도루가 아키유키의 옆에 오더니 "잔뜩 잡을 거야!" 하고 현장을 향해서 외쳤다. "있다!" 하고 요이치가 소리친다. 요이치가 내는 물소리에 위험을 감지했는지, 은어는 순식간에 날듯이 헤엄쳐 함정 밖으로 나간다.

몸을 구부려, 아키유키와 도루가 상류 쪽에서 은어를 쫓는다. 함정 속으로 두 마리가 들어온다. 잽싸게 입구를 돌로 막는다. 함정 속은 물이 얕아 은어는 배를 드러내며 출구를 찾아다녔다. "요이치!" 하고 아키유키가 다그친다.

"잡아줘."

"네가 해!" 도루가 말한다.

요이치는 숨을 죽이고 정확히 노려서 은어를 잡으려 한다. 요이치의 손동작보다도 은어의 움직임이 몇 배나 빠르다. 요이치의 작은 손이 다가갈 때마다 은어는 수면 위로 돌이 솟아 있는 얕은 물 속을 달린다. 화가 난 요이치는 "못 잡겠어!" 하고 외친다. 요이치를 대신해서 아키유키가 단숨에 그 은어를 잡는다. 눈부시게 빛나는 은어가 손바닥 안에서 파닥거린다.

햇빛이 넘쳐흘렀다. 강물이 빛났다.

점심 때가 되자 아키유키는 덤프트럭을 몰고 그 고장의 한복판을 관류하는 배수로 오염된 강을 따라 우선 도루의 집에 들렀다. 도루의

25

집은 도루의 이복형인 다카시가 사는 집과는 비교가 되지 않을 정도로 작고 초라했다. 그래도 아키유키의 의붓아버지와 어머니는, 도루의 아버지 진이치로가 첩에게 그만큼이나마 해준 것을 칭찬했다. 울타리에 넝쿨장미가 피어 있었다. 도루는 요이치에게 모형 비행기를 보여준다며 집으로 들어가자고 말했다. 집에서 점심을 함께 먹고 다시 은어잡이를 가자는 이야기였다. "아키유키에게 데려다달라고 해서 다시 산 속 현장으로 가면 돼." "괜찮아?" 요이치가 물었다. 아키유키는 안 된다고 머리를 저었다. 그리고는 "할아버지와 할머니가 혹시나 요이치가 강물에 빠진 게 아닌가 걱정하실 거야" 하고 말했다. 도루는 "그렇다면 잠깐 기다려" 하고 아키유키에게 말한다. 덤프트럭 문을 열고, 상의를 집어 뛰어내렸다. 요이치는 안아서 내렸다. 옆구리에 손이 닿았는지 요이치는 인형처럼 웃음소리를 냈다. 열려 있는 현관에서 유키가 얼굴을 내밀며 "아아 요이치구나" 하고 말했다. 덤프트럭 운전석에 앉아 있는 아키유키를 발견하고는 가볍게 인사를 했다. 유키는 도루의 아버지인 진이치로의 누나이자 아키유키의 의붓아버지인 시게조의 누나였다. "지금 점심 먹으러 가는 거야? 수고가 많네." 유키는 말을 걸었다. 아키유키는 어색하게 웃으며 인사를 했다. 도루와 요이치는 유키의 뒤를 따라 집 안으로 들어갔다.

아키유키는 덤프트럭의 문을 활짝 열어젖히고 발을 뻗어 햇빛을 쬐었다. 넝쿨 장미의 잎이 짙은 녹색으로 빛나는 모습을 보고 있었다. 바람이 잎사귀를 흔들었다. 미치코는 정말 어떤 아이를 낳을까, 하고 생각했다. 도대체 아이를 낳을 수 있을지 걱정이었다. 요이치가 신발을 끌며 나왔다. 손에 플라스틱 모형 비행기를 들고 있었다.

요이치를 조수석에 태우고, 아키유키는 곧바로 덤프트럭을 몰았다. "저 아줌마 싫어." 요이치가 움직일 수 있도록 조립한 모형 비행기의 프로펠러를 손으로 돌리며 말했다. "도루 형도 싫다고 그랬어."

"뭐라고 야단쳤어?"

"가만히 쳐다보기에 혀를 내밀었더니 버릇없다는 거야."

"난 저 아주머니가 좋아."

아키유키가 말했다. 아키유키는 희고 신경질적인 유키 아주머니의 얼굴을 떠올렸다. 시게조도 분조도, 유키의 형제 중 그 누구도 유키를 어려워하지 않는 사람은 없었다. 아키유키는 후사에게서 이야기를 들었다. 시게조의 아버지가 일찍 세상을 떠나자, 여자 혼자서 한창 먹어댈 나이의 아이 여섯 명을 데리고, 먹을 쌀도 땔 장작도 없어 고생하던 때에, 불과 열다섯의 나이로 장녀 유키는 이세의 유곽에 팔려갔던 것이다. 일단 그 돈으로 고비를 넘겼다. 굶어 죽는 일도 면했다. 유키를 다시 데려온 것은 전쟁이 시작되기 직전이었다.

차체를 낮추고 레디얼 타이어를 단 차가 현관 앞에 세워져 있었다. 미치코 부부가 온 모양이었다. 아키유키는 덤프트럭을 창고 옆에 세웠다.

현관에 들어서자마자 아키유키는 "미치코!" 하고 불렀다. 대답이 들렸다. 텔레비전이 있는 방에서 나온 것은 미치코가 아니라 고로였다. "저 차 좀 어떻게 해. 드나들 수가 없잖아." 인사를 하려는 고로에게 아키유키가 말했다. 고로는 아키유키의 기세에 "넷!" 하고 군대식으로 대답했다. 가슴 호주머니에서 열쇠를 꺼내며 복도를 걸었다. 작업화를 벗고 있는 아키유키의 곁을 지나칠 때 과일 냄새와도 같은 향수 냄새가 났다. 요이치는 비닐 봉지에 담은 은어를 손에 든 채, 발에 진흙이 묻고 바지가 더럽혀져 있는 탓으로 현관으로 올라가지 못하고 우두커니 서 있었다. 아키유키는 "어머니!" 하고 불렀다. 이번에는 미치코가 나왔다. 아키유키의 얼굴을 쳐다보며 "돌아왔어" 하고 혀를 내밀었다. 그러는 미치코의 태도에 아키유키는 왠지 화가 나서, "어머니, 요이치의 발 좀 닦아주세요!" 하고 소리쳤다.

"작업하는 거 방해하지 않고 얌전히 있었니?" 미치코 뒤에서 후사가 물었다. 요이치는 머리를 끄덕이고는 비닐 봉지를 후사에게 내밀었다. 밖에서 화가 난 듯 엔진을 공회전시키는 소리가 들려왔다.

"아직 살아 있는 것도 있어" 하고 요이치는 말했다.

"연못 속에 놔줘 봐." 미치코가 말한다. "이곳 연못은 흐르는 물이고 깨끗하니까 살 수 있을지 몰라."

"무슨 소리야" 하고 아키유키는 말했다. "힘이 없어서 제대로 움직이지도 못하는데."

미치코의 배는 만삭인 듯 보였지만 사실은 칠 개월이었다. 그토록 배가 부를 때까지 도대체 어디에 숨어 있었는지 신기했다. 미치코가 임신해서 배가 잔뜩 불러 있는 것을 오사카에서 발견했다는 미에의 이야기를 듣고 후사는 아키유키에게 "미에도 어미에게 했던 짓을 지금 자식에게 당하고 있는 거야" 하고 말했다. 그리고는 덧붙였다. "하지만 미치코의 배가 불러 있는 건 미에보다도 더 심한 짓이야. 미에가 가출한 건 사내가 꼬드겼기 때문이지만, 뒤에서 돈을 대줘서 겨우 입학시킨 고등학교를 도중에 그만두고 미치코가 사내와 행방을 감춘 건, 제가 자진해서 저지른 짓이야." "어째서 저런 멍청한 아이가 태어났을까?" 후사는 말했다. "옛날에는 열다섯이라면 일자리를 구해서 부모에게 돈을 보내줄 나이인데." 사실 그랬다. 후사의 딸 요시코도 미에도 기미코도 중학교를 마치자 곧바로 돈벌이에 나섰다.

아키유키는 세수를 했다. 요이치는 바지를 벗고 팬티 차림으로 욕실에 들어가 발을 씻었다. 배를 보이면서도 지느러미를 움직이고 있는 작은 은어 여섯 마리를 대야에 넣고 수돗물을 틀었다.

"언제 온 거야?" 아키유키는 물었다. 식탁에 앉아 후사가 차린 밥을 먹었다. 미치코가 "오늘 아침" 하고 말하고는, 차를 옮겨놓고 돌아온 고로를 "이리 앉아" 하고 부른다. 고로와 미치코는 이 고장에서 알게 된 사이였다. 그전에 이따금 미치코가 고로의 모습을 본 적은 있었다. 임신한 사실을 알게 되자 부모와 할아버지, 할머니 그리고 아키유키에게 알려지는 게 두려워서 오사카로 도망친 것이라고, 미에와 그 남편인 사네히로는 변명하는 어조로 후사와 시게조에게 알리러 왔었다.

"저 차를 타고 달려온 건가?"

"천천히 왔습니다." 고로가 대답했다.

"일단 두 사람 모두 야단을 맞아야겠어." 후사는 말했다. "형제나 다름없는 나이지만 삼촌이니까."

"임신한 사람을 차에 태우고 백 킬로로 달리는 놈들에게 무슨 말을 하겠어?" 아키유키는 말했다. 네, 하고 고로는 무엇을 알아들었다는 건지 리젠트 머리를 긁적였다. "그 구불구불한 국도를 백 킬로로 도망쳤다가 백 킬로로 돌아온 건가?"

"천천히 달려왔다니까." 미치코는 항변한다. 미치코는 부기가 있는 몸을 사리듯이 무릎을 펴고 앉아, "아빠가 오사카에 왔을 때 깜짝 놀랐어. 심장이 멎어버리는 줄 알았을 정도였다니까" 하며 다시 혀를 내밀고 웃는다. 임신 삼 개월째에 알아차리고 그대로 자동차로 다섯 시간가량 달려서 오사카로 갔다. 미치코는 그 이야기를 자랑거리라도 되는 양 말했다. 아키유키가 추측한 대로, 동네 젊은이들처럼 차체를 낮추고 머플러를 떼어낸 차는 해안선을 따라 구불구불 난 국도를 백 킬로 이하로 달리는 일은 없었다. "이상하게 울고 싶지 않은데도 눈물이 나네." 미치코는 말했다. 라디오를 크게 틀어놓은 채였다. 고로가 말을 걸어도 건성으로 대답할 뿐이었다. 도중에 한 대가 추월을 했다. 미치코는 화가 치밀었다. "더 속력을 내, 느릿느릿 달리지 말고." "백 킬로야." 고로는 대답했다. "백 킬로인지 이백 킬로인지 몰라도 느릿느릿 달리니까 추월을 당하잖아." "밤이라서 너무 속력을 내면 커브를 틀 수 없다구." "커브를 못 틀어서 바다에 뛰어들어도 상관없잖아. A급 라이선스 솜씨라고 뽐내던 주제에 겁이 나는 거야? 남의 배를 불룩하게 만들어놓고는 다른 곳으로 가자고 꼬신 주제에 이제 와서 겁이 나는 거냐구?" 속도계는 백을 넘었다. 앞서 달리던 트럭을 추월했을 때 백육십 킬로를 가리킨 적도 있었다. 날이 샌 것은 사카이를 지날 무렵이었다. 오사카로 들어가 덴노지 호텔 앞에 차를 세우고 점심 때까지 그 호텔에 머물다가 곧바로 아파트를 물색했다. 돈은 있었다. 미치코는 이삼 개월은 살 수 있을 만한 돈을 지니고 있었다.

"돈은 금방 떨어졌어." 미치코는 웃는다. "일도 하지 않고 영화 보러가거나 빠찡꼬를 했으니까."

"부모가 없었더라면 어쩔 작정이었니?" 후사가 말했다.

아키유키는 스물여섯 살이었다. 세상 물정은 완전히 터득하고 있었다. 시게조는 결코 상세히 가르쳐주지 않았다. 공사 하나를 입찰하는 데에도 접대가 있고 배후 공작이 필요하며 관혼상제의 부조금이 필요하다. 다만 지금은 그런 일에 관여하고 싶지 않았다. 시게조가 만든 작업반의 경영을 이어받은 후미아키와 분조의 부탁을 받고 현장을 맡게 된 자신의 차이를 그는 알고 있었다. 지금은 보고 싶지 않다. 지금 알고 싶지는 않다. 시게조와 분조도, 그리고 미에의 남편 사네히로도, 그 똥파리왕과 별다를 것이 없다고 생각했다. 그들과 다르기 위해서는 우선 일을 해야 한다. 열아홉의 나이에 막노동을 시작한 뒤로 그 생각은 지금도 변함이 없다. 해와 함께 일을 시작해서, 해와 더불어 흙을 상대로 몸을 움직이는 일을 멈춘다. 햇빛을 받고, 햇빛에 물들고, 계절의 경치에 물들면, 아키유키는 자기의 모든 것이 사라져 자유로워지는 듯한 느낌이 든다. 복잡한 혈연관계 속에 있는 것은 확실했다. 하지만 그것은 아키유키에게만 국한된 것이 아니었다. 후미아키도 도루도, 그리고 요이치조차도 나름대로 복잡한 관계 속에 있다.

그 사내 류조, 소위 파리왕이 아키유키의 친아버지였다. 그 파리왕의 주위에는 언제나 소문이 그치지 않았다. 거구의 사내였다. 사람들은 그를 두고 어디서 굴러먹던 놈인지 모른다고 말했다. 언젠가 이런 소문이 돌았다. 그는 자기가 뿌리 없는 놈이 아니고 전국시대*에 오다 노부나가에게 패한 하마무라 마고이치라는 장수가 선조며, 구마노의 아리마 지방에 하마무라 일가 조상 대대의 비를 세웠다고 주장하기 시작했다. 그것은 사람들의 웃음거리가 되었다. "돈만 있으면 조상조차 좋은 걸로 바꿀 수 있나 보지?" "그런 짓을 해서라도 마을 사람들과 어울리고 싶은가?" 하고 비웃었다. 아키유키는 언젠가 한번 그 비를 찾아가 볼 작정이었다.

아키유키의 어머니 후사는 그 사내에 관해서 별로 이야기하려 하지 않았다. 아키유키 또한 듣고 싶지 않았다. 부모가 누구이건, 어디서 굴러먹던 사람이건, 그것이 스물여섯 살 된 자신과 무슨 상관이 있다는 말인가, 하고 생각했다. "그래서 조상이 어떻다는 거야?" 하고

---

*15세기 후반부터 16세기 후반까지 약 1세기에 걸쳐서 군웅이 할거하던 시대.

아키유키는 웃었다. 사실 아키유키는 그 사내와 살았던 기억이 없다. 하지만 누나인 미에는 목소리를 죽여서, 그것이 씻어낼 수 없는 끔찍한 일이라도 되는 듯이 "네가 뱃속에서 여섯 달이 될 때까지 함께 있었는데" 하고 말했다. 아키유키가 어머니 뱃속에서 여섯 달이 되던 때에, 사내는 도박판 싸움이 원인이 되어 경찰에 체포되었다. 그리고 아키유키가 세 살이 될 때까지 사내는 교도소에 있었다. 사내가 교도소에 들어가 있는 동안 어머니 후사는 사내가 자기말고도 두 여자를 더 임신시켰다는 사실을 알았다. 후사는 불룩한 배를 안고, 사내의 잘못을 따지러 기차를 타고 교도소로 갔다. 아키유키는 성격이 괄괄한 후사가 잠자코 입술을 깨문 채 기차에 흔들리며 땀을 닦고 있는 모습을 상상할 수 있었다. 두 번 다시 그 사내가 문지방을 넘나들지 못하도록 해야지, 뱃속에서 움직이는 아이를 그 사내가 '내 자식'이라고 부르지 못하게 해야지, 또한 아이가 '아버지' 하고 부르지 못하도록 해야지, 하고 생각했다. 아키유키는 세 누나의 말이나 문득 생각이 나서 입 밖에 내는 후사의 말에서, 후사가 교도소에 도착해 철망 건너로 그 사내와 만난 순간, "당신 도대체 뭐야!" 하고 외치던 목소리조차 상상할 수 있었다. 사내는 달리 할말이 없는 듯 "뭐가?" 하고 웃음을 띠며 말한다. 그 웃음이 후사에게는 사내의 조소처럼 여겨졌다.

그 사내가 형기를 마치고 출소해 왔을 때 아키유키는 세 살이었다. 그때는 여름이었다. 아키유키는 그 이야기를 누나인 미에와 어머니 후사, 유키에게서도 들었다.

사내는 기차에서 내렸다. 플랫폼에는 물이 뿌려져 있어서 고무신을 신은 사내는 제대로 걸을 수가 없었다. 사내는 기차에서 내리는 순간 자신의 추한 모습을 누군가 보고 있지나 않을까, 주위를 둘러보았다.

생선 파는 여자들이 플랫폼의 기둥 곁, 땅바닥에 짐을 놓고 이야기하고 있었다. 보는 사람은 아무도 없었다. 그러나 보고 있다는 생각이 들었다. 눈이 부셨다. 플랫폼에서 햇빛에 빛나는 선로 너머로 새로이 지은 가건물이 보였다. 선로와 가건물 사이에 침목을 태워 없애고 철조망을 두른 울타리가 보였다. 그 철조망도 빛나고 있었다. 사내는 삼 년 전, 그곳에 그런 울타리가 없었던 것을 떠올리고는 자신이 삼 년간 이 땅을 떠나 있었다는 사실을 여실히 깨달았다. 사내는 입 안에 솟는 침을 씹어 이빨 사이로 칫 하고 소리를 내어 내뱉었다. 그 버릇 때문에 고참병에게 귀가 붓도록 얻어맞은 적이 있었다. 사내는 그런 자신의 버릇이 아주 유치한 것처럼 여겨졌다. 사내는 이미 서른 살이 되어 있었다. 자신에게도 삼 년이 지났다.

역에서 나와 광장의 수도에서 물을 마셨다. 사내는 위 속 가득히 물이 찰 때까지 한참을 마시고는, 역시 말처럼 물을 마시고 있는 자신을 누군가가 보고 있으리라고 생각했다. 볼 테면 보라지, 하고 생각했다. 도깨비 목이라도 친 것처럼 대단한 자랑이라도 하듯이 남의 이야기를 하고 싶은 자는 하라지.

사내는 걷기 시작했다. 무엇을 하든 우선 잠잘 곳, 식사할 곳이 필요했다. 아니, 사내는 자신의 아이가 보고 싶다는 생각이 들었다. 후사는 두 시간이나 기차를 타고 사내가 있는 교도소로 와서 "네놈의 아이를 낳을 리가 있어? 네놈처럼 짐승 같은 사내의 아이는 지워버릴 거야!" 하고 화를 내며 씩씩거렸다. 간수의 저지에도 불구하고 흥분으로 몸을 떨며 철창 너머로 달려들 듯한 기세였다. 동시에 임신한 요시에는 자신이 낳은 딸을 보여주려고 데려와서는 "사내아이야" 하며 후사가 낳은 아이가 아들이라는 사실을 전해주었다. 창녀인 기노에가 낳은 아이도 딸이며, 기노에는 아이를 데리고 고향으로 돌아갔다는 이야기도 했다. 사내는 그 아들이 보고 싶었던 것이다.

역에서 오른쪽으로 길을 꺾었다. 곧바로 도랑이 나왔다. 제방 위를 걸었다. 햇살을 받은 수풀 속에서 풀냄새가 전해왔다. 그림자가 짧고 뭉툭하게 움직였다.

사내는 후사의 집 앞에 섰다. 후사의 세 딸이 있었다. 사내의 얼굴을 보더니 무서운 것을 보기라도 한 듯 부리나케 집 안으로 들어갔다.

후사는 없었다. 맏딸이 "장사하러 갔어요" 하고 가르쳐주었다.

"아기는?" 하고 물었다.

"미에와 함께 저쪽에 있어요."

옆집 여자가 얼굴을 내밀었다가 사내를 보고는 얼른 숨어버렸다. 보리밭이 있었다. 파란 이삭이 바람에 흔들리고 있었다. 후사의 집 일대는 전쟁 때 입은 재해로 불탄 자리에 세운 가건물이나 다름없는 집들뿐이었다. 그래도 집과 집 사이에는 꽃밭이 만들어져 있었다. 후사의 집과 옆집의 경계에는 가지가 울창한 감나무가 있었다. 소이탄 파편에 윗부분이 잘라진 탓인지 나무줄기가 굵고, 잎사귀는 더이상 돋아날 틈도 없이 빼곡했다.

사내는 찾아냈다. 미에는 후사의 집에서 세 채 떨어진 곳의 공동 우물가에 있었다. 사내아이가 대야 속의 물을 손으로 휘젓고 있었다. 물이 찰깍찰깍 소리를 내며 출렁거렸다. 미에가 다가오는 사내를 주시하고 있었다. 사내는 아이 앞에 섰다. "아가야" 하고 불렀다. 사내는 이름을 몰랐다. 미에는 눈을 가늘게 뜨고 당장이라도 울음을 터뜨릴 듯한 얼굴이었다. 사내는 이름 하나를 떠올렸다. 후사가 자신의 아이를 임신했다는 사실을 알았을 때, 아들이라면 이것, 딸이라면 이것 하고 말한 적이 있었다. '히로유키'라고도 '아키유키'라고도 말한 기억이 있었다.

"아키유키!" 하고 사내는 불러보았다.

아이는 얼굴을 들었다.

아키유키에게는 그 사내와의 첫 대면에 관한 기억도 없었다.

사내는 아이의 어머니인 후사에게 화해하자고 말했다. 부드러운 목소리로 얼굴에 비굴한 웃음조차 띠며 말했다. 화해를 거절당하자 아이를 달라고 했다. 후사는 사내가 하는 말의 뜻도, 목소리도, 비굴한 웃음도 알고 있었다. 그런 것은 연극이다. 체구가 큰 사내였다. 종전 직후, 시내에서 빈번히 발생한 화재의 범인이라는 소문도 있었다. 그곳은 사쿠라 소유의 땅이었다. 화재를 당한 것은 번화가만이 아니라, 당장 먹을 것도 없는 사람들이 옹기종기 모여 사는 역 뒤쪽의 가건물들도 마찬가지였다. 피도 눈물도 없는 사내라는 사실을 알고 있었다. 결국 거절했다.

사내는 후련하다는 듯 고무신을 소리내어 끌며 가슴을 펴고 떠나갔다.

갓 출소한 사내는 요시에가 있는 곳에 거처를 정했다. 예상대로 얼마 있지 않아 사쿠라의 집이 방화로 불타올랐다.

오후부터는 콘크리트를 치는 작업이었다. 해는 머리 위에서 산과 강을 내리쬤다. 아키유키는 상반신을 드러낸 자신의 살갗이 산에서 자라는 나무의 잎사귀처럼 햇빛을 받아 타들어가는 것을 느꼈다. 스물여섯 살 된, 유달리 커다란 체구였다.

믹서차가 적당히 반죽된 콘크리트를 만들어내면, 인부들은 단지 반죽된 콘크리트를 일륜차로 받아서 옮기면 된다. 후미아키가 시게조에게서 지금의 작업반을 인수받은 이후로 레미콘은 '후지타'에서 주문한 분량만 도착한다. 모터로 믹서를 돌리며 자갈과 모래를 넣은 뒤, 시멘트와 물을 적당히 부어 눈짐작으로 콘크리트를 만드는 수작업은 필요 없게 되었다. 아키유키는 그것이 불만이기도 했다. 도루와 여자 인부와 운전수가 끌고 온 일륜차의 레미콘을 아키유키와 나카노가 거푸집널에 붓고는 흙손으로 평평하게 고르는데, 이 정도는 공사판 작업이 아니라 미장이 일이나 다름없다는 생각이 들었다. 그래도 땅을 파거나 돌담을 쌓는 것과 마찬가지로 땀이 났다. 땀이 눈으로 들어가 따가웠다. 손과 팔에 콘크리트가 묻어 있기 때문에 닦을 수도 없었다. 아키유키는 또다시 자신의 몸이 햇빛을 받은 산과 강의 경치에 물들기 시작하는 것을 느꼈다. 그것이 상쾌했다. 안심할 수 있었다.

아키유키는 얼굴을 들었다. 도루가 담배를 입에 물고는 연기 때문에 눈을 가늘게 뜬 채 걸어왔다.

"요이치가 뭐라고 해?" 도루가 물었다. 아키유키는 일어서서 고개를 저었다. 도루는 손에 든 담배를 버리고 햇살이 눈부셔 견딜 수 없다는 듯 눈을 지그시 감는다. "그 빌어먹을 할망구!" 도루는 침을 뱉었다.

"왜 그래?" 아키유키는 근처 농가의 수도에서 끌어온 물로 손을 씻었다. 그리고 물을 마셨다. 경치에 물든 몸이, 방금 마신 물과 함께 다시 몸 밖으로 솟아나와 원래의 자신으로 돌아오는 느낌이 들었다.

"아무래도 그 할망구는 골칫덩어리야. 볼일도 없으면서 집에 와서 죽치고 있으니."

도루는 유키 이야기를 하고 있었다. 아키유키는 뚱뚱한 몸에 지나칠 정도로 하얗게 분을 바르고 립스틱을 칠한 유키의 얼굴을 떠올렸다. "어째서 그 모양인지 모르겠어" 하고 도루는 말했다.

"그래도 틀림없는 너의 친고모잖아?" 아키유키는 물었다.

도루는 웃으며 "그 여자가?" 하고 말했다.

"그래, 그 여자가." 아키유키는 말했다. 유키는 눈을 가늘게 뜨고 누구에게나 미주알고주알 귀가 간지러울 정도로 떠들어대며 돌아다녔다. 도루의 어머니가, 도루의 아버지가 죽자 곧바로 젊은 사내를 끌어들였노라고, 일부러 아키유키의 집에 와서 후사에게 떠벌리고 있을 때 마주친 적이 있었다. 후사는 웃으며 대꾸도 하지 않았다. 그 사내의 소문도 유키는 남에게서 들은 이야기라고 해놓고는 방금 자신이 보고 온 듯이 말했다.

"그 할망구의 얼굴을 보고 있으면 목을 졸라 죽이고 싶은 기분이 들어." 도루는 호스에 입을 대고 물을 마셨다.

"아키유키 씨!" 여자 인부인 기요짱이 불렀다. 기요짱은 뒤돌아보는 아키유키 곁으로 와서 "아까 점심 먹을 때, 아가씨가 둘이나 차를 날라다줬어요" 하고 귓속말처럼 말한다. "아키유키 씨를 만나러 온 게 아닐까요?"

"그렇다면 반가운 일이로군." 아키유키는 대답했다.

"바로 저쪽 가게의 아가씨예요." 기요짱은 손으로 가리켰다. 길이 개울을 따라 이어지고, 다리 밑에 집이 몇 채 옹기종기 있다. "아침에 우리들이 먹을 걸 사러 갔던 가게의 아가씨." 기요짱은 그렇게 말하며 가게 쪽을 주시하는 아키유키의 엉덩이를 한 차례 때렸다. 도루가 웃었다.

아키유키는 다시 일을 시작했다. 몸을 구부려 콘크리트를 붓는 자신의 그림자가 움직이는 모습을 보았다. 무언가 커다란 것이 자신을 보고 있는 느낌이 들었다. 형태를 드러내지 않는 무엇이었다. 언젠가 반드시 형태를 드러낼 것이라고 생각했다.

저녁놀이 지기 시작하고 하늘이 붉은빛과 황금빛으로 물들 무렵에

37

일을 끝냈다. 운전사인 후지사키가 인부들을 차에 태웠다. 아키유키는 덤프트럭에 작업 도구를 싣고 도루를 조수석에 태워 집으로 돌아왔다. 창고에 도구를 넣었다. 목부용의 무성한 잎사귀가 다시 아키유키의 머리에 닿았다. 도루는 웃통을 벗은 채 덤프트럭 짐칸에서 아키유키에게 도구를 내려주었다. 어둠이 깔리기 시작했다. 하루가 해와 더불어 시작해 해와 더불어 어김없이 지고 있었다.

아키유키는 후미아키의 집에 차린 사무실 안에서 유키로부터 그 이야기를 들었다. 그저께, 유키는 여느 때와 다름없이 근처의 이웃집에, 마실을 갔다. 혼자 살아 더욱 무료한 저녁때까지의 따분함을 이러저런 남 이야기로 덜어볼 요량이었다. 그 집은 제재소의 도로와 접하고 있었지만, 뒤쪽은 높직한 산으로 올라가는 입구이기도 했다. 목언저리까지 하얗게 분을 바르고 립스틱을 빨갛게 칠해 멋을 부린 유키의 모습은 여느 때와 다름없었다. 유키는 옛날을 떠올렸다. 아버지가 일찍 죽자, 어머니 홀몸으로 자식 여섯을 거느리는 집안의 가난을 견디지 못해 남의 주선으로 몸을 팔러 가게 되었다. 열다섯 살이었다. 유키는 울었다. 얼굴의 분이 눈물로 벗겨졌다. 갖고 있던 가제 손수건으로 눈물을 닦고, 그 집 부엌 창문을 무심코 내다보았다. 젊은 사내가 산 쪽의 돌층계를 내려오는 것이 보였다. 누군가와 닮았다는 생각이 들어 자세히 보니 도루였다. 무슨 결심이라도 한 듯이 돌층계를 바삐 내려온 도루는, 유키가 부엌문에서 얼굴을 내밀고 부르려 했을 무렵에는 제재소의 집적장 모퉁이를 돌아가고 있었다. 유키는 부르지 않았다.

"무슨 일인데?" 이웃집 여자가 물었다.

"아니, 누군가 여기를 지나친 듯한 느낌이 들어서." 유키는 말했다.

이어서 유키는 자신이 한 말이 생각나 한바탕 남동생의 첩 이야기를 했다.

"대단하지. 배가 고파서 허구한 날 울어대던 아이가 시대가 바뀌자 첩에게 살림을 차려주고 자식을 고등학교에 넣어주기도 했으니까." 유키는 화가 난 듯이 말했다. 사실 유키는 화가 났다. 그래도 되는 것인지 납득이 가지 않았다. 유키의 바로 아래 동생인 장남이 토건업자로 독립해서 이름을 빼주러 올 때까지, 유키는 한창 시절을 이세의 유곽에서 창녀로 손님을 받으며 지냈던 것이다. 장남도 차남도 그 밑의 남동생도 결혼을 했다. 여동생 둘도 각각 시집을 갔다. 동생 덕분에 유곽에서 빠져나와, 창녀였던 자신의 과거를 알면서도 좋아해주는 사내를 만나 살림을 차리려는 때에 본격적인 전쟁이 터졌다. 그 사내는 징집되어 갔다. 장남도 차남도 징집되었다. 차남의 아들 후미아키가 태어난 지 얼마 안 됐을 무렵이었다. 차남이 징집되어 만주로 끌려가자 곧바로 차남의 색시는 후미아키를 내버려둔 채 떠돌이 배우와 행방을 감췄다. 결국 후미아키는 유키가 돌보게 되었다. 전쟁터에 있는 차남이 알고 자포자기하여 상관의 말을 거역하거나 전쟁할 의사를 잃거나 하면 안 된다고, 유키는 혼자서 고민했다. 전쟁터에 나간 이상, 이겨야만 한다고 생각했다. 죽는 것보다는 죽이는 편이 낫다고 생각했다. 원래 유곽이란 활력이 있는 곳이다, 남자 손님은 활력이 있고 줏대가 있어야 사내다, 라고 이세 유곽의 포주는 말하곤 했다. 공습 때도 후미아키의 손을 잡고 방공호를 찾아 도망다녔다.

전쟁이 끝나고 장남도 차남도 돌아왔다. 얼마 후, 차남은 자식이 다섯 딸린 후사와 맺어졌다. 유키가 살림다운 살림을 차린 것은 그 이듬해가 되어서였다. 사내는 열 살 연상으로, 오 년 만에 죽었다. 아이는 한 번도 생기지 않았다. 유키는 새삼 늘 자기 혼자만 불행한 일을 당하는구나 생각했다. 남동생 셋도 여동생 둘도, 세상이 안정되고 가난에서 벗어나 굶주림을 잊게 되자 유키의 일생을 자신들이 짓밟았다는 사실을 잊어버린 것이다. 유키는 이따금 누가 지금의 그들을 있게 해주었느냐고 따지고 싶은 생각도 들었다. 다섯 형제와 그 가족, 첩조차도 과거에 창녀였던 유키를 깔보는 것만 같았다.

유키의 바로 아래 동생이자 장남인 다케하라 진이치로가 간암으로 죽었을 때, 도루라는 자식도 있으니 첩에게도 유산을 조금 주라고 조카를 설득한 것은 자신이었노라고 유키는 말했다. 부엌일에는 별로 관심이 없는 듯, 널찍하고 바람이 잘 통하는 게 자랑인 싱크대에 씻지도 않고 놔둔 식기들을 보면서, 유키는 다시 첩이, 진이치로가 죽은 그해에 젊은 사내를 맞아들였노라고 진위가 불확실한 소문을 떠들어댔다. 이웃집 여자는 맞장구를 쳤다. "첩이 정말 인정머리도 없다는 생각이 들더라고" 하고 말하며, 유키는 첩에게 화가 솟구치는 것을 느꼈다. 진이치로가 불쌍하다고 생각했다. 첩의 행실은 나빴다.

그때였다. 울음소리가 들렸다. 계집아이의 울음소리가 산 쪽의 돌층계 길을 내려온다. 유키는 다시 부엌 문틀에서 일어나 창문으로 바깥을 내다봤다. 돌층계 양측에 무성하게 자란 참억새의 억센 잎과 쑥을 손으로 만지며 깡충깡충 박자를 맞추듯이 돌층계를 내려오면서, 계집아이는 울고 있다. 눈꺼풀이 무겁게 처지고 아래턱이 부푼 것이, 아무리 보아도 백치 얼굴이었다.

"또 울고 있구먼." 여자가 말했다.

"요시자키의 딸이 낳은 아이야?" 유키는 물었다.

"마음 준 사내에게 속아서 낳은 아이가 바보라는 걸 알고는, 딸은 집에 들러보지도 않아."

여자가 말했다. 여자는 일어서서, 이제 유키의 이야기에도 질렸다는 듯 싱크대의 수도를 틀었다.

"딸자식은 낳을 게 못 된다는 생각이 들어. 아들자식을 낳아도 삐뚤어지거나 게으름뱅이거나 하면 곤란하지만."

유키는 백치 소녀의 손바닥이 빨갛게 물든 것을 보았다. 짧은 스커트의 속내의가 빨갛게 얼룩져 있다. 유키는 얼굴을 돌렸다. 여자가 노골적으로 귀찮다는 표정을 짓기 시작했음에도 불구하고, 유키는 그 후로도 한 시간가량, 어디 무엇이 맛있다는 둥 맛없다는 둥, 옛날의 누가 벼락부자가 됐다느니, 야밤에 도망치듯이 자취를 감췄다느니 하는 이야기를 늘어놓았다.

도루와 백치 소녀의 내의에 묻은 피 같은 얼룩이 곧바로 연관되는 것도 아니고, 또한 자신이 본 그 빨간 얼룩이 피였는지 아닌지도 확실하지 않다고 유키는 말했다. 만약 피였다 하더라도 산에 높게 자란 억새풀의 날카로운 잎사귀를 만지다가 손바닥을 베어, 그것이 내의에 묻었는지도 모른다.

"아무리 첩의 자식이라도 그런 짓은 안 하겠지" 하고 유키는 말했다.

"그런 짓을 할 리가 있나." 유키의 이야기를 들은 후미아키는 말했다. 아키유키는 유키를 노려보았다. 유키는 소파에 깊게 앉아, 잠방이만 걸치고 사무용 책상 앞에 앉은 후미아키의 얼굴을 바라보고 있었다. 여윈 얼굴에 흰색 바탕에 물방울 무늬가 있는 헐렁한 임부복 같은 것을 입은 유키가, 아키유키에게는 기묘한 동물처럼 여겨졌다. 머리카락을 빗어 올려 묶은 작은 머릿속에는 지나간 이야기와 남들에 관한 소문밖에 들어 있지 않다. 기분 나쁜 여자라고 생각했다. 이 여자의 작은 머릿속에, 후미아키나 도루만이 아니라, 바로 자신이 태어났을 때부터 스물여섯이 된 지금까지의 일들이, 마음 내키는 상대라면 어떤 식으로도 왜곡하고 장식해서 웃음거리가 될 수 있도록 정리되어 들어 있다. 요이치가, 유키가 싫다고 말한 것은 옳은 소리라고 생각했다.

유키는 태연하게 그 사내에 관한 이야기를 아키유키에게 하기도 한다. 그것은 유키의 형제 모두가 반대했음에도 불구하고, 어머니 후사를 따라서 시게조 부자와 함께 살다가 지금에 이르러서는 이복형인 후미아키보다도 큰 체구로 성장한 아키유키에 대한, 유키 나름의 최대한의 악의일지도 몰랐다. 언젠가 어머니 후사가 있을 때 유키가 말했다. "덩치가 크기도 하네, 아주 닮았어."

"누구하고요?" 아키유키가 되물었다.

"요전에도 커다란 차를 타고 으스대고 있더라고" 하며 유키는 웃었다. "자식도 역시 커다란 황소 같은 오토바이를 타고 국도를 달리더라구." 그리고 아키유키에게 물었다. "아버지나 동생하고는 가끔 이야기를 나누기도 하니?"

아키유키가 대답하기도 전에 "형님!" 하고 후사가 말했다. "자세한 내막은 모르겠지만 일부러 남의 집에 와서…… 해도 될 말이 있고 해서는 안 될 말이 있잖아요." 후사는 흥분하면 입술이 떨렸다. "후미아키는 형님 신세를 졌는지 몰라도, 아키유키나 나는 형님 신세는 손톱만큼도 진 적 없어요."

"너무 화내지 마." 유키는 후사의 기세에 기가 죽었다.

후사는 유키를 까마귀라고 불렀다. 까마귀처럼 남은 전혀 배려하지 않고 오로지 자기와 혈연관계에 있는 사람만 생각하니까 마음에 들지 않았다. 유키는 도루를 전혀 혈연관계가 없는 것으로 간주하고 있는 것일까, 하고 아키유키는 생각했다. 아니, 도루를 다케하라의 일족으로 간주하는 것이 불쾌한 것이다. 그것은 아키유키에 대해서도 마찬가지였다. 아키유키가 다케하라 집안으로 들어가 다케하라 일족의 한 사람으로 인정받으면, 유키는 자신의 몸까지 팔아 일생을 짓밟혀가면서 소중하게 지켜온 것이 모두 허사가 될 듯한 느낌이 들었다. 그러나 그렇게 생각하고 있는 것은 유키 혼자가 아니라, 의붓아버지의 형제 모두가 마찬가지였다.

아키유키는 언제나 그렇게 느꼈다.

언젠가 제삿날의 일이었다. 그 제사는 스물네 살에 자살한 아키유키의 형에게 지내는 것이었다. 아키유키와 씨가 다른 누나 세 사람도 함께 모였다. 그날은 마침 상사* 전날이기도 했다. 장녀 요시코는 나고야에서, 삼녀 기미코는 오사카에서, 그리고 차녀인 미에도 후사와 아키유키가 사는 집에 모였다. 모두들 모이기만 하면 장남인 이쿠오의 죽음에 관한 기억을 몇 번이고 되풀이해서 떠올리곤 했다. 십여 년 전의 3월 3일, 인형을 장식해서 축하하는 '여자의 명절날' 아침, 스물네 살의 젊은 나이로 술에 만취해서 환청이 들린다고 호소하던 이쿠오는 갑자기 목매달아 자살했다. 그 전날 밤, 이쿠오는 불단을 향해서 경을 올렸다. 경을 올리는 도중에도 환청이 들리는 모양이었다. 맨몸에 걸친 파자마의 가슴을 젖히고 "그래, 그래" 하며 끄덕였다. "다른 사람들은 그냥 두라구, 내가 갈 테니까" 하고 소리쳤다. 그 말은 언제까지고 수수께끼로 남았다.

제사가 시작될 때까지 그 이야기는 누나들의 화제가 되었다. 이웃 사람들이 계속 모여들었다. 의붓아버지의 형제들과 아키유키의 사촌들도 모였다. 그 제사는 두 가족이 합동으로 지내는 형식이었다. 어머니와 어머니의 딸인 세 누나들과, 의붓아버지와 그 일족이. 어머니

---

* 上巳. 일본의 다섯 명절 중의 하나로 음력 삼월 삼짇날. 일반적으로 여자의 명절이라는 뜻의 '히나마쓰리'라고 함.

후사가 한가운데 섰다. 아니, 어머니 후사와 함께 의붓아버지의 적(籍)에 올라간 다케하라 아키유키가 한가운데 서 있는 것이었다. 그것은 이쿠오가 살아 있던 당시 "우리들을 버렸어, 죽여버릴 테다" 하며 찾아왔을 때에도 죽었을 때에도 변함없는 형식이었다. 이쿠오의 죽음도 그 형식에 아무런 변화를 주지 못했다. 두 가족의 합동 제사는 스님의 독경이 끝나고, 설교가 끝나고, 술이 나오자 즉각 무너졌다.

아키유키는 오랜만에 만난 외가의, 역시 토건업을 하는 사촌과 술을 마시며 이야기하고 있어서 그것을 눈치채지 못했다. 부엌 싱크대 앞에 선 검은 옷차림의 미에가 컵을 하나씩 씻으며 울고 있었다. "무슨 일이야?" 하고 아키유키가 물어도 미에는 고개를 저을 뿐이었다. 이어서 컵을 씻던 손놀림을 멈추고 손을 행주로 닦았다. 미에는 아키유키의 얼굴을 보았다.

"오빠가 불쌍하다는 생각이 들어."

"어째서?"

"뭣 때문에 제사를 지내는지 모르겠어." 미에는 말했다.

불단과 텔레비전 사이에는 근처의 청년회관에서 빌려온 탁자가 식탁 대신 놓여 있었다. 요시코와 기미코가 장지문에 기대듯이 앉아 있었다. 기미코가 눈으로 아키유키에게 신호를 했다. 아키유키는 기미코 곁으로 갔다. "뭐야, 저 아줌마?" 기미코가 말했다.

"그만해" 하고 요시코가 제지한다.

"그야 죽은 지 몇 년이나 되니까 남들에게 울어달라고는 말할 수 없지만, 너무 자기들 생각만 하잖아. 다케하라 일가가 이곳에서 출세했다느니 성공했다느니, 다케하라가 뭔데 야단들이야?" 기미코의 눈에서 눈물이 방울방울 떨어졌다. "오빠를 생각해서 왔던 사람들도 돌아가버렸잖아."

"그만하라니까." 요시코가 말한다.

유키로서는 누구 일이건 제사나 결혼식이야말로 자신에게 최고의 날일 것이다. 아니, 까마귀인 유키가 그런 때는 가장 필요한 존재가 된다. 유키는 다케하라의 장녀였다. 누구나 유키를 어려워했다. 유키는 다케하라 일족 그 자체였다. 자신이 인정하는, 옛날 먹을 것이 없어서 고생하고 땔감이 없어서 고생하던 그 시절로부터 지금은 벼락부자가 된 다케하라 일족으로서의 자격이 있다.

"그나저나 도루가 이상하다고 느끼지 않아?" 유키는 말했다. "그 아이의 눈이 싫어. 언제나 뭔가 다르다는 생각이 들거든."

"자신의 조카를 비방하는 건가요?" 후미아키는 말한다.

"비방할 생각은 없지만." 유키는 후미아키에게서 시선을 피한다.

"나는, 도루가 무슨 짓을 저질렀다고 말하는 것도 아니고, 그렇게 생각하지도 않아. 하지만 어쩐지 싫어. 조카라고는 하지만 너처럼 어렸을 때부터 애지중지 키웠던 것도 아니고. 고등학교에 들어가자, 진이치로가 건강이 좋지 않다고 말하기 시작했던 무렵부터, 첩이 있느니 자식이 있느니 하는 말이 나왔으니까."

"오래 전부터 아저씨에게 도루가 있다는 사실을 알았다는 말인가요?"

"다케하라 아주머니도 알고 있었어." 아키유키는 말했다.

"그게 싫어." 유키는 말한다. "진이치로보다 일 년 먼저 죽은 그 본처가 첩 때문에 얼마나 괴로워했는지 옛날부터 잘 알고 있었으니까 그러는 거야. 본처가 죽자마자 첩이 커다란 아이를 데리고 불쑥 나타났으니." 유키는 그렇게 말하더니 갑자기 목소리를 낮추며 눈물을 글썽거렸다. "그야 손해 보는 사람이란 원래가 그렇게 생겨 먹은 거라는 건 알아. 전생에 무슨 나쁜 짓을 했는지 모르지만 손해만 보다가 죽어 버리는 사람이 있지. 하지만 너무 심하잖아." 유키는 오른쪽 손가락으로 눈시울을 깊게 눌렀다. 옷이 팽팽하여 납작하게 쪼그라진 젖가슴 모양이 그대로 보였다.

후미아키는 아키유키에게 난처하다는 뜻을 전할 생각인지 억지로 웃음을 지었다.

유키가 돌아가자 아키유키는 후미아키의 집에서 장부 정리를 했다. 둘 다 도루에 관한 말은 꺼내지 않았다. 요이치가 사무소의 활짝 열린 창문으로 얼굴을 내밀고, 밝은 형광등이 눈부시다는 듯 눈을 가늘게 뜨며 "오래요" 하고 말했다. 후미아키의 처가 요이치에게 집으로 들어와 주스라도 마시지 않겠느냐고 청했지만 "아키유키 형을 부르러 온 거야" 하는 소리만 되풀이한다. 아키유키는 장부를 그대로 두고 밖으로 나왔다. 차가운 흙냄새가 났다. 앞집 여자가 길에 물을 뿌린 때문이었다. 유키가 두 집 건너의 집 앞에 놓인 평상에 앉아 노파 두 사람과 이야기하고 있다. 유키는 아키유키에게 "일은 다 끝났니?" 하고 말을 걸었다.

"네, 끝났어요. 지금부터 놀아야죠." 아키유키는 그렇게 대답하고 요이치의 머리를 쓰다듬었다.

"정말 닮았구나." 또다시 유키는 말한다. 아키유키에게 들리도록 일부러 목소리를 높인다. "후사는 전쟁이 끝나고 얼마 안 되어 배가 불룩해진 다음에야 그 녀석이 여자를 둘씩 셋씩 만들어놓은 걸 알고 그 사내의 어미인 이네 할멈한테 뱃속의 애 좀 어떻게 해보라는 둥, 속이지 말라는 둥 담판을 지으러 갔지. 그래봤자 낳아보고 닮았으면 그 때 가서 할 얘기라는 말밖에 못 들었지만."

"이네 할멈 말이로군." 한 노파가 말했다.

"살아서 이 젊은이를 봤더라면, 후사에게 그런 소릴 하지는 못했을 걸." 뭐가 재미있는지 유키는 웃는다.

유키의 이야기를 듣자 몸의 혈관이 부풀어서 피가 반대 방향으로 흐르기 시작하는 느낌이 들었다. 아키유키는 꾹 참았다. 그 사내의 피가 흐르고 있는 것은 분명했다. 분명히 절반가량의 피는 그 사내에게서 받은 것이다. 하지만 도대체 그것이 어떻다는 말인가, 하고 생각했다. 그 사내와는 길에서 가끔 마주쳤다. 체구가 큰 사내였다. 무슨 까닭인지 언제나 승마복을 입고 있었다. 옆에 하마무라 목재라고 쓴 트럭을 타고 있을 때도 있고, 오토바이에 걸터앉아 있을 때도 있었다. 지나친 뒤에 알아차린 적도 있었고, 도구를 내리던 아키유키가 뒤돌아보고 그제서야 사내가 자신을 주시하고 있다는 것을 알아차릴 때도 있었다. 그 사내의 자식들, 아키유키의 이복 여동생이나 남동생과도, 일이 끝나 식사를 하고 목욕탕에서 땀을 씻은 뒤 외출하여 시내의 다방이나 스낵에서 만났다. 좁은 동네였다. 불과 십 분이면 자동차로 시내의 끝에서 끝까지 갈 수 있는 곳이었다. 그러나 아버지가 누구이건, 형제관계에 있는 사람이 몇 종류나 되건, 스물여섯 살이나 된 지금의 자신과는 상관없는 일이다.

아키유키는 요이치의 머리에 손을 얹은 채 걸었다. 문득 자신이 요이치와 같은 입장이라고 느꼈다.

"목말 태워줄까?"

요이치는 "응!" 하고 끄덕였다. 아키유키는 몸을 숙여 여위고 나약한 요이치의 겨드랑이를 붙잡고 어깨에 올렸다. 요이치의 엉덩이뼈가 아키유키의 어깨 근육에 닿는다. 요이치를 늦둥이 동생이라고 생각해도 좋다.

"쓰텐카쿠*가 보여!" 하고 요이치가 말한다.

"쓰텐카쿠에 올라가본 적 있어?"

"있어, 있어!" 요이치는 큰 소리로 대답한다.

후미아키의 집에서 아키유키의 집까지는 불과 일 분도 안 걸리는 거리였다. 아키유키는 현관 앞에서 요이치를 내려놓고, 문득 생각이 나서 물어보았다. "아직도 그 바보 계집애하고 같이 노니?"

"그 바보는 싫어." 요이치는 대답했다. "할아버지도 할머니도 산에 놀러가지 말라고 했잖아. 그 바보는 산에서만 놀자는 거야."

"언제 놀았는데?"

"어젯밤. 아까도 마침 밥을 먹고 있는데 놀자며 왔어. 할머니가 웃었어. 저녁식사 때 오다니 바보는 바보라며."

미에 부부와 미치코와 고로가 와 있었다. 시게조와 후사도 있었다. 미에의 남편 사네히로가 아키유키의 얼굴을 보더니 "어이!" 하며 흐트러진 자세로 앉아 있는 미치코의 머리를 쥐어박았다. "아키유키 삼촌에게 사과해! 사창가에 팔려갔나, 깡패들에게 붙잡혀 갔나 하며 여기저기 찾아다녔으니까."

"낮에 만났을 때 얘기했는걸." 그렇게 말하는 미치코 대신에 고로가 "죄송합니다" 하고 머리를 숙인다.

"무사히 살아 있었으니 다행이야." 아키유키는 말했다. "멍청이는 멍청이야." 아키유키가 그렇게 말하자, 요이치와 미치코는 동시에 소리내어 웃었다. "이 근처에서 어슬렁거리는 백치 계집애와 마찬가지라고. 배는 불룩해가지고."

"깜짝 놀랐어. 나도 이렇게 배가 부른 건 오사카에 가서 처음 알았

---

* 파리의 에펠 탑을 모방해서 오사카에 세운 탑.

으니까." 미에는 말했다.

"미에 누나는 반갑지?" 아키유키가 물었다.

"어쩔 수 없잖아. 반갑기도 하고 심란하기도 하고."

텔레비전이 있는 방 한가운데 앉아 있던 후사가 말한다. "미치코를 찾았어, 배가 불룩해, 라는 네 전화를 받았을 때, 상대방 사내가 어디 사는 누군지도 모르니까, 엄마는 놀라 자빠질 뻔했어. 의붓아버지에게 말하기도 창피하고, 또 미에한테 골칫덩어리가 굴러들었구나 하고 혼자 생각했지."

"골칫덩어리가 줄어드는 게 아니라 늘어나니 말이야."

미에는 울상을 짓듯이 웃었다.

"그래." 어머니가 말한다. "엄마도 그렇게 생각했어. 어느 누구라도 좋다, 사내가 아무리 건달이라도 좋다. 골칫덩이가 줄어드는 게 아니라 늘어나도 미에가 할머니 소리를 듣게 되는구나 하고 마음을 고쳐 먹었지."

"얼굴이 파랗게 질려 있더군." 시게조가 말했다. "일단 그렇게 된 건 어쩔 수 없잖아. 누가 물어도 부끄럽지 않도록 될 수 있으면 빨리 식을 올려야지."

사네히로는 고개를 끄덕인다.

아키유키는 미치코를 보고 있었다. 배가 나온 것을 숨기기 위해서인지 붉은 줄무늬가 들어간 임부복을 입은 미치코는, 아무리 보아도 열여덟 이상으로는 보이지 않는다. 고작해야 열아홉 정도였다. 미에와 닮았다. 그리고 지금, 완전히 그대로, 미치코와 고로가 십여 년 전의 미에와 사네히로인 듯한 느낌이 들었다. 아키유키는 문득 형 이쿠오를 떠올렸다. 이쿠오도 이런 식으로 사랑의 도피행을 하는 젊은 두 남녀를 보았을 것이다. 이쿠오는 3월 3일 '여자의 명절날'에 목매달아 죽었다. 그렇게 생각하는 아키유키의 머릿속에, 어머니 후사가 전쟁 직후 남자 손이 필요해서, 아니 자신을 안아줄 사내의 팔이 그리워 자식들이 있는 집으로 사내를 끌어들이는 것을 지켜보는 이쿠오의 얼굴이 떠올랐다. 임신한 미치코를 보고 있노라면 어머니와 그 자식들만의 일족이 뚜렷하게 떠오른다. 그 사내가 교도소에서 돌아와도 아무런 변화가 없었다는 사실을 아키유키는 깨달았다. 그 사내가 교도소에서 출소하여 그 길로 자신이 처음 이 세상에 태어나게 한 아이를 확인하려고 아이와 만나고, 후사에게서 그 아이를 건네받으려다가 후사에게도 아이에게도 거절당했을 때의 모습은, 아키유키로서는 눈을 감으면 즉시 그림처럼 떠오를 정도였다. 후사는 그때의 목소리와 웃음이 연극이었다고 말했다. 후사는 이미 지금의 남편과 깊은 관계에 있었다. 그것이 어머니와 그 자식들만으로 구성된 일가족에게 불행의 시작이었다고 말할 수도 있었다. 아키유키에게는 지금에 와서야 이해가 되었다. 스물여섯이라는 나이이기에 모든 것이 한 가닥의 실처럼 이어져 있다는 사실을 알 수 있었다. 이쿠오의 자살은 그것이 원인이었다. 그 무렵 후사는 아키유키의 친아버지인 그 사내를 쫓아내고 행상을 하다가, 자식이 딸린 다케하라 시게조와 알게 되어 살림을 차릴까 망설이고 있었다. 다케하라에게는 후미아키 하나뿐이지만, 후사에게는 전 남편의 자식이 넷, 다음 남자에게서 하나, 도합 다섯이나 있었다. 결국 후사는 맨 아래의 기미코가 중학교 3학년 때, 여덟 살 된 아키유키 하나만 데리고 다케하라 시게조와 살림을 차렸다. 형 이쿠오가 죽은 것은 아키유키가 열두 살 때였다.

그 사 년 동안에 모든 것이 변했다. 아키유키의 어머니 일가족만이 아니라, 이 지역 전체가 기묘한 열병에 걸려, 그 열을 식힐 방법도 모르는 채 방치되었고, 열에 시달리듯이 화재가 발생했다. 아키유키 일가 즉 아버지와 그 아들, 그리고 어머니와 그 아들 네 사람이 살던 지금의 후미아키 집에서 네 채 떨어진 곳에 농가가 한 채 있었다. 그 집은 그 동네에서 가장 먼저 열병에 걸린 집이었다. 그 집의 장남이 그 집에서 다시 두 채 떨어진 집의 딸과 나고야에서 동거하다가, 무슨 이유에서인지 소꿉 친구인 그 딸을 죽여 토막을 낸 뒤 궤짝에 넣고 도망친 사건이 바로 이 년 전에 발생했다. 유복했던 그 농가는 순식간에 몰락하여, 산을 팔고 밭을 팔았다. 그 집이 불에 탄 것이었다. 불똥은 바람에 실려 사방팔방으로 번졌다. 그 집과 동시에 네 채가 불에 탔다. 불이 꺼지자 누군가 "저건 방화야" 하고 말했다. 그런 사건은 과거에도 있었다. 그 지역의 중심지를 소유하고 있는 사쿠라와 그 일당이 옛날에 저지른 짓과 똑같다고들 했다. 동시에 불탄 네 채도 같은 농사꾼의 것이었다. 장남이 살인을 저지른 죄로 주위의 눈총을 받자, 그 땅에서 살기가 괴로워 땅을 팔아 다른 곳으로 떠나기 위해서 불을 질렀다는 소문이었다. 그 화재가 계기가 된 듯이 자살이 잇달았다. 목을 매단 사람도 있고 쥐약을 먹고 초록색 거품을 토하며 죽은 사람도 있었다. 아키유키의 옆집에 사는 철도원의 아내는 철도원의 바람기에 시달리다가, 어느 날 정원에 조약돌을 쌓아놓고 나무젓가락을 꺾어서 밥을 지으려 했다. 아이와 함께 소꿉놀이라도 하는가 싶어서 보고 있던 후사에게 비난하듯이 "아주머니!" 하고 심각한 얼굴로 말했다. "역시 소였나요?" 후사는 그녀가 미친 것을 알아차렸다. 형 이쿠오가 죽은 것도 그러한 사건들을 전후해서였다.

아키유키는 기억하고 있다. 나고야의 방적 공장에 일하러 갔던 장녀 요시코가 결혼하고 싶다며 그 공장의 맏아들이라는 남자를 데리고 돌아왔을 때, 이쿠오는 술을 마시고 난동을 부렸다. 옛날에 어머니와 그 자식들만이 살던 집이었다. "뭐야 저 자식은? 어디서 굴러먹던 놈인지도 모르는 놈을" 하고 소리쳤다. 이쿠오는 스물이 될까 말까 한 나이였다. 미에는 부엌문으로 사내를 내보냈다. 사내는 영문을 모르겠다는 표정으로 어둠 속에 서 있었다. 요시코가 나왔다. 미에가 안으로 들어갔다. 기미코가 활짝 열린 창문으로 몸을 내민 채 울고 있었다. 후사의 달래는 목소리와 "잠자코 있어, 나는 오빠야!" 하고 소리치는 이쿠오의 목소리가 들렸다. 요시코는 "아키유키, 이리 따라와" 하고 말하고는 사내의 몸을 뒤에서 미는 듯이 하며 걷기 시작했다. 역앞 여관으로 들어갔다. 방 안의 형광등 불빛에 요시코의 얼굴은 투명할 정도로 창백했다. 요시코는 사내를 남겨두고 집으로 돌아갔다. 아키유키는 걱정이 되어, 사내에게 잠깐 보고 오겠노라고 말하고는 요시코의 뒤를 쫓았다. 집의 상황은 아까와는 정반대였다. 이쿠오는 혁대를 손에 들고 있기는 했지만 얌전히 서 있었고, 요시코가 "그래도 오빠야?" 하고 다리를 뻗어 다다미에 비벼대며 소리쳤다. 그전에 요시코가 홧김에 걷어찬 것인지 실랑이를 벌이다 그랬는지 벽장문이 크게 찢어져 있었다. "빌어먹을, 젠장!" 하고 요시코는 울먹이는 소리로 외쳐댔다.

그리고 다시 몇 년이 지나, 기미코가 중학교를 졸업하고 오사카에서 술집 마담을 하고 있는 사촌동생 집에 애 보는 일을 하러 갈 때였다. 이쿠오는 오사카의 사촌 집까지 기미코를 데리고 갔다. 기미코는 자주 말했다. "우리가 귀여워서 어쩔 줄을 몰랐던 거야. 아버지가 안 계셔서 이렇게 됐다며 불쌍해서 어쩔 줄 몰랐던 거야." 몇 번이고 몇 번이고 싫으면 되돌아오라고 말했다. 그토록 동생을 아끼던 이쿠오가, 사내와 도망쳤다가 돌아온 미에를 눈앞에 본 것이다. 무언가가 확실히 무너졌다. 눈에 보이지 않는 곳에서 무너지기 시작하던 것이 지금 뚜렷이 백일하에 드러난 것이다. 눈을 감고 싶다. 귀를 막고 싶다.

몸이 약하고 신경이 날카로운 미에였다. 그런데 후사도 이쿠오도 모르는 곳에서 껍질을 부수고 날개를 펼쳤다. 이쿠오는 사내와 도망쳤다가 돌아온 미에를 그냥 바라볼 뿐이었다. 문득 아키유키는 생각했다. 그것이 3월 3일, 여자의 명절날, 인형을 장식하는 날 이른 아침, 하늘이 채 밝기도 전에 목매달아 죽은 의미일지도 모른다. 3월 3일, 그날에 죽은 이쿠오의 수수께끼가 있다. 미에가 사내와 간소한 식을 올린 뒤 그날까지, 이쿠오는 몇 번이나 후사를 죽여버리겠다며 술에 만취해 칼을 들고 집으로 찾아왔었다. 후사만이 아니라 아키유키도 함께, 라고 이쿠오는 말했다.

　미에는 웃고 있었다. 울상을 짓는 웃음은 여전했다. 미치코가 그러한 미에를 보고 있는 모습을 아키유키는 지켜보고 있었다. 두 사람 모두 나사가 하나 풀어지기만 하면 몸 안의 것들이 밖으로 넘쳐나와 수습할 수 없을 듯한 얼굴을 하고 있다. 그러나 미치코는 미에와 겉모습은 비슷하지만 훨씬 저돌적이었다. 미에처럼 자신의 뜻대로 되지 않으면 매듭이 풀어지고 맥이 빠져서 히스테리를 일으키는 일은 없었다. 어머니 후사도, 자살한 이쿠오도, 요시코도 기미코도, 옛날부터 미에를 마음의 중심 어딘가에 두고 있었다. 기묘한 성격이었다. 어렸을 때 늑막염을 앓아 갈비뼈 세 개를 제거하는 수술을 받았던 적도 있는 미에는 남의 불행을 자신의 불행처럼 여기고 남의 아픔을 자신의 아픔처럼 여겨서, 사내처럼 억센 요시코가 어머니 후사에게 매를 맞으면 옆에서 아프다며 자지러질 듯이 울었다. 아키유키가 형 이쿠오를 따라서 대나무숲에 갔다가 대나무에 발을 다친 것을 알았을 때 미에는 정신을 잃고 노란 위액을 토했다. 후사가 행상을 나간 동안에는 미에가 어머니를 대신해서 아키유키를 돌봤다. 아키유키가 배고파 울면 미에도 울었다.

"또 원숭이 같은 아이를 낳을 건가?" 아키유키가 물었다. "네" 하고 고로가 무슨 오해를 했는지 머리를 끄덕였다. "원숭이 같은 아이가 원숭이 같은 아이를 낳는 거로군."

"원숭이 같다느니 매실장아찌 같다느니 하고 아키유키가 말했지." 미에가 말한다.

"언제야 산달은?" 시게조가 묻는다.

"구월." 미치코가 대답한다.

"부모님 말씀대로 단 걸 먹지 말라고 하면 먹지 말아야지. 그렇게 하지 않으면 젖도 안 나올 거야."

"아직 낳지도 않았잖아" 하며 미치코는 후사의 말에 웃는다. "제대로 낳을 수 있을지 없을지 걱정인데."

"낳지 않으면 되잖아." 후사가 말했다. "누구나 처음에는 그렇게 생각하기 마련이야."

"정말로 아버님께도 아키유키에게도 폐를 끼치는군요."

사네히로는 그렇게 말하며 가볍게 머리를 숙였다.

"할머니는 몇이나 낳았어요?" 미치코가 물었다.

"낳은 건 여섯 명." 후사는 뜻하지 않은 질문에 무뚝뚝하게 대답했다. "미에와 기미코 사이에 사내아이가 하나 있었는데, 죽었어. 그래서 이쿠오는 아키유키가 태어나자 무척 좋아했지."

"아들이다, 아들이야, 하고." 미에가 말했다. 미에는 아키유키를 봤다. 아키유키는 미에가 자기 얼굴을 보는 게 아니라, 자신을 통해서 스물네 살의 나이에 독신으로 죽은 형을 보고 있다는 사실을 알 수 있었다. 그 미에의 눈이 부담스럽게 느껴졌다. 나는 오로지 나 혼자다, 라고 생각했다.

아키유키는 과거에 자신에게는 성이 세 개 있다고 생각한 적이 있었다. 실제로 그랬다. 아키유키는 후사의 사생아로서 후사의 망부(亡夫)인 니시무라에게 입적되었다가, 중학교를 졸업할 때, 의붓아버지인 시게조가 자신의 아이로 인정하는 형식으로 다케하라의 적에 올랐다. 생부인 그 사내는 하마무라 류조라고 했다. 아키유키는 어렸을 때부터, 자신이 그 사내나 그 사내의 자식들과는 무관하다고 생각하고 있었음에도 불구하고, 하마무라라는 성을 접할 때마다 몸이 뜨거워지는 느낌이 드는 것이 신기했다. 그 사내는 자신과 생김새나 체구가 비슷했다. 지금 동거중인 요시에와 사내 사이에서 태어난 어느 아이보다도 아키유키가 사내와 닮았다는 사실은 인정하고 있었다. 조금 전에도 그랬다. 도루를 덤프트럭의 조수석에 태우고 다음 공사에 사용할 콘크리트의 견적서를 갖고 '후지타'로 가는 길에 그 앞의 '아카시아'에 들렀다. 외부 머플러를 떼어낸 오토바이의 공회전 소리가 실내에 흐르는 음악을 흡수해버렸다.

"뭐야, 저 머저리들은?" 도루는 말했다. 오토바이가 잇달아 가게 앞에 멈춰섰다. 오토바이는 공회전 경쟁을 하고 있는 듯이 보였다. "저런 쓸데없는 짓 하지 말고 막노동이라도 해보지." 도루는 말했다. 엔진 소리가 멎었다. 이어서 누군가가 "하마무라!" 하고 부르는 소리가 들렸다.

한눈에 알 수 있었다. 헬멧을 오른손에 껴안은 채 문을 열고 맨 먼저 들어온 것은 그 사내의 아들이었다. 아키유키의 이복동생이었다. 열아홉 살이었다. 도루는 잠자코 있었다. 아키유키는 시선을 돌려 바깥을 보았다. 정오를 넘긴 햇살은 모든 사물에 짙은 그림자를 만들고 있었다. 맞은편 '후지타' 앞에 덤프트럭을 바싹 붙여 세워놓았다. 사무를 보는 여자가 덤프트럭의 뒤쪽에서 얼굴을 내밀더니, 현관 앞에 주차하면 곤란하다는 듯 손으로 트럭을 밀고 발로 타이어를 차는 시늉을 했다. 도루는 아키유키가 바깥의 여자를 보고 있는 것을 알아차리고 "이리로 부를까?" 하더니 손짓을 한다. 여자는 '아카시아'에서 손짓하는 도루를 알아차리지 못하고 안으로 들어갔다.

"저 여자하고 잤어?" 도루가 물었다. "아니" 하고 대답했다. 아키유키는 자신의 생각이 초점을 잃고 흐려진 것을 깨달았다. 아키유키는 뒤돌아보지 않아도, 이복동생인 히데오가 자기를 알아차리고 바라보고 있다는 것을 알 수 있었다. 이런 일은 예전에도 자주 있었다. 아키유키는 넌지시 시선을 돌리거나 슬며시 자리를 뜨곤 했다. 거리에서는 얼굴을 피했다. 그것은 히데오도 마찬가지였다. 그런데 요즈음은 달랐다. 얼굴을 바라보고 눈이 마주쳐도 피하려 하지 않는다. 언젠가 비가 내리는 날이었다. 기분이 언짢은 날이기도 했다. 우연히 마주친 다방에서 자신을 바라보는 그 눈길이 성가셔서 "뭐야, 내 얼굴에 뭐가 묻었어?" 하고 물었다. "아니" 하고 히데오는 대답했다. "그렇다면 보지 마. 기분 나쁘게." "봐도 상관없잖아." 히데오는 대꾸했다. "보면 닳기라도 해? 보면 손해라도 입어?" 히데오는 아키유키에게 협박이라도 당한 것처럼 울먹이는 목소리였다. 노골적으로 자신의 얼굴을 보게 된 건 그후부터라고 아키유키는 생각했다. 그리고 자신이 이복동생인 히데오를 어떻게 여기고 있는지 자기 자신도 이해할 수 없다는 생각이 들었다. 그 사내에 대해서도 마찬가지였다. 상관없다고 생각하면 거짓말이고, 상관이 있다고 생각하는 것도 거짓말이라는 사실을 알고 있었다. 그 사내는 그 사내 나름대로 이십육 년의 세월이 지났고, 아키유키는 아키유키 나름대로 이십육 년의 세월이 흐른 것이다. 아키유키는 어머니의 아들로서 아버지가 다른 형제들 속에서 살고 있으며, 지금 의붓아버지의 집에 있다. 의붓아버지의 아들로서, 공사장의 노동자로서 지금 살고 있다.

아키유키는 히데오의 시선을 받으면서, 문득 자신이 세 가지 이름의 한가운데 위치하고 있으며, 어떠한 것으로부터도, 어떠한 사건으로부터도 전혀 피해를 입지 않고 현재에 이르렀다는 사실을 깨달았다. 어머니는 아키유키 하나만 데리고 자신의 집에서 의붓아버지와 살림을 차렸다. 버림받은 것은 어머니와 전남편 사이에서 태어난 네 자식이었다. 형은 어머니를 죽여버리겠다고 했다. 이 년 전, 시댁에서 형제간의 싸움이 발단이 되어 칼부림 끝에 살인 사건이 발생하자, 미에는 정신적 타격으로 미쳐버렸다. 몇 번이나 죽으려 했다. 정신병원에 가자는 어머니의 말에 충격을 받고 "또 사람을 죽일 거야? 자식을 버릴 거야?" 하며 어머니에게 덤벼들었다. 아키유키는 누나를 붙잡아 말리며, 누나 역시 어머니를 죽이고 싶어한다고 생각했다. 나는 그 사내를 어떻게 생각하고 있는 것일까, 하고 아키유키는 생각했다.

"아키유키!" 하고 도루가 말했다. "이쪽을 주시하고 있어."

"내버려둬" 하고 아키유키는 말했다. "보고 싶은 녀석은 보라지."

덤프트럭에 타기 전에 '후지타'로 들어가 여자에게 전표를 받았다. 여자는 아까 '아카시아'에서 아키유키가 보고 있었다는 사실을 모르는지 "언제나 저희 가게를 이용해주셔서 감사합니다" 하고 인사를 했다. "감독님께도 그렇게 말씀드려주세요."

"싫어" 하고 도루가 아키유키 대신 농담을 한다.

"그러지 마시고 제가 감사해한다고 전해주세요."

전표를 받아들고 밖으로 나온 도루는 "저 색골, 이놈 저놈한테 몸을 맡기다니" 하고 말한다. 두 사람은 덤프트럭에 올라탔다. '아카시아'의 유리창에 햇빛이 반사되어 눈부셨다. 그 속에 히데오가 있다고 생각했다. 그 사내에 관해서 전부 알아내야지, 아니 내 몸 속에 흐르는 그 사내의 절반가량의 피를 철저히 파헤쳐야지 하고 아키유키는 생각했다. 엔진을 걸었다. '후지타'의 여자와 잔 것도 사실은 그 때문이었다. '후지타'가 주식회사이고, 그 주식의 대부분을 그 사내가 장악하고 있다는 사실을 소문으로 들었다. 그 사내가 후지타의 사장이 발행한 어음을 횡령하여 주식의 대부분을 가로챘다고, 한때 토건 청부업자와 감독, 그리고 인부들 사이에서도 소문이 나돌았다. 여자가 첩이라는 소문도 있었다. 아키유키는 그 소문을 듣고는 여자를 희롱하고 유혹해서, 결국 그 여자와 관계를 맺은 자신의 속셈을 지금껏 알 수 없었다. 소문은 결국 소문일 뿐이었다는 것을 나중에 알았다.

해가 빛나고 있었다. 커브를 틀었다. 아키유키는 햇빛을 온몸에 받았음에도 더욱 어두워진 듯한 기분이었다. 강을 끼고 국도를 달려 지류를 따라 생긴 길로 접어들었다. 겹겹으로 솟은 산이 보였다. 햇빛을 받은 산꼭대기가 희뿌옇게 보였다. 산의 풍경에 서서히 물들기 시작하는 느낌이었다.

마이크로버스 뒤에 덤프트럭을 세웠다. 도루는 잠자코 운전을 하고 말없이 차에서 내리는 아키유키의 얼굴을 지켜보았다.

아키유키는 일을 시작하자 그제야 자신의 몸이 햇빛에 물드는 것을 느꼈다. 땀이 피부 위로 한 꺼풀의 막을 이루었고, 그 막으로 미미한 바람을 느꼈다. 자신의 그림자가 흙 위에 드리우고, 그 흙을 곡괭이로 일군다. 삽으로 퍼낸다. 호흡 소리가 단지 팔과 배의 근육뿐인 빈 체강(體腔)에서, 햇빛에 달궈진 흙냄새가 나는 공기와 파헤쳐지는 흙에 공명했다. 흙이 호흡하고 있었다. 공기가 호흡하고 있었다. 아니 산의 풍경이 호흡하고 있었다. 마치 구멍이라도 뚫린 듯한 몸으로 일하고 있는 자신이 과거와 현재를 지니고 있다는 사실이 신기하게 여겨졌다. 과거 따위는 떨쳐버리고 싶다. 아니, 공사장에서 일하는 아키유키에게 과거 따위는 아무것도 없었다. 지금, 일을 한다. 지금, 곡괭이로 땅을 판다. 삽으로 퍼낸다. 곡괭이가 아키유키였다. 파헤쳐진 흙, 땅속에 묻혀 있었던 탓으로 젖은 듯한 검은 돌, 바람에 떨리는 풀, 그 산에서 몇십, 몇백 년을 자랐는지 알 수 없을 정도로 하늘을 향해서 뻗어나 가지를 드리우고 있는 삼나무 거목, 그 모든 것이 아키유키였다. 아키유키는 공사장 일을 하면서 그 풍경에 완전히 물드는 것이 좋았다. 매미가 울고 있었다. 여러 마리의 울음소리가 중복되어 파도치다가 어느 순간에 문득 멈춘다. 그리고 다시 한 마리가 조심스럽게 울기 시작하면 다른 매미들의 소리가 중복된다. 이마에서 눈꺼풀로 땀이 흘러내려 진주처럼 매달린다. 몸이 타서 눌어버린 듯한 느낌이었다. 아키유키는 함께 일하고 있는 도루나 나카노도 역시 마찬가지일까 하는 생각이 들어 얼굴을 들었다. 몸을 폈다. 벗어젖힌 가슴에 땀이 흘러내리는 것이 보였다.

나카노는 머리에 두건을 두르고 있었다. 호흡 소리가 들려오는 것 같았다.

운전수인 후지사키는 나카노의 저편에서, 역시 아키유키와 마찬가지로 상반신이 알몸이 되어 곡괭이질을 하고 있다. 여자 인부는 삼태기로 흙을 퍼내고 있다. 도루와 기요짱이 콘크리트를 깐 장소에, 퍼낸 흙을 평평하게 고르고 있었다. 마을 아이들 세 명이 요이치를 데리고 은어잡이를 하던 강물 속에 들어가 땅을 파고 있는 아키유키 일행을 지켜보고 있었다. 신기하겠지, 하고 생각했다. 작은 강을 따라 생겨난 마을에, 덤프트럭에 작업 도구를 싣고, 마이크로버스에 인부들을 싣고 강 하구의 동네에서 온 것이다. 남자들은 상반신 알몸으로, 여자 인부들은 머리에 수건을 두르고 땅을 판다. 그리고 파낸 흙을 골라서 평평하게 만든다. 레벨 측량을 해서 끈으로 테두리를 두르고 거푸집널로 틀을 만든 다음, 좁은 길에 꽉 찰 정도인 믹서차를 불러 콘크리트를 붓는다. '후지타'의 믹서차는 국도에서 현장까지 들어오는 데에는 문제가 없었지만, 막상 되돌아가려 할 때는 애를 먹었다. 현장에는 방향전환을 할 만한 곳이 없었다. 어쩔 수 없이 아키유키와 도루의 유도로 공터가 있는 곳까지 후진해갔다. "오라이, 오라이!" 하고 무뚝뚝하게 말하는 도루의 목소리를, 신기해서 모여든 마을 아이들이 흉내냈다.

"도루, 저 녀석들이 또 와 있군."

"같이 놀아줄 걸로 생각하는 모양이지. 저 애들에게는 장난일지 몰라도 우리에게는 일이라고." 기요짱은 말한 뒤, 머리에 두르고 있던 수건으로 얼굴의 땀을 닦는다.

"애들은 좋겠어. 고생도 모르고."

"벌써 여름방학이야?" 아키유키가 묻는다.

"어제, 그제부터 여름방학이잖아." 도루가 대답한다.

"머지않아 본이로군." 나카노가 말한다.

"요이치가 본을 모른다며 본이 언제냐고 묻기에 열 밤 자고 나면 본이라고 했더니, 열흘째에 오늘이 본이다, 하고 말하더라구." 도루는 그 일을 떠올리고는 앞니를 보이며 웃는다. "난 그런 말 했던 걸 까맣게 잊어먹고, 바보 같은 소리 하지 말라고 했지. 그랬더니 갑자기 덤벼들어 얼굴을 할퀴는 거야."

"보너스도 나오고?" 기요짱이 말한다.

"안 돼" 하고 아키유키가 말했다. "기요짱만큼은 다른 사람의 절반이야."

"왜?"

"나에 대한 서비스가 나쁘니까. 언제나 도루하고 짜고 일하면서 나를 피하잖아."

"무슨 소리야?" 기요짱은 코웃음친다.

"여자란 누구나 임자 있는 사내에게는 차가운 법이야. 독신은 도루 뿐인걸. 여자라면 가까이 가서 함께 일하려는 게 당연하지."

"나도 독신이라구."

"아키유키 씨는 곧 결혼할 거잖아요."

아키유키는 웃었다.

하늘의 해가 산 너머에서 나타난 구름에 가렸다. 그늘이 졌다. 산의 나무들은 일순간에 칙칙한 색으로 변했다. 바람에 흔들리는 풀의 푸르름도 엷은 막을 하나 씌워놓은 듯이 보였다. 아키유키는 다시 곡괭이를 땅에 내리치는 팔의 움직임, 힘주어 곡괭이질을 하기 위해 힘껏 버티고 있는 양다리의 움직임에 호흡을 맞췄다. 그러자 온몸이 텅 빈 듯이 느껴졌다. 그 속으로 매미들의 울음소리가 울려퍼진다. 아키유키는 풀잎이었다. 피부에 닿는 산들바람을 느꼈다. 흙은 아키유키의 호흡에 맞춰서 다시 호흡을 시작한다. 물놀이를 시작한 아이들의 목소리가 매미 소리와 뒤섞여 들린다. 문득 아키유키는 '아카시아'에서 자신을 바라보던 히데오의 눈을 떠올리고는, 습기 찬 체액 같은 것이 자신의 몸 속에 고이는 것을 느꼈다. 그것도 울적하게 말이다. 남들의 시선이 부담스러웠다.

시내를 향해서 한창 국도를 달리던 중이었다. 혼구로 곧장 이어지는 강변 국도를, 멀리 뒤쪽에서 차체를 낮춘 차가 맹렬한 속도로 달려왔다. 아키유키가 타고 있는 덤프트럭의 백미러에 비친 그 차는 덤프트럭의 두 배 정도의 속도였다. 백 킬로는 족히 넘으리라는 것을 알 수 있었다. 그 차는 두 대가량 추월하여 덤프트럭 뒤에 따라붙더니 클랙슨을 울렸다. 느리다고 신호를 보내는 것인지 차체를 좌우로 흔들다가 다시 클랙슨을 리드미컬하게 잇달아 울려댔다. "뭐야, 저 자식은?" 도루가 뒤돌아보며 말했다. 백미러에 비친 차는 다시 차체를 좌우로 흔들며 따라왔다. 아키유키는 화가 났다. 차의 앞 유리가 석양을 받아 빛을 반사했다. 아키유키는 속도를 높였다. 마침 맞은편에서 오는 차가 없었다. 차는 스피드를 올려 덤프트럭을 추월해서 앞으로 나가더니 아키유키를 조롱하듯이 클랙슨을 울리며 꽁무니를 흔들었다. "붙잡아서 혼을 내줄까?" 하고 도루가 말했다. 앞차는 왼쪽 깜빡이등을 켰다. "아키유키, 앞차가 서려는 모양이야." 도루는 말했다. "차 좀 세워봐." 그대로 추월할까 생각했지만, 도루가 시키는 대로 아키유키도 왼쪽 깜빡이 등을 켰다. 히데오일지도 모른다는 생각이 들었기 때문이다. 차가 멈췄다. 도루가 덤프트럭에서 내리려는 것을 아키유키가 제지했다. 차에서 내린 것은 고로였다. 고로는 다가와 덤프트럭의 발판으로 뛰어오르더니, 열려 있는 창으로 머리를 들이밀고는 "아키유키 형, 지금 돌아가는 중인가요?" 하고 물었다. 그 목소리는 난폭한 운전과 어울리지 않았다. 아키유키는 "응" 하고 무뚝뚝하게 대답했다.

"아는 사람이야?" 도루는 물었다.

"미치코의 사내야." 아키유키는 대답하고는 "뭐가 신이 나서 그렇게 달린담" 하고 혼자 중얼거렸다.

고로는 창문을 손으로 잡고 매달려 말한다. "덤프트럭 면허나 딸까?"

"요번에는 덤프트럭으로 질주할 작정이야?"

"내일부터 착실하게 일할 작정입니다." 고로는 말한다. 그리고 창에서 손을 떼고 덤프트럭 발판에서 뛰어내려 손을 털면서 "오랜만에 저 안쪽까지 갔다왔어요" 하고 말한다. "훨씬 저쪽에, 덤프트럭이 드나드는 곳에, 덤프트럭이 흘렸는지 자갈이 길바닥에 흩어져 있더군요. 경찰이 와서 일방통행을 시키고 있습니다."

"지금 집으로 돌아가는 길인데 그쪽하고 무슨 상관이야?" 아키유키는 고로가 체구만 컸지 아주 어리다고 생각했다.

"그게 아닙니다. 경찰 오토바이가 지키다가 차체가 낮은 이 차를 보고는 잠깐 와보라기에 백사십 킬로 정도로 도망쳐온 겁니다. 계속 쫓아왔는데 포기했는지 보이지 않게 됐을 때 마침 이 덤프트럭을 발견하고는 삼촌이 타고 계시구나 생각했죠."

하늘이 적동색으로 물들어 있었다. 국도 곁의 강물이 하얗게 보였다. 그 건너로 산이 검게 솟아 있었다. 저녁이었다.

그로부터 꼭 네 시간 뒤, 목욕과 식사를 마치고 집에 있는 아키유키에게, 고로의 차가 부서지고, 고로는 죽도록 얻어맞아 피투성이가 되었다고, 누나인 미에로부터 전화가 왔다. 갑작스런 일이었다. "곧바로 갈까?" 하고 아키유키는 말했다. 미에는 우물거렸다. "상대가 누군데?" 하고 아키유키는 물었다. 미에는 울먹이는 소리로, 상대는 그 사내의 아들, 네 동생인 히데오야, 하고 대답했다. 고로가 패거리의 누군가와 다투다가 그것이 원인이 되어 그룹의 리더인 히데오에게 얻어맞았다는 것이다. 패거리 전원이 달려들어 차를 마구 부셨다며 미에는 울었다.

"내가 가볼게." 아키유키는 말했다. "한심한 녀석들이군."

"오지 않아도 돼!" 미에는 소리치듯 말했다. "미치코 아버지도 화를 내고 있고 미치코도 울고 있거든. 미치코 아버지는 화가 나서 히데오와 류 씨를 오라고 했어. 와서 납득이 가도록 사죄하지 않으면 경찰에 연락해서 소년원이나 교도소에 집어넣겠다는 거야." 미에는 전화기

저편의 아키유키에게 애써 자신의 분노와 불안, 가운데 낀 입장의 괴로움을 전하지 않겠다는 듯이 목소리를 죽여서 운다. 아키유키로서는 누나인 미에의 기분을 알 수 있었다. 미에가 괴로울 때 의지할 수 있는 혈육이라고는, 이곳에서는 아키유키와 어머니 후사뿐이었다. 그 아키유키의 이복동생이 딸의 남편을 폭행했다. 또 집안에서 말썽이 벌어진 셈이었다. 그러나 아키유키에게는 너무나 황당한 이야기였다. 미에는 수화기 저편에서 기묘한 신음 소리를 내더니 "오면 안 돼, 오면 안 돼" 하고 잠꼬대처럼 말한다.

어머니와 요이치는 수화기를 들고 서 있는 아키유키를 쳐다보고 있었다. 텔레비전이 있는 방에 의붓아버지인 시게조가 없는 게 다행이라고 생각했다. 의붓아버지가 있었다면, 미에의 집에서 무슨 일이 있었느냐고 물을 것이고, 아키유키가 전해들은 사건의 전말을 이야기하면, 시게조는 그 중재를 위해서, 아니 어머니의 남편으로서 어머니의 자식 집이 당한 희생을 보상받을 수 있도록 하기 위해서 그곳으로 갈 것이다. 아키유키는 당연히 만류할 것이다. 그것은 의붓아버지와 친아버지가 서로 마주치는 것을 피하게 하려는 배려가 아니다. 형이 죽고 없는 지금, 아키유키는 어머니의 자식 중 맨 마지막에 태어난 단 한 명의 남자로서, 어머니의 자식들로 구성된 일족의 우두머리기 때문이다.

갑자기 미에의 울음소리가 수화기에서 사라지고, 잠깐 바꿔봐, 안 돼, 잠깐만, 하고 수화기를 서로 빼앗으려는 목소리가 들리더니 "아키짱, 아키유키 삼촌? 삼촌이야?" 하고 흥분한 미치코의 날카로운 목소리가 들린다.

"그래, 왜?" 아키유키는 무뚝뚝하게 낮은 목소리로 대답했다.

"삼촌, 있잖아." 미치코는 일순간 숨을 죽였다. "죽여버리고 싶을 정도야. 오늘처럼 화가 난 적은 없어. 오늘처럼 남을 미워해본 적은 없다구."

"뭐야, 누구 말이야?" 귀찮은 듯이 물었다.

"당신 동생 말이야!" 미치코는 외쳤다. 수화기 저편에서, 안 돼, 아키유키는 아니야, 하는 미에의 목소리가 들린다. 배가 불룩한 미치코가 수화기를 양손에 붙잡고 웅크린 탓에, 수화기를 빼앗으려는 미에는 미치코를 완력으로 짓누를 수밖에 없다. 아니야, 아니라니까, 하며 미에는 당황해서 울 뿐이다. "비겁한 놈들이야. 비겁한 놈들이라구! 무리로 달려들어 에워싸고 말이야. 그 녀석 혼자서 때렸어. 그것도 주먹이 아니라 흉기로. 고로가 내일부터 마음을 고쳐먹고 일을 하겠다고 말한 날에 이런 짓을 당하다니. 그 녀석들은 심보가 썩었어!"

"고로는?"

"머리에서 피가 나서 아빠하고 병원에 갔어." 그렇게 말하고 미치코는 흥분이 가라앉았는지 미에를 바꿨다.

"아키유키." 미에는 말했다. "아키유키." 미에는 그렇게 말하고 목이 메어 울었다.

미에가 또 무엇인가를 떠올리고 있구나, 하고 아키유키는 생각했다.

이 년 전, 형제간의 싸움 끝에 미에의 남편인 사네히로의 형 후루이치가, 사네히로의 여동생 미쓰코의 남편인 야스오에게 칼에 찔려 죽었을 때도 그랬다. 미에는 과로와 지나친 마음씀으로 후루이치의 장례식 다음날부터 드러누웠다. 늑막염이 재발했다는 진단을 받았다가 오진이었음이 밝혀지자, 미에는 정신이상에 걸렸다. 누군가가 자기를 죽이러 온다고 말했다. 아키유키는 그때 미에를 달래면서 미에가 두려워 겁을 내고 있는 것은 이쿠오 형이라고 생각했다.

미에는, 이쿠오가 야스오와 겹쳐져 자신을 죽이러 온다고 생각했다. 미에에게 이쿠오는 깨끗한 존재였다. 순수하고 티 없는 그대로였다.

기분이 안정되자, 방에 깔아놓은 이불에 누워 잠깐 눈을 붙이고 깨어난 미에는 아키유키와 어머니에게 "방금 오빠 꿈을 꿨어" 하고 말했다. 이쿠오는 언제나 하얀 복장이었다. 젊었을 때 그대로였다. 정상으로 돌아왔다가 다시 정신이 나간 미에는, 걸핏하면 자신의 손이 더럽다며 씻고 싶어했다.

아키유키는 밤의 어둠 속을 걸었다. 발소리가 들렸다. "당신 동생"이라고 한 미치코의 말이 떠올랐다. 어머니 후사가 여자 혼자 손으로 다섯 자식을 키우기 위해 행상을 했기 때문에, 미에는 아키유키의 누나이자 어머니이기도 했다. 그 미에의 딸은, 아키유키에게는 질녀에 해당하지만, 어린 여동생이라 해도 좋았다. 미치코가 태어나 걷기 시작하던 때의 일도 알고 있다. 서서 걷기 시작할 무렵, 걸을 때마다 넘어져서 소아과 의사에게 보였더니 다리가 이상하다는 대답이었다. 현청 소재지에 있는 대학병원으로 데려가자, 가벼운 안짱다리니 걱정할 필요는 없다는 진단이 나왔다. 안심했다. 그 미치코가 "당신 동생"이라고 말했다.

분명 히데오는 이복동생이었다. 그 사내, 히데오의 아버지 하마무라 류조는 친아버지였다.

아키유키는 자신이 무의식중에 피해왔던 것들이―어머니와 어머니의 자식인 형과 누나 세 사람, 의붓아버지와 그 아들인 후미아키―이제 눈앞에 다가오고 있음을 깨달았다. 그러나 미치코가 그렇게 말했기 때문은 아니다, 라고 생각하며 아키유키는 미에의 집으로 가기 위해서 왼쪽 길로 접어들었다. 아키유키의 집에서 미에의 집까지는 걸어서 십 분가량의 거리였다. 가로등이 있는 작은 도랑의 제방을 걸으면서 생각했다. 높은 언덕 같은 산이 검게 하늘에 솟아 있었다. 그 곁에 아키유키의 집도 후미아키의 집도 있었다. 도루의 집은 바닷가의 방풍림 곁이었다.

히데오가 그런 짓을 저질렀기 때문도 아니다. 그것은 당연하고 자연스러운 일이었다.

제방에 무성히 자란 풀의 이슬이 바짓자락을 적셨다. 아키유키는 풀잎을 뜯었다. 히데오에게 으름장을 놓는 자신을 상상했다. 그 사내가 미에의 집에 히데오를 데리고 와서 앉아 있는 모습을 상상했다.

밤의 차가운 흙냄새와 도랑의 물냄새가 났다. 왼쪽으로 길을 꺾었다. 바람이 잦아들어 길을 따라 일군 밭의 경계에 심은 나뭇가지도 흔들리지 않았다. 자신의 몸이 바깥 세계와 마찬가지로 어둡고, 피와 내장으로 가득하여 무거운 느낌이었다.

달은 뜨지 않았다. 음악처럼 들리는 나뭇잎 소리도 매미 소리도 없다.

아키유키는 옛일을 떠올렸다. 형이 이 길을 반대로 걸어, 칼을 들고 죽이러 왔다. 이쿠오는 예전에 어머니와 자식들이 함께 살다가 지금은 미에 부부가 사는 집에 혼자서 살고 있었다. 그 무렵 장녀인 요시코는 나고야에 있는 방적 공장의 맏아들에게 시집을 갔다. 삼녀인 기미코는 오사카의 니시나리 구 이마이케에서 술집 마담을 하고 있는 사촌 집에 아이 보는 일을 하러 갔다. 어머니 후사와 아키유키가 그 집을 나온 후에도 같이 살며 식사 준비와 빨래를 도맡아 하던 차녀 미에는 사네히로와 함께 도망을 쳤다가 다시 돌아왔지만, 그 집에는 얼씬도 하지 않고 사네히로의 생가에 기거했다. 이쿠오는 술에 만취해 있었다. 술에 취해서 이 길을 혼자, 어머니와 동생 아키유키를 죽이겠다며 걸었다. 이쿠오는 다다미에 칼을 내리꽂으며 "모두 죽여버릴 테야!" 하고 외쳤다.

아키유키는 그 광경을 몇 번이고 머리에 떠올리며 되새겼다. 스무 살 때, 스물네 살 때, 그리고 스물여섯 살인 지금, 자신의 몸이 여기에 있는 것은, 동생이 죽든 형이 죽든 목숨을 교환한 결과라고 생각했다. 그것이 아키유키의, 그 사내에게서 절반가량의 피를 받아 태어난 이후의 이십육 년간이라고 할 수도 있다.

스물여섯 살이다.

이쿠오가 죽었을 때의 나이보다 두 살가량 많다.

체구가 컸다. 혼담도 있었다.

길을 다시 왼쪽으로 꺾어서 골목으로 들어섰다. 골목 안의 집들은 한결같이 창문과 현관을 활짝 열어놓고 있었다. 텔레비전을 보느라 정신이 팔려 있는 집도 있다. 집 앞에는 예외없이 평상이 있고, 잠방이 차림의 사내나 잠옷처럼 소매가 없는 옷을 입고 있는 여자들이 앉아 있다. 아키유키는 걸으면서, 그 평상이나 집 안에서 자신을 바라보는 눈이 있다는 것을 알았다. 언제나 누군가가 보고 있는 것이었다. 아키유키만이 아니라 이 골목에 들어오는 사람은 반드시 어두운 곳, 창문 틈, 골목 안 집들 사이의 비좁은 장소에 심은 나무나 숲 사이로 감시당하고 있다. 교도소에서 갓 출소한 사내가 세 살 난 아키유키를 확인하러 왔을 때도 그랬다.

후사에게 "아이를 내놔" 하고 말하자 화가 난 후사는 장작개비를 들고 덤벼들었다. 공동 우물에서 놀고 있던 세 살 난 아키유키에게, 아키유키와 똑같이 생긴 커다란 사내는 "아빠와 함께 갈까?" 하고 물었다. "아빠가 데리러 왔어." 아키유키는 "나를 키워주지 않았으니까 아빠가 아냐" 하고 대답했다. 이 골목에 사는 사람들 중에 그 사건을 모르는 사람은 하나도 없을 정도였다. 수많은 눈이 그 사내를 보고 있었다.

그 공동 우물은 사용되고 있진 않았지만 허물어진 채 아직도 있었다.

현관에서 새어나온 불빛이 골목을 비추고 있었다. 아키유키는 그 불빛 속에 섰다. 말소리는 들리지만 미에의 모습도 미치코의 모습도 보이지 않았다. 아키유키의 등뒤에서 벌레가 울고 있었다. 그곳은 막다른 골목으로 오른쪽으로 가면 역으로 이어지는 큰길이 나오고 왼쪽으로 가면 골목을 감싸는 듯한 모양의 높지막한 산으로 이어지는 길의 바로 중간 지점이었다. 미에의 집은 골목이 끝나는 모퉁이에 있었다.

아키유키는 소리없이 집 안으로 들어갔다. 마루 귀틀의 판자가 발 밑에서 삐걱거리는 소리를 냈다. 미에는 안쪽에 불단을 마련한 세 평짜리 방에 있었다. 어깨를 늘어뜨리고 등을 구부린 채 다리를 옆으로 모은 자세로 앉아서 미치코의 이야기를 듣고 있었다. 미에는 아키유키가 온 것을 눈치채지 못했다. 미에의 모습은 이 년 전 정신이 이상해지던 맑은 날 오후, "머리가 기분 나빠" 하며 몇 번이나 양손으로 빗을 잡고 머리를 빗던 모습을 떠올리게 했다. 그때도 창백한 얼굴을 하고 있었다. 머리카락이 빗에 달라붙어서 빠진다며 울었다.

"아직 오지 않은 모양이군."

아키유키가 말했다. 목소리가 잠겨 있었다.

미에가 얼굴을 들었다. 전등을 등지고 선 아키유키를 바라보았다. 울어서 눈이 퉁퉁 부어 있었다. 아키유키를 아키유키가 아니라 다른 사람으로 착각했는지, 미에는 눈이 부신 듯 눈을 가늘게 뜨고 얼굴을 바라보았다.

"머리가 깨졌으니까." 미에의 옆에 있던 미치코가 빠른 어조로 말했다. "그렇게 빨리 돌아오진 못할 거야." 목소리가 평소보다 높았다.

"아니" 하고 말한 아키유키는 미에의 시선을 감당할 수 없다는 듯이 방을 둘러보고는 입을 다물었다. 불단이 있는 그 방에서 아키유키는 미에와 마주보는 형태로 앉았다. 아키유키의 등뒤에 붙어 있던 어둠이 방 안의 불빛 속에 녹는다. 자신의 몸 속에, 달빛을 받으며 바람에 흔들리는 산 속의 수풀처럼 시끄러운 소리를 내는 것이 있다. 한 차례만 더 강한 바람이 불면 그것은 모든 나뭇가지며 잎사귀들을 일제히 울려대는 산울림이 될 것이다.

아키유키는 무슨 일이 있더라도 그들과 정면으로 대결할 생각이었다. 어쩔 수 없는 일이었다. 히데오가 미치코의 남편이 될 고로를 때려서 상처를 입혔다. 사사로운 일이었다. 어디서나 자주 있는 일이었다. 제대로 된 직장도 없이 놀기만 하는 젊은이들이 아니라도, 사방이 바다와 산과 강으로 둘러싸인 좁은 땅덩이에서는 사람이 사람을 때리는 싸움은 일상 다반사였다. 화재가 많았다. 살인 사건이 많았다. 때리고 상처를 입히는 것은 사사로운 사건에 불과하다. 하지만 그것은 아키유키의 골격 큰 몸 속에 흐르는 피와 또하나의 피의 충돌이었다. 남의 일이 아니었다. 아키유키는 불단 위의 윗중방에 걸려 있는, 야스오의 칼에 찔려 죽은 후루이치의 웃는 모습의 사진을 보며 생각했다. 액자 유리에 전등 불빛이 반사되었다. 아키유키는 눈을 돌렸다. 형 이쿠오와 미에의 아버지 사진은 불단 안에 넣어놓은 사진틀 속에 들어 있다. 아키유키는 미에를 봤다. 미에는 다리를 옆으로 모아 앉은 채 머리를 숙이고는, 마치 야단이라도 맞은 아이처럼 오른손으로 다다미 눈금을 천천히 쓰다듬고 있다. 형과 이 집에서 살다가,

형이 죽자 다시 이 집으로 돌아와 이곳에서 정신이상을 일으킨 미에는, 지금 다시 스물네 살에 죽은 형의 시선을 받고 있다. 미에 부부가 살면서 크게 개축하기는 했지만, 불단이 있는 방의 기둥도 윗중방도 옛날 그대로였다. 누구 짓인지 윗중방까지 갈색으로 변한 기둥에 홈이 나 있다. 이쿠오가 자신의 키를 잰 흔적일까, 하고 아키유키는 생각했다.

미에가 이 집에서 형 이쿠오와 둘이서 살았던 것은, 초등학교 2학년인 아키유키가 후사를 따라서 다케하라 시게조와 후미아키가 사는 집으로 옮겼던 당시부터, 얼마 후 삼녀인 기미코가 오사카의 이마이케에서 술집 마담을 하고 있는 사촌 집에 아이 보는 일을 맡아 갈 때까지의 이 년간이었다. 미에는 이쿠오와 이 집에서 단 둘이서만 살다가 열일곱의 나이로 사네히로와 가출하였고 되돌아와 미치코를 낳았다. 이쿠오는 그때 스물인가 스물한 살이었다.

미에는 요시코나 기미코처럼 중학교를 졸업한 뒤 다른 곳으로 팔려가지 않았다. 그것은 드문 일이었다. 후사는 미에가 다른 아이들처럼 객지로 일하러 가기에는 몸이 너무 약하다고 중학교의 취직 담당 교사에게 말했다. 미에 자신도 다른 곳에 가기를 싫어했다. 그래서 이쿠오의 알선으로 번화가에 있는 빠찡꼬 점의 경품 담당 자리를 얻었다. 사네히로와는 그곳에서 알게 되었다. 사네히로는 이쿠오와 동갑이었다.

이쿠오는 아키유키에 비하면 살결이 희고 연약한 체구였지만, 그래도 거리의 청년들이나 빠찡꼬에 출입하는 사내들보다 키가 작은 편도 여윈 편도 아니었다.

미에는 아키유키에게 그 당시의 이야기를 자주 했다.

그날도 미에는 몇 차례나 골목의 공동 우물을 왕복하며 부뚜막의

솥을 물로 가득 채웠다. 그리고 자신의 옷과 이쿠오의 작업복을 대야에 담고 우물가로 가져가 빨았다. 미에는 물냄새와 빨랫비누 냄새가 뒤섞여 나는 것이 자신의 몸 속을 씻어주는 느낌이 들어서 기분이 좋았다. 우물의 펌프 주둥이에서 물방울이 반짝이며 떨어졌다.

어머니 후사가 이쿠오에게 시게조 밑에서 공사장 일을 하지 않겠냐고 물어봤지만, 이쿠오는 공사장 일을 하느니 산 속의 노무자 합숙소에라도 가겠다며 거절했다. 그것도 유쾌했다. 이쿠오가 공사장 일을 할 생각이 있다면 할 수 있었다. 그것은 후사가 "아무리 남매라도 같은 집에 젊은 것들 둘이 있으면 안 돼" 하며 빠찡꼬에 근무할 작정이라면 시게조와 자기가 함께 사는 집에서 다니라고 권하는 것을 미에가 거절했던 것과 같은 심정이었다.

"오빠 뒷바라지는 누가 하란 말이야?" 미에는 후사에게 말했다.

공동 우물에서 오빠 이쿠오의 옷을 빨고 있는 미에에게 "미에 씨네는 젊은 부부 같아" 하고 말하는 골목 주민이 있었다. 그럴 때면 미에는 모르는 척했다. 그런 소문이 있다는 사실은 알고 있었다.

미에는 빨래를 갖고 집으로 들어갔다. 토방에 쌓여 있는 장작 위에 대야를 놓고 빨래를 널었다. 집 옆의, 소이탄 파편으로 위쪽이 잘려 둥치가 굵고 가지가 옆으로 벌어진 감나무와, 이쿠오가 처마에 달아둔 대에 막대기를 걸쳐서 말렸다. 이쿠오는 목수인 아버지의 피를 이어받았는지 손재주가 좋았다.

미에는 빨래를 널면서 이쿠오와 둘이서 집을 지키고 있다는 느낌이 들었다.

골목 어귀의 공터에 심은 보리가 바람에 빛나는 것이 보였다. 빠찡꼬에는 세시에 출근하면 된다. 빨래를 끝내자 불단이 있는 작은 방으로 들어가, 햇빛이 비치는 것을 피해서 벽에 등을 기대고 앉았다. 미에는 잡다한 생각을 했다. 잡다한 생각 하는 걸 좋아했다. 죽으면 도 대체 어떻게 될까? 죽어가는 사람은 자신이 죽는다는 사실을 알까? 절에서 본, 죽어서 거북이가 된 여자의 모습을 떠올리고는, 그것이 자 신인 듯한 느낌이 들었다. 미에는 거북이 껍질을 등에 짊어지고 있지 는 않았지만, 어렸을 때 늑막염 수술을 받아 갈비뼈 세 개를 떼어낸 흔 적이 등뒤에 있다.

갑자기 불쑥 눈앞에 새끼 돼지가 들이밀어졌다. 미에가 얼굴을 들 자 이쿠오가 서 있었다. 새끼 돼지는 네 다리를 붙잡힌 채 꿀꿀거리며 몸부림쳤다. "어쩐 일이야?" 미에가 물었다.

"다나카 씨 집에서 얻었어."

이쿠오는 그날 당장 집 밖에 개를 키울 수 있을 정도의 돼지우리를 만들었다. 또 시작이구나, 하고 미에는 생각했다. 돼지는 젖먹이였다. 이쿠오는 그 돼지를 일 개월가량 키워서 다나카 씨 집으로 데려가, 이 번에는 닭과 교환해 왔다. 냄새가 났다. 집 밖에 닭장을 만들어 열 마 리가량 키울 뿐인데도 닭똥 냄새와 모이 냄새가 집 안으로 들어와 옷 에 배었다. 아무리 빨아도 빠지지 않았다.

집 안의 습기찬 공기처럼 이쿠오는 여기에 있다. 죽은 자와 산 자가 동거하는 미에의 이 집이 아키유키에게는 답답하면서도 아늑하다. 아 키유키는 생각했다. 이 집에 하마무라 류조와 그 아들이 올 것이다. 그 사내가 어떤 얼굴로 찾아올 것인지 궁금했다. 교도소에서 출소하 여 후사가 낳은 아이의 얼굴을 보고 떠난 후로 그 사내는 이 집에 온 적이 없다. 아키유키의 커다란 체구는 그 사내로부터의 유전이었다. 이쿠오나 미에와 전혀 닮지 않은 얼굴도 그 사내에게서 물려받은 것이 다. 몸 속에서 무엇인가 동요하고 있었다.

"어떻게든 해봐." 미치코가 더이상 못 참겠다는 듯 아키유키에게 말했다. 미치코, 하고 미에가 꾸짖고는 다시 머리를 저으며 미치코의 내뻗은 다리에 손을 올렸다.

"싸움에 진 걸로 어른이 일일이 나설 수 없잖아? 곧 오겠지."

"싸움이 아냐, 한 사람을 여럿이서 상대했으니까. 그 녀석이 치사한 짓을 했으니까."

"겁쟁이 녀석. 보나마나 울며 애원했겠지. 떼어버려, 떼어버리라구! 쪼다 같은 녀석의 애는 떼어버리란 말이야." 아키유키는 말했다. "게으른 녀석, 좀 얻어맞아도 싸지. 그런 녀석과는 결혼하지 않아도 돼."

"당신하고 무슨 상관이야!" 미치코의 눈에서 눈물이 솟았다. "무슨 상관이냐구!"

"자기 입에 풀칠도 제대로 못 하는 주제에 대낮부터 자동차나 몰고 다니는 녀석에게 딸을 시집 보내는 사람이 어디 있어?" 아키유키는 그렇게 말하고 "미에 누나!" 하고 소리쳤다. "내일 병원에 데리고 가서 뱃속의 아이를 떼어버리고 와! 그런 녀석에게 애 낳아줄 필요 없어!"

"죽으면 어쩌려구" 하고 미에는 옆으로 다리를 접은 채 낮고 작은 목소리로 말했다. 일부러 힘주어 말하는 아키유키의 마음속을 들여다보고 있는 듯한 어조였다.

"이런 바보는 죽어도 싸."

아키유키의 그 말에 미치코가 "뭐야?" 하며 일어섰다. 눈꼬리가 치켜올라가고 얼굴이 창백했다. 미에가 스커트 자락을 잡고 "미치코, 그러면 안 돼" 하고 말꼬리를 길게 빼며 달래듯이 말했다. 몸 속의 힘이 완전히 빠져버린 목소리였다. 아키유키는 그것을 알 수 있었다. 미치코는 미에의 손을 뿌리치려고 한다. "앉아. 아키유키만큼 너를 소중하게 아끼는 사람은 어디에도 없어."

"몰라, 그런 건."

"무슨 소리야. 이렇게 걱정이 돼서 집에 와줬는데."

"아냐, 아니라니까!" 하고 미치코는 미에에게 스커트를 잡힌 채 무릎을 꿇고 앉아 소리내어 울기 시작했다. 손으로 얼굴을 가렸다. 왠지 손톱의 빨간 매니큐어가 어울리지 않았다. 미에는 울상이 되어 아키유키를 봤다. 아키유키는 시선을 돌렸다. 미치코가 고로와 소꿉장난하듯 살며 고로에게 안기는 모습을 떠올렸다. 손톱의 빨간 매니큐어는 고로의 취향일까. 남자 때문에 울며 난리치는 미치코의 모습은 보고 싶지 않았다. 아키유키와 미치코는 열 살 정도밖에 차이가 나지 않았다. 그 미치코가 운다.

사네히로가 머리와 손에 붕대를 감은 고로를 데리고 온 것은, 아키유키가 미에의 집에 도착한 지 한 시간 정도 지난 무렵이었다. 병원에서 택시를 타고 온 듯 골목 저편에서 엔진 소리가 들렸다. 택시는 돌지도 않고 후진해서 골목 어귀까지 갔다. 사네히로는 아키유키를 보고 눈으로 인사했다. 아키유키도 마주 인사했다.

"아직 안 왔어?" 하고 사네히로는 누구랄 것도 없이 물었다. 고로는 아키유키를 보고 쑥스러운 듯한 웃음을 지으며 가볍게 인사했다. 역시 과일 냄새 같은 향수 냄새가 났다.

"한심한 녀석들" 하고 사네히로는 말했다.

고로는 미치코 옆에 앉아 미치코가 묻는 대로 상처에 관해서 작은 소리로 대답했다. 매니큐어를 칠한 손가락이 붕대 사이로 나온 목 뒤의 곱슬머리를 쓰다듬었다. 아키유키는 두 사람을 보았다. 미치코의 손가락이 목덜미 주위를 쓰다듬었다.

"얼마나 대단한 척하는지 몰라도, 설마 이곳으로 오는 길을 잊어먹은 건 아니겠지. 안 그래, 미에? 아무리 출세했다고는 하지만." 사네히로가 말했다.

"여보, 여기 아키유키가 있어요."

미에가 사네히로의 얼굴을 쳐다보며 말했다.

"괜찮아" 하고 아키유키는 말했다. 자신의 눈 속, 억센 몸 속에 또다시 무엇인가 꿈틀거리는 것을 느꼈다. 사네히로는 입을 다물었다.

무슨 생각이 났는지 사네히로는 분노를 억제할 수 없다는 듯이 전화를 걸었다. 그 사내의 가족이 전화를 받아, 사내와 그 아들은 집에 없다, 어디 갔는지 모르겠다는 식으로 대꾸를 했는지, 사네히로는 "일곱 바늘이나 꿰맸다구!" 하고 수화기에 대고 소리쳤다. 미에가 소리도 없이 울기 시작했다. 코를 훌쩍거렸다. 수화기를 들고 있는 사네히로의 뒷모습이 역광 때문인지 아키유키의 눈에는 털이 곤두선 것처럼 보였다. 전화선 저편에 사악하고 뻔뻔스럽고 시커먼 것이 있었다.

"사과할 줄도 몰라? 죄송하다며 용서를 빌러 올 줄도 모르냐구!" 사네히로가 말하자 수화기 저편의 목소리가, 말씀은 알아듣겠지만 지금은 집에 없다고 대답한 듯, 다시 "뭐가 어째?" 하며 언성을 높인다.

"오지 않을 거야." 문득 미에가 얼굴을 들어 말했다. "오지 않을 거야" 하고 되풀이한다.

아키유키는 미에를 보고 있었다. 창백한 얼굴이었다. 불단 안에 놓여 있는 사진틀의 이쿠오나 그 아버지의 얼굴과 아주 닮았다. 어머니 후사도 장녀 요시코도 삼녀 기미코도, 틈만 나면 아키유키에게 아버지에게서 가장 귀여움을 받은 건 미에라고 말했다. 아버지의 이름은 니시무라 가쓰이치로라고 했다. 가쓰이치로는 목수였다. 전쟁이 시작되기 전이었다. 어느 날, 가쓰이치로는 일하는 곳에서 개를 한 마리 얻어 왔다. 하얀 털의 개였다. 가쓰이치로는 기슈 견*이라고 했지만, 정말 기슈 견으로 비싸게 팔 수 있는 개라면 어째서 차양을 고치러 갔을 뿐인 그 집에서 줬는지 이상했다. 아니나다를까, 사흘 만에 죽었다. 그리고 다시 사흘이 지나자 미에가 발병한 것이었다. 가쓰이치로가 나카모토 집안에서 니시무라 집안으로 양자로 간 덕에 양아버지에게서 받은 산과 밭도, 미에의 치료비를 마련하기 위해서 팔았다. 헐값에 처분했다. 그래도 목숨만 건지면 되었다. 미에는 그 무렵부터 겨우 아버지의 기억이 나는 듯했다. 아버지에게서 나무 냄새가 났다고 미에는 말했다. 현관에 들어서기만 하면 아버지인지 아닌지 알 수 있었다. 아버지는 마루청에 걸터앉지도 않고 선 채로 신발과 양말을 벗고, 다다미를 큰 걸음으로 걸어서 자고 있는 미에 곁으로 왔다. 작업복을 벗을 때도 있고 벗지 않을 때도 있었다. 열에 들떠 있는 얼굴과 몸에, 아버지가 작업장에서 묻혀온 꽃가루처럼 미세해서 눈에 보이지도 않을 정도의 나뭇가루가 떨어졌다. 아버지의 손에서 나무 냄새가 났다. "우리 예쁜이!" 하고 나무 같은 아버지의 목소리가 들렸다. 나무 같은 손이 머리를 쓰다듬고 무겁고 나른한 다리를 주물러주었다. 열에 들떠 있던 미에는 아버지의 손길에 그저 울 뿐이었다. 들이쉬고 내쉬는 호흡과 더불어 힘없이 울었다. 갈비뼈 세 개를 제거하는 수술을 받고 회복하자, 이번에는 아버지가 죽었다. 일 주일간 앓았다. 전쟁이 시작되기 직전이었다. 아버지가 죽은 곳은 이 집이었다. 오빠 이쿠오가 죽은 곳도 이 집이었다. 이 집에, 그 사내도 살았던 적이 있다.

---

* 중형의 일본 개. 와카야마 현, 미에 현에서 나는 사냥개. 감각이 예민하며 동작이 민첩하다. 천연 기념물.

미에는 얼굴을 들었다. 아키유키를 바라보더니 일어나서 싱크대 쪽으로 걸어갔다. 네 평가량의 마룻바닥으로 된 부엌은 옛날에는 토방이었다. 그 무렵에는 가마솥이 있었고, 싱크대 구석에 갈색의 커다란 독이 있었다. 공동 우물에서 물을 길어다가 가마솥과 독을 채우는 것이 어머니와 아이들의 역할이었다.

미에는 수도꼭지를 틀어 컵을 헹군다. 그리고 그 컵에 물을 받아 마신다. 후루이치가 야스오의 칼에 찔려 죽자 정신이상을 일으킨 뒤로 생겨난 습관이었다. 직접 물어보지는 않았지만 아키유키로서는 미에의 그러한 행동을 대충 이해할 수 있었다. 다시 한 잔, 미에는 컵에 물을 받아서 단숨에 마신다. 물로 씻어내고, 물로 몸 속의 흥분을 진정시키는 것이었다. 뒤돌아 서 있는 미에의 몸에서 냉수를 마시는 소리가 들리는 듯했다.

미에는 앉았다. 아키유키는 또다시 자신의 몸 속에서 풀잎의 마찰 소리가 나는 것을 느꼈다.

아키유키 혼자 습한 냄새가 나는 집 안에서 바람을 받은 풀잎처럼 흔들리고 있었다. 아키유키는 보고 있었다. 볼 뿐이었다.

고로는 붕대를 감은 머리를 미치코가 뻗고 있는 다리에 올리고 다다미 위에 누워서 사네히로나 미에나 아키유키는 아랑곳없다는 듯 낮에 보았던 외제차 이야기를 미치코에게 들려주고 있었다. 미치코는 고로의 모습을 보며, 방금 흥분해서 소리치던 것이 믿어지지 않을 정도로, 타이어가 두꺼웠다는 둥 펜더 미러가 삼각형이라는 둥 하는 고로의 이야기에 응, 응 하며 맞장구를 쳤다. 아키유키에게는 두 사람의 모습이 다정하게 보였다. 고로가 시내의 다방에서 우연히 만난 어릴 적 여자 친구 이야기를 꺼내자, 미치코가 "뭐야, 자기 또!" 하며 언성을 높이는 것을 보고 사네히로는 갑자기 "개만도 못한 것들이야, 너희는!" 하고 고함을 질렀다. "멋대로 임신하고, 멋대로 싸우고!"

고로와 미치코는 사네히로의 꾸중에 주눅이 들어 입을 다물었다. 뱀 앞의 개구리 같다는 생각에 아키유키는 웃음이 나왔다. 사네히로는 아키유키보다 키도 작고 근육도 적었지만, 미치코는 아까 아키유키에게 대들던 모습과는 전혀 달리 한마디 대꾸도 하지 않았다.

미에의 집을 나선 아키유키는 혼자 밤의 어둠 속에 섰다. 그저 걷고 싶었다. 바깥의 차가운 공기를 쐬고 싶었다. 골목에서 풀냄새, 꽃냄새가 났다. 아직도 장작으로 목욕물을 데우는 집이 있는지, 나무를 태우는 연기 냄새가 났다. 미에의 집에서 네 채 떨어진 어두운 곳에 설치된 평상에는 세 사람 정도가 앉아 있었다. 그들은 걷기 시작한 아키유키를 보고 있었다. 아니, 남의 마음속조차 들여다보려는 듯하다고 아키유키는 생각했다. 아키유키가 이 골목집에 살았던 것은, 태어나서 여덟 살 때까지, 초등학교 이학년 봄까지였다.

골목이 끝나고 역으로 이어지는 길의 중간쯤에 있는 공터를 걸었다. 예전에 그곳은 보리밭이었다. 골목의 어느 집이 밭을 갈고 씨를 뿌렸는지 모르지만, 아키유키의 기억 속에서 파란 보리가 바람에 흔들렸다. 비가 오는 날이면 비스듬히 기울어 있었다. 비가 그치고 구름이 걷혀 해가 나면 보리밭의 물방울이 반짝였다.

벌레 소리가 겹겹이 어우러져 들려왔다.

큰길을 역과는 반대 방향으로 걸었다. 아키유키는 자신의 그림자가 움직이는 것을 보며 걸었다. 커다란 그림자였다. 구두 소리가 밤의 어둠 속을 걷는 짐승처럼 낮게 울렸다. 분명히 밤길을 걷는 이 몸, 이 가슴의 절반가량은 그 사내에게서 받은 것이다. 히데오와도 절반가량 같은 피를 지니고 있다. 아니, 히데오만이 아니라, 요시에와의 사이에서 태어난 도미코, 도모카즈, 그리고 창녀인 기노에가 낳은 사토코도 절반가량 피가 같았다. 한 번도 함께 산 적은 없다. 아키유키는 생각했다. 틀림없이 그 사내는 친아버지다. 이쿠오와 미에가 남매라면, 히데오도 형제고, 창녀에게서 태어난 자식도 남매다. 하지만 그러한 형제들은 아키유키가 걸을 때마다 움직이는 그림자처럼 실체가 없다. 작업 현장의, 햇빛을 받은 한 그루 나무나 한 포기 풀이나 풀잎처럼 뚜렷한 윤곽을 포착할 수 없다. 아니, 사토코만큼은 다르다. 아키유키는 밤의 어둠 냄새를 이제서야 알아차리기라도 한 듯, 한 차례 크게 숨을 들이마셨다.

왼쪽으로 돌아서 곧장 걷다가 첫번째 신호에서 오른쪽으로 꺾었다. 몇 겹으로 중첩된 산이 보이고, 산과 산이 접하는 곳에 하늘이 보였다. 산을 등지고 바다를 향해서 펼쳐진 마을에 얼굴을 들이밀 듯이 암벽을 드러낸 산 중턱에 위치한 신사는 지금 아키유키의 눈에는 보이지 않았다. 그곳은 겹겹이 중첩된 산들의 입구라 할 수 있는 곳이었다. 스물넷이라는 액년 때에도, 스물다섯 때에도, 산 중턱의 신사에서 횃불을 들고 뛰어내려오는 불 축제에 참가했다. 그 사내의 집은 바로 그 산 쪽의 다카다이*에 있다. 그 사내는 골목에서 다카다이로 서둘러 올라갔다. 이 고장 사람들은 누구나 그 사내에 관해서 그렇게 말했다.

아키유키는 골목 집에서 사네히로가 참지 못하고 그 사내의 집에 전화를 거는 모습을 상상했다. 수화기를 향해서 소리치는 목소리가 환청처럼 들리는 듯했다.

그 집에 사는 사내의 아들인 히데오와 고로의 다툼으로 사네히로가

---

* 고지대에 위치한 고급 주택가. 예부터 무사들의 저택이 많았다.

언성을 높였고, 미에는 "아키유키, 아키유키!" 하며 소리를 죽여 울었던 것이다.

밤의 어둠 속을 걸어온 탓인지 '아카시아'의 실내 조명이 눈부셨다. '후지타'는 셔터를 내리고 있었다. 아키유키는 동급생이었던 남자 점원에게 눈짓으로 인사하고, 차가운 밤공기 속을 의미도 없이 오랫동안 걸어온 느낌을 되새겼다. 자신의 몸 속에 있는 어둠을 방황한 느낌이었다.

술을 마실까 망설이다가 커피를 주문했다.

"아까 형님이 다녀갔었어" 하고 남자 점원이 말했다. "취해 있더군."

"취해 있었구나" 하고 아키유키는 혼자 중얼거렸다. "나도 취하고 싶은데."

다음번 도살장 입찰을 위해서 후미아키는 나름대로 노력하고 있다고 아키유키는 생각했다. 후미아키는 스물아홉이었다. 의붓아버지인 시게조가 영업 고문이라면, 후미아키는 사장, 아키유키는 현장을 담당하는 감독이었다. 하지만 아직 스물여섯이었다. 언젠가 후사는, 서른까지 현장에 있으면서 현장을 잘 익혀둔 뒤, 독립해서 작업반을 거느리라고 말했다.

그날까지 하늘에 해가 떠 있는 한 일을 할 것이다. 아키유키는 그러한 지금의 자신이 좋았다. 열아홉 살 때부터 그 점에는 변함이 없었다. 남들은 죽거나 미치거나 울었다. 하지만 아키유키는 햇빛을 몸에 받아 햇빛에 물들고 바람을 받으며 열아홉에서 스물, 스물에서 스물넷이 되었고 지금은 스물여섯의 사내로 여기에 있다.

머리는 짧았다. 얼굴은 그 사내와 마찬가지로 이목구비가 돌로 만들어진 것 같았으며 목은 굵었다.

아키유키는 손을 펼쳐보았다. 곡괭이를 쥘 때도 삽을 쥘 때도 장갑 따위는 끼지 않았기에 피부가 단단히 굳어 있었다. 그 굳은살을 면도칼로 깎는 것이 재미있었다. 히데오와 고로의 사건은 손바닥의 굳은살을 면도칼로 깎는 재미를 모르는 사람들끼리의 싸움에 불과하다. 그 사내도 그렇게 생각하고 있으리라는 느낌이 들었다. 미치코가 울며 난리 치고, 사네히로가 체면 때문에 사과하러 집에 오라고 말할 정도의 사건은 아니었다. 그 사내의 입장에서는, 남에게 머리를 숙여 사과할 정도라면 그런 원인을 제공한 자신의 자식을 때려죽이는 편이 나을 것이다.

사내의 소문은 최근에도 들었다. 그 집안은 삼대나 이어온 목재상이었다. 대학을 졸업한 삼대째가 목재상을 주식회사로 만든 것이 그 사내에게 약점을 잡히는 계기가 되었다. 주주 한 사람이 부도 어음을 발행하자 그 사내는 주식을 손에 넣어 즉시 목재상을 도산시켰다. 속았다며 소란을 피우는 삼대째에게 사내는 "기이얀처럼 빈둥거리며 지내면 되잖아" 하고 코웃음쳤다는 것이다. '기이얀'이란 원래 갑부였던 거지다. 예부터 목재와 구마노 신사 참배객들로 번창했던 이 지역은 목재상들의 유흥지로, 검은색 담장의 요정이 늘어선 다이오치라는 거리가 있었다. 게이샤들과 놀아나다가 망한 기이얀은 도산하고 처자식은 도망쳤다. 기이얀은 그래도 다이오치 부근을 어슬렁거리며, 술자리에 가는 게이샤가 앞을 지나칠 때면 아름을 불렀다. 샤미센이 들리거나 노래가 들려오면 신나이나가시*라도 되는 듯 게이샤의 장단에 맞춰서 왕년의 노래 솜씨를 자랑했다. 사람들은 이제 사장님이라 부

---

*인형극의 일종인 조루리의 가사를 노래하며 돈을 구걸하는 떠돌이 악사.

르지 않고 기이얀이라고 불렀다. 쓰루하치 쓰루지로의 영화처럼 장지문을 열고 돈을 던져주는 손님도 있었고, 손님의 불평에 여주인이 나와서 개 쫓듯이 쫓아버리는 일도 있었다. 게이샤들이 불쌍하다며 숙소 곁에 오두막을 세워주었다.

"이제부터 분수에 맞지도 않는 장사는 그만두고 옛날의 기이얀처럼 오두막을 지어서 살면 될 거야."

"쓸데없는 간섭하지 마! 기이얀 쪽이 게이샤의 나막신 끈을 꿰는 것보다는 낫지."

"그래, 나막신 끈이라도 꿰어주지. 네가 나막신 한 쪽이라도 만들 나무를 갖고 있다면 말이야. 나무토막 하나라도 마련해서 와보라구."

사내에 관한 소문은 변변한 것이 없었다. 아니, 무슨 짓을 하건 수상쩍어 보였다.

'아카시아'의 실내에는 음악이 흐르고 있었다. 자신의 몸 속에 구멍이 뻥 뚫렸고 그 구멍은 피나 검은 액체 같은 것으로 가득했다. '아카시아'의 유리창에 자신의 얼굴이 비쳤다. 낮에 작업을 하던 때와는 전혀 다르게 보였다. 햇빛은 아무 데도 없다. 지금 당장 햇빛을 받는 풀이나 나무가 되고 싶다, 그 사내를 생각할 때마다 그렇게 느꼈다.

아키유키는 일어나 카운터 옆의 공중전화에서 미에의 집에 전화를 걸었다. 미치코가 힘없는 목소리로 받더니 곧바로 미에를 바꿔줬다. "일단 모든 걸 내일로 미루기로 했어" 하는 미에의 생기 있는 목소리에 안심했다. 아키유키는 전화를 끊고 나서, 누나인 미에의 그 목소리가 단순히 마음이 풀어져서가 아니라, 생각하는 것도 고민하는 것도 모두 귀찮아졌을 때의 목소리와 비슷하다고 여겼다.

정신이상을 일으켰을 때 미에는 "괜찮아" 하고 밝고 명랑한 목소리로 말했다. 하루 종일 이불 속에서 훌쩍훌쩍 울다가 울음을 그치면 이

불을 등뒤로 둘둘 말고는 "무서워, 무서워" 하고 말하기 시작했다. 죽이러 온다, 소 대가리를 쳐서 죽이는 목도를 지닌 사람이 온다, 하고 말하다가 진정이 되면 잠을 자고, 소가 하늘을 날아 쫓아오는 꿈을 꿨다며 땀투성이가 되어 말하는 등, 갑자기 밝은 목소리로 횡설수설하는 것이었다. 미에의 삼촌인 겐은 이 년 전 미에가 제정신으로 돌아온 후에 죽었다. 태어날 때부터 왼손이 짐승 발굽처럼 갈라져 있었다. 겐삼촌은 미에의 아버지 가쓰이치로의 동생으로, 가쓰이치로가 죽은 후에도 미에와 이쿠오 앞에 자주 모습을 나타냈다.

아키유키는 울적해졌다. 노리코의 얼굴이 보고 싶어졌다. 공중전화로 후나 마을의 목재상에 전화해서, 이미 밤이 늦었으니 잠자리에 들지 않았겠느냐며 주저하는 지배인에게 부탁하여, 노리코를 바꿨다. 당장 나오라고 했다.

아키유키는 햇빛을 받으며 바람으로 색이 변하는 산의 경치가 보고 싶었다. 수면에 반사되는 햇빛이 그리웠다. 아키유키의 몸이 그 쾌감을 기억하고 있었다. 아키유키는 그런 식으로 열아홉 살 때부터 이 좁은 땅덩이에서 생활해왔다. 흙 색깔이 아키유키를 물들였다. 곡괭이를 있는 힘껏 내리쳐서 땅을 팔 때, 이마에서 흘러내려 눈꺼풀에 방울져 매달린 땀에 평범한 풀이 밝은 초록색으로 빛났다. 바람이 불었다. 아키유키는 갑자기 불어오는 바람에 숨을 헐떡이며 크게 호흡했다. 피와 피가 뒤섞여 가지와 잎사귀를 이루고 다시 뒤섞이는 아키유키에게 바람은 한 포기의 풀, 한 그루의 나무 잎사귀와 마찬가지였다. 아키유키는 바람을 느끼는 풀로서 존재한다. 그러한 자신이 좋았다. 지금 견딜 수 없이 햇빛이 그리웠다. 햇빛을 받으면 모든 것이 뚜렷이 모습을 드러내어 풀이 풀에 불과하다고 알 수 있듯이 아키유키는 아키유키에 불과하다는 사실을 알 수 있다.

노리코는 그러한 아키유키가 좋다고 말했다. 노리코는 갓 스무 살이 되었다. 아키유키의 짧게 깎은 머리를 쓰다듬으며 "밤송이 같아" 하고 웃었다. 노리코의 머리와 옷에서 꽃 같은 냄새가 풍겼다. 옛 성터가 공원이 되었기에, 그곳에서라면 산도 바다도 강도 한눈에 볼 수 있었다. 언제나 그곳에 갈 때마다 세 쌍의 아베크족이 미리 와 있었다. "낮에 우리집 앞을 지나갔지?" 하고 노리코가 물었다. "이쪽을 돌아볼 것 같아 가만히 지켜봐도 전혀 돌아보지 않던데." "바쁜 일이 있었거든" 하고 아키유키는 대답했다. 그것은 노리코가 언제나 하는 거짓말이었다. 노리코의 등을 팔로 감았다. 공원 입구의 계단에 하나 있는 수은등이 노리코의 얼굴을 밝게 비추고 있었다. 입술이 붉었다. 껴안으면 부러질 듯이 가냘픈 여자였다. 노리코는 이야기를 계속하고 있었지만, 아키유키는 잠자코 머리를 쓰다듬으며 젖가슴을 만졌다. 손이 검고 거칠어 짐승의 손 같아서 부끄러웠다. 젖꼭지는 핑크색 꽃봉오리처럼 보였다. 젖가슴에서 옆구리에 걸쳐 은빛 솜털이 나 있는 것 같아, 아키유키는 그것을 손으로 만지려 했다. 가슴 언저리에 땀이 나 있었다. 노리코는 아키유키의 머리를 껴안았다.

　노리코가 '아카시아'에 나타난 것을 신호로 아키유키는 가게를 나왔다. 아키유키는 하늘을 올려다보았다. 별이 반짝였다. 내일도 맑으리라고 생각했다. 햇빛이 넘칠 것이다. 내일이 되면 모든 사물의 윤곽이 선명해질 것이다.

　"아빠한테 야단맞았어" 하고 노리코는 혀를 내밀더니 "어디로 갈 거야?" 하며 아키유키의 팔짱을 꼈다. 달콤한 화장 냄새가 났다. 아키유키는 문득 이 여자를 안고 싶다고 생각했다.

　노리코의 키는 아키유키의 어깨 높이였다. 불빛이 꺼진 거리를 잠자코 지나 뒷길로 접어들었다. 노리코와는 결혼 약속이 되어 있었다.

노리코의 양친은 반대했다. 남을 시켜서 양친을 설득하러 갔던 것도 아니고 아키유키가 정식으로 딸을 달라고 말한 것도 아니었지만, 노리코는 부모님의 말씀이라며 전했다. 노리코의 양친은 옛날부터 큰 목재상을 하고 있었다. 몇 대쯤 전에는 나무꾼이었지만 그 나무꾼이 도끼 한 자루로 산을 소유하게 되었고, 그것이 삼대 전에는 산에서 이 강 하구로 내려와 후나 마을에 살면서 '마쓰카와'라는 확고한 목재상의 발판을 굳혀, 한때는 이 부근에서 견줄 자가 없는 산림 소유주가 되기도 했다. 하지만 그 뒤를 이은 노리코의 할아버지 대에서 기울기 시작했다. 운이 나빴던 것이다. 자식이 셋 있었다. 본처에게 둘, 첩에게서 하나. 본처 쪽에서 태어난 아들은 지진아라 장녀의 남편을 양자로 받아들일 작정이었지만 딸이 폐병에 걸렸다. 첩의 자식은 아직 어렸다. 전쟁이 발발하기 조금 전, 마쓰카와는 딸을 위해서 아키유키의 집 곁에, 지금 제재소가 되어 있는 곳에 산을 깎고 땅을 파서 성처럼 돌담을 쌓았다. 그곳에 폐병에 걸린 딸이 조용히 요양할 수 있도록 집을 세웠다. 전쟁 전의 일이었다. 주위에 네댓 채밖에 집이 없어 조용했다. 방탕한 생활을 한 것도 아닌데 마쓰카와는 완전히 기울었다가, 어느 정도 견딜 만하게 된 것은 첩의 자식인 노리코의 아버지 대였다. 전쟁이 끝나면서였다. "그 별장 부근의 사내야?" 하고 아버지는 노리코에게 물었다. "별장이라뇨?" 노리코가 되묻자, 폐병은 좀처럼 낫지 않고 어차피 죽을 거라서 집안에 폐가 되지 않도록 세운 별장이라고 했다. 병원에 입원하는 것보다 그 별장에서 정기적으로 의사의 진찰을 받고 간호원을 두는 편이 환자를 위해서도 훨씬 좋고 남들이 보기에도 좋았다.

"역시 부자는 다르군" 하며 아키유키는 노리코를 놀렸다. 그 폐병에 걸린 고모가 아키유키의 누나 미에처럼 여겨지기도 했다.

모퉁이를 돌아 어둠이 한층 짙은 나무 그늘 밑에서 아키유키는 노리코를 힘차게 껴안고, 힘을 뺀 채 흐늘거리는 노리코의 입술을 빨았다. 가슴이 부드러웠다. 다시 걸었다.

　"무슨 생각을 하고 있어?" 노리코는 잠자코 있는 아키유키에게 물었다. 아키유키가 말없이 있자, 노리코는 멈춰 서서 불쑥 "집을 나와 버릴까?" 하고 낮은 목소리로 말하고는 "이제 그런 집에는 싫증났어" 하며 웃었다. 웃음소리가 기묘하게 변하더니 울음소리로 바뀌었다. 아키유키는 노리코의 머리를 쓰다듬었다. 등뒤로 팔을 뻗쳐 노리코의 허리를 자신의 허리 가까이 당겨서, 목 속 깊숙이 낮은 소리로 "울지 마" 하고 말했다. 노리코는 아키유키의 가슴에 얼굴을 묻었다. 목욕은 했지만, 자신의 몸에서 땀냄새와 흙냄새, 햇빛 냄새가 나리라고 생각했다. 노리코와는 몇 차례나 함께 잤다. 노리코는 '후지타'의 여자처럼 소리를 내지는 않고, 다만 언제나 아키유키와 배와 배를 마주댄 채 있고 싶다며 매달리듯 달라붙었다. '후지타'의 여자는 젖꼭지를 물어 뜯어달라고 했다. 멍이 들 정도로 젖가슴을 꽉 잡아달라고 했다. 실제로 붉은 멍이 허벅지 안쪽과 젖가슴에 생겼다. 아키유키는 자신이 정말로 한 마리의 짐승처럼 느껴졌다. 짐승이 되어 능욕했다. 그러나 이 여자는 달랐다. 아키유키는 노리코와 잘 때마다 자신의 억센 몸이 그녀를 괴롭히는 듯한 생각이 들어서 싫었다.

　"집을 뛰쳐나와 자기 집으로 가서 억지로라도 아내가 될까 하는 생각이야."

　"바보 같은 소리 하지 마" 하고 아키유키는 말했다. "그렇게 금방 결혼할 수 있어?"

　여관이 늘어선 거리로 가서 노리코를 여관에 데리고 들어가려다가 거절당했다. "이런 곳은 싫어" 하고 노리코는 말했다. "요전에, 단 한

번 그랬는데, 그 때문에 아빠한테 매맞았어."

"별장 근처의 남자와 여관에서 잤다고?"

"아직 시집 보낸 건 아니라며. 난, 죽고 싶은 심정이었어. 누군가 감시하고 있어. 누군가 지켜보고 있는 거야. 단 한 번이었는데."

분명히 이 지역에서 노리코와 여관에 들어간 것은 한 번뿐이었다. 언제나 후미아키의 라이트밴을 빌려 약속 장소에서 노리코를 태우고 다리를 건너 다른 현으로 가서, 파도 소리가 들리는 모텔이나 여관에 투숙했다. 다리를 건너지 않고 해안선 가까이의 국도를 달려서 곶 위의 호텔에 간 적도 있다. 두 사람을 아는 사람은 없다. 파도 소리가 들리는 방에서 두 사람은 기다렸다는 듯이 부둥켜안았고, 살림을 차린 후의 생활에 관해서 이야기를 나누었다. 아키유키는 지금과 다를 바 없으리라고 말했다. 그냥 일을 할 뿐이다. 해가 지는 것과 동시에 집으로 돌아와 목욕을 하고, 밥을 먹고 "그리고 밤이 되면 너와 이런 짓을 하는 거야" 하며 알몸이 된 노리코의 성기 주위를 손으로 만졌다. "바보" 하고 노리코는 웃었다. 곧게 뻗은 털을 아키유키의 애무에 맡긴 채로 "빨래하고 청소하고 밥 짓고 때로는 케이크도 만들고, 이런 짓을 한다는 거지?" 하고 우스워서 견딜 수 없다는 듯이 웃고는 아키유키의 성기를 잡았다. 손 안에서 움직이며 커지는 것을 보고 "살아 있는 동물 같아" 하고 말했다.

여관을 지나쳐서 역 앞으로 나왔다.

"난 죽고 싶을 정도야, 사내와 여관에서 잤다는 소문 때문에."

"상관하지 마" 하고 아키유키는 말했다.

"그후로 모두들 나를 힐끗힐끗 보는 듯한 느낌이 들어."

"신경 쓰지 말라니까. 내버려둬" 하고 아키유키는 말했다. "어차피 아내로 삼을 거니까."

역 앞에서 택시를 잡아타고 후나 마을의 노리코 집 앞으로 갔다. 그곳에서 아키유키도 내렸다. 노리코의 집은 현관이 격자문으로 되어 있었다. 그 집도 나무 울타리 건너로 목부용 같은 나무에 흰 꽃이 피어 있는 것이 보였다. 격자문을 들어서는 노리코를 지켜보면서 아키유키는 기묘한 일치라고 생각했다. 언젠가 그 사내의 집을 지나칠 때도 그와 비슷한 흰 꽃나무를 보았다.

빛이 반사되고 있었다. 햇빛이 현장의 나뭇가지, 풀잎, 흙을 비추고 있었다. 모든 것의 윤곽이 확실했다. 애매한 것이라곤 아무것도 없었다. 지금 아키유키는 하늘 높이 솟아 잔가지가 무성한 한 그루의 나무였다. 한 포기의 풀이었다. 언제나 햇빛이 비치고, 작업복 차림에 작업화를 신고 일하는 아키유키가 보는 것, 듣는 것이 모두 아키유키를 씻어주었다. 오늘도 마찬가지였다. 바람이 계류 쪽에서, 하얗게 달아오른 돌멩이투성이의 강변을 따라 현장으로 불어왔다. 아키유키의 눈꺼풀에 매달려 있던 빛의 방울이 떨어져 땀에 흠뻑 젖은 아키유키의 몸에 스쳤다. 그때까지 곡괭이질을 하던 팔의 움직임과 더불어 호흡하고, 발의 움직임과 더불어 호흡하고, 흙과 풀의 열기에 헐떡이던 아키유키는, 단순히 호흡에 불과했다. 빛을 날려보내는 바람은 그 호흡조차 떨쳐버린다. 바람은 아키유키를 씻겨주었다. 바람은 환희였다.

인부들은 각자 자신의 작업장으로 가서 곡괭이로 땅을 일구고 삽으로 흙을 퍼낸다. 무엇 하나 수수께끼는 없었다. 매미 소리는 아침부터 몇 겹으로 중복되어 파도치고 있었다. 아키유키에게는 그것이 대낮의 하늘에서 빛나는 태양의 소리처럼 들렸다. 다시 바람이 불었다. 매미 소리를 끌어안듯이 나뭇잎과 나뭇잎, 가지와 가지가 부딪치며 울어댔다.

　문득 아키유키는 자신이 태어났을 때의 일을 생각했다.

　후사의 커다란 배를 보고도, 그 해산달에 사내가 교도소에 들어가고 없었던 탓도 있겠지만, 형제 중의 누구도 뱃속에 있는 아이의 아버지가 다른 듯한 느낌은 없었다. 후사는 그 집에서 아이를 낳았다. 이쿠오는 동생이 태어났다며 좋아했다. 이쿠오와 열두 살, 그때까지 막내였던 기미코와 여섯 살가량 떨어져서 태어난 아키유키는 형제들의 인형이나 마찬가지였다. 행상을 나가는 후사 대신에 몸이 약해서 집에서만 지낸 탓으로 선천성 백피증처럼 살색이 하얀 미에가 아키유키의 엄마 노릇을 했다.

　아키유키는 그 이야기를 미에로부터 들었다.

　미에는 후사에 관해서 잘 알고 있었다. 후사에게는 다시 새 남자가 생겼다. 언젠가 아키유키가 울음을 그치지 않았다. 미에는, 세 살치고는 체구가 지나치게 큰 아키유키를 안아주기도 업어주기도 벅찼다. 배가 고픈 것도 아니었다. 아까 후사가 행상에서 팔다 남은 것이라며 놔두고 간 고구마를 먹였다. 이마에 손을 대보니 미열이 있었다. 미에는 놀랐다. 어쩌면 아키유키도 늑막염에 걸릴지 모른다. 물을 먹였다. 하지만 아키유키는 금방 토해냈다. 미에는 아키유키를 안고 어찌할 바를 모르는 채 아키유키의 목소리에 맞춰서 "엄마, 엄마" 하며 울 뿐이었다. 그때 후사는 다케하라와 만나고 있었다. 요시코와 기미코가 다케하라의 집 별채에 있는 후사를 발견했다. 다케하라의 별채에는 이불이 깔려 있었다고 요시코는 말했다. 후사의 행상 바구니는 현관 입구에 놓여 있었다. 후사는 자신의 머리를 쓰다듬으면서 시게조와 이야기하고 있었다. 요시코를 보고 후사는 "무슨 일이야?" 하고 물었다. "엄마가 늘 주의를 주는데도 이렇게 먼 곳까지 오다니."

"큰딸인가?" 다케하라 시게조가 물었다. 후사는 끄덕였다.

"기미코를 데리고 이런 곳까지 와서 놀다니." 기미코는 후사의 그 말에, 야단을 맞았다고 생각했는지 울음을 터뜨렸다. 요시코는 열네 살이었다. 모르는 것이 없는 나이였다. 기미코의 울음소리에 자극받아 눈에서 눈물을 흘리며 요시코는 "아키유키가 아파!" 하고 외치듯이 말하고는 커다란 소리를 내어 울고 있는 기미코의 손을 잡아끌고 달음질쳤다. 요시코는 아키유키를 안은 채로 울고 있는 미에와, 그 미에의 눈물에 감염된 듯이 미에의 옷을 붙잡고 우는 기미코에게 "울다가 엄마가 오면 또 야단맞을 거야" 하고 말했다. "오빠한테도 야단맞을 거야."

후사가 시게조와 살림을 차린 후 이쿠오는 이따금 후사의 집에 나타나 아키유키를 데리고 나갔다. 둘이서 배터리로 장어를 잡고, 달이 환한 밤에는 게를 잡으러 강에 갔다. 하지만 기억은 희미했다. 아키유키가 지금도 선명하게 기억하고 미에가 자주 입 밖에 내는 것은, 할머니에게 침을 뱉었느니 뱉지 않았느니 하며 이쿠오와 싸움을 했던 일이다. 그것은 사소한 일이었다. 원래 아키유키는 막내로, 더구나 늦둥이로 태어난 탓인지 기가 셌다. 고집불통이었다. 마침 이쿠오와 미에가 사는 집에 후사의 어머니, 즉 아키유키의 외할머니가 와 있었다. 외할머니는 후사와 떨어져 둘이서만 사는 이쿠오와 미에가 걱정이었다. 그때 후사가 골목집에 아키유키를 데리고 왔다. 평상에 후사와 외할머니가 앉아 있었다. 미에는 외할머니가 갖고 온 이요 밀감*을 잘라 접시에 담아 평상에 앉아 있는 두 사람에게 건네주었다. 초등학교 사학년인 아키유키는 덩치가 이미 중학생 정도나 되었고, 골목집으로

---

* 에히메 지역 특산 밀감.

돌아와도 옛날처럼 밖에서 놀려고 하지 않았다. 태어나서 얼마 전까지 자랐던 집과 골목이 낯설게 여겨지는 모양이었다. 미에는 그것이 싫었다. 오빠 이쿠오가 그러한 아키유키와 후사와 외할머니를 감나무 곁에 서서 지켜보고 있는 모습을 미에는 보았다. 이쿠오에게 말을 걸려다가 말았다.

외할머니가 자기는 먹고 싶지 않으니까 자기 몫을 아키유키에게 주겠다고 말하자, 아키유키는 "필요 없어" 하고 대답하고는 침을 뱉었다. 이쿠오가 감나무 옆에서 성큼성큼 걸어와 다짜고짜 주먹으로 아키유키를 때렸다. "할머니에게 침을 뱉다니!" 이쿠오는 그렇게 말했다. 아키유키는 처음에는 얼굴을 찡그렸다. 그리고는 때린 사람이 형 이쿠오라는 사실을 알고, 어리지만 자신에게도 생각하거나 원망하거나 고민하는 일이 있다는 듯이 이쿠오를 노려보며 입술을 깨물고 "뭐야!" 외치며 덤벼들었다. 아키유키는 이쿠오보다 작았지만, 왜소한 어른 정도는 되었다. 그는 이쿠오의 팔을 잡고 옥신각신하며 얼굴을 때리려 했다. 얻어맞고 나자빠진 아키유키는 다시 일어나 미에가 "그만해, 그만해!" 하며 말렸지만 이쿠오와 뒤엉킨 채 떨어지지 않았다. 개들의 싸움이나 마찬가지였다. 아키유키의 머리가 콧등에 부딪쳤는지 이쿠오는 코피를 흘리고 있었다. 외할머니와 후사가 보고 있는 앞에서였다. 집 앞이었다. 외할머니도 후사도, 그리고 미에도, 이쿠오와 아키유키 어느 쪽도 편들지 않았다. 미에에게는 이쿠오가 단 하나의 오빠였고, 아키유키는 아버지가 다르다고는 하지만 단 하나의 동생이었다.

아키유키가 얼굴을 들자 도루는 "이렇게 더워서야 어디 견딜 수가 있나" 하며 목에 감은 수건으로 얼굴의 땀을 닦았다. "매미가 시끄럽게 울어대질 않나." 도루의 발가벗은 상체에도 기름을 바른 것처럼 땀이 빛나고 있었다.

"일이나 하라구." 아키유키는 삽으로 흙을 퍼내며 말했다. 아키유키의 피부는 도루보다도 검었다.

"옆에 강이 있는데도 헤엄을 칠 수 없다니." 도루는 퍼낸 흙을 지카타비로 밟아서 발자국을 냈다. "옛날에는 사월부터 헤엄을 쳤잖아."

"물에 들어갈 수 있다면 좋을 텐데." 여자 인부인 기요짱이 끼어들며 머리에 쓰고 있던 수건을 벗었다.

"작업중에 수영하면, 도루가 아무리 오래된 동료라 해도 모가지야." 삽에 달라붙은 흙을 두드려서 떨군 아키유키는 작업을 중단하고 몸을 일으켰다. 나카노와 후지사키는 더위에 질린 듯이 돌 위에 앉아 서로 담배에 불을 붙여주고 있었다. "내가 맨 먼저 헤엄을 친다면 괜찮겠지만."

"괜찮겠어?" 하고 도루가 말한다. "목이 마르면 물을 마시고 싶은 게 당연하잖아? 저기에 강이 있다구."

"수영복도 없이?"

아키유키가 말하자 기요짱이 "보이면 어때. 여기 여자라곤 나 혼잔데" 하며 웃었다. 도루는 부끄러운 듯이 이를 드러내며 웃었다.

"아니지, 아니지" 하고 후지사키가 말했다. "기요짱이 여자라면, 우리집에 있는 여든 살 먹은 할머니도 여자라구."

"뭐야?" 하고 즉각 기요짱이 뒤돌아보며 소리쳤다. "내가 여자가 아니면 뭐야? 남편을 데리고 와서 증명해볼까?"

"못 말리겠군" 하고 아키유키가 말한다. "후지사키를 데리고 직접 증명해보는 게 어때?"

"무슨 헛소리야?" 하고 기요짱은 일부러 거칠게 나오며, 엉덩이를 한 차례 옆으로 흔든다. "일본 여성의 거울인데 당신들 같은 바람둥이가 증명할 수 있겠어? 도루라면 남편에게 말해서 허락을 받겠지만."

"무슨 일이건 남편이로군" 하고 도루가 말한다.

"그래, 남편, 남편!" 하고 기요짱은 말하고 "어젯밤에 재미를 많이 본 모양이네" 하고 놀리는 나카노에게 "몰라, 몰라, 비밀이야" 하며 손을 저었다.

아키유키는 도루의 얼굴을 보았다. 도루는 의붓아버지와 혈연관계에 있는 그 누구와도 닮지 않았다. 도루는 아키유키의 눈길에서 시선을 돌렸다. 문득 아키유키는 열다섯 살 때, 도루와 함께 물놀이를 하러 강에 갔던 일을 떠올렸다. 강에는 뗏목이 떠 있었다. 아키유키의 집에서 한 시간만 걸으면 도착하는 그 폐선이 있는 강에, 철공소 옆을 지나 제철소를 비스듬히 가로지르고 가지밭을 지나서 갔다. 나무 냄새가 났다. 물냄새가 났다. 그 냄새를 맡자 모두들 들뜬 목소리가 되었다. 쑥과 참억새의 새파란 풀이 무성한 제방에는 강물이 빛났고, 이미 몇 차례나 물에 들어간 아키유키는 뼛속까지 식은 듯이 몸을 떨었다. 잠시 동안 뗏목과 뗏목 사이를 오가다가, 누군가가 하얀 돌을 던지면 강바닥으로 들어가 주워올리는 게임을 했다. 아키유키는 뗏목 나무에 코를 들이대고 나무 냄새와 물냄새를 맡으며 일광욕을 하다가 얼굴을 들었다. 흔들리는 나무 저편, 나무 냄새 저편에서, 물안경을 쓰고 물 속을 드나드는 것은 히데오였다. 세 명가량의 일행이 헤엄치러 와 있었다. 피부가 검었다. 웃으면 잇몸이 보였다. 일행 중의 그 누구도 히데오와 아키유키가 이복형제라는 사실을 몰랐다.

"저 녀석들 이런 곳까지 오다니, 쫓아버려." 아키유키는 도루에게 말했다. "이곳은 옛날부터 우리들 영역이니까."

도루는 신사 아래쪽이나 다리 아래 부근에서 헤엄치라는 말을 전하러 갔다. 히데오는 화를 냈다. 체구가 작고 중학생이 되었어도 아직 음모도 나지 않은 도루를 히데오는 초등학생쯤으로 생각한 듯, 입술을 깨물며 물안경을 벗고는 언제라도 싸울 수 있게 주먹을 쥔 채 노려보았다. 주먹을 쥐고 있다는 것을, 도루는 히데오의 몸에 얼굴을 너무 가까이 들이대고 있었기에 모르는 모양이었다. 뗏목의 통나무 위에서 일어나, 햇살에 뜨거워진 통나무 위를 맨발로 밟으며 뗏목과 뗏목 위를 건너뛰어 물에 뛰어든 아키유키는 두 사람 앞에 서더니 히데오를 옆에서 밀어젖혔다. 순식간의 일이었다. 아키유키는 자신도 엉겁결에 물 속에 쓰러져, 머리를 흔들며 일어나려는 히데오를 다시 밀어젖혔다. 나자빠졌다가 일어나려고 몸을 세우는 히데오와 물에 들어가 뒤엉켰다. 잠수는 자신 있었다. 폐활량은 자신 있었다. 수면으로 나오려고 손발을 흔드는 히데오에게 얼굴을 얻어맞고 팔의 근육을 꼬집혔다. 아키유키는 물위에서 히데오의 머리를 짓누른 채로 있었다. 히데오의 손은 아키유키의 가랑이 사이를 붙잡았다. 짓누르고 있던 손을 놓자 히데오는 죽지도 않고 수면 위로 얼굴을 내밀었다. 아키유키가 서 있었다. 히데오는 갑자기 자기를 습격한 자의 정체가 이복형 아키유키라는 사실을 몰랐다. 태양이 하얗게 빛났다. 물이 하얗게 반짝였다. 아키유키는 물위에 서서 거친 숨을 내쉬며 울고 있는 히데오를 노려보았다.

강에서 올라와 옷을 입고 매미 소리가 울리는 신사 속을 빙 둘러서 돌아오는 도중 "형씨!" 하고 아키유키의 등뒤에서 부르는 자가 있었다. 아키유키는 뒤돌아보았다. 그 사내가 있었다. 선글라스를 끼고 오토바이에 걸터앉아 있었다. 금방 알아보았다. 아키유키는 놀라서, 감시당했구나 하고 생각하고는 자기보다 키가 두 배나 되어 보이는 그 사내에게 이번에는 자기가 보복당하리라고 생각했다. 죄를 범했다는 생각에, 도대체 무엇을 보고 있는지 모를 선글라스에 겁을 먹었다.

"물놀이를 하고 오는 건가?" 잠긴 목소리였다.

"어머니는 건강하셔?"

"건강하셔" 하고 아키유키는 건성으로 대답했다. 사내는 잠자코 있었다. 그냥 아키유키를 노려보았다. 할말이 떠오르지 않는 눈치였다. 이어서 사내는 오토바이에 엔진을 걸더니 "열심히 공부해야지" 하고 말하고는 떠나갔다.

그것은 죄악감 같은 느낌으로 아키유키의 기억 속에 남았다.

열시에 후미아키가 현장에 왔다. 마침 휴식하기에 적절한 시간이다. 덤프트럭을 타고 '산와'에 자재를 받으러 가기로 했다. 후미아키는 "제대로 정산했는데도 이렇게 늦다니" 하고 말했다.

"아키유키, 상관 말고 호통을 쳐."

도루에게 함께 가겠느냐고 물었다.

후미아키는 도루를 야단치듯이 "항상 아키유키의 꽁무니만 따라다니지 말고 도루도 일을 해야지" 하고 말했다. 아키유키는 후미아키의 기분이 좋지 않은 것을 보고, 집을 나올 때 아내와 다퉜거나 시게조와 불화가 있었으리라고 생각했다. 아키유키는 "괜찮아, 괜찮아" 하고 손을 흔들며 말했다. "어차피 아무리 서둘러봤자 다음 도살장 입찰이 안 되면 놀게 될 텐데. 천천히 해도 괜찮아." 아키유키는 그렇게 말하고 덤프트럭에 타면서 "나카노 씨, 잠깐 휴식입니다!" 하고 소리쳤다. 나카노는 후미아키의 얼굴을 보면서 끄덕였다. 현장을 지휘하는 것은 아키유키였던 것이다.

도루가 조수석에 올라탔다.

"기분이 좋지 않군" 하고 말했다.

"어차피 별것 아닌 일로 성이 났을 거야."

아키유키가 트럭을 달리며 말했다. 새파란 물에 눈이 아팠다.

도루와 함께 역전의 '산와'에서 노끈이며 못, 펜치, 작업 도구 등을 새로이 구입하기 위해서 이것저것 고르다가 문득 시선을 들자 차체에 '하마무라 목재'라고 쓴 크라운 라이트 밴이 보였다. 그 사내는 두 여자를 태우고 있었다. 다케하라 작업반이 후미아키 대(代)로 바뀌고 나서 '산와'와 거래를 시작했기 때문에, 그 사장은 후미아키와 아키유키가 얼굴도 체형도 비슷하지는 않지만 진짜 형제지간이라고 생각하고 있었다.

"사장님, 깎아주지 않으면 당장 거래처를 다른 곳으로 바꿀 거예요" 하고 아키유키가 말하자, 사장님이라고 불린 갓 서른이 넘은 사내는 "다케하라 씨에게는 당할 수가 없다니까" 하고 말한다.

"이런 불경기에 대금을 제대로 지불하는 건 우리뿐이죠?"

"그런 셈이지" 하고 사장은 건성으로 대답한다. 도루가 가게 앞에 그대로 멈춰 있는 차를 보고 있다. 역 앞의 길은 버스가 한 대 지나가면 즉시 막힌다. 도루는 아키유키가 그 사내의 차가 가게 밖에 그대로 서 있다는 사실을 모르고 있으리라고 생각했는지 "아키유키!" 하고 옆구리를 찌른다. 아키유키는 그것이 성가셔서 일부러 "언짢게 건드리지 마" 하고 말한다. 도루는 잠자코 있다.

"인부들에게 삼태기나 양동이가 망가지지 않도록 조심하라고 말해도 소용없고."

사장은 웃었다. 주판을 튕기기 시작했다.

"평판이 좋더군" 하고 사장은 말한다.

"평판이 좋아도 벌이는 좋지 않아요. 형님은 월말이 될 때마다 골머리를 앓거든요." 아키유키는 그렇게 말하고, 승마 바지에 손을 넣어 호주머니 속에 들어 있던 동전을 흔들어 짤랑거리며 그 사내와 두 여자를 지켜보는 도루를 쳐다봤다.

안쪽에서 사장 부인이 나왔다. 화장을 하고 있었다. 나막신을 신으려는 것이 보였다. 발목이 희고 가는 여자였다. 가볍게 인사하며 아키유키 앞을 지나 가게 밖으로 나갔다. 아키유키의 코에 화장 냄새가 끼쳤다. 그러자 조금 전까지 땀투성이가 되어 일했던 아키유키는, 그 몸에 지지미* 셔츠를 걸치고 그야말로 난 노동자라고 과시라도 하는 듯한 모습으로 온 자신과, 자신의 몸에서 풍기고 있을 땀내가 부끄러웠다. 사내의 차가 움직였다. 사장 부인은 입구에서 뒤돌아보며 "어쩐지 펄프 냄새가 나네. 비가 올 모양이야" 하고 말한다.

아키유키는 펄프 냄새란 짐승 같은 땀내를 풍기는 노동자인 자신들을 놀린 거라고 말하고는 "창피해서 혼났어. 나는 그런 여자가 좋더라" 하고 익살을 떨었다. "그렇다고 일하던 도중에 잠깐 부족한 도구를 사러 가는데 그 여자와 밀회라도 할 듯이 목욕탕에서 땀을 씻고 갈 수도 없잖아." 도루는 탁한 소리로 웃었다. 도루는 돌아오는 트럭 속에서 그 사내에 관해서 말하지 않았다.

도중에 '아카시아'에 들렀다. 알아차린 것은 그 사내 쪽이었다. 덤프트럭을 '아카시아' 옆에 바짝 대고 먼저 아키유키가 내려서자 "어이!" 하며 사내가 불렀다. 라이트 밴에 타고 있었다. 두 여자는 보이지 않았다. "무슨 일이지?" 하고 아키유키는 대꾸했다. "나한테 무슨 용건이라도 있어? 용건이 있으면 빨리 말하라구." 아키유키가 트럭 문 앞에 서 있어서 도루는 내릴 수도 없었다. 조수석 문은 '아카시아'의 벽과 밀착해 있었다. 아키유키는 사내의 벗겨진 이마를 일부러 쳐다보며 "빨리 말해, 바쁘니까" 하고 말했다. 사내는 웃었다. 웃으면서 "자, 그럼" 하고 개를 쫓듯이 손을 흔들었다. 차가 달렸다.

---

* 바탕에 잔주름이 생기도록 짠 옷감.

'아카시아'에서 도루는 커피를, 아키유키는 설탕을 다섯 숟가락 넣어서 느끼한 설탕물처럼 된 홍차를 마셨다. 아키유키는 도루에게 작은 목소리로 실은 크림 파르페가 먹고 싶다고 말했다. "노동자가 계집애 같은 음식을 먹으면 남들이 웃겠지" 하고 말하자, 도루는 그 농담을 진담으로 받아서 "상관없잖아, 신경 쓰지 말고 먹어" 하고 말한다. 사실 달콤한 것은 입에 대기도 싫었다.

'후지타'의 여사무원이 빗속을 걸어 문을 열고 들어왔다. 도루가 일부러 주문해준 크림 파르페를 먹고 있는 아키유키를 보더니 "정말 닮았네" 하고 말한다. 아키유키는 여자에게 "누구하고?" 하고 물었다.

"요즈음 술은 필요 없고 단 것으로 충분하다며 이런 걸 먹잖아."

여자는 옆 테이블에 앉았다. "하지만 형제치고는 닮지 않았어" 하고 여자가 말한다. 물을 갖고 온 점원 사내에게 "저 사람이 먹고 있는 것과 같은 걸로" 하고 손으로 가리켰다.

"뭐야, 다케하라한테도 반했어?" 점원 사내는 익살을 떨었다.

"잘 알고 있지, 그치." 도루가 놀렸다. "머리끝부터 발끝까지 구석구석."

"잘 알고 있는 건 나라구요" 하고 여자가 말한다. "화가 나서 죽겠네. 전부 뒤집어 엎어버릴 거야. 마스터, 당신은 내가 발광을 해서 몽땅 털어놔도 피해를 입지 않겠죠? 당신과는 잔 적도 없고, 앞으로도 잘 생각이 없으니까. 어떤 여자는 낮과 밤에 아버지와 아들을 번갈아 상대한 적도 있어요. 미칠 것 같아."

"평소에도 늘 미쳐 있잖아?" 아키유키가 말한다.

"시끄러워!" 하고 여자가 말한다. 그리고는 웃는다. "우리 엄마는 매춘부야. 매독에 걸린 엄마하고 히카리 같은 바보 오빠하고, 열다섯이 되도록 기저귀를 차고 있는 여동생이 있으니까 나도 색골이 된 거야." 여자는 점원 사내가 갖고 온 크림 파르페를 앞에 놓고 "말하고 나니 시원하네" 하며 어깨를 떨어뜨렸다.

아키유키는 일순간 몸 속의 피가 넘쳐 그대로 얼어붙을 것 같은 느낌이 들었다. 여자는 사토코 이야기를 하고 있었다. 역 뒤의 신개지(新開地)에 있는 '야요이'라는 가게에 기노에의 딸인 사토코가 있었다. 미에는 그곳에서 사토코와 이야기를 한 적이 있다고 말했다. 분명히 사토코가 기노에의 딸이라는 사실을 확인했다는 것이다. 아키유키와 사토코 사이에는 비밀이 있었다. 아키유키는 그 일을 전혀 입 밖에 내지 않았다.

"또 같이 자고 싶다는 소리야?" 아키유키는 말했다. "짐승처럼."

"몰라요" 하고 여자는 대답했다.

아키유키는 다시 덤프트럭에 탔다.

좁고 구불구불한 길을 지나서 국도로 나왔다. 햇빛을 받아 산등성이는 하얀 가루를 뿌린 것처럼 보였다. 산은 몇 겹이나 중첩되어 있었다. 트럭은 산과 산 사이를 가르고 흐르는 푸른 강을 따라서 달렸다. 파란 강물이 눈을 씻어주는 느낌이었다. 현장이 가까워짐에 따라 아키유키는 자신이 햇빛에 물들어, 한 포기의 풀, 하나의 나뭇잎처럼 아무것도 생각하지 못하고 알지도 못하는 상태가 될 것 같았다.

점심때 돌아온 아키유키는 후사와 미에로부터 그 이야기를 들었다. 마침 후사가 아침 식사 설거지를 끝내고 미에를 불러서 간밤에 있던 일의 자초지종을 들으려는 순간, 불쑥, 유키가 하얀 바탕에 물방울 무늬가 있는 화려한 원피스 차림으로 "실례하겠어요" 하며 들어왔다.

유키는 세 평짜리 부엌 방에 있는 후사와 미에에게 "언제나 깨끗이

해놓고 있네" 하며 아양을 떨었다. 유키가 남의 집에 가서 두 시간이고 세 시간이고 폐를 끼치기 전에 맨 먼저 꺼내는 말이기도 했다.

"후미아키의 색시에게 보여주고 싶어. 먹고 나면 다음 식사 때까지 그대로 놔둬서 파리가 들끓어도 모르는 척 텔레비전만 보고 있으니까. 텔레비전이 뭐 그리 재미있는지."

후사가 "그럴 리가 있나. 얼마나 깔끔을 떠는데" 하고 이의를 제기하자 "그야, 깔끔하기는 하지" 하고 맞장구를 친다. 만약 후미아키의 색시가 그런 여자라고 유키에게 동조라도 하면, 유키는 이런 일 저런 일 미주알고주알 자질구레한 결점을 늘어놓기 시작하는 것이다.

유키는 다시 다케하라 진이치로 이야기를 시작했다. 유키가 열다섯 살 때 진이치로는 아직 열넷이었다. 그녀의 어머니는 유키에게 울면서 빌었다. 유키는 그 지난겨울, 눈이 내리던 날의 일을 떠올렸다. 이 고장에서는 눈이 한 해 겨울에 한두 차례 내릴 뿐, 그나마도 땅에 떨어지는 즉시 녹았다. 하지만 그날은 달랐다. 아침에 눈을 뜨자 집 밖이 온통 하얗게 빛났다. 그녀의 동생들은 "눈이다, 눈이다!" 하며 좋아서 난리였다. 바깥으로 뛰쳐나가려 했지만 신발이 없었다. 동생들은 현관 앞에 서서 궁리하다가 드디어 결심이 선 듯, 맨발로 바깥으로 뛰쳐나가 눈 위에 발자국을 내며 뛰어다니더니 결국 "차가워" 하고 울며 돌아왔다. 아버지가 있는 집의 아이들은 신발을 신고 이 고장에서는 진기한 눈 위를 걸어다니며, 눈을 뭉쳐서 던지고 놀았다. 맑은 날이라면 신발이 없어도 집 근처에서는 놀 수 있었다. 어머니와 유키는 서로 손을 잡고 아버지가 살아 있었다면 좋았을 거라며 함께 울었다.

"울지 마, 엄마도."

사과하는 어머니에게 유키는 당차게 말했다.

이세에서 온 유곽의 사내를 따라 야노가와 고개를 넘을 때도 울지 않았다. 울어도 소용없었다. 유곽의 사내가 바깥을 내다보고 있는 유키의 마음을 달래려고 준 초밥과 떡도 유키는 하나도 남기지 않고 먹었다. 유곽의 사내는 "착한 아이로구나" 하며 유키를 칭찬했다. 울어도 소용없으리라는 생각을 했다며 울었다. 나이가 든 유키의 눈물샘은 이완되어 눈물을 참을 수 없게 된 것이다.

"그렇게 될 운명이었던 거야. 유곽에 가지 않겠다고 우겼더라면 지금쯤 어디에서 손자나 돌보며 지내고 있을지도 모르고, 그때 엄마와 동생들과 함께 일가족 집단 자살을 했을지도 모르지. 운명인 거야."

그리고 유키는 이 고장에서 토건업자로서 독립한 진이치로가 낙적* 시켜주러 왔던 이야기를 했다. 유키는 다케하라 진이치로의 출세담을 꺼낼 때마다 그 이야기로 첫머리를 장식했다. 진이치로는 유곽에서 만난 어떤 손님보다도 남자다웠고 늠름했다. 진이치로도 시게조도 분조도 장가를 갔다. 여동생 둘도 시집을 갔다.

차남인 시게조가 만주로 출병한 지 얼마 안 되던 무렵이었다. 애당초 유키는 시게조의 처가 왠지 마음에 들지 않았다는 것이다. 후미아키는 태어난 지 육 개월밖에 되지 않았을 때였다. 떠돌이 극단이 왔다. 그다지 재미있는 연극도 아니었지만, 달리 이렇다 할 즐거움도 없었기에 구경을 하러 갔다. 시게조의 처는 그 극단의 추지 역을 맡은 떠돌이 배우에게 열을 올리기 시작했다. 원래가 경박한 여자였다. 그전에도 극단이 오면, 배우에게 무엇을 선물하건 시골의 촌티 나는 계집이라고 여겨지는 게 고작이었는데도 시게조의 처는 언제나 담배를 갖고 가기도 하고, 남들의 시선에도 아랑곳없이 무대에 돈을 던지기도

---

* 기적(妓籍)에서 이름을 빼는 것.

했다. 시게조의 처가 보이지 않아 그녀의 여동생을 붙잡고 물어보니, 그녀는 연극이 끝난 날 밤, 떠돌이 배우와 만담가, 신사 참배객 등이 묵고 있는 여인숙까지 쫓아갔다는 것이었다. 후미아키는 집에 재워둔 채로.

시게조의 처는 그날 밤 떠돌이 배우의 품에 안겨 그대로 집을 버리고 떠돌이 극단을 따라갔다. "후미아키를 키운 건 나야" 하고 유키는 말했다. "아비도 후미아키도 고생했구나" 하고 후사가 유키의 말에 맞장구를 쳤다. 그러면서도 마음속으로, 그런 옛날 일을 일일이 알 수가 있나, 하고 생각했다. 만약 유키에게 자신의 생각을 털어놓으면, 시게조의 처로 들어앉은 후사가 결국 본색을 드러내어 다케하라라는 이름, 다케하라라는 집안을 깔보고 못되게 군다고 떠들어댈 것이 뻔했다.

그 옛날, 분조를 꼬드기고 부추긴 사람은 유키였다. 후사는 유키의 얼굴을 보며 당시의 일을 떠올리고 있었다. 분조는 술에 취해서 "이런 뱀 같은 여자에게 홀려서 감쪽같이 속아넘어가고 있다는 걸 모르겠어?" 하며 쫓아내라고 말했다. 후사는 결코 잠자코 있지는 않았다. 전 남편과의 사이에 넷, 류조와의 사이에 하나, 합해서 다섯 명의 자식이 있었지만, 시게조와 살림을 차릴 때, 시게조에게는 아들 하나뿐인 것에 맞춰서 후사는 네 아이를 골목집에 남겨놓고 아키유키 하나만을 데리고 갔다. "상관하지 마!" 하고 후사는 남자처럼 말했다. "이제까지 너희들에게 신세 진 적이 있다면 너희들이 술을 마시고 와서 난동을 부려도 어쩔 수 없겠지만, 그럴 이유도 없으니까 나가!" 하고 후사는 소리쳤다. 분조는 남자처럼 서서 남자처럼 소리치는 후사의 말에 화가 치밀었다. "여자 주제에 시끄러워! 난 지금 시게조에게 불평을 하는 거야!" 하고 분조는 소리쳤다. 주먹다짐이 벌어져 분조는 시게조에게 깔리고 말았다.

유키는 그런 후사의 심정도 모르고 다시 혼자서, 패전 후에 진이치로의 본처가 진이치로의 바람기 때문에 고생하다가 뼈만 앙상하게 말라 죽었다는 이야기를 시작한다. 그 본처의 괴로움은, 그림으로 치자면 조센사(淨泉寺)에 걸려 있는 지옥 그림처럼 붉고 푸른 불길이 몸에서 마구 솟구치는 모습으로 그려야 할 것이라고 말했다. 본처는 언제나 혼자서 기다리고 있었다. 자식들이 잠들어도, 진이치로가 대범한 성격이기에, 언제나 다케하라 집의 네 평가량 되는 넓은 방에 상을 차려 요리한 음식을 늘어놓고 있었다. 언젠가 유키는 진이치로의 집에 가서, 네 평짜리 방에 앉아 있는 본처의 모습을 훔쳐보고는 소름이 끼쳤다. 진이치로에게 새로 생긴 여자를 긴 못으로 찔러대며 저주하고 있는 것도 아니었다. 본처는 그저 어둠 속에서 무언가를 노려보며 앉아 있었다.

유키는 한 번도 여자의 그러한 고통을 맛본 적이 없다. 사내를 그토록 골똘히 생각한 적은 한 번도 없다. 하지만 유키는 그 본처의 모습에서, 이세 유곽에 자주 드나드는 남자들에게도 이런 식으로 집에서 기다리는 여자들이 있다는 사실을 처음으로 알았다. "죄를 짓고 있구나 하고 처음으로 느낀 거야" 하고 유키는 말했다. "속죄해야겠다고 생각했지."

유키는 진이치로에게 여자와 헤어지라고 설교하고, 일부러 여자 집을 찾아내어 헤어지라는 말을 하려고 갔다.

첩은 분명히 젊었다. 본처와는 피부의 윤기나 탄력이 전혀 달랐기에 진이치로가 첩의 집에 틀어박혀 있는 것은 당연했다. "하지만" 하고 유키는 분개하는 어조로 후사와 미에 말고도 그 자리에 진이치로가 있기라도 하듯이 말했다.

"그런 식의 젊었다느니 늙었다느니 하는 건, 이미 나이가 들어서 생기도 기력도 없다느니 하는 건, 장사하는 입장이라면 이해가 되지만, 평범한 여염집에서는 통하지 않아. 진이치로, 잘 들어. 똑같이 고생하며 살아온 사람을 나이가 들었다고 거들떠보지도 않는다면 그건 개돼지만도 못한 게 아니겠어?"

유키는 본처가 자신과 같은 처지처럼 여겨졌다.

"갖은 고생 다하다가, 사랑하는 너를 위해서 온갖 고생을 참다가, 간신히 고생을 면하게 되자 이제는 거들떠보지도 않겠다는 거야? 그런 건 인간이 아냐. 꽃이 피게 되니까, 꽃을 전부 다른 사람에게 주겠다는 거야?"

진이치로는 죽을 때까지 그 첩과 헤어지지 않았다. 유키는 "남의 얘기를 전혀 듣지 않더라구" 하며 웃었다.

후사는 유키가 하는 이야기를 흘려듣고 있었지만, 미에는 부엌 창문으로 옆집 마당의 화초 잎이 흔들리는 것을 보면서, 진이치로가 죽기 직전에, 그제야 한번 보고 싶어한다는 전갈을 듣고 도루가 찾아왔다는 대목에서 눈물을 글썽거렸다.

도루는 "아버지, 아버지!" 하며 울었다. 그리고 유키의 이야기는 도루에게로 옮겨갔다.

도루가 백치 소녀를 건드렸다는 소문이 있는 듯하다고 말했다. 도루가 먼저 산에서 숨을 헐떡이며 내려왔고, 잠시 후에 백치 소녀가 울면서 산을 내려왔다. 아랫도리가 새빨간 피로 젖어 있었다. 무슨 일이냐고 물어봐도 백치 소녀는, "깡통차기를 해주지 않아" 하고 대답할 뿐이었다.

낮에 돌아온 아키유키가 창고 앞에 차를 세운 것은 열두시 이십분

전이었다. 차에서 내리는 아키유키를 요이치가 발견했다. 놀이 친구들을 놔둔 채 뛰어오는 것을 알고, 아키유키는 가만히 서서 기다렸다.

"식사 시간에 집에 없으면 또 할머니에게 야단맞을 거야" 하고 아키유키는 요이치에게 말했다. 요이치는 숨을 헐떡이며 "저기에 이만한 쥐가 있어" 하고 팔을 크게 벌린다.

"또 거짓말이구나" 하며 아키유키는 머리를 한 차례 쥐어박았다. 요이치는 머리에 손을 대고 그다지 아프지도 않은데 얼굴을 찡그리더니, 웃고 있는 아키유키의 사타구니를 향해서 "에잇!" 하며 발길질을 한다. 아키유키는 그 발을 손으로 잡아 운동화를 벗기고는 조그맣게 뭉쳐서 요이치가 달려온 방향으로 내던졌다. 요이치는 한쪽 발이 맨발인 채로 운동화가 있는 곳으로 뛰어갔다.

"할머니!" 하고 아키유키는 큰 소리로 말했다. "요이치가 맨발로 밖에서 놀고 있어. 점심 먹을 시간인데도."

요이치는 그 소리를 듣고는 "거짓말이야, 거짓말!" 하며 한쪽 다리로 깡충깡충 달렸다.

"이번에는 집에 들어오기 싫다며 저쪽으로 도망치고 있어."

요이치는 "거짓말이야!" 하며 소리친다. 아까와는 반대로 신발을 걸치고 천천히 걸어온다. 눈에 눈물이 글썽거렸다. 아키유키는 울상이 된 요이치를 기다렸다가 "얏!" 하고 소리를 내며 양 겨드랑이를 잡아 들어올렸다. 울상을 지은 것은 아키유키에게 응석을 부리려는 요이치의 수법임을 알고 있었다. 간지러운지 요이치는 다시 복화술 인형처럼 웃어댔다.

현관에서 나온 유키가 두 사람을 보고 "뭐가 그렇게 신나니?" 하고 말을 걸었다.

"벌써 돌아가시는 거예요?" 하고 아키유키가 인사 대신으로 말하자, 유키는 "너무 오래 있다가는 백치 아이처럼 식사 때가 되면 나타 난다는 소릴 들을 테니까" 하고 대답한다.

부엌에 후사와 미에가 있었다. 아키유키는 후사에게 "뭐라고 그랬 는데?" 하고 물었다. "아무 말도 안 했어, 백치 아이 얘기를 했을 뿐이 야" 하고 후사는 대답했다. 식사 때만 되면 "놀자, 깡통차기 하자" 하 고 요이치를 부르러 오는 백치 소녀 이야기를, 후사가 자신을 넌지시 빈정대기 위해서 한 것이라고 말한 유키를 생각하니, 아키유키는 유 키의 토라진 얼굴이 우스웠다. 도루에 관한 말을 했느냐고 묻고는, 머 리를 젓는 후사를 보며 앉아서 "그런 고모가 있으면 골치 아플 거야" 하고 말했다. 미에는 아키유키의 말에 웃는다.

"그 뒤로 무슨 얘기가 있었어?" 아키유키는 미에에게 물었다.

"그대로야" 하고 미에는 대답한다. "그 뒤에 미치코 아버지가 두 사 람을 마구 야단쳤어."

"아직 어린앤걸." 후사가 말한다.

"자세히 들어보니 히데오의 여자 친구를 집적대려다가 히데오한테 들켜서 맞았다는 거야. 네가 돌아간 뒤에 미치코가 간신히 그 이야기 를 알아냈는지, 이번에는 미치코와 고로 사이에 싸움이 벌어졌어. 자 세한 내막을 몰라서, 아버지가 고로에게 도대체 결혼하면 열심히 일 할 생각은 있냐고 설교하고 있을 때, 미치코만 불러다가 물어봤지. 처 음에는 히데오의 여자 친구가 고로한테 반했는데, 미치코한테 고로를 빼앗기자 히데오에게 갔다는 거야. 히데오는 원래 미치코를 좋아했지 만, 미치코를 고로에게 빼앗기자 그녀와 친하게 됐다더군. 도대체 이 해가 되지 않아." 미에는 그렇게 말하며 웃었다. 후사도 아키유키도 미에의 말에 웃었다.

"결국 고로는 인기가 있고 히데오는 인기가 없다는 얘기로군."

아키유키가 말했다.

"하지만 미치코의 남편 될 남자가 여자들에게 인기가 대단하다는 건 사실이야. 처음에는 사네히로가 류조 씨 집에 전화해서 그쪽에서 사과하라고 하니까, 즉시 오겠다고 말해놓고는, 그후로 오지도 않고 전화를 걸어도 집에 없다며 받지 않는 것도 사실이고."

"사과하러 올 리가 있어?" 하며 후사는 아키유키의 얼굴을 본다. "그런 얘기라면 오히려 너희더러 사과하러 오라고 그럴 거야."

"고로와 미치코의 이야기를 듣고 고로도 잘못했다는 걸 알았으니까 어제는 조용했지만. 고로도 오사카에서 돌아온 지 얼마나 됐다고 여자에게 집적대려 드는 거야. 하지만 상대방의 태도에 따라서 언제라도 히데오를 교도소나 감화원에 집어넣겠다고 오늘 아침에도 그러더니, 미치코한테 진단서를 받아 와라, 자동차도 수리 공장에 넣기 전에 사진을 찍어두라고 시키더라구. 폼으로 공사장 감독을 하는 게 아니다, 폼으로 일가를 이끌어가는 게 아니다, 하며 말이야. 집에 있기가 거북해서 미치코에게 점심 준비를 맡기고 여기로 왔어."

미에는 그렇게 말하고 나른한 듯이 고개를 젓는다. 얼굴이 창백했다. 본디 갈색인 머리가 한층 갈색으로 보였다.

"내버려두는 게 좋을 거야." 후사가 낮은 소리로 말했다. "그런 일은 아무리 생각해봤자 소용없으니까."

후사가 일어나서 식사 준비를 한다. 냉장고에서 건어물을 꺼내 구웠다. 아침에 만들어 먹고 남은 차죽을 데워 밥통 속의 식은 밥 위에 부었다. "안 먹어?" 하고 말하는 아키유키에게 미에는 머리를 저으며, "아키유키" 하고 말한다. "힘들지?"

"힘들 거 없어" 하고 대답한 아키유키는 일부러 노래하듯이 "히데오와는 달리 내가 아니면 싫다는 여자도 있고" 하고 말했다. 어른들이야기라고 잠자코 듣고 있던 요이치가 아키유키를 따라서 웃는 것을 보고 "빨리 먹고 밖에 나가 놀지 않으면 이번에 헤엄치러 갈 때 데리고 가지 않을 거야" 하고 아키유키는 말했다. 그래도 요이치는 젓가락을 든 채 밥에도 차죽에도 입을 대지 않는다.

"할머니, 요이치가 밥을 먹지 않아!"

고자질하듯이 싱크대에서 절인 야채를 씻고 있는 후사에게 말했다.

"할머니, 할머니 하고 부르지 마라." 후사가 혼자서 중얼거렸다.

"빨리 먹어" 하고 아키유키는 요이치에게 말했다. 요이치가 갑자기 "후리카케*!" 하고 소리친다. "난 후리카케가 없으면 밥을 먹을 수 없어."

"대단하군" 하고 아키유키가 말하자 미에가 고개를 갸웃거렸다.

미에가 얼굴에 미소를 띤 채 아키유키를 보며 "또 그 애와 만나서 얘기했어" 하고 말한다. "이번에는 산동네에서 엄마와 함께 이곳에 놀러오겠다는 거야."

"기노에의 딸 말이야?" 하고 후사가 물었다. "아키유키, 옛날 일을 기억하고 있니?"

아키유키는 그 질문에 몹시 거북해졌다.

"기억할 리가 있나. 요이치보다도 어린 갓난애였는데."

후사는 태어나면 한번 서로 대면시켜 보자고 기노에와 약속을 했다. 기노에는 생후 삼 개월이 지난 아이를 안고 왔다. 빨간 포대기에 감싸인 계집아이였다. 그날 기노에는 아이와 함께 버스를 타고 다시 산동네로 돌아갔다. 미에는 그 기노에의 딸과 다방에서 만나 이야기를 나누었다는 것이다.

---

*어분, 김, 소금 등을 섞어서 만든 것으로, 밥 위에 뿌려 먹는 가루.

기노에는 그 딸에게 아키유키에 관한 이야기를 전부 털어놨다. 하지만 사토코는 아키유키가 누구인지 몰랐다. 아키유키도 그때는 몰랐다. 그 사실은 누구에게도 숨기고 싶었다.

"간밤에는 제대로 자지 못했어" 하고 미에가 말한다. "모든 게 한꺼번에 터진 듯한 느낌이 들어서. 꾸벅꾸벅 졸다가 잠이 깨서 잠시 일어나 생각하다가, 생각해봤자 소용없으니 다시 잠을 자려니까 어렸을 때 아키유키의 얼굴이 떠오르는 거야. 내 동생인데도 내가 낳은 아이처럼 여겨지니까. 아키유키는 원숭이 같았지."

"곰 같았어" 하고 후사가 익살스럽게 말한다.

"곰 같다니 불쌍해라. 그리고 여러 가지 일이 있었구나 하는 생각이 들어서 이것저것 떠올렸지. 오빠도 죽었고, 미치코도 태어났고, 후루이치 씨도 살해됐고, 겐 삼촌도 죽었고. 모두들 잇달아 죽어버렸지. 골목의 기쿠 할머니도, 후미오도, 데쓰지 아저씨도, 하고 헤아리고 있노라니, 오빠가 말이야, 미에, 외로워할 거 없어, 죽은 만큼 또 태어나니까 하고 말하지 않겠어. 덕분에 간신히 잠이 든 모양이야."

"살다 보면 죽게 마련이지." 후사가 말했다.

미에가 끄덕였다. 아키유키는 그것이 우스웠다. "저쪽 돌담 아래에 제멋대로 자란 풀도 꽃이 피었어. 예쁜 꽃이건 눈에 띄지 않는 초라한 꽃이건 씨앗을 맺고 죽으면 또 씨앗에서 싹이 나는 법이야." 후사는 타이르듯이 말한다. "엄마가 미에를 낳고, 미에가 미치코를 낳고, 미치코가 아이를 낳고. 나는 손자의 아이까지 보게 될 거야. 어쩌면 손자의 손자까지 볼지도 몰라."

아키유키는 미에의 얼굴을 보고 있는 자신을 요이치가 바라보고 있다는 것을 눈치채고 "마냥 꾸물대지 말고 빨리 먹어. 너 혼자만 남았잖아" 하고 말했다. 요이치는 무슨 생각을 하고 있었는지 "전혀 닮지 않았어" 하고 작은 소리로 중얼거렸다. 요이치는 누가 누구와 부모 자식간이고 형제간인지 이해할 수가 없어서 언젠가 물었던 적이 있다. 아키유키는 요이치가 더이상 이야기하는 것을 막으려는 듯 "이제 곧 본이로군" 하고 말했다. 요이치는 "그렇구나" 하며 입에 넣었던 밥을 흘린다. 요이치의 얼굴을 보고 "요이치는 좋겠네, 아빠가 오니까" 하고 미에가 말했다.

후사가 웃었다. 후사는 행주로 닦은 시게조의 밥그릇을 식탁 위에 놓으며 "몇 번씩이나 내일이 본이니 오늘이 본이니 하고 아키유키와 도루한테 놀림을 당하더니" 하고 말했다.

"누가 나쁜 사람일까?" 하고 미에가 맞장구쳤다.

"도루 형." 요이치는 목소리를 낮추며 울상을 지었다.

"이젠 지쳤나봐" 하고 후사가 미에에게 말했다.

"도루 형이 자꾸만 거짓말을 하는 거야, 본은 벌써 지났다며."

"아직 한 번도 헤엄치러 가지 않았는데 본이 지날 리가 있어?" 하며 아키유키는 눈을 비비는 요이치의 손에서 젓가락을 받아 쥐었다.

"아빠가 본에 올 수 없다는 편지를 보내왔다고 도루 형이 말했어."

"그걸 믿었니?"

요이치는 끄덕였다. 아키유키는 소리 높이 웃으며 요이치의 머리를 손가락으로 찔렀다.

아키유키는 요이치를 데리고 밖으로 나갔다.

낮에 새 지지미 셔츠와 승마 바지로 갈아입은 아키유키는 요이치와 함께 투구벌레가 잡힌다는 제재소까지 가보기로 했다. 여자 셋이 맞은편 길의 과자 가게에 모여 선 채로 이야기를 하고 있었다.

바람은 없었다.

여름 해가 바로 머리 위에서 높지막한 산과 역, 아니 역 옆의 도랑

사이에 있는 좁은 땅을 비추고 있었다. 그곳이, 어머니와 어머니의 자식들이 있는 골목집을 빠져나와, 의붓아버지와 후미아키, 후사와 아키유키가 살던 동네였다. 다케하라 진이치로의 집과 유키의 집은 높지막한 산 저편에 있었다. 좁은 땅덩이의 좁은 동네였다. 진이치로의 첩이 사는 집, 즉 도루의 집은 방풍림 곁에 있었다. 그곳에는 미쓰코의 남편인 야스오의 칼에 찔려 죽은 후루이치의 집도 있었다.

길이 메마른 탓에 제재소로 가는 길에 지나친 집들의 정원수는 한결같이 잎사귀에 하얀 먼지를 뒤집어쓰고 있었다.

제재소 앞에 두 여자가 있었다. 요이치를 데리고 있는 아키유키를 보자 인사를 했다. 제재소 입구에 경찰관 한 명과 쌀가게 주인이 서서 이야기하고 있었다. 그곳에서 톱밥 저장소가 보였다.

"투구벌레는 모두 중학생들이 잡아갔어" 하고 갑자기 요이치가 말했다. "바보 계집애는 저기서 한번 투구벌레를 발견한 다음부터는 언제나 있을 줄로 알고 있거든."

"산에 가자고 그러지 않았어?"

"바보 계집애는 똑같은 소리만 해. 이제 투구벌레는 없어." 요이치는 그렇게 말하고는 아키유키의 얼굴을 올려다보며 "있을지도 모르지만" 하고 중얼거린다.

해가 제재소 안을 비추고 있었다. 그 제재소도 하마무라 류조의 손길이 뻗쳤다는 소문이 있는 곳이었다. 경기는 그다지 좋지 않았다. 한번은 제재소에서 일하는 사내가 차를 끓이는 주전자를 빌리러 집에 와서 "일거리가 전혀 없어" 하고 아키유키에게 말한 적이 있다.

몇백 년 전부터 산 속에서 벌목한 목재는 뗏목으로 만든 뒤 강물에 띄워 강어귀에 모았다. 이 언저리는 목재 덕분에 생긴 곳이었다. 힘이 센 놈팡이는 첩첩산중에서 벌목한 통나무를 가까운 강에서 뗏목으로 만들어 통나무를 쌓아 운반구에 싣고 산비탈에 설치한 궤도를 끌고 가는 긴마비키*를 했다. 옛날에는 그러한 뗏목을 운반하는 사람이나 긴마비키를 위해서 강가에 가건물이 세워지고 시장과 숙소를 겸한 거리가 생겼을 정도였다. 갈보집도 다이오치도 목재 덕분에 존재했다. 그런데 국도가 생기자 목재는 이 강어귀로 내려오지 않게 되었다. 옛날부터 있었던 목재상들은 잇달아 문을 닫았다.

"아무리 장사가 안 된다고는 하지만, 몇 대째나 이어온 목재상이고 부모로부터 물려받은 가게라 남이 말하듯이 볼링장으로 바뀔 리는 없겠지만 밑에서 일하는 우리는 조마조마하다구. 언제 망할지 모르거든."

그때 목재를 짊어진 탓으로 오른쪽 어깨에 굳은살이 생긴 제재소 사내가 말한 '남'이란 류조를 가리키는 것이었다.

"어쨌든 부모에게서 물려받은 가게가 아닌 경우는 다행이지. 볼링장으로 사용할 수도 있으니까."

류조가 그 제재소에 손을 뻗쳐 건물을 부수고 볼링장을 만들 거라는 둥, 슈퍼마켓을 만들 거라는 둥, 아니 넓은 성 같은 자기 집을 지을 거라는 둥 소문이 끊이지 않았다.

"그러지 않아도 옛날 것들은 몽땅 태워버리고 싶어하는 그 사내가 산 위라면 몰라도 이런 곳에 집을 지을 리가 있겠어?" 유키는 그렇게 말했다.

제재소는 옛날의 별장지로서 노리코 아버지의 것이었다.

"다음에는 헤엄치러 데리고 갈게."

아키유키는 톱밥 저장소로 달려가는 요이치에게 뒤에서 말했다. 제

---

* 산지에서 벌목한 목제를 썰매 모양의 운반구에 실어 운반하는 사람.

재소 오른쪽에는 웃통을 벗은 사내 셋이 목재 위에 걸터앉아 점심을
먹고 있다. 휑뎅그렁한 땅이었다. 전기톱 소리가 멈춘 제재소는 조용
했다. 메마른 땅 위에 기계로 벗겨낸 듯한 삼나무 껍질이 흩어진 채 수
분을 잃고 한결같이 비틀어져 있었다. 요이치가 아키유키를 불렀다.
아키유키는 자신의 그림자가 대낮의 햇빛을 받아 짧게 움직이는 것을
보면서 허벅지까지 톱밥에 묻힌 채 개처럼 손으로 파헤치고 있는 요
이치 쪽을 향해서 걸어갔다.

제재소의 목재를 쌓아놓은 곳 옆에 관목처럼 굵은 줄기의 앵초가
심어져 있었다. 꽃은 피지 않았다. 아키유키는 문득 후사의 말을 떠올
렸다. 미치코가 아이를 낳는다. 질녀의 아이다. 아이의 입장에서 보면
아키유키는 숙부에 해당한다.

그 백치 소녀의 어머니는, 이 마을의 산으로 이어지는 길 옆에서 태
어났다. 소녀의 증조부는 다른 곳에서 온 순례자라는 소문도 있고, 소
라껍데기를 부는 참배자라는 소문도 있었다. 그는 젊은 미망인으로
남의 첩생활을 하던 이노의 집에 방을 빌렸다. 그런데 강제로 관계를
맺은 것인지, 아니면 긴마비키를 하던 남편을 잃은 이노가 유혹한 것
인지, 하여간에 눌러 살게 되었다. 이노는 임신해서 아들을 낳았다.
그 아들이 스미구치 기치지로였다. 결혼해서 자식을 셋 낳고, 전쟁에
끌려간 기치지로는 만주에서 죽었다. 위의 두 아이는 방공호에서 나
오는 순간 기총소사를 맞고 개처럼 죽었다. 남은 것은 이노와 가레키
나다*의 와부카에서 시집온 노부와 계집아이뿐이었다. 그 계집아이
가 열다섯 살에 고베로 일자리를 얻어 갔다가 임신해서 돌아와 낳은

---

* 고목탄(枯木灘)의 일본어 표기. 와카야마 현의 시오노 갑(岬)에서 시라하마 해변
  까지의 해안선을 가레키나다 해안선이라고 한다.

것이 백치 소녀였다. 머리를 붉게 물들이고 있었다. 백치를 낳아 노부에게 맡긴 채 사내를 좇아 고베로 갔다가, 다시 임신해서 돌아왔다. 오 개월째여서 낙태시키기로 했다. 마취 상태에서 헛소리로 "어머나 굉장히 잘생겼네!" 하고 외쳤다. 누구의 입에서 그 헛소리가 새어나갔는지 모르지만, 사내에게 반했다가 속아서 버림받은 여자의 말로서 한때 사람들의 놀림감이 되었던 것이다.

"깡통차기 하자고 그래도 안 된대." 백치 소녀는 말했다.

"깡통차기가 아니라도 상관없잖아? 손님이 와 있으니 다른 곳에 가서 놀아라" 하고 여자는 말한다. 백치 아이는 "응" 하고 순순히 대답하고 다시 완전히 어두워진 길을, 불빛이 보이는 집 쪽으로 향한다. 백치라도 같은 또래의 아이가 있는 집과 없는 집의 구별은 가능했다. 어느 집 앞에 선다. "깡통차기 하자!" 항상 똑같은 소리를 되풀이한다. 그 집 여자가 나와서 아무리 어린애라도 여자아이가 밤길을 돌아다니면 안 된다고 타이른다. "응" 하고 순순히 대답을 하지만, 그곳에서 물러나 집으로 돌아가는 것이 아니라, 다시 "깡통차기 하자!" 하고 말한다.

문득 아키유키는 깨달았다. 후사도 그 여자도 마찬가지다. 그런 일은 아키유키에게도 있었다.

아무것도 기억하지 못하는 아키유키가 어제의 일처럼 선연히 기억하는 것은 아버지가 다른 세 누나의 이야기를 듣고 합성시켰기 때문이다.

아키유키는 헌팅캡을 쓰고 코트를 입고 있었다. 후사는 보따리를 들고 서 있었다. 두 사람만 바람이 휘몰아치는 추운 역의 플랫폼에 서 있었다. 갑자기 이쿠오가 나타나 "엄마!" 하고 후사를 불렀다. 후사는 깜짝 놀랐다. 이쿠오는 무슨 말인가 하려다가 참지 못하고 마구 울어댔다. 그때 후사는 아키유키 하나만 데리고 기차에 올라타 도대체 어디로 가려 했던 것일까? 다케하라 시게조와 만나서 다른 지방에서 살려고 한 것일까? 아니면 다케하라 일가의 유키와 진이치로 그리고 분조가 함께 살기를 반대하자, 시게조와의 사이에 결말이 나지 않으리라 체념하고는 아키유키만 데리고 다른 곳으로 가려 한 것일까? 세 자매는 밖에서 놀다가 돌아와 집에 아무도 없다는 사실을 알아차렸다. 요시코는 직감했다. 아키유키와 후사의 옷을 찾아봤다. 설날에 입는 옷이 없었다. 세 자매는 서로 부둥켜안고 엄마에게 버림받았다며 울었다. 자식을 버리는 것은 죽이는 것이나 마찬가지라고 아키유키는 생각했다.

미에는 정신이 나갔을 때 "엄마, 엄마!" 하고 부르며 울었다. 정신병원에서 진찰을 받아보자고 말하는 후사에게 달려들며 "또 버릴 거야? 죽일 거야?" 하고 소리쳤다.

제재소 입구에서 도루가 "뭘 찾고 있어?" 하고 톱밥 저장소에 있는 두 사람에게 소리쳤다. 요이치는 그 소리를 제재소 사람의 목소리로 착각하고 얼굴을 들어 그늘에서 식사를 하고 있는 사내들 쪽을 보았다. 도루는 웃통을 벗고 있었다. 아침과는 달리 세탁을 해서 색이 변한 낡은 청바지에 운동화를 신고 있었다. 그 모습은 평소의 공사장 인부가 아니라, 길거리에서 보는 젊은이들과 별로 다를 바가 없었다. 아키유키에게는 도루가 상당히 젊게 보였다.

"어쩐 일이야?" 하고 아키유키가 물었다. 도루는 가슴의 펜던트를 손으로 만지작거리며, "어젯밤에 세탁하는 걸 잊어버렸다가 오늘 아침 일을 나간 뒤에 생각이 나서 빨았거든" 하고 청바지 차림을 변명한다.

"에잇 거짓말" 하고 요이치가 말한다. "본은 아직 멀었어."

"요이치는 거짓말 안 하니?" 도루는 웃었다. 도루는 웃으면 앞니가 드러난다. 톱밥 더미로 눈길을 돌려서 "이런 곳에 투구벌레가 있을 리가 있나. 투구벌레가 있는 곳은 바닷가의 저목장(貯木場)이야" 하고 말한다. "안 그래? 옛날에 둘이서 저목장에 가서 잔뜩 잡았잖아? 그걸 요이치에게 보여주고 싶군."

도루는 또 요이치에게 거짓말을 했다. 아키유키가 도루를 알게 된 것은 중학교 삼학년 때로, 어머니 후사의 사생아인 '니시무라 아키유키'에서 의붓아버지 시게조가 호적상의 아들로 인정하는 '다케하라 아키유키'로 이름이 바뀌었을 때였다. 그 무렵에는 투구벌레 따위에는 흥미가 없었다.

아키유키는 도루가 누구에게나 시비를 걸 듯한 눈초리의 불량배로 느껴졌다. 실제로 얼마 후, 아키유키가 이끄는 그룹이 바닷가로 원정을 갔을 때, 그 그룹 앞에 나타난 것은 도루의 패거리였다. 도루는 패거리의 리더가 아니라 이인자였다.

아무것도 생각하고 싶지 않았다. 단지 마구 울어대는 매미 소리에 호흡을 맞추어, 몸 속을 텅 비우려고 생각했다. 곡괭이를 내리쳤다. 흙은 부드러웠다. 힘을 주어 끌어올리자 땅이 갈라졌다. 아키유키는 다시 곡괭이를 들어올리며 호흡을 멈추고 배에 힘을 주었다. 땅을 내리쳤다. 수많은 매미 소리가 뒤섞여, 귀를 통해 아키유키의 몸 속으로 파고든다. 호흡 소리가 매미의 파도치는 울음소리와 겹쳐진다. 곡괭이질을 하는 몸은 아까에 비하면 믿어지지 않을 정도로 가벼워져 있다. 근육이 자유자재로 움직였다. 아키유키가 열아홉 살의 나이에 공사장 일을 하게 된 이후로 언제나 느끼는 것이었다. 아키유키는 지금 한 포기의 풀과 전혀 다를 바가 없다. 풍경에 물들어, 매미 소리, 풀잎이 서로 스치며 울리는 음악을 마치 속이 텅 빈 풀줄기와 같은 몸 속에 받아들인 아키유키를 아키유키 자신이 볼 수 없을 뿐이었다.

매미 소리, 호흡 소리에 흙이 공명한다. 나뭇잎을 비추는 햇빛은 나뭇잎이 떨릴 때마다 지면으로 흘러내린다.

아키유키는 얼굴을 들었다. 그림자조차 햇빛에 드러나 있었다. 인부들의 움직이는 몸 아래에 생긴 그림자는 옅은 빛에 불과하다. 빛의 농담(濃淡)만이 존재했다. 모든 것이 햇빛에 적나라하게 드러나 있었다.

도루는 몸을 구부려 손잡이가 달린 삼태기로 흙을 긁어모으고 있다. 반대로 기요짱은 삽으로 흙을 퍼담고 있다.

바람이 불었다. 그것은 온몸이 민감한 풀처럼 변한 아키유키에게는 돌발적인 사건과도 같은 것이었다. 바람은 현장의 계곡 아래쪽에서 불어올라와 강물을 따라 햇볕에 뜨거워진 돌 위를 달린다. 길가의 풀을 흔들고 인부들의 몸을 훑는다. 산의 나뭇가지가 일제히 소리내어 잎사귀를 흔들며 몸부림친다.

모든 나뭇가지, 잎사귀 하나하나에 붙어 있던 햇살이 가루처럼 떨어져, 아키유키는 햇살 가루를 몸에 뒤집어쓴 느낌이 들었다. 땀방울이 금과 은으로 변해서 빛을 발하는 듯이 보였다.

아키유키는 다시 일을 시작했다. 아무런 생각도 할 필요가 없는 풀의 상태에 잠겨 있고 싶었다. 과거도 미래도 없다. 바람을 받고 햇빛을 쬐며 일한다. 곡괭이를 당기면 땅이 갈라지고 물기를 머금은 검은 흙이 보인다. 그것은 흙의 살이었다. 흙 속에서 파낸 돌멩이는 마치 커다랗고 단단한 껍질을 지닌 동물이 몸을 웅크린 채 자고 있는 모습이었다. 아니 시체로 보였다. 흙 속의 돌멩이는 죽음 그 자체였다. 살도 죽음도 햇빛에 드러나 냄새를 풍기고 말라버렸다. 흙 속에서 나와

십 분만 지나면 그러한 것들은 풍경 속에 동화되었다.

해가 기울기 시작했다.

도루가 웃으며 담배를 물고 "헤엄치러 가고 싶군" 하고 말한다.

도루는 잡고 있던 삼태기 손잡이를 몸에 기대어 세워놓고 바지 주머니에서 성냥을 꺼냈다. 불을 붙이려 했다. 땀에 젖어서 켜지지 않는다. 풀 같은 숨을 한 차례 내쉬고 아키유키의 얼굴을 보며 "반장님께 말해서 우리도 여름 휴가를 얻자구" 하고 말한다. 도루가 서 있는 부근의 지면에 아지랑이가 솟는다. 아지랑이는 흔들린다. 아키유키는 유키가 한 말을 떠올렸다. 유키는 다시 아키유키의 집에 와서, 백치 소녀의 내의에 피가 묻어 있는 것을 자신의 눈으로 봤다. 확증은 있다, 하지만 다름아닌 자신의 사랑스런 동생 진이치로가 첩에게 낳게 한 조카라는 식으로 둘러서 말했다. "옛날처럼 되지 않으면 좋겠지만" 하고 유키는 후사와 미에에게 말했다. 그 산은 바로 후미아키와 아키유키의 집 뒤에 있었다. 역 방향으로 오 분 정도 걷는 거리에 있었다.

아키유키의 집과 미에의 집 사이의 길은 역으로 가는 길과 이어져 있다. 그 길과 평행으로 높지막한 산이 솟아 있고 산으로 이어지는 길은 제재소 옆으로도 통한다. 그 산으로 이어지는 길 좌측에 인가가 모여 있고, 그중의 하나가 백치 소녀의 집이었다.

그 산의 윤곽을 그리듯이, 이쿠오가 죽었을 무렵, 미치거나 자살하거나 화재가 난 집이 잇달았지만, 최근에는 잠시 아무 일도 없었다. 일이 생겨도 하찮은 것이었다. 여자가 서방질을 했다가 남편에게 발각되어 얻어맞고 경찰에 전화했다. 자전거 사고가 있었다. 중학생이 가게에서 물건을 훔쳤다. 가장 큰 사건은 젊은이들이 술에 만취해서 가게의 트럭을 몰고는 결혼을 절대로 인정하지 않겠다는 상대방 부모의 집에 트럭 채로 난입한 일 정도였다.

도루는 여자 인부가 낮에 차를 끓이기 위해서 사용하는 프로판 풍로에 불을 붙였다.

아키유키는 도루를 바라보았다. 이야기를 바꿔야겠다고 생각했다.

해가 산등성이로 접근하여 하늘이 황금빛으로 변하기 시작하자 인부들은 일을 끝내기 위해서 두 작업반으로 나뉘어 도구 정리와 작업 상황 파악을 시작했다. 산 속 현장의 일몰은 시내보다 훨씬 빨랐다. 하늘이 밝게 황금빛과 청색과 붉은색으로 빛나고 있지만, 방금 전까지 윤곽이 뚜렷해 보이던 풀도 나무도 급속하게 빛을 잃어 형태가 애매해지기 시작했다. 아키유키는 그러한 순간을 좋아했다. 몸에 쌓인 노동의 달콤한 피로가, 풀도 나무도 산도 강도 윤곽을 잃기 시작하는 희미한 어둠 속에서 혈관의 흐름을 막고 터뜨려 피부와 살이 밖으로 녹아나오기 시작하면, 아키유키는 하루를 해와 더불어 땀을 흘리며 일했다고 느꼈다. 뒤에 남게 된 매미들이 다시 어지럽게 울어댔다. 작업 도구를 들어올리는 손, 어깨, 다리가 햇빛에 물들어 붉게 보였다.

덤프트럭에 도구를 싣고 계류를 따라 국도로 나왔다.

그것은 완전한 우연이었다. 그 사내는 일단 정지를 한 덤프트럭 앞에 있었다. 햇빛에 물들어 얼굴이 황금빛으로 빛나고 있었다. 차를 타고 온 듯 선글라스는 벗고 있었다. "어이!" 하고 불렀다. 아키유키가 모르는 척하며 덤프트럭의 핸들을 오른쪽으로 틀어 돌리려고 하자, 사내는 "젊은이한테 잠깐 할말이 있어" 하며 걸어왔다. 그리고 뒤돌아보며 "어서 이리 와" 하고 말한다. 길가에 크라운 라이트 밴이 서 있고, 그 앞에 히데오가 있었다. 히데오는 아키유키의 눈을 바라보며 곧장 걸어온다.

아키유키는 덤프트럭에서 뛰어내렸다. "잠깐 기다려" 하고 도루에게 말하고 "기다려주면 헤엄치러……" 하고 농담을 하려다가 얼굴이 굳는 것을 느꼈다. 도루가 사내를 보고 있다. 사내는 아키유키를 보고 있다. 아키유키는 히데오가 덤프트럭에 손을 대고 몸을 기대는 것을 보았다. 바퀴에 묻은 흙을 털어낼 작정인지, 바퀴를 유도의 다리걸기 동작처럼 툭툭 치는 것을 보았다. 악의로 그러는 것이 아닌데도 달려들어 먹살을 쥐고 히데오를 내던지고 싶어진다.

"히데오, 형에게 사과하고 부탁해봐."

"그 녀석이 잘못했는데" 하고 히데오는 말한다.

"누가 잘못했건 먼저 때린 쪽이 진 거야."

"어째서 내가 부탁해야 하냐구요?"

"무슨 소리야? 네가 형과 함께 사과하러 가면 끝날 거 아냐?"

아키유키는 사내와 히데오의 시선을 받으며 열병에 걸린 것처럼 자신의 몸이 뜨거워지는 것을 느꼈다. "아키유키!" 하고 그 사내는 교도소에서 나오자마자 곧바로 세 살짜리 아이를 만나 그렇게 불렀다. 아이는 얼굴을 들었다. "아키유키냐?" 하고 재차 묻는 사내의 목소리에 아이는 고개를 끄덕였다. 그 목소리는 알 수 있었다. 그후로 이십삼년이 지났다. 가끔 길거리에서 말을 걸어온 적이 있다. 목소리는 목소리에 지나지 않는다. 아키유키의 몸 속까지 전해오는 목소리는 아니다.

"아키유키" 하고 사내가 불렀다. 어르는 듯한 목소리는 여전했다.

갑자기 화가 치밀었다. "남의 이름을 함부로 부르지 마!" 하고 소리쳤다. 소리친 뒤, 자신의 몸 속에 서서히 고이기 시작하는 체액 같은 것을 느꼈다. 아키유키는 사내를 보았다. 키는 사내 쪽이 약간 컸다. 막노동을 하는 것도 아닌데 승마 바지를 입고, 위에는 검정색 긴소매 셔츠를 걸치고 있었다. 이마가 벗겨져 있었다. 들창코였다. 아키유키는 보았다.

그것이 파리왕이라 불리는 사내의 모습이었다. "사건을 수습해달라는 말이야?" 아키유키는 옅은 웃음을 띠며 물었다. "고로하고 죽을 때까지 싸워보지 그래? 사네히로와 당신이 아비로서 목숨을 걸고 싸우면 될 게 아냐? 난 매형을 잘 알고 있어. 몸은 작지만 성깔이 대단하지. 그렇게 하자고 하면 할 거야."

사내는 잠자코 아키유키를 본다. 말하는 아키유키를 보는 사내는 웃음조차 띠고 있다.

아키유키는 그 사내 류조의 시선을 받으며 자신의 몸 속에서 말이 거품처럼 솟아오르는 것을 깨달았다.

이제까지 없었던 일이었다. 아키유키는 말을 삼켰다. 사내는 아키유키의 그러한 난처함을 잘 알고 있다는 듯이 눈길을 돌렸다. 사내는 히데오를 봤다. "형에게 사과하라니까." 사내는 기묘하게 다정한 느낌을 주는 잠긴 목소리로 말했다.

"어째서 내가 사과해야 하냐구요." 히데오는 말했다. "찌그러져도 상관없잖아, 자동차쯤은."

히데오는 그렇게 말하고 이빨 사이로 소리를 내어 침을 뱉었다. 그것은 사내의 버릇이라고, 후사가 아키유키에게 말한 적이 있다. 히데오의 키는 사내의 얼굴 높이였다. 여름에, 아키유키가 물 속으로 밀어서 빠뜨려 울게 만들었던 때에 비하면 훨씬 성장해 있었다. 느닷없이 자신을 물 속으로 밀어넣었던 커다란 체구의 중학생이 사실은 자신의 이복형이었다는 사실을 히데오는 언제 알았을까, 하고 아키유키는 생각했다.

"여봐!" 하고 사내가 말했다. "서서 얘기하는 것도 뭣하니까, 내일이라도 '모노이'에 오지 않겠나? 전화 한 통만 걸면 되니까, 기다리고 있을 테니. 그곳에서 히데오 형인 자네와 천천히 얘기하고 싶군."

"뭐가 형이야" 하고 말한 히데오는 옅은 웃음을 짓더니 다시 "칫" 하는 소리를 내며 침을 뱉는다. 아키유키는 그러한 히데오를 보자 갑자기 자신의 몸 속에 불길이 치솟는 듯한 느낌이 들었다. 무슨 이유에서인지는 몰랐다. 그것을 조리 있게 이해하기에는 아키유키는 너무나도 복잡한 관계에 있었다. 체구가 커다란 그 사내 파리왕 류조가 여기에 있다. 그 아들인 히데오가 저기에 있다. 히데오의 형이기는 하지만, 아키유키는 형이 아니다. 아니, 이복형이라는 느낌은 히데오와 길거리에서 마주쳤을 때 아키유키의 가슴 어디엔가 있었을 것이다.

아키유키는 이쿠오를 떠올렸다. 이쿠오는 아버지가 다른 아키유키의 형이었다. 아키유키는 그 사실을 떠올리고는 문득 깨달은 것이 있어서 깜짝 놀랐다. 이쿠오는 지금의 아키유키와 같은 기분, 같은 상태였던 것이다. 아키유키는 희미한 어둠 속에 서 있으면서도 여전히 하늘에서 비치는 햇빛을 받아 자신의 눈이 황금빛으로 빛나는 듯한 느낌이 들었다.

죽여버릴 테다, 아키유키는 생각했다. 이쿠오는 그때, 그렇게 생각했던 것이다. 그때의 이쿠오의 눈은, 지금의 아키유키의 눈이었다. 이쿠오는 몇 차례나 손도끼나 식칼을 들고 골목집에서 '별장' 근처의 의붓아버지 집으로 후사와 아키유키를 죽이러 왔다. 아키유키는 계속 살아남아 스물여섯 살이 되었고, 이쿠오는 스물네 살에 목을 매달았다.

"좋아!" 하고 아키유키는 단숨에 결단을 내리듯이 말했다. "어디든 가지." 아키유키는 그렇게 말했다. 사내와 히데오의 시선을 받으며 덤프트럭에 올라탔다.

풍경은 어둠에 녹아들기 시작했다. 아키유키는 국도의 커브 길을 속도도 늦추지 않고 달렸다. 도루는 여전히 잠자코 있었다. 도루는 아키유키의 기분을 절반이나마 알기라도 한다는 듯이 다리를 덤프트럭의 선반에 올려놓고 있었다. 서로 그런 복잡한 일에는 간섭하지 않겠다고 무언중에 말하고 있는 것이었다. 언제나 선반에 발을 올릴 때마다, 아키유키는 "후미아키의 트럭이니까 상관없지만, 태도가 거만해" 하고 나무랐다.

"끈질기군." 아키유키는 독백을 하듯이 중얼거렸다. "망할 녀석들."

"상당한 악질이니까, 그 녀석들." 도루는 그렇게 말하고 몸을 일으켜 자세를 고쳐 앉았다. 셔츠 주머니에서 담배를 꺼내 한 대 물고 불을 붙인 뒤 "요전에도" 하고 말했다.

"우리집 부근의 아가씨가 그 녀석들 때문에 혼이 났다며 난리를 쳤어. 아가씨가 일하는 다방에 떼거리로 몰려와서 한 명만 커피를 주문하고 나머지 네댓 명은 음료도 음식도 주문하지 않은 채 하루 종일 놀았던 모양이야. 손님들은 그 녀석들이 무서워서 전혀 오지 않는다더군."

아키유키는 도루의 이야기를 듣고 있지 않았다. 그 사내가 아키유키의 친아버지였다. 뒤도 돌아보지 않고 차를 발진시켰던 산의 석양 속에 그 사내와 그 아들이 있었다. 아키유키의 절반이 얼굴을 드러내기 시작했다. 언젠가 그 절반가량의 어둠은 빛을 받아 스물여섯의 아키유키라는 육체 속에 갇혀 있던 것을 밝히게 될 것이다. 미에는 다시 발광할 것이다. 노리코는 울 것이다. 그것은 모두 그 사내, 파리왕인 하마무라 류조가 꾸며놓은 함정이었다. 사토코와의 비밀을 사내에게 숨김없이 털어놓는다면 사내는 어떤 반응을 보일까, 하고 아키유키는

124

생각했다.

"아키유키" 하고 도루가 말을 걸어 "저런 건 추월해버려" 하고 턱으로 가리켰다. 도루의 말에, 앞차의 운전수가 여자라는 것을 알아차렸다. 아키유키는 클랙슨을 한 차례 울리고, 깜빡이등도 켜지 않은 채 앞지르려 했다. 반대편에서 오던 차가 놀라서 핸들을 꺾어 아키유키의 덤프트럭을 왼쪽으로 피하고는, 무모한 운전을 나무라듯이 클랙슨을 잇달아 크게 울렸다. 그 요란한 소리를 아키유키는 비웃었다.

도루는 아키유키의 조소에 가세하여 "바보 같은 새끼!" 하고 말했다.

"바보는 바보라고 요이치가 입버릇처럼 말하잖아." 아키유키는 그렇게 말하고 덤프트럭의 스피드를 올렸다. 어둠이 짙어가는 황혼의 하늘에 주위의 산들이 검게 솟아 있었다. 한 차례 커브를 틀고 터널을 통과했다. 그곳부터 아키유키와 도루가 사는 동네였다. 사방이 산과 강과 바다로 둘러싸인 비좁은 땅이 아키유키 그 자체였다. 아니 첩의 자식으로 태어난 도루 그 자체였다.

뜻하지 않은 일로 늦어졌기에 도루를 하수가 흘러드는 강 옆의 집까지 데려다주고 "나중에 시내에 나가자"고 약속한 뒤 아키유키는 혼자서 덤프트럭을 타고 집으로 돌아왔다. 목부용 옆에 덤프트럭을 세우고, 아침에 혼자 작업 도구를 싣듯이 이번에는 혼자 트럭에서 도구를 내려 창고에 넣었다. 나뭇가지의 무성한 잎사귀가 아키유키의 머리에 닿자, 아키유키는 자신의 머리를 쓰다듬는 여자의 손을 떠올리고는 갑자기 온몸에 소름이 끼치는 것을 느꼈다. 손은 머리를 쓰다듬었다. 다리는 다리에 뒤엉키고 가슴은 가슴과 겹쳐졌다. 아키유키는 혈관에 충만된 피를 자신의 몸에서 뽑아내고 싶다는 생각을 했다. 아키유키는 흙이 묻은 도구를 안아 창고로 옮기면서 문득 따뜻한 피 같은 눈물이 넘쳐흐르는 것을 느꼈다. 아무도 보고 있지 않다는 것은 알지만, 눈물을 흘리는 그를 보고 있는 자가 있는 듯한 느낌이 들었다. 그때 죽는 편이 훨씬 좋았다. 그때라면, 이쿠오가 쥐고 있던 식칼로 한 차례 찌르거나 도끼로 한 차례 내리쳤더라면 간단히 죽을 수 있었다. 아무것도 볼 필요가 없다. 알 필요도 없다. 아니 아무것도 할 필요가 없다. 스물여섯이라는, 이쿠오가 죽은 나이를 두 살이나 넘어 충분히 어른이 된 지금, 모든 것이 늦었다. 아키유키는 이미 보았다. 해버렸다. 그렇게 생각하자 소름이 끼쳐서 몸을 떨며 목부용 곁에 서 있었다.

숨이 새는 듯한 웃음소리가 들렸다.

아키유키가 얼굴을 드는 것과 동시에 백치 소녀가 덤프트럭과 창고 사이의 틈에서 얼굴을 내밀고는 "깡통차기 하자"고 말했다. 아키유키는 당황해서 "요이치는 여기에 없어" 하고 대답했다. 백치 소녀는 덤프트럭의 차체에 손을 대고 "깡통차기 하지 않을래?" 하고 얼빠진 듯한 목소리로 말했다. 덤프트럭의 라이트에 비치는 자신의 그림자에 호기심이 생기는 듯 백치 소녀는 머리를 흔든다. 그림자가 움직인다. 씩씩거리는 숨소리가 웃음소리처럼 들린다. 아키유키는 도구의 마른 흙에 닿은 작업복 가슴을 털고 덤프트럭의 짐 싣는 곳을 잠갔다. 운전석으로 돌아와 엔진을 끄고 라이트를 껐다. 퀴퀴한 흙냄새가 났다. 백치 아이는 모처럼 발견한 놀이를 훼방당했다는 듯 "아, 아, 아" 하고 콧소리를 냈다. 아키유키는 물을 뿌린 탓으로 솟아오르는 흙냄새를 맡고 "집에 돌아가" 하고 말했다. "벌써 날이 저물었잖아."

"깡통차기 하면 안 돼?" 백치 소녀는 머리를 저으며 "있잖아, 할머니도 말이야, 산에 가면 안 되고 깡통차기를 해도 안 된다며……" 하고 제법 깜찍한 소리를 한다.

후사가 부엌 창문으로 얼굴을 내밀어 일을 끝내고 돌아온 아키유키를 보고는 "목욕물 데워놨어" 하고 말했다. 백치 소녀를 남겨둔 채 아키유키는 현관으로 들어갔다. 요이치가 텔레비전의 볼륨을 크게 해놓고 만화 영화를 보고 있는 듯 음악 소리가 들렸다. 양말을 벗고 맨발이 되어 "요이치!" 하고 불렀다. "같이 목욕하지 않을래?" 아키유키의 소리에 요이치는 대답이 없었다.

"텔레비전을 보기 시작하면 무슨 소리를 해도 들리지 않아." 후사는 아키유키에게 갈아입을 내의를 건네주며 말했다. 후사는 싱크대 앞에 서서 수도꼭지를 틀었다. "똑똑한 것 같아도 아직 어린애야. 아까도 할아버지께 야단맞았지."

아키유키는 욕실에 들어가 작업복과 바지를 벗었다. 흙이 바닥 여기저기에 떨어졌다. 작은 돌멩이가 구르는 소리조차 들렸다.

"또!" 하고 후사가 말했다. "거기서 벗으면 청소하기 귀찮다고 항상 말하는데도."

아키유키는 내의를 다 벗고 나서 "요이치!" 하고 불렀다. 안쪽에서 "텔레비전 보는 중이야!" 하고 외치는 소리가 들렸다. "아니 저 녀석이" 하고 아키유키가 말하자, 후사가 "똑 닮았어. 이 집에는 말을 듣지 않는 사람만 있다니까" 하고 놀리며 웃었다. 아키유키는 발가벗은 채 안쪽의 방으로 걸어갔다. 고아원에 있을 때의 버릇인 듯, 벽에 등을 기대고 다리를 뻗어 얌전한 자세로 정신없이 텔레비전을 보고 있는 요이치에게 "말 안 들으면 아무 데도 데려가지 않을 거야" 하고 야단쳤다. 요이치는 정색을 하고 돌아보았다. 금세 얼굴을 일그러뜨려 웃으며 "벌거숭이!" 하고 손가락질했다.

목욕탕 창문에서 군청색 하늘이 보였다. 무엇인가 확실히 움직이기 시작했다. 아키유키의 햇볕에 그을은 검은 몸 속에 흐르는 피의 가지와 잎사귀가 다시 사소한 일로 동요하기 시작했다. 그것은 몇 번이고 몇 번이고 아키유키의 주변에서 발생했다. 아키유키는 자신의 알몸을 보면서 생각했다. 형 이쿠오는 십사 년 전, 후사도 아키유키도 죽이지 못한 채 알코올 중독 탓인지 끊임없이 환청이 들린다고 말했다. 스물 네 살의 이쿠오는 알몸 위에 걸친 점퍼 속에 교신기라도 들어 있듯이 "응응" 하며 고개를 끄덕였다. "그래" 하고 말했다. 고개를 갸웃하며 귀를 기울이고는 "안 돼" 하고 말했다. 죽기 전날 밤, 이쿠오는 의붓아 버지 집의 불단 앞에 앉았다. 불을 켜서 분향을 하고는, 잠시 "남묘호 렌게쿄" 하고 종파가 다른 염불을 외웠다. 다시 환청이 들렸다. "안 돼, 좋아, 나 혼자 갈게." 그리고 그날 아침, 이쿠오는 지금 미에 부부 가 살고 있는 골목집의 감나무에 목을 매달았다. 눈 깜짝할 사이였다 고, 이쿠오가 아침 일찍부터 무엇을 하는 걸까 하고 창문 틈으로 내다 보고 있던 골목 여자가 말했다. 아키유키는 욕조에 걸터앉아 요이치 가 몸을 씻는 것을 보면서, 지금 자신이 그 이쿠오인 듯이 여겨졌다. 하지만 죽을 수도 없다. 더러운 피가 너무나 많이 흐르고 있다. 하루 종일 곡괭이로 흙을 일구고 삽으로 퍼내기 위한 검고 두터운 가슴의 근육, 억센 음모, 성기, 그러한 것들이 여기에 있기에 남들에게 불행 을 준다. 잘라버릴까? 이쿠오가 하려고 했던 것처럼 머리를 부수고 가슴을 꿰뚫어버릴까?

의붓아버지가 밖에서 돌아와 전화로 이야기하는 소리가 들렸다.

"씻을 거야?" 하고 요이치가 아키유키에게 비누를 내밀었다.

"좀 더 잘 씻어" 하고 아키유키가 말했다.

"씻었어."

"내 말을 듣지 않는 녀석은 바다 멀리 내던져버릴 테야. 할아버지가 말려도, 후미아키가 말려도, 이 형이 화를 내면 어쩔 수 없으니까."

요이치는 마지못해 목 언저리부터 다시 씻기 시작했다.

의붓아버지인 시게조는 전화로 거래처 사람인지 마을 의회 임원인지를 야단치고 있는 모양이었다. 목욕을 끝낸 요이치와 아키유키는 알몸인 채로 유리문을 활짝 열어놓은 복도에 서서 바람을 받으며 몸을 닦고 있었다. 시게조는 수화기를 든 채로 "어!" 하며 아키유키에게 눈으로, 일을 끝내고 돌아와 둘이서 목욕을 하고 있었구나 하고 위로하듯이 신호했다. 그리고는 "그러면 곤란해" 하고 다시 수화기에 대고 말했다. "하여튼 한번 우리집에 와주게나" 하고 전화를 끊었다. 시게조는 알몸인 채 연못 너머에서 불어오는 바람을 쐬고 있는 두 사람에게 웃음을 띠우며 "밖에서 다 보여" 하고 말했다. 아키유키는 그 사내 류조가 다이오치의 요정에서 기다리고 있는 모습을 상상했다.

이튿날도 하늘에 해는 있었다. 아키유키는 아침부터 햇빛과 바람을 받으며 작업했다. 아키유키가 낮에 집으로 돌아가자, 후사가 "요이치의 모습이 보이지 않아" 하고 말했다. 요이치를 찾았다. 제재소 옆에 사는 여자가 "산에 간 게 아닐까?" 하고 말했다. 아키유키는 양쪽으로 풀이 무성한 돌층계를 올라가, 높지막한 산 위로 갔다. 산 위에 낡은 오두막이 있었다. 요이치와 백치 소녀는 그 오두막 곁에 있었다.

"이런 곳에 오다니" 하며 아키유키는 요이치의 머리를 살짝 건드렸다. 백치 소녀는 "말하면 혼날 거야" 하며 오두막 옆에 숨었다. 아키유키는 무심코 오두막 속을 들여다봤다. 귀퉁이가 들려 있는 다다미 곁에 여자 속옷이 떨어져 있는 것이 보였다. 요이치는 아키유키가 그 속옷을 발견한 것을 알아차리고 "이쪽에 잔뜩 있어" 하며 손을 끌었다. 오두막 뒤의, 썩은 목재가 쌓여 있는 틈을 요이치는 "저것 봐" 하며 자랑하듯이 가리켰다. 검은 비닐 봉투를 꺼내보았다. 백치 소녀는 "야단맞을 텐데" 하고 말하고는 "요이치!" 하고 오두막 옆에서 상반신을 내밀어 손짓했다. "가만 있어!" 하고 요이치는 소리쳤다. 비닐 봉투 가득히 브래지어와 주름 장식이 달린 각양각색의 팬티가 담겨 있었다.

"아무 말도 하면 안 돼" 하고 아키유키는 요이치에게 말했다. 유키가 이 사실을 알면 또 동네 집집마다 소문을 퍼뜨릴 것이 뻔했다. 어째서 유키가 도루를 그렇게까지 비난하는지 모르겠다고 생각하다가 아키유키는 문득, 어쩌면 똑같은 짓을 아키유키가 했다고 떠벌리고 있을지도 모른다는 생각이 들었다. 백치 소녀가 울면서 돌층계를 내려왔다. 속내의가 붉게 물들어 있었다. 그 직전에 아키유키가 돌층계를 뛰어내려오는 것을 유키는 보았다. 그런 식으로 유키는 말을 꾸민다.

후미아키가 머리에 붕대를 감은 고로와 집 앞에 서서 이야기를 하고 있었다. 고로는 아키유키를 보고 인사했다. 요이치는 집 안으로 뛰어들어갔다.

"경찰에 신고했어?" 아키유키는 물었다. 고로가 "아직" 하고 대답하자, 후미아키는 고로의 말을 이어받듯이 "아무리 그래도 그럴 수야 없지" 하고 손에 들고 있던 서류를 뒷주머니에 쑤셔넣으며 말했다. "사네히로 씨도 이해할 거야."

"상관없어" 하고 아키유키는 말했다. "남의 눈치 볼 것 없이, 교도소건 소년원이건 집어넣으면 되잖아." 아키유키가 그렇게 말하자 후미아키는 잠자코 있었다. 고로는 힘없이 웃었다. 창고 곁에 차체가 낮은 차가 한 대 서 있는 것을 보고 아키유키가 묻자 "친구 걸 빌렸어" 하고 고로는 대답했다. 차는 초록색으로 빛나고 있었다. 아키유키는 그 차를 타고 국도를 질주하는 고로를 떠올리고는, 문득 생각이 나서 "입찰은 어떻게 됐지?" 하고 후미아키에게 물었다.

"당했어." 후미아키는 쓴웃음을 지었다. "아버지가 미리 손을 써뒀다고 했는데 망령이 들기 시작했는지 몽땅 스가야에게 빼앗겼어." 후미아키는 장황하게 누구에게 술대접을 했다는 둥 누구에게 여자를 붙여줬다는 둥 이야기하기 시작했다.

"미치코 안 왔어요?" 갑자기 생각이 난 듯 고로는 아키유키에게 물었다.

"왜?"

"아까 얘기하다가 갑자기 화를 내더라구요."

"몰라" 하고 아키유키는 대답했다. 아키유키가 후미아키에게 현장의 상황을 설명하느라 상대하지 않는 것을 알자, 고로는 리젠트 머리에 두른 붕대를 손으로 쓰다듬며 자동차 쪽으로 걸어갔다. 아키유키는 눈으로 지켜봤다. 문을 열고 운전대에 앉더니 엔진을 걸어 공회전시켰다. 두 차례, 권총으로 두 사람을 쏘듯이 폭발음을 냈다. 후미아키가 코웃음쳤다. 고로는 한 번의 회전으로 차의 방향을 전환시켜 요란한 타이어 소리를 내며 달려갔다.

"성질이 급한가?" 후미아키는 턱으로 가리키며 속도를 내고 사라져 가는 고로에 관해서 물었다.

"저런 녀석은 상관할 필요 없어." 아키유키는 말했다.

고로가 찾던 미치코는 집 안에 있었다. 미치코는 아키유키의 얼굴을 보자마자 "고로는 돌아갔어?" 하고 묻고는, 배만 튀어나온 몸이 거동하기 힘들어 죽겠다며 연못에 면한 복도에 앉았다. 아키유키는 미치코의 얼굴을 봤다. 고개를 숙여 연못에 반사되는 햇빛을 받은 얼굴이 아키유키에게는 기묘하게 어른스러워 보였다. 미에를 닮아 피부가 희어서 약간의 화장만으로도 얼굴이 돋보였다.

"아키유키 삼촌" 하고 미치코는 말했다. 아키유키가 대답도 않고 있자, 얼굴을 들어 아키유키를 봤다. "힘들어. 뱃속에 아이가 있어서. 뜻대로 되는 게 아무것도 없고 짜증만 나고." 미치코는 복도의 유리문 문살에 떨어져 있던 잉어밥 두 알을 매니큐어를 칠한 손가락으로 집어들어 연못 속으로 던졌다. 잉어가 그 두 알의 먹이를 다투며 물소리를 냈다.

"고로하고 다퉜니?" 아키유키가 물었다.

미치코는 고개를 숙인 채 가로 저었다. "왠지 모르지만 모든 게 싫어졌어. 바보 같은 생각이 들어. 오사카에 있을 땐 고로와 아이를 만드는 게 재미있게 생각됐는데 여기 돌아와보니 모든 게 싫어졌어." 미치코는 그렇게 말하고 얼굴을 들어 아키유키를 보며 웃었다. "쓸데없는 짓이지."

"이제 와서" 하며 아키유키도 웃었다. 아키유키의 얼굴을 보고 미치코는 항변하듯이 "정말이야" 하고 말하고는 배로 한 차례 한숨을 쉬었다.

"고로하고 사귀다가 임신했을 때, 들키면 야단맞을 거라고 생각했어. 모두들 화를 낼 거라고. 꼭 낳겠다는 생각으로 고로와 함께 오사카로 갔는데, 여기 돌아와보니까 하나도 재미없어. 고로도 어린애 같아서 자동차와 철부지 계집애들밖에 관심이 없으니."

"네가 철부지잖아."

"얼마 전까지는" 하고 대답한 미치코는 간지러운 소리를 내며 웃었다. "자기 차가 망가지니까, 남의 새 차를 빌려서 부모님이 살고 계시는 오로시 쪽으로 드라이브 겸 놀러가자는 거야. 싫어, 힘들어, 차 타는 것도 싫증났다고 말하니까, 그 빌어먹을 자식은 아케미나 다에코하고 다시 사귀어 차에 태우고 드라이브를 갈까, 하고 말하는 거야. 멋대로 하라고 그랬지."

"방금 이 앞에 찾으러 왔었어."

미치코는 "흥!" 하고 코방귀를 뀐다.

"머리에 붕대를 감고 있는 고로를 보고 있자니 왠지 싫증이 났어. 오히려 길거리에서 폼 잡고 있는 히데오 쪽이 낫다는 생각이 들더라고. 안 그래?" 미치코는 아키유키를 조롱하듯이 말했다. "말하자면 고로의 리젠트에 반했던 거야. 붕대로 리젠트를 감추니까 사랑도 식어버렸지."

도루가 오자 곧바로 덤프트럭에 타고 현장으로 향했다. 역 앞의 큰 길을 지나 번화가의 교차로에서 신호를 기다릴 때였다. 아키유키는 다방 안에 사토코가 앉아 있는 것을 발견했다. 쉰을 갓 넘은 여자가 그 맞은편에 있었다. 신호가 파란색으로 바뀌었다. 아키유키는 뒤차가 재촉하는 바람에 마지못해 덤프트럭을 발진시켰다.

햇빛이 도로를 비추고 있었다. 거리 전체가 햇빛을 받아 모든 것이 눈부시게 빛을 반사하고 있었다. 덤프트럭은 그 햇빛이 비추는 거리 한복판을 달렸다.

아키유키는 햇빛에 물들어 땀을 흘리며 곡괭이질을 하면서 귀로 매미 소리를 들었다. 마구 어우러지는 매미 소리에 풀도 나무도 흙도 공명했다. 그것이 자신의 텅 빈 몸에 울려퍼지는 것을 느꼈다. 아키유키에게는 자신의 몸 속에 울려퍼지는 매미 소리가 '나무아미타불'로도 '남묘호렌게쿄'로도 들렸다. 후사나 미에에게서 어렸을 때 들었던 것처럼 막노동을 하고 땅을 파면서, 언젠가 구마노 산 속으로 들어가 수행을 하다가 팔다리가 나무에 걸리는 바람에 절벽에 매달린 채 백골이 되어도 불경 외기를 그치지 않았다는 사람과 비슷하다는 생각이 들었다. 커다란 체구였다. 햇빛에 물들고 싶다고 생각했다. 문득 아키유키는 사토코를 생각했다. 그것은 사네히로의 형 후루이치를 여동생 미쓰코의 남편인 야스오가 찔러 죽인 사건의 후유증으로 미에 누나가 미치게 된 무렵이었다. 그 여자는 역 뒤의 신개지에서 창녀 짓을 하고 있었다. 아키유키는 스물네 살로, 형 이쿠오가 죽은 나이가 되어 있었다. 그 여자가 기노에의 딸일 거라는 생각은 하고 있었다. 기노에의 딸이라면 아키유키의 이복 여동생인 셈이기도 했다. 하지만 확실하지는 않았다. 아키유키는 그 여자에게 이끌려, 그 여자를 샀다. 함께 잤다. 그리고 반년쯤 지난 어느 날, 제정신이 든 미에가 역 뒤의 신개지에 가게를 열고 있는 몬 아주머니에게서 듣고 아키유키의 이복 여동생을 찾아서 데려왔다.

사토코는 금방 이해한 모양이었다. 아키유키의 얼굴을 보자마자 "난 아버지가 누구건 상관없어" 하고 말했다.

"어차피 이런 일을 하고 있으니까. 언니도 알다시피 엄마도 이런 일을 했잖아." 사토코는 "안 그래 오빠?" 하며 아키유키를 보고 웃었다. "오빠도 이제 와서 내가 여동생이라고 나서면 난처하겠지? 부유하게 살면서 모두들 행복하게 지내고 있는데 갈보짓을 하는 여자가 와서 남매간이라고 하면 말이야."

"무슨 소리야?" 미에는 아키유키가 난처해하는 줄로 알았는지, 빠른 어조로 말하는 사토코를 나무랐다.

"하지만" 하고 말하고는 사토코는 눈물을 글썽거렸다. 눈물이 흘러내렸다. "이제 와서 오빠라고 말해봤자, 이제 와서 말해봤자, 늦었어." 사토코는 울었다. 커다란 몸을 구부리고 흔들었다. 머리를 저었다. 미에는 사토코의 슬픔이 자신의 일처럼 여겨지는 듯 사토코의 얼굴을 쓰다듬고 등을 어루만지며 껴안았다. 미에는 아무것도 몰랐다. 아니, 미에만이 아니라 당사자인 사토코조차도 아키유키의 비밀에 관한 내막을 몰랐다. 아키유키 혼자 그 비밀을 간직한 채 그곳에 있다. 지금 여기에 있다.

눈물을 닦은 사토코가 불쑥 "오빠, 우리 동반 자살이라도 할까?" 하고 말했다.

"바보 같은 소리 말아" 하고 아키유키가 꾸짖었다. '동반 자살' 이란 시내 곳곳에서 본오도리* 때에 부르는 노래의 가사였다. 오빠는 여동생을 사모하다가 병상에 누워 부디 하룻밤이라도 뜻을 이루게 해달라고 부탁한다. 남매간이 아니냐며 여동생은 오빠를 타이르지만 오빠는 듣지 않는다. 여동생은 묘안을 떠올린다. 자기에게는 좋아하는 남자가 있는데 허무승**의 모습을 하고 있다. 그 사람을 죽여준다면 소원을 들어주겠다고 말한다. 오빠는 밤에 그 허무승을 죽인다. 비명을 듣고 오빠는 그것이 여동생이라는 사실을 알게 된다. 오빠는 스스로 목숨을 끊는다.

아키유키는 땀투성이가 되어 햇살에 뜨거워진 자신의 몸 어디에 그 비밀이 숨어 있는 것일까, 하고 생각했다. 눈 속일까, 아니면 가슴속일까, 성기 속일까? 아키유키는 곡괭이질을 했다. 곡괭이는 지금 팔의 일부였다. 곡괭이에 흙이 파헤쳐졌다. 땅을 파는 것은 인가가 여기저기 흩어져 있는 마을에서 국도로 통하는 길까지 콘크리트 도랑을 만들기 위해서였다. 비가 오면 산에서 흘러내린 물이 도로에 고여 구덩이가 생긴다. 그 물을 도랑으로 흘려보내기 위해서였지만, 아키유키는 단지 곡괭이로 땅을 내리치는 게 좋았다. 해는 아키유키를 풍경속에서 움직이는 한 그루 나무처럼 물들였다. 바람은 아키유키를 풀처럼 희롱했다. 아키유키는 노동을 하면서 자신이 생각할 수도 알 수도 볼 수도 말을 걸 수도 음악을 들을 수도 없는 존재가 되는 것을 알

---

* 본에 죽은 사람의 넋을 위로하는 뜻에서 노래에 맞추어 추는 춤.

** 평상복 차림에 갓을 쓰고 통소를 불며 여러 지방을 떠돌며 수행하는 보화종의 중.

았다. 지금은 곡괭이에 불과했다. 단단한 곡괭이가 흙 속으로 파고들어, 일구고, 다시 파고든다. 모든 것에 애착을 느꼈다. 아키유키는 아키유키가 아니라, 하늘, 하늘에 있는 해, 햇빛을 받은 산, 여기저기 흩어져 있는 집, 햇빛을 받은 나뭇잎, 흙, 돌, 그러한 아키유키의 주위에 있는 풍경 하나하나에 대한 애착심이 자기인 것이었다. 아키유키는 그 풍경 하나하나였다. 육체노동을 하고 있는 아키유키에게는 햇빛에 물든 풍경은 음악과도 비슷했다. 방금 전까지 왠지 '나무아미타불' 이라고도 '남묘호렌게쿄' 라고도 들렸던 매미 소리조차, 지금은 산이 호흡하는 소리가 되었다.

아키유키는 호흡이었다. 얼굴을 들고 허리를 편 아키유키의 눈에는 모든 윤곽이 흐려져, 얇은 껍질 속에서 내용물이 쏟아져나온 듯이 단지 빛의 농담만 보였다.

"아키유키!" 하고 도루가 거친 숨을 쉬는 아키유키를 불렀다.

"왜?" 하고 아키유키는 거친 목소리로 대답했다. 아키유키는 자위행위를 하는 현장을 들킨 것처럼 갑자기 부끄러워졌다. 아키유키는 땀을 닦았다. 도루는 가슴에 매달린 펜던트를 만지작거리며 가슴의 땀을 닦고 있는 아키유키에게 "등이 땀투성이야" 하고 말하고는, "닦아줄까?" 하며 바지 뒷주머니에서 자신의 수건을 꺼내려 한다. "됐어, 됐어" 하고 아키유키는 말했다. 아키유키는 거푸집널 위에 앉아서 인부들에게 휴식하라고 말했다.

도루가 거푸집널을 갖고 와서 아키유키와 마주앉았다.

"낮에 또 그 할망구가 왔었어."

"너희 아주머니 말이야?" 하고 아키유키는 말했다.

"또 쓸데없는 소리를 지껄이더라구. 하루 종일 빈둥거리다가 우리 집까지 걸어온 거야. 빈둥거리는 건 그 할망구와 바보뿐이라구."

"바보 계집애 말이지?" 아키유키는 말했다.

유키가 도루의 집에서 도루의 어머니에게 후사와 후미아키의 처와 요이치의 험담을 한바탕 늘어놓았다고 도루는 말했다.

"내 얘기는?" 하고 아키유키가 묻자 "내가 있으니 아키유키의 험담은 못하지" 하고 진지한 표정으로 대답했다. 유키에게서 분냄새가 났다고 도루는 말했다. "이러쿵저러쿵 남의 얘기를 하다가 자기 얘기를 하기 시작하면 우는 거야. 분을 바른 얼굴이 벗겨져서 우스웠다고 어머니도 나중에 웃더라구." 도루는 그렇게 말하고 목소리를 낮췄다. "류조란 요전의 그 사내야?" "그래" 하고 아키유키는 끄덕였다. "화재를 당했다고 그 아주머니가 말하기에 최근 일인 줄 알고 변상받으라고 하니까 벌써 이십 년도 더 지난 일이라는 거야. 기가 차더군."

유키의 그 이야기는 아키유키도 들은 적이 있었다. 유키에게서만이 아니라 후사와 미에에게서도 들었다. 사내가 이 마을에 나타나 골목에 드나들기 시작했던 무렵, 아무도 그 사내가 어디에서 왔는지, 도대체 몇 살인지 아는 사람이 없었다. 후사는 언젠가, 그 덩치 큰 사내가 눈앞에 나타났을 때의 모습을, 전쟁은 오래 전에 끝났지만 군대에서 탈출한 사람 같았다고 말했다. 경찰에 즉각 신고하지 않으면 화를 입는다, 유키는 도깨비 같은 얼굴이라는 생각이 들었다고 말했다. 눈빛이 무엇을 말하고 있는지 알 수 없었다. 아녀자에게는 상냥한 목소리로 말을 걸지만, 그 침이 마르기도 전에 도박 패거리, 암시장 패거리에게 "인정사정 볼 거 없어!" 하고 외쳤다. 그것이 그 사내의 입버릇이었다. 무슨 짓을 해도 좋다, 어떻게 되든 좋다. 그리고 싸움을 걸어 상대를 폭행함으로써, 타지에서 온 자신을 그 고장의 건달로 취급하도록, 사소한 일로 남들에게 덤벼들었다. 커다란 체구를 어째야 좋을지 몰랐던 듯 문득 마음을 고쳐먹고 진지하게 목재 운반에 열중하던 때도 있었다. 역 앞에 생긴 암시장에 여자 옷을 잔뜩 갖고 와서는 웃통을 벗어젖히고 목이 쉬도록 팔던 때도 있었다.

사쿠라는 옛날부터의 지주였다. 그런데 농지 개혁으로 땅의 대부분을 잃었다. 수중에 남은 것은 번화가와 역 뒤의 두 곳이었다. 그러나 사쿠라가 지니고 있는 토지에는 집이 들어서고 가게가 늘어서서 팔수도 건물을 세울 수도 없었다. 어느 날 사쿠라의 토지에 화재가 잇달았다. 전부 원인 불명의 화재였다. 커다란 도깨비 같은 사내가 불을 지르며 다닌다는 소문이 돌았다.

유키가 그 무렵 혼자 살고 있던 역 뒤의 가건물도 그 원인 불명의 화재로 소실되었다. 유키가 살던 역 뒤편은, 미군이 투하한 소이탄으로 역이 전소되면서 원래부터 있었던 건물은 타버리고, 전쟁 직후 한때 새끼줄을 쳐서 '사쿠라 출입금지'라는 팻말이 서 있던 곳이다. 새끼줄은 끊어지고 팻말은 뽑혀나가 어느 틈엔가 한 채 두 채 가건물이 들어서기 시작했다. 그 가건물로 된 집들의 사방에서 불길이 솟았다. 폭탄으로 쓰러진 여학교의 판자벽, 내버려진 널빤지 등 땔감으로 사용하는 나뭇조각 따위로 만든 가건물은 불타기 시작하자 순식간이었다. 활활 타올랐다. 불길은 요란한 소리를 내며 밤하늘에 치솟았다. 아녀자들은 이리저리 도망 다녔다. 갑자기 전쟁이 다시 시작됐다고 외치며 다니는 여자도 있었다. 도깨비 같은 사내는 엷은 웃음을 띠고 서서 그것을 구경하고 있었다. 지금은 신개지가 되어 손님을 끄는 여자들이 모여 있는 그 역 뒤의 집에서 화재로 쫓겨난 것이 부아가 나는지, 유키는 "지금도 그곳에 살고 있다면 젊은 애들을 두고 가게를 차려서 남들 못지 않을 텐데" 하고 말했다. "그 류조 때문에 신세를 망친 거야." 유키는 흥분된 목소리로 말했다. 그 류조의 이야기에서, 한때 골목집에 그 사내를 불러들여 아이까지 임신한 후사의 험담이 시작되었을 거라고 아키유키는 생각했다. 유키는 웃는다. 유키는 운다. 골목 안의 집에서 집으로, 아키유키의 집 주변을 미주알고주알 떠들어대며 다닌다. "어쩔 수 없지" 하고 도루가 말했다. 아키유키는 유키가 도루에 관해서 떠들어대며 다니는 소문을 떠올렸다. 그 유키가 만약 아키유키의 비밀을 알면 도루에 대한 험담과는 비교도 되지 않을 것이다.

"일단 도루도 진이치로의 자식이고 내 조카니까 귀엽지 않을 리가 없지만" 하고 언젠가 후미아키의 집에서 유키는 아키유키에게 말했다. "귀엽다면 귀엽지." 유키는 그렇게 말하고 소파에 기댄 채로 후미아키를 보았다. 아키유키의 얼굴은 결코 보지 않았다. "요전에도 일부러 집에 찾아가니까 느닷없이 '또 왔어?' 하더라구. 화가 나서 그대로 발길을 돌려 돌아왔어. 무슨 용건이 있어서 간 건 아니었지만, 조금은 이쪽의 기분도 알아줘야지." 유키는 죽은 진이치로를 대신해서 도루의 집에 갔다고 말했다. 진이치로가, 누님, 그 아이들을 부탁합니다, 하며 꿈에 나타났다. 그것이 아침부터 괴로웠던 것이다.

유키는 작은 경대 앞에서 화장을 하고 혼자 사는 집을 나섰다. 그 집은 진이치로의 도움으로 손에 넣은 것이었다. 진이치로의 집에서는 얼마 안 되는 곳에 있었지만, 그곳에서 진이치로의 첩이 사는 집까지는 유키의 걸음으로 한 시간은 걸렸다. 그 한 시간을 조카인 도루는 헛수고로 만들었다. "자기가 대단한 인물이라도 되는 줄 아나?" 하고 유키는 화가 나서 어쩔 줄 모르는 듯이 말했다. "집을 갖고 있는 것도, 땅을 갖고 있는 것도, 뒤에 남은 가족이 여태껏 편안하게 살고 있는 것도, 다 진이치로 덕이잖아. 다케하라 집안 덕이 아니냐구."

"또 다케하라야?" 후미아키가 끼어들었다. "다케하라, 다케하라, 말하지만 대단한 것도 없잖아?" 후미아키는 그렇게 말하며 웃고는, 안에 있던 부인에게 맥주라도 내오라고 말했다. 부인이 "아주머니, 청주가 좋으시죠?" 하고 물었다. 아키유키가 "청주, 청주" 하고 대답했다. 안에 있는 부인에게 "나도 아주머니 말씀을 듣고 있자니 청주가 마시고 싶어졌어" 하고 아키유키는 말했다.

유키는 아키유키의 말투가 마음에 들지 않는 듯 "너희들, 자기 마누라처럼 마구 부려먹는구나" 하고 목소리를 낮추어 투덜거리듯이 말했다. 후미아키와 아키유키를 남자로서 저울질하듯이 번갈아 바라보았다. "커다란 사내로군" 하고 유키는 아키유키에게 말했다.

유키의 입장에서 보면, 아키유키의 커다란 체구가 다케하라 집안, 다케하라 일족을 위협하는 존재로 비치는 모양이었다. 아니, 그것은 아키유키의 몸 속에 흐르는 그 사내의 피일지도 몰랐다. 여자를 몇 명이나 임신시킨 종마 같은 사내, 그 피였다. 접대부로 일했던 유키에게 남자는 모두 성기 그 자체로 보이는 것일지도 몰랐다. 아니, 인간은 모두 성기로 보였다. 도루의 어머니가 젊은 사내와 이야기했다는 소문은, 진이치로가 죽은 뒤 사내를 끌어들였다는 소문으로 변했다. 백치 소녀가 울면서 산을 내려온 것이 도루와 결부되었다. 후사는 백치 소녀의 속옷이 붉게 물들어 있었다는 이야기를 듣고 "바보는 조숙하다잖아" 하며 생리라도 시작한 것이라고 말했다.

그런 유키가 후미아키와 아키유키가 여자 이야기, 섹스 이야기를 하면 싫어했다. 하얀 피부에 다시 분을 발라서 창백한 느낌을 주는 얼굴을 위로 들고 입을 오므린 채 "음탕한 것들이" 하고 혼자 중얼거렸다. 그것은 유키가 불쾌할 때 내뱉는 입버릇이었다. 그런 때의 유키는, 남자를 전혀 모르는, 태어난 그대로의 몸으로 나이를 먹은 여자처럼 보였다. 그러면서도 때로는 돌연히 음탕해진다. 체구가 큰 사내는 스스로의 성적인 힘에 좌우되는 애처로운 사내라며 경멸하듯이 "여자가 소리를 내어 울었니?" 하고 아키유키에게 묻는다. "울었지, 울었어” 하고 아키유키는 대답한다.

유키가 소문내는 도루는 한 번도 성교를 한 적이 없고 앞으로도 하지 않을 것이며, 해서는 안 되는 깨끗한 몸이었다. 아키유키가 보기에는 반대였다. 시게조의 아들 후미아키와는 비교도 되지 않을 만큼 ‘음탕한’ 피가 섞인, 귀여운 데가 없는, 비뚤어진 인간으로 보였다.

도루의 얼굴을 볼 때마다, 여자를 알고 있을까, 하는 생각이 들었다.

도루는 시내의 스낵*에 가도, 아키유키가 곁에 있지 않으면 여자와 한마디 말도 나누지 않았다. 아키유키가 곁에 있으면 제법 능숙하게 브래지어를 하고 있냐는 따위의 이야기를 했다.

“어디 살아?” 도루는 여자에게 물었다.

“강 건너의 우도노. 왜요?”

“대체로 살고 있는 곳으로 알 수 있거든. 그 부근에서는 브래지어를 안 하지.”

여자는 가슴 언저리에 손을 대고 “정말 알 수 있어요?” 하고 교태를 부렸다.

“왜?” 아키유키는 물었다.

도루는 이를 보이며 웃고는 “옛날부터 그곳은 우물을 파도 소금물밖에 나지 않는다고 하잖아? 소금기가 많은 곳의 여자는 브래지어를 하지 않아” 하고 대답했다.

“소금기 때문에 브래지어를 하고 있으면 가려워서 견딜 수 없거든.” 여자는 가슴을 껴안고 “어쩐지 근질거려요” 하고 말하고는, 이어서 비밀이라도 밝히듯이 “정말로 살고 있는 곳은 하쓰노치 쪽이에요” 하

---

* 술과 함께 여종업원들이 서비스하는 곳.

고 말했다. 도루는 즉각 "그곳 여자들은 모두 젖가슴이 쳐져 있지" 하면서 위스키 잔을 입으로 옮겼다. 이야기의 흥이 깨진 것에 대해서 보복삼아 악담을 하는 느낌이었다. 여자는 노골적으로 싫은 얼굴을 했다.

이십여 년 전, 유키가 살고 있던 역 뒤의 일대가 불에 타고, 번화가에 화재가 발생했다. 그 직후, 도깨비 같은 얼굴에 체구가 커다란 사내는 백부가 운영하는 도박장 '모리도'에 드나들며, 아무리 잃어도 다시 돈을 갖고 나타났다. 그 무렵 사내는 후사의 집에 기거하고 있던 것이다. 후사는 이미 그 사내의 아이를 임신하고 있었다. 그 사내는 후사만이 아니라 요시에와, 창녀로서 원래 요네키치의 여자였던 기노에를 동시에 임신시켰다.

사내가 도박과 상해죄로 검거되어 교도소에 들어간 것은, 화재가 빈발하던 때로부터 사 개월 후의 일이었다. 사내는 검거되었을 때 "배반했구나" 하고 말했다고, 도박판 패거리의 한 사람이 전했다.

삼 년의 형기를 끝내고 출소했을 때, 사내는 서른이었다.

사내는 요시에의 집에 기거했다. 후사가 낳은 사내아이는 '아키유키'라고 부르면 얼굴을 들었다. 아키유키는 세 살이었다. 요시에가 낳은 딸아이는 두 살이었다. 기노에가 낳은 딸아이의 이름은 몰랐다. 보고 싶은 생각도 들었지만, 어차피 매춘부의 배에서 변변한 아이가 태어날 리 없다고, 야마오카의 우케 강으로 보러 가는 것도 그만두었다. 그 도깨비 같은 사내, 파리 똥의 왕, 하마무라 류조의 아이가 아키유키와 사토코였다. 요시에의 배에서 도미코, 도모카즈, 히데오 세 명이 태어났다. 그 사내가 여자들의 배에 뿌린 씨앗 다섯이, 이 세상에 싹을 틔웠다. 후사는 아키유키에게 그렇게 말했다. 아키유키에게 말하는 후사의 어조는 옛날이야기를 하는 듯했다. 아키유키는 기노에의 배에서 태어난 여동생이 사토코라는 사실을 확실히 알고부터 최근 이 년 가까이, 자신이 지금까지의 아키유키가 아니라 전혀 다른 사내가 된 느낌이었다. 미에가 아키유키에게 사토코를 여동생이라며 소개한 뒤, 형기를 끝내고 골목에 나타나 "아키유키!" 하고 불렀던 사내의 기분조차 알 것 같은 생각이 들었다. 그 사내가 끊임없이 보고 있었다. 밥을 먹는 아키유키, 노동을 하는 아키유키, 여자와 자는 아키유키를 보고 있었다. 수풀이 바람에 흔들린다. 색이 변한다. 피부도 살도 없어지고, 작업을 하던 아키유키의 육체가 바람을 받아, 문득 한 사람의 현장 감독인 노동자로 돌아온 아키유키를, 그 사내가 보고 있었다. 사내는 공기처럼 어디에나 존재했다. 하지만 그 사내는 지금 파리왕 하마무라 류조가 아니었다. 도대체 어디에서 태어났는지 무엇을 하며 지내왔는지 아무도 모르는 이십육 년 전의 부랑자였다. 도박을 하고 여자를 등쳐먹고 싸움을 하고 '아키유키'라고 불렀던 이십삼 년 전의 사내인 것이다.

시내 다방에서 사토코와 함께 있던 여자는 기노에였다.

일을 끝내고 돌아온 아키유키를 보자, 여자는 "오빠야?" 하고 후사에게 물었다. "아이구, 많이도 컸네, 멋진 청년이 됐어." 후사는 그 여자를 사토코의 어머니인 기노에라고 말했다. 기노에는 그때까지 몇 번이나 울었던 듯 손에 지니고 있던 가제 손수건을 눈에 댔다. 아키유키는 미에가 눈물을 글썽거리는 것을 봤다. 사토코는 길이가 짧은 스커트를 입고 무릎을 꿇고 앉은 자세로 토라진 듯이 담배를 피우고 있었다. 아키유키는 어떻게 인사를 해야 좋을지 몰랐다.

기노에는 "지금 둘이서 네 얘기를 하던 참이야" 하고 말하고는, 앞에 서 있는 아키유키를 올려다보았다. 사토코는 무슨 까닭인지 웃었다. 아키유키는 가볍게 인사하고 부엌문으로 가서, 그곳에서 작업복을 벗었다. 활짝 열린 부엌문으로 밤공기가 들어왔다. 해가 비치던 낮과는 전혀 달리 기온은 내려갔다.

후사와 기노에는 한창 옛날이야기를 하고 있었다. 후사는 평소와 다름없었지만 기노에는 자주 손수건을 눈에 댔다. 기노에가 요네키치의 아내였던 무렵부터 후사는 기노에를 알고 있었던 모양이었다. 전쟁 전, 요네키치는 기노에를 도박에서 진 빚의 담보로 팔아서 유곽으로 넘겼다. 전쟁이 끝나고, 피해를 모면한 유곽에서 기노에는 그 사내를 알았다. 요네키치는 유별난 사내였다. 유곽에 갈 때마다 매춘부로 판 자신의 아내와 관계해 골목 사람들의 실소를 샀다. 요네키치는 매춘부인 기노에를 낙적시키러 왔지만 유곽 주인에게 "이 돈으로는 부족해" 하며 거절당했다. 그래도 "나중에 더 갖고 올게" 하고는, 돈을 그곳에 두고 돌아갔다. 그날 밤, 번화가에 화재가 발생했다. 때를 같이해서 유곽 일대도 불에 탔다. 기노에는 유곽에서 도망쳐 요네키치의 집으로 갔다가, 자신을 낙적시키려고 요네키치를 보낸 사람이 그 사내라는 사실을 알았다.

"한번은 나 때문에 큰 싸움이 벌어졌지" 하고 기노에는 말했다. 요네키치는 "나를 속이다니" 하며 식칼을 들고 왔지만 그 사내에게는 당할 수 없었다. 때려죽이는 게 아닌가 하고 기노에는 그 사내를 걱정했다. 요네키치와 손을 잡고 암시장에서 일하던 사내는, 그 동료간의 싸움으로 밀려나, 결국 얼마 동안은 기노에가 손님을 받아서 먹여 살렸다. "이미 오래 전부터 언니와 관계하고 있었으면서도 용케도 감추고 있었지" 하고 기노에는 웃었다.

"잊고 있었어." 후사는 말했다.

"언니 쪽이 빨랐지." 기노에는 말했다.

"아무러면 어때, 옛날 일인데. 두 사람이 하는 말은 전혀 재미가 없어." 사토코는 말한다. "그런 일은 이제 와서 말해봤자 모두에게 폐만 된다구, 안 그래요?" 하고 사토코는 아키유키에게 동조를 구한다. "옛날 일은 옛날 일이잖아. 나도 옛날 일을 들먹이면 싫어."

"폐가 될 건 없지." 후사는 말했다. "다들 알고 있는 일이고, 지금의 다케하라와 함께 살게 되었을 때, 두 사람 모두 옛날 일은 싹 잊어버리고 입 밖에 내지 않기로 약속했거든." 후사는 얼굴을 들어 아키유키와 미에를 봤다. 후사가 마음속으로, 어째서 이 다케하라의 집까지 기노에와 사토코를 데리고 온 거야, 하고 말하고 있다는 것을 아키유키는 알 수 있었다. 아키유키는 미에를 봤다. 미에는 옆으로 비스듬히 앉아 기노에의 얼굴을 넋이 나간 듯이 눈물이 글썽거리는 눈으로 보고 있었다. 아키유키는 후사가 기노에와 사토코를 반갑게 여기지 않는다는 사실을 그 얼굴 표정이나 눈의 움직임으로 알았다. 그것이 이상하게 화가 났다. 모든 걸 깨끗이 잊고 내가 여기에 살고 있는 건지, 아키유키는 후사에게 묻고 싶었다. 깨끗이 잊은 결과인지는 모르겠지만 중학교를 졸업할 때까지 호적의 아버지 난이 공백이라서, 이쿠오와 미에의 아버지 성인 니시무라를 따랐다. 졸업할 무렵이 되자, 그제야 다케하라 시게조가 후사에게 낳게 한 아이로 인정되어, 다케하라 아키유키가 되었다. 후사가 과거를 잊겠다면 과거의 산물인 아키유키도 잊었어야만 했다. 이쿠오, 요시코, 미에, 기미코, 그 모두를 미에는 한때 잊고 지냈다. 하지만 살아 있다. 아키유키는 미에를 봤다. 아키유키와 눈길이 마주치자 무슨 뜻인지 미에는 입가에 미소를 지었다. 정신이 돌았을 때 그 미에는 "엄마, 엄마!" 하며 울었고, 아버지가 그 자리에 있기라도 하듯이 말을 걸었다. 미에에게는 어머니를 의지할 수 없게 되었을 때, 죽은 아버지가 있었다. 아키유키에게는 의지할 아버지가 없었다. 자신의 어머니인 후사가 아버지를 부정한다고 생각했다. 왜 그러는지 이유를 몰랐다. 아키유키는 그 사내, 골목의 공동 우물에서 "아키유키!" 하고 부르고는, 변명이라도 하듯이 골목집에서 후사에게 "아키유키를 줘, 이 아이는 내 자식이야" 하고 말했다가 거절당하고 돌아간 친아버지 하마무라 류조를 만나 이야기해보고 싶었다. 아니, 고백하고 싶다고 생각했다. 괴롭혀주고 싶었다. 그 사내가 자기와 사토코의 진짜 아버지인지 확인해보고 싶었다.

기노에는 "겐 아저씨가 죽었다며?" 하고 물었다.

미에가 끄덕였다. "술만 마셨으니까."

"착한 사람이었는데. 손이 불편하긴 했지만 하느님 같았는데" 하고 기노에는 말했다. "기억하는 건, 언니, 내가 어차피 이곳에 있어도 안 되겠다, 나 이외에도 두 여자에게나 아이를 낳게 했다고 생각했을 때야. 류조는 교도소에 들어가 있으니, 매춘부를 하던 내가 물러서야겠다는 생각에서 구석으로 들어가려고 결심했던 때야. 겐 아저씨가 아이를 줘버리라고 했지. 류조에게는 우리 세 사람 이외에 또 한 여자가 있으니, 그 여자에게 아이를 주라는 거야. 그 여자와 살게 하라는 거야. 류조가 돌아와서 언니와 살림을 차리면 언니도 언니의 자식들도 행복하지 못할 거라며."

"겐 아저씨는." 후사는 웃으며 말했다. "아키유키도 주라고 그랬어."

"언니한테?" 기노에는 과장되게 놀란 표정을 지었다. "내게만 그런 줄 알았는데" 하고 기노에는 말했다. "내가 사토코를 데리고 언니 집에 갔잖아. 언니가 안고 있는 젖먹이를 보고, 이 애들은 남매간인데도 떨어져 살게 되겠구나 생각했지. 평생 만날 일도 없을 거라고 생각한 거야. 그런데 요전에 사토코가 울면서 전화했더라구, 오빠를 만났다고."

"울지 않았어" 하고 사토코는 말했다.

"사토코가 울기에 나도 남의 가게 안에서 울었지." 그리고 기노에는 웃는다. "울면서 엄청난 기세로, 갈보, 창녀 하고 소리치는 거야. 매춘부를 했던 건 사실이지만."

"겐 아저씨에게서 들었어" 하고 미에는 말했다. "툭하면 우리집에 왔었거든. 류조의 아이가 신개지에 있다는 거야. 아저씨가 죽자 생각이 나서, 설마 거짓말은 아니겠지 하는 생각에, 오빠가 자주 놀러갔던 신개지의 몬 마담 언니에게 물어봤지. 산동네에서 온 아이가 있다는 걸 알고 몬 마담 언니한테 기노에 아줌마 딸이냐고 물어봐달랬어."

"몬 마담 언니는 옛날 우리 동료야."

"오빠가 경찰에 쫓기다가 마침 신개지 안쪽에 사는 몬 누님의 집으로 도망쳐서 무사했다는 말을 자주 했어. 요즈음은 후미아키나 아키유키가 도움을 받고 있는 모양이지만" 하며 미에는 옆에 앉은 아키유키의 무릎을 친다. 사토코가 아키유키의 무릎을 봤다. 그리고 눈을 돌렸다. 후미아키의 동급생으로 현청에 근무하던 남자가 아무래도 여자 생각이 난다기에, 후미아키는 생각다 못해 신개지의 몬 마담에게 부탁한 것이었다. 즉각 여자가 왔다. 남자와 여자는 연인처럼 여관으로 갔다.

의붓아버지인 시게조가 집에 돌아왔을 때, 기노에도 사토코도 없었다. 후사는 아키유키에게 눈으로 신호했다. 아키유키도 미에도 후사의 그 신호를 알아차렸다. 시게조는 아키유키에게 "이제 다 끝났어?" 하고 물었다.

"앞으로 이삼 일이면 끝날 겁니다" 하고 아키유키는 대답했다.

시게조는 복도의 방충망을 달았다. 연못을 향해 둔 의자에 앉아, 아키유키에게 "그 현장이 끝나면 볼링장 기초 공사야" 하고 말했다. 그리고는 "후미아키한테 혼났어" 하며 눈을 가늘게 뜨고 웃었다. "그 녀석도 아비를 혼내다니 이제는 다 컸어."

"혼날 일을 했잖아요." 후사는 시게조가 목욕을 끝내고 갈아입을 옷을 준비했다. "인부들 앞에서 후미아키에게 마구 화를 내고는, 본인이 직접 입찰을 갔으면서."

"왜요?" 하고 아키유키는 영문을 몰라서 물었다.

"알려준 숫자를 잘못 받아썼댄다." 후사가 대답했다.

"그래" 하고 시게조는 웃었다. "그저께 후미아키를 마구 야단쳤거든." 아키유키와 도루가 덤프트럭으로 현장에 간 뒤, 후지사키가 운전하는 마이크로버스를 타고 인부들이 들렀다. 마침 시게조는 요이치와 연못 청소를 하고 있었다. 그때, "아저씨 계세요?" 하고 기요짱이 연못의 돌담에서 얼굴을 내밀었다. "무슨 일이야?" 하고 묻자, 기요짱은 "얼음 담으려고" 하고 대답했다. 얼음을 담을 만한 양동이가 있냐며 후사에게 찾아보게 했지만 없었다. "없어, 없어" 하고 말했다. "작업을 하면서 얼음물을 마시면 땀이 나서 지칠 뿐이야."

"팀장님이 아침에 자기 집에 들러서 양동이 같은 걸 갖고 가라고 그랬어요" 하고 기요짱은 말했다. "그러면 후미아키의 집에 가지러 가면 되잖아" 하고 시게조가 말하자, "갔는데 아직 자고 있더라구요" 하고 대답했다.

"화가 치밀어 후미아키를 두들겨 깨워서 후미아키도 그 처도 인부들이 보는 앞에서 마구 야단을 쳤지. 인부들보다 늦게 일어나는 너에게 작업반을 맡길 수 없어. 내가 할 테다. 입찰도 내가 갈 테다 하며. 그래서 잘못 기록하고 만 거지. 후미아키가 화를 내더라구."

"욕을 먹어도 싸지." 후사는 말했다. "어제부터 계속 뛰어다녔거든." 후사는 아키유키에게 말했다.

"일거리를 얻어왔잖아." 시게조는 말했다. "이젠 본도 지낼 수 있고, 여름휴가도 지낼 수 있어."

"가난뱅이 쉴 틈이 없다잖니." 후사가 맞장구치듯이 말했다.

"엄마가 가난뱅이라면 우리는 거지야." 미에가 말했다. "입찰에서 실패하더라도 곧바로 일거리를 구해오니까."

아키유키는 묘한 느낌이 들었다. 후사도 미에도, 방금 전과는 말투가 전혀 달랐다. 아까는 침울했다. 아키유키도 그랬다. 시게조와는 친부자간도 아닌데 그의 얼굴을 보고 있노라면 친부자간처럼 여겨진다. 다케하라라는 아키유키의 성이 태어나기 전부터 붙어 있었던 느낌이 들었다. 그 사내가 아버지라는 사실, 그것은 분명 아키유키에게는 가공의 이야기와 마찬가지였다. 후사는 아키유키가 태어나 일 년도 지나기 전에 시게조와 알게 되었을 것이다. 후사는 아키유키를 데리고 시게조와 밀회를 했다. 시게조가 입으로 콩을 씹어서 아키유키에게 먹여줬다고 했다. 언제인지 모르지만 영화를 보러 갔다가 아키유키는 그 영화에 등장하는 사내의 익살스런 행동이 불쾌하게 느껴져서 빨리 돌아가자고 말했다. 그것이 채플린이었다는 건 나중에 알았다. 후사가 데려온 아들로 시게조와 후미아키와 함께 살며, 아키유키는 초등학교 오학년까지 시게조와 후사 사이에 끼어서 잤다. 이 집은 옛날 일을 깨끗이 잊은 시게조와 후사와 그 두 아들이, 제각기 옛날부터 지켜온 것이다. 이쿠오는 몇 번이나 식칼이나 도끼를 들고 나타났다. 요이치의 양아버지이자 시게조의 동생인 분조는 술을 마시고 찾아왔다. 이쿠오는 자살했다. 미에는 정신이 돌았다. 아키유키 혼자 무사했다. 아니 아키유키조차도 일단, 아버지와 그 아들, 어머니와 그 아들의 집을 나가면 무사할 수 없었다.

어두워져서 미에를 골목 집까지 바래다주기로 하고 밖으로 나왔다.

"미치코는 언제 출산이래?"

"구월 말, 시월이 될지도 모르지만" 하고 미에는 말했다. 두 사람의 발소리가 울렸다.

미에의 집에 도착한 아키유키는 노리코에게 전화했다. 노리코가 전화를 받았다. 밖으로 나와, 교차로가 있는 주유소에서 기다리라고 말하고는 전화를 끊었다. 붕대를 감은 고로에게 "차 좀 빌려줘" 하고 아키유키는 말했다. 고로는 주저하지 않았다. "키는 꽂혀 있어." 고로는 자기 것도 아닌 차를 빌려주는 것이, 아키유키에게 가족의 일원으로 인정받은 것처럼 생각되는 모양이었다. 아키유키가 차에 올라타려 하자 "데이트인가요?" 하고 물었다.

"아키유키 삼촌이 데이트를 할 리가 있어?" 하고 미치코가 놀렸다.

아키유키는 잠자코 시동을 걸었다. 골목의 빈터에서 방향을 바꾸어, 서 있는 고로 곁을 지나 달렸다.

노리코는 주유소 모퉁이에 서 있었다. 노리코는 아키유키가 몰고 온 차를 알아보지 못했다. 아키유키가 클랙슨을 한 차례 울리자 그제서야 낮은 차체의 초록색 차를 알아보았다. "어서 타." 아키유키는 문을 열고 말했다. 노리코는 가슴에 핸드백을 껴안듯이 든 채로 아키유키를 보고 차에 탔다. "알아보지 못했어."

"남의 차를 빌린 거야." 아키유키는 차를 달렸다. 강 쪽으로 난 국도를 달렸다. 금방 다리가 나왔다. 다리를 건너자 다른 현이었다. 바닷가의 길을 계속 달렸다. "친구 집에 다녀오겠다 그러고 나왔어." 노리코는 핸드백을 열어 보이며 말했다. "이것 봐" 하며 털실 뭉치를 두 개 꺼냈다. "친구에게 뜨개질에 관해서 물어보고 오겠다고 말했어." 노리코는 간드러지게 웃기 시작했다. "똑똑하지, 나?"

"똑똑해." 아키유키는 마주 오는 차의 라이트가 높게 비치자, 라이트를 상하로 움직이며 눈부시다고 신호했다. 오른쪽에 소나무숲이 이어지고 있었다. 그 너머가 바다였다. 이다를 지나고 아다와를 지났다. 작은 강의 다리를 건너서 아리마를 지나자, 아키유키는 그곳이 바로 하마무라 류조가 태어나고 자란 장소라는 것을 깨달았다. 아키유키는 문득 생각이 났다. 차를 무리하게 유턴시켰다. 신호등에서 오른쪽으로 돌았다. 속도를 낮추어 천천히 달렸다. 대부분의 집들이 불빛을 희미하게 낮추고 있었다. 아키유키는 한 집 한 집 문패를 읽으며 차의 핸들을 움직였다. 하마무라라는 이름의 집이 보이지 않는다면 절간이라도 좋았다. 노리코가 "저것 봐" 하고 가리켰다. 희미한 어둠 속으로, 집과 집 사이에 만들어놓은 밭 가운데에 키가 낮은 귤나무가 심어져 있는 것이 보였다. 귤이 잔뜩 매달려 있었다. 아키유키는 차를 세웠다. 그리고는 "따올게" 하고 말하고, 소리를 죽여 문을 열고 차에서 내렸다. 노리코도 내렸다. 국도 저편, 소나무숲 저편의 바다에서, 파도소리가 아키유키의 귀에 울려왔다. 노리코는 소리를 죽여 웃었다. 귤을 딸 때마다 나무는 소리를 내며 흔들렸다. 이슬에 손이 젖었다. 아키유키와 노리코는 호주머니 가득히 귤을 쑤셔넣은 탓으로, 간신히 차에 올라탔다. 속도를 높였다. 그대로 산 속의 길로 접어들었다. 산 중턱에 있는 모텔로 차를 넣었다.

발가숭이가 된 노리코는 체구가 커 보였다. 노리코는 발가숭이가 된 아키유키를 스모라도 하듯이 부둥켜안았다. 아키유키는 노리코를 침대로 밀어젖혔다. 노리코는 소리를 내어 웃고는 일어나서 "다시 한번" 하며 아키유키의 허리를 껴안고 싶어했다. 스모란 상대방의 허리를 양손으로 껴안는 것이라고 생각하는 모양이었다. 아키유키는 노리코의 몸을 가볍게 안아올려 허리에 있는 노리코의 손을 뿌리치고 침대에 내던졌다. 반동으로 양다리가 위를 향했다. "보인다" 하고 아키유키가 말하자, 노리코는 양손으로 가리며 "못됐어" 하고 말하고는, 침대 곁에 서 있는 아키유키의 성기를 오른손으로 살짝 만지더니 "뭐야, 이거" 하고 물었다. 아키유키가 그럴싸한 대꾸를 하려고 발기한 성기를 자신의 손으로 잡자, 노리코는 "다시 한번!" 하며 용수철이라도 달린 듯이 갑자기 침대에서 아키유키에게 달려들었다. 노리코의 체중 때문에 아키유키는 바닥에 쓰러질 뻔했다. "유도를 했거든, 고등학교 시절에." 아키유키는 노리코를 바깥다리후리기로 바닥에 쓰러뜨렸다. 벌렁 나자빠진 노리코의 가슴을, 아키유키는 발로 짓눌렀다.

"항복이야?" 아키유키는 말했다. 숨을 헐떡이며 노리코는 "차가워" 하고 웃고는 "엉덩이가 보여" 하고 말한다.

젖가슴을 발로 눌렀다. 발가락을 움직일 때마다 "간지러워" 하며 소리내어 웃었다. 노리코는 배를 보이며 웃는 강아지 같았다. 아키유키는 노리코를 안아 올리려고 몸을 구부렸다. 누워 있는 노리코를 일으켰다. 등에 양탄자 자국이 생겼다. "여기에서" 하고 노리코는 말했다. 몸을 비틀며 등을 구부린 아키유키의 허리를 안았다. 아키유키의 성기는 노리코의 머리 위에 있었다. 노리코의 생각대로 하기 위해, 아키유키는 양다리를 잡힌 채로 천천히 바닥에 주저앉았다. 꺼칠꺼칠한 양탄자가 풀잎처럼 엉덩이의 피부를 찔렀다. 노리코는 다리를 입으로 빨았다. 입술은 허벅지를 따라, 음모에 숨결이 닿았다. 아키유키는 노리코의 다리를 잡고 자신의 가슴과 얼굴 쪽으로 끌어당겼다. 노리코의 음모는 아키유키의 눈앞에 있었다. "싫어." 몸을 경직시킨 노리코는, 양다리로 안으로 들어온 아키유키의 머리를 조였다. 노리코는 잡고 있는 아키유키의 양다리에 손톱을 세우며, 한층 경직된 몸으로 떨었다. 아키유키는 노리코의 등을 쓰다듬었다.

노리코를 집까지 바래다준 뒤 차를 돌려주기 위해서 미에의 집에 들렀다. 그곳에서 아키유키는 화가 치민 사네히로가 고로의 진단서와 파손된 고로의 차 사진을 구비하여 경찰에 신고했다는 사실을 알았다. 사네히로는 "인간성이 틀려먹었어" 하고 말했다. 사네히로는 "모두들 한패거리야" 하며 경찰도 비난했다. 경찰관은 조서도 작성하지 않고, 사네히로가 데리고 간 고로에게서 싸움의 자초지종을 듣고는, 미성년자들의 일이니까 당사자끼리 해결하면 어떻겠냐고 말했다. 그것은 하마무라 류조와 그 아들 히데오가 처음부터 노리던 바였다. "당사자끼리고 나발이고 반성조차 안 하는데." 사네히로는 말했다. 경찰관은 사네히로에게 "반성하고 있는 게 아닐까요? 어머니와 함께 죄송하게 됐다며 찾아왔으니까" 하고 말하고는, 고소할 생각이면 어째서 사건이 발생했을 때 즉시 오지 않았느냐고, 오히려 사네히로를 의심했다. 고로가 악명 높은 스피드광이며 그때도 경찰의 오토바이를 따돌리고 도망쳤다가 사건을 일으켰다고 말했다. 고로의 차 번호를 기록해두어서 부르려던 참에, 류조의 아내 요시에가 히데오를 데리고 왔다는 것이었다. 조서를 작성했다. "왜 도망쳤나?" 하고 고로에게 묻고, 사네히로에게는 "며칠이나 지난 것은 무슨 다른 생각이라도 있었습니까?" 하고 물었다.

"복잡한 관계라서 경찰에 알리지 않고 해결하려고 생각했지." 사네히로는 대답했다. "남의 호의를 무시하다니."

"그런 녀석들이야." 아키유키는 말했다. 아키유키는, 내일이라도 전화를 달라, '모노이'에서라도 만나자고 말한 류조의 얼굴을 떠올렸다. 승마 바지를 입고 있었다. 검정색의 긴소매 셔츠를 입고 있었다.

들창코였다. 어슴푸레한 어둠에 둘러싸여, 삼나무와 노송나무의 줄기도, 가지도, 풀잎도, 내용물이 막을 뚫고 녹아나오기 시작한 산을 등지고, 아키유키보다 체구가 큰 사내가 서 있었다. 눈이 황금빛으로 빛나고 있었다. 얼굴은 붉었다.

사네히로는 지지미 셔츠에 스테테코* 차림 그대로 "전혀 이해를 못하는 거야" 하고 말한다. 아키유키는 사네히로를 보면서, 어딘지 모르게 사토코가 그 사내의 얼굴과 닮았다는 것을 깨달았다. 사내는 사토코가 이 마을에 와 있다는 사실을 모르고 있을 것이다.

아키유키는 문득 생각이 났다. 사네히로의 사무용 책상 아래 매달려 있는 전화번호부를 집어들고 뒤적였다. 하마무라 목재를 찾았다. 전화기 다이얼을 돌렸다. 사네히로가 자신의 등을 바라보고 있다는 것을 알 수 있었다. 벨이 울리는 동안 "어이!" 하고 고로에게 말했다. "한 번 더 차를 빌려줘." 고로는 아키유키의 얼굴을 쳐다보며 끄덕였다. "네, 하마무라 목재입니다" 하는 젊은 여자의 목소리가 들렸지만, 아키유키는 그 목소리가 누구인지 확인하지도 않은 채 "다케하라라는 사람인데, 하마무라 류조를 바꿔줘" 하고 말했다. "네!" 하고 여자는 긴장해서 대답했다. 수화기를 놓고 "아빠!" 하고 부르는 소리가 들렸다.

아키유키는 차에 올라탔다. 그 사내를 '아빠!' 하고 부른 그 여자는 요시코의 배에서 태어난 도미코일 거라고 생각했다. 도미코는 사토코와 동갑으로 아키유키보다 한 살 아래일 것이다. 신개지의 공터에 차를 세웠다. 공터의 수풀에서 벌레가 울고 있었다. 사토코를 불러내려고 신개지의 '아타리야'에 갔다. 하얗게 화장한 여자가 큰 걸음으로

---

* 바지 속에 입는 일본식 속옷.

걷는 아키유키의 팔에 매달리며 "오빠, 잠깐 들렀다 가지 않을래?" 하고 콧소리를 냈다. "지금 바빠" 하고 아키유키는 말했다. "나도 바쁘지만, 잠깐 들르지 않을래?" 여자는 아키유키의 팔을 자신의 가슴 언저리로 끌어당겼다. 여자의 블라우스를 통해서 브래지어를 하지 않은 젖가슴이 아키유키의 팔에 느껴졌다. "돈도 없어."

아키유키는 '아타리야'의 문을 열고 안을 들여다보았다. "어서 오세요" 하는 여자 목소리가 들렸다. 분홍색 불빛 아래 여자가 세 명 있었다. 주의해 보았지만 사토코는 없었다. 입구 쪽으로 와서 "들어오세요" 하고 말하는 여자에게 사토코의 행방을 물으려다가 그만두었다. 아키유키는 문을 닫고 신개지의 좁은 골목을 왼쪽으로 돌아 '몬'이라는 간판을 내건 가게로 들어갔다. 작은 카운터가 있고, 그 위에 흑백 텔레비전이 놓여 있었다. 권투 시합을 보고 있던 여자가 "어서 오세요" 하며 일어섰다.

"누구 오지 않았나?" 아키유키는 물었다.

"누구라니, 누구?" 여자는 도쿄 말씨로 되물었다. 이층으로 통하는 초록색 융단을 깐 계단 아래 여자용 구두와 샌들이 놓여 있었다. 아키유키가 그 붉은 샌들 같은 구두를 보았다. 여자는 눈치를 챈 듯 "아아, 이층 언니의 일행인가요?" 하고 말하고는 이층을 향해서 "손님이에요!" 하고 불렀다. 웃음소리가 들렸다. 여자는 목소리가 들리지 않은 것으로 생각한 듯 "언니!" 하고 불렀다. "손님이에요." 이층에서 "뭐야?" 하는 몬 마담의 목소리가 들리더니, "손님이라면 상대해주면 될 게 아냐" 하며 계단을 내려왔다. 굵고 짧은 다리라고 생각했다.

"사토코 있어요?" 아키유키는 물었다.

몬 마담은 계단에서 내려다보며 "아아, 이쿠오 동생" 하고 말하고는 아래로 내려왔다. 뚱뚱한 몸 전체로 한 차례 숨을 쉬었다. "술을 조금만 마셔도 이렇다니까" 하고는 가슴이 답답해지면 다시 몸 전체로 숨을 쉬었다. "사토코, 있지. 아까부터 네 이야기를 하고 있었어." 몬 마담은 말했다. "이층으로 올라가."

아키유키의 뒤를 따라 계단을 올라가면서 "크기도 하지" 하고 몬 마담은 말했다. 뒤돌아본 아키유키에게 얼굴을 찡그리며 웃음을 지었다. "이렇게 살이 찌면 계단을 오르내리기가 힘들어."

이층에는 방이 두 개 있고, 두 방 모두 계단과 마찬가지로 부드러운 털 융단이 깔려 있었다. 기노에는 아키유키를 보자 "여긴 어떻게 알았어?" 하고 물었다. 아키유키는 분홍색 전등 아래에서 "잠깐 볼일이 있어서" 하고 변명했다. 아키유키의 뒤에 있던 몬 마담이 아키유키의 곁을 지나 방으로 들어갔다. "어쩐지 사토코가 류조 씨나 이 총각과 닮았다고 생각했지만 설마 했지" 하고 말하고는 아키유키와 사토코의 얼굴을 비교했다. "묘한 인연이라는 생각이 들어. 이 총각과 형제인 이쿠오도 아주 어릴 때부터 알고 있었는데 열서너 살 무렵, 자주 이곳에 놀러왔었지. 뭔가를 도둑질하고는, 쫓기고 있으니 숨겨달라는 거야. 기노에와는 옛날부터 알고 있었고."

"아까 후사의 집에서 만났는데 꼭 닮았다는 생각을 했어." 기노에는 술에 취해 있었다. "이 아줌마를 기억해?" 하고 물었다. "아줌마는 옛날부터 몸을 팔았으니까 돈은 있었지. 사토코를 낳을 무렵에는 이미 류조 씨 한 사람뿐이었지만. 후사 씨가 너를 낳았을 때 아줌마도 배가 잔뜩 불러 있었지만, 정말 매일 보러 갔지. 후사 씨는 지금과는 달리 여자 홀몸이었으니까, 가난한 집에 빈손으로 갈 수도 없어서 먹을 걸 갖고. 누나들에게 부탁해서 너를 안아보려고 사탕이나 초콜릿을 갖고. 나도 이런 아들을 낳으면 좋을 텐데 하고 생각하며."

"딸로 충분해요." 사토코는 그렇게 말하고 상 위의 술병을 들어 흔들었다. 컵에 따랐다. "남자는 틀려먹었어요."

"사토코가 아들이었더라면 엄마는 산동네로 돌아가지 않고 류조 씨가 교도소에서 나오기를 기다렸을지도 모르는데. 태어난 아이가 계집애였고, 후사 씨에게도 요시에에게도 아이가 있는데다가, 어차피 갈보라는 생각에서 말이야. 류조 씨도 남자니까 새것을 좋아할 테고, 나야 요네키치에게 시집갔다가 매춘부로 팔려가서 낙적됐는데 또 갈보짓을 했으니 류조 씨가 함께 살아줄 리가 없지. 사토코를 류조 씨에게 보여주지 않았지만 앞으로도 보여주고 싶지 않아."

"사토코!" 아키유키는 선 채로 불렀다. 사토코는 "왜?" 하고 무뚝뚝하게 대답했다. "잠시 나하고 밖에 나가지 않겠니?"

"어딜 가려고?" 웃고 있던 몬 마담이 갑자기 정색을 하며 물었다.

"여기에 묵을 거잖아? 잠깐 산책이나 하자구."

"그래, 다녀와" 하고 기노에는 말했다. "오빠하고 바깥에 나갔다 오라구."

"바깥에 뭘 하러 간다는 거야? 남매라는 걸 알고도 어차피 신개지의 매춘부니까 호텔에라도 가겠다는 거야? 나하고 걸으면 오빠, 신개지 여자와 걸었다고 소문날걸."

"무슨 소리야?" 몬 마담은 사토코를 나무랐다.

"어서 가, 오빠하고 밖에서 술이라도 마시고 와." 기노에는 말했다.

그 삼십 분 후였다. 아키유키는 사토코를 데리고 '모노이' 입구에 섰다.

안에서 주인 여자가 나오더니 아키유키의 얼굴을 보고 얼굴 한 가득 웃음지으며, "들어오세요, 기다리고 계십니다" 하고 말했다. "누가?" 하고 사토코는 물었다. "그 녀석" 하고 아키유키는 비로소 사토코에게 털어놓았다. "난, 싫어" 하고 갑자기 사토코가 말했다. 아키유키는 사토코의 팔을 잡았다. 사토코는 아키유키의 손을 뿌리치려고 팔을 흔들었지만 아키유키의 힘에는 당할 수 없었다. "뭐야, 사람을 바보로 만들다니." 사토코는 힘없이 혼자 중얼거렸다.

사내는 객실에 있었다. 주인 여자의 뒤에 서 있는 아키유키를 보자 사내는 얼굴에 웃음을 지으며 "들어와, 들어와" 하고 말했다. 아키유키는 문득 사내의 그 얼굴에서, 몸을 웅크리고 혼자 앉아 있던 모습을 상상했다. 사토코는 장지문 뒤쪽에 서 있었다. 아키유키는 사토코의 팔을 당겼다. "잘 왔어, 잘 왔어" 하고 사내는 아키유키와 사토코의 얼굴을 보면서 말했다.

"사토코입니다" 하고 아키유키는 말했다.

사토코는 사내의 시선으로부터 자신의 몸을 숨기려는 듯이 아키유키 뒤에 섰다. 사토코는 고개를 숙이고 있었다.

사내는 "일단 앉으라구" 하며 도코노마* 쪽을 손으로 가리켰다. 웃음 띤 얼굴과 상냥한 목소리에는 변함이 없었다. 주인 여자가 아키유키와 사토코의 눈치를 보며 작은 소리로, 네, 네 하고 사내에게 대답하고는, 아키유키에게 목례했다. 주인 여자는 소리가 나지 않도록 장지문을 닫았다.

"일단 모처럼 왔으니까 천천히 쉬었다 가게나" 하고 사내는 말했다. 주인 여자가 두고 간 메뉴를 상 위로 권하며 "뭐든지 좋아하는 걸 주문하라구" 하고 말했다. 그 상냥한 목소리가 마음에 들지 않았다. 아키유키는 여전히 웃음을 짓고 있는 사내를 바라보았다. 상냥한 목소리로 아녀자를 속여왔다. 상냥한 목소리를 내면 그걸로 아키유키와

---

* 일본식 건축에서 객실의 상좌 쪽에 한 층 높게 바닥을 만들고 벽과 바닥을 이용해서 족자도 걸고 꽃꽂이로 장식하는 곳.

사토코 앞에서 그만이라고 생각하고 있는 것일까? 아키유키는 사내를 바라보며 생각했다.

"사토코를 아십니까?" 아키유키는 물었다. 사내는 이야기를 돌리려는 듯 "아니, 난, 자네가 여기에 와준 것만으로도 반가워" 하고 대답했다.

"내가 여기에 온 것은, 당신이 오라고 했기 때문이 아니에요." 그렇게 말한 아키유키는 지나친 흥분으로 몸의 어딘가가 소리를 내며 찢어지는 듯한 느낌이 들었다. 눈에서 눈물이 넘쳐흐르는 느낌이었다. "사토코를 데리고 왔어, 사토코를. 사토코를 아십니까? 기노에를 기억하십니까?" 아키유키의 목소리는 떨렸다.

사내는 아키유키의 흥분을 진정시키려는 듯 "잘 알고 있지" 하고 끄덕였다.

"당신의 자식입니다. 산동네에서 이곳으로 내려와 살고 있다구요." 아키유키는 그렇게 말했다. 사내는 "잘 알고 있어" 하며 끄덕였다. 사내는 다시 얼굴에 사람을 우습게 여기는 듯한 웃음을 짓고 "자네도" 하고 말했다. "이 고장에 관해서 샅샅이 알지 못하면 사업을 할 수 없어."

사내는 두 사람에게 우선 앉으라고 말했다. 아키유키는 맥이 빠졌다. 사내는 놀라지도 않았다. 태연했다. 사내는 책상다리를 한 채 털이 난 손가락으로 귀를 후비고 있었다. 웃음이 사라지자, 단단한 근육과 단단한 피부로 이루어진 얼굴로 돌변했다. 사토코는 마신 술로 갑자기 온몸에 취기가 도는 것처럼 얼굴을 붉히고, 눈에 눈물을 글썽거렸다. 모든 것이 엉망진창이었다. 아키유키가 전화했을 때 상상했던 것과는 달랐다. 사내는 아키유키가 데리고 온 사토코를 보고 놀랐어야 했다. 교도소에서 나온 그 길로 아키유키를 보러 왔지만, 산동네로 데려간 기노에의 딸의 얼굴은 보지 못한 것을 후회해야만 했다. 아키유키는 사토코를 재촉해서 돌아갈까 생각했다. 하지만 앉았다.

사내는 "어이!" 하고 앉은 채 등을 돌려 장지문을 열고 불렀다. "빨리 갖고 와!" 안쪽에서 여자의 대답이 들렸다. 주인 여자가 기다렸다는 듯이 요리를 날랐다.

술을 따랐다. 아키유키는 술잔을 받았지만, 사토코는 맥주 컵을 내밀고 "여기에 주세요" 하고 말했다. 사내는 "대단한데" 하며 주저하지 않고 술병의 술을 따랐다. 아키유키는 사내와 마주 보고 앉아 있었다. 사내의 얼굴을 바라보았다. 사내는 "일이 힘들지?" 하고 말하고는, "후지타 영감하고 산와의 젊은 사장하고 자네 이야기를 자주 한다네" 하며 자작을 하고는 단숨에 술잔을 비웠다.

"산와 사장도 안단 말이에요?"

"모를 리가 있나. 요전에 그자가 데려온 브로커에게 크게 당했는데. 자네와 이야기하고 싶어도 자네는 일 분도 상대해주지 않더군. 다케하라 건설이 자주 물건을 사러 가는 산와에 주선 좀 해달라고 부탁까지 했다구. 오늘은 기쁘군. 자네에게서 전화가 오고, 사토코까지 데려와줬으니."

"전 몰라요" 하고 사토코는 말한다. "이제 와서 아버지라고 해도 곤란해요."

"나도 마찬가지야." 아키유키는 앉은 채 말했다.

"잘 알아." 사내는 말한다.

"뭘?" 사토코는 물었다. "뭘 잘 안다는 거예요? 아무것도 모르면서. 내가 뭘 하는지 아세요? 몸을 팔고 있어요. 엄마는 이미 쭈그렁 할망구가 돼버렸으니 내가 몸을 팔아서 돈을 벌고 있다구요." 사토코는 "흥!" 하며 얼굴을 들고 컵의 술을 마셨다. 아키유키가 마시지 말라고

160

말렸다. 사토코는 "뭐야?" 하며 남자처럼 말했다. "오빠인 척 하지 마. 모두들 한 패거리가 되어서 사람을 짓밟아놓고. 자기 혼자 아무 짓도 안했다는 얼굴이네."

사토코는 컵의 술을 전부 마셨고 "한 잔 줘요" 하며 아키유키 앞에 컵을 내밀었다. 아키유키가 주저하자, 사내가 "마셔, 마셔" 하며 따랐다.

아키유키는 사내의 얼굴을 보고 있었다. 바로 이 사내가 이십삼 년 전, 공동 우물가에서 "아키유키!" 하며 불렀다. 그리고 사내에게도 아키유키에게도 사토코에게도 이십삼 년의 세월이 흘렀다. 골목과 '별장' 주변의 동네에서 사내의 소문이 나돌지 않은 때는 없었다. 사내의 이십삼 년은 골목 안에 있던 후사의 집에서 다카다이의 집으로 뛰어올라간 시간이었다. 역 뒤의 가건물을 불태우고 라이온즈 클럽에 가입했다는 비웃음과 더불어 사람들이 수군댈 때까지의 시간이었다. 그 사내가 지금 여기에 있다. 사내는 쉰다섯 살이었다. 검정색의 겨울용 천 같은 셔츠를 입고 있었다. 하지만 승마 바지는 아니었다. 사내는 얼굴을 들고 아키유키를 보았다. 쌍꺼풀 없는 쭉 찢어진 눈이 아키유키를 닮았다. 아키유키는 사내가 자신을 보고 있다는 것을 알면서, 사내의 눈 외에도 자신을 보고 있는 눈이 있다고 느꼈다. 누군가가 엿보고 있다. 골목 안에는 또 소문이 퍼질 것이다. 아키유키가 사내의 시선을 받고 떠올린 그 소문도 그랬다. 누군가가 그것을 엿본 것도 직접 본 것도 아니었다. 이쿠오가 〈동반 자살〉 가사처럼 미에를 사랑했지만, 미에는 그것을 거절하고 사네히로와 자취를 감췄다. 아무런 근거도 없는 소문이기는 했지만, 아키유키는 그 소문이 사실이라는 것을 알 수 있었다.

"요전에 아리마에 땅을 샀어. 자네에게 조금은 자랑할 수 있지. 그

걸 말하고 싶었던 거야. 도미코나 도모카즈에게 말해도 어째서 그런 곳에 땅을 살 필요가 있느냐는 말만 할 뿐 전혀 기뻐하지 않더군. 한번 보여주지. 집이 들어선 곳도 있지만 내쫓는 건 간단하니까. 자네나 도모카즈의 대(代)가 되면 마음대로 처분해도 좋아. 사토코 땅도 있어."

"흥!" 하고 사토코는 코웃음쳤다. "이제 와서 무슨 소리예요? 한번도 돌봐주지 않고. 난 망령든 노파 같은 사람 좋은 엄마와는 달라요. 엄마는 지금도 류조 씨, 류조 씨 하고 말해요. 강을 내려가면 류조 씨라는 사람이 있다고 입버릇처럼 말하지만, 난 그럴 때마다 만나면 찬물이라도 끼얹어주겠다고 말했어요."

사토코는 컵을 소리내어 놓고 아키유키의 팔을 찔렀다. "잠자코 있지 말고 오빠도 뭔가 말해봐." 사토코는 아키유키의 얼굴을 봤다. 눈에서 눈물이 마구 넘쳐흘렀다.

"오빠도 이 사람의 자식이잖아?"

"잘 모르겠어." 아키유키는 말했다. 가슴이 뛰었다.

"내 자식이지!" 사내는 고함치듯이 말했다. "둘 다 내 자식이야!"

그때 아키유키는 아주 오래 전부터 그 말이 듣고 싶어서 기다렸던 것 같은 느낌이 들었다. "아키유키!" 하고 불렸던 때부터였다. 아키유키는 사내를 바라보았다. 사내는 있었다. 사내는 똑바로 아키유키를 마주보았다. 그 눈이 불쾌했다. 뱀 같은 눈이었다. 세 살이 아니다. 아키유키는 스물여섯 살이었다. 하고 싶은 말이 목구멍까지 솟아올랐다. 분명히 당신의 자식이다. 이 가슴도 눈도 이도 성기도 절반은 당신에게서 받았다. 하지만 그 절반이 싫다. 사내는 거리에서 아키유키를 보고 있었다. 그것은 아키유키를 보고 있었던 것이 아니다. 절반가량의 자신을 보고 있었던 것이다. 아키유키는 사내를 없애버리고 싶었다. 사내를 패주고 싶었다. 사토코처럼 술에 취해 있다면 상을 뛰어

162

넘어 사내를 패주었을지도 모른다.

　사내는 땀이 나는지 긴소매 셔츠를 걷어올렸다. 팔에 문신이 보였다. 사내가 오늘 하룻밤만이라도 천천히 술을 마시자고 말하듯 한쪽 무릎을 세우는 것을 보고, 아키유키는 "두 자식끼리 관계를 맺고 말았어" 하고 말했다.

　사내는 아키유키를 보았다.

　"알고 있어" 하고 사내는 말했다. "어쩔 수 없지." 사내는 다소 화를 내는 듯한 목소리로 말했다.

　눈물이 흘렀다. 아키유키는 눈물을 닦았다.

　어째서 눈물이 흘러내리는지 아키유키는 알 수 없었다. 모든 것을 털어놓고 싶었다.

　"사토코와 둘이서 잤습니다." 아키유키는 그렇게 바꿔서 말했다. 말하고 나서도 아키유키의 내부에 털어놓고 싶은 것들이 소용돌이쳤다. 용서를 빌고 싶다고 생각했다. 용서를 빌기 위해서 방바닥에 머리를 조아려도 좋다. 아니, 아키유키는 자신의 마음속 어디엔가 사내를 향해서 말하고 있는 목소리가 있다는 것을 알았다. 당신이 나를 만든 성기와 똑같은 내 성기로, 나는 당신을 범했다. 평생 동안 내가 당신에게 고뇌의 씨앗이 되어주겠다. 아키유키는 헛소리처럼 "사토코와 관계했습니다" 하고 말했다. 아키유키는 사내가 괴로운 나머지 신음하며 절규하기를 기다렸다. 머리를 벽에 들이받아 피를 흘리고, 아키유키와 사토코를 각각 다른 배에서 만든 자신의 성기를 쥐어뜯고 잘라버리기를 기다렸다. 사내가 두 눈을 후벼파고, 귀를 잘라내기를. 그것이 아버지였다. 그 아버지로서 아키유키를 때려누이고 사토코를 후려쳐도 좋았다.

　"어쩔 수 없는 일이지, 어디에나 있는 일이야." 사내는 말했다. 낮게 소리내어 웃었다. "그런 건 신경 쓰지 마. 아키유키와 사토코 사이에 아이가 생겨서 설령 백치가 태어난다 해도 어쩔 수 없는 일이지. 백치가 태어나면 낳은 사람은 괴롭겠지만."

"백치를 낳을 거예요" 하고 사토코는 말했다.

"낳아, 낳으라구, 백치건 뭐건 상관없어. 아리마에 땅이 있으니까 백치 손자 한두 명 키우는 건 어렵지 않아."

사내는 정색을 했다. "백치면 어때." 사내는 침울한 목소리로 자기 자신에게 다짐하듯이 말했다. "뭐라도 상관없어. 차를 부숴도, 남에게 부상을 입혀도, 변상해주면 될 게 아냐?" 사내는 "안 그런가, 자네?" 하고 동의를 구했다. "미에의 사위처럼 체면을 내세울 필요가 있나?"

아키유키는 무슨 일을 하건 그 사내의 낮은 웃음소리가 귀에서 떠나지 않았다. 현장에서 한창 작업을 하던 중에 듣는 매미 소리조차 웃음소리로 들렸다. 기분이 나빴다. 아버지의 느낌이 의붓아버지인 시게조와 전혀 달랐다. 옛날부터 시게조는 후미아키나 아키유키가 마음에 들지 않는 짓을 하면 얼굴이 새빨개져서 화를 냈다. 아키유키에게는 그런 일이 없었지만, 시게조는 갖고 있던 삽자루로 후미아키의 어깨를 후려쳐 쇄골을 부러뜨린 일도 있었다. 사소한 일이었다. 후미아키가 고등학교에 올라가며 운동화는 어린애 같아서 창피하니까 구두를 사달라고 말하자, 후사가 그 말을 시게조에게 전한 것이었다. 후미아키는 오른쪽 어깨를 가린 채 다음 일격을 피해 도망쳤다. 저녁 무렵이 되어 유키가 오른쪽 어깨에 붕대를 감은 후미아키를 데리고 와서 시게조와 후사를 질책하며 화를 냈다. 시게조가 "부모에게 거역하는 녀석은 필요 없어, 나가!" 하고 고함쳤다. 후미아키는 울면서 사죄했다. 그 사내는 아키유키에게는 화도 내지 않았다. 괴로워하지도 신음하지도 않았다. 오히려 웃기조차 했다. 백치가 태어나도 상관없다고 말했다. 매미 소리가 아키유키의 몸 속과 밖에서 울려댔다. 햇살은 오늘도 산 속의 현장을 달궜다. 흙도 돌멩이도 햇살에 달궈져, 뚜렷하던 윤곽이 녹아, 흙 속의 흙, 돌멩이 속의 돌멩이가 그대로 드러나 있었다.

아키유키는 작업에 열중했다. 햇빛을 받으며 일할 뿐이었다. 삽으로 흙을 퍼서, 그것을 구덩이 밖으로 낸다. 햇빛에 물들고 산의 풍경에 물든 지금, 아키유키는 그저 단순히 움직이는 도구였다. 삽자루를 쥔, 삽과 마찬가지로 흙을 퍼내는 도구였다. 햇빛은 음악이었다. 하늘에 있는 해가 구름에 가리자 풍경은 일제히 색깔을 바꿨다. 곡괭이로 일군 흙을 힘주어 삽으로 퍼서 들어올려 밖으로 냈다. 아키유키의 텅 빈 몸 속에 매미 소리가 울려퍼지고 있었다.

시냇물에서 아이들 목소리가 들렸다. 아키유키에게는 그 목소리가 의미 불명의 외국어나 새소리처럼 들렸다. 얼굴을 든 아키유키의 눈에 한결같이 햇빛을 받으며 곡괭이질을 하고 도랑에 콘크리트를 치기 위해 거푸집널을 채우는 인부들의 모습이 보였다. 눈의 초점이 맞지 않고 몸이 울리는 것을 아키유키는 뚜렷이 알 수 있었다.

문득 아키유키는 예전에 히데오를 물에 빠뜨렸을 때 사내가 제지했던 일을 떠올렸다. 그때도 매미가 여기저기서 울어댔다. 사내는 아키유키를 보고 있었다. 하지만 아무 말도 하지 않았다. 아키유키를 나무라지 않았다. 사토코와 아키유키의 관계를 알아도 그랬다. 아키유키는 얼굴을 들어, 아이 셋이 발가숭이가 되어 물놀이를 하는 파랗게 빛나는 시냇물을 보며 남에게 털어놓아야 할 비밀은 사토코를 안았다는 것, 자신의 이복 여동생과 성교했다는 따위의 것이 아니라고 생각했다. 그 여자는 미에인 듯했다. 그것이 비밀의 실체라고 아키유키는 생각했다. 그 신개지의 여자는, 아키유키의 첫 여자였다. 스물네 살이 될 때까지 아키유키는 여자를 몰랐다. 그것은 누나인 미에가 금했기 때문이다. 시게조와 만나느라 후사가 행상에서 늦게 돌아오는 날이면 미에는 아키유키를 옆에 뉘어 재웠다. 아침에, 아키유키는 미에의 이불에서 자고 있을 때도 있었다. 잠이 깬 아키유키를 보고 미에는 "오빠 같아" 하고 말했다. 소변이 마려워 아키유키의 나팔꽃 봉우리 같은 성기는 발기해 있었다. "어디, 어디" 하고 삼녀인 기미코가 말했다. 아키유키는 실실 웃으며 성기를 보여줬다. "제법이야" 하며 미에가 웃자 기미코도 "제법이야" 하며 아키유키를 쿡쿡 찔렀다. 그리고 이쿠오가 죽었다. 이쿠오와 미에의 소문은 알고 있었다. 자신의 발기한 성기를 잘라버리고 싶다고 생각하면서 자위를 했고, 자위를 금하면 몽정을 했다. 그 여자가, 겐 아저씨가 전한 소문처럼 이복 여동생이건 아니건 상관없었다. 배가 다른, 아버지의 피로 연결된 여동생과, 씨가 다른, 어머니의 피로 연결된 누나인 그 여자를 범했다. 엉덩이를 흔들어댔다. 젖가슴을 쥐었다. 하지만 그 사내는 화도 내지 않았다. 아키유키의 몸 속에 울려대는 매미 소리처럼 웃었다. 아니, 지금 아키유키의 귀에 그 매미 소리는 몇 겹으로 중첩되어 뒤섞인 탄식과 울음소리로 들렸다. 괴로웠다. 선 채로 매미 소리에 호흡하는 것조차 고통스러웠다. 누구라도 좋다, 무엇이건 좋다, 용서를 빌고 싶다.

　그리고 사흘가량 지났다.

　현장은 미와사키로 통하는 국도 곁에 세워진 볼링장으로 옮겨졌다. 삽차가 필요하다고 판단한 후미아키는 '후지타'에서 한 대 빌리기로 했다. 하지만 남아 있는 삽차가 없었다. 임대한 삽차가 반납될 때까지 이틀 걸린다는 말에, 후미아키와 아키유키는 다른 가게를 여기저기 수소문해봤지만 소용없었다. 그래서 하루는 오전만 작업하고, 오후의 반나절은 쉬기로 했다. 다음날은 여름 야유회 삼아 다 같이 해수욕을 가기로 했다. 시게조는 후미아키에게, 본 전날, 가장 많이 벌어야 할 때에 그런 짓은 하지 말라며 반대했다. "어차피 임금은 하루 치를 지불해야 하니까, 일이 없으면 인부들에게 풀 뽑기나 도구 손질이라도 시키면 돼."

"그건 옛날 방식이죠" 하고 후미아키는 말했다. "이렇게 날씨가 무더운 때는 잠시 숨을 돌리는 게 좋잖아요."

시게조는 불만스러운 듯이 입을 다물었다. 후미아키가 돌아간 뒤 "젊은 것들은 무얼 생각하는지 모르겠어" 하고 말하자, 후사가 "이제 은퇴한 거나 마찬가지예요" 하고 대꾸했다. "그래, 그렇지" 하고 시게조는 말했다. "시청이건 어디건 나를 다케하라 씨의 아버지라 부르니, 후미아키 쪽이 더 알려져 있는 거야" 하며 웃었다.

그날은 요이치가 아침 일찍부터 일어나 난리였다. 동이 틀 무렵, 요이치는 아키유키의 방에 와서 "날씨가 좋아, 날씨가 좋아!" 하며 큰소리로 아키유키를 깨웠다. 아직 후사도 시게조도 자고 있었다. 요이치는 그 두 사람을 깨워서 야단맞는 것보다 아키유키를 깨우는 편이 낫다고 생각한 모양이었다. 아키유키는 꿈을 꾸고 있었다. 꿈은 잠이 깨는 것과 동시에 희미하게 어둠 속으로 녹아드는 산의 풍경처럼 애매해졌다.

인부들은 가족 동반이었다. 후미아키는 아내를 동반했다. 아키유키가 미에의 집에 전화하자, 고로가 미치코와 함께 차를 타고 가겠다고 했다. 아키유키와 도루와 요이치도 그 차를 얻어타기로 했다. 후사는 아키유키와 요이치의 도시락을 준비했다. 주먹밥은 싫다, 보통 밥에 후리카케만 뿌린 것이 좋다고 말하는 요이치에게 "까다로운 애네" 하고 쓴웃음을 지으며 "이 할머니가 모처럼 여러 가지 장만하려 했는데" 하고 말했다.

붕대를 푼 고로는 리젠트 머리를 짧게 깎았다. 머리의 상처는 아물어 있었다.

고로가 운전하는 차는 새 차였다. 조수석에 탄 미치코는 "성실해지려고 아키유키 삼촌을 흉내내서 짧게 깎았어" 하며 혀를 내밀었다. 도루가 웃었다. 해수욕장은 오도마리였다. 기노모토 저편, 오니가시로 터널을 지난 곳에 있는 작은 후미에 생긴 해변이었다. 아리마는 오도마리로 가는 도중에 있었다. 다리를 건너 우도노를 지나자, 길은 곧바다를 따라 조성된 소나무숲과 평행을 이루기 시작했다. 아키유키는 차를 운전하는 고로에게 "술 가게가 보이면 세워줘" 하고 말했다. 술가게는 금방 나타났다. 차가운 맥주 세 박스, 통조림과 봉투에 든 오징어 등을 샀다. 차 안에서 "아키유키 삼촌, 아이스크림 먹고 싶어" 하고 미치코가 말했다.

"쓸데없는 소리 하지 마." 도루와 함께, 식어서 물방울이 맺힌 맥주를 상자에 새로 담아 차의 트렁크로 날랐다. "인부들을 위해서 쓸 돈이라구."

차에 남아 있던 요이치가 미치코의 꼬임에 넘어간 듯, "아이스크림 먹고 싶어!" 하고 소리쳤다. 아키유키가 노려보자 요이치는 멋쩍은 듯이 웃었다.

고로가 아이스크림은 필요 없다며 미치코에게 자기 몫까지 먹으라고 말했다. "하나씩 샀는데" 하고는 "왜 안 먹어?" 하고 미치코는 물었다. 고로는 "운전하잖아" 하고 중얼거린다. "차를 세우고 먹으면 되잖아. 안 먹을 거야? 안 먹을 거면 게 같은 얼굴을 하고 있는 요이치에게 줄 테야." 요이치는 갑자기 자신이 화제에 오르자 매무새를 바로잡기라도 하듯이 자세를 고쳐앉았다. "뭐라구?" 하며 도루가 웃었다. 미치코가 왼손을 배에 대고 오른손으로 좌석의 머리 받침을 만지며 뒤돌아보았다. "이 애를 보면 언제나 게 같은 얼굴을 하고 있다는 생각이 들거든. 요전에도 아키유키 삼촌 집에 갔을 때, 요이치와 백치 계집애가 손을 잡고 걷고 있는 모습을 보고, 백치와 게가 손을 잡고 있다는 생각이 들어 우스워서 혼자 마구 웃었어."

"요이치도 한마디 해줘." 도루가 자기와 아키유키 사이에 앉은 요이치의 배를 만진다. 요이치는 조건 반사처럼 웃었다. "뚱보!" 하고 요이치가 말했다. "옴부채게*!" 하고 미치코는 응수했다. "네 손가락에 사마귀 있지? 다 알고 있어."

"어디 봐" 하고 도루가 말하자 요이치는 잽싸게 오른손을 뒤로 감췄다. 도루가 그 손을 강제로 끌어냈다. "덴 흉터야" 하고 요이치는 말했다. 중지 끝 부분에 커다란 사마귀 같은 뜸자국이 있었다. 분조가 그랬는지 그의 헤어진 아내가 그랬는지 고아원에서 그랬는지, 뜸을 놓아준 모양이었다.

바다는 잔잔했지만 물결은 흔들렸다. 아키유키는 요이치를 해변에 두고, 우선 도루와 바다 멀리까지 헤엄치기로 했다. 탁 트인 바다가 먼 곳에서 불어오는 바람과 더불어 부풀어올라 움직였다. 빛이 반사되고 있었다. 강 후미의 끝 부분이 절벽을 이루어 바다에 직접 솟아 있는 것이 보였다. 아키유키는 자신이 내뿜는 숨소리와 들이마시는 숨소리를 귀로 들으며 바다 멀리 향했다. 소금물이 코로 들어왔다. 숨이 막혔다. 멀리 갈수록 바다는 푸르름을 더했다. 바다는 아무리 가도 바다였다.

해변으로 돌아온 아키유키에게 "어디까지 갔었어?" 하고 도루가 물

---

* 등딱지와 다리에 작은 혹 모양이 촘촘히 나 있어 마치 옴이 옮은 것 같은 모양의 게.

었다. 후미아키의 아내가 내민 수건으로 머리와 얼굴을 닦았다. 인부들은 수영복을 입고는 있었지만 수영은 하지 않은 모양이었다. 나카노는 수영복이 아닌 스테테코 차림으로 파라솔 아래 앉아 있었다. 후미아키는 백사장에 누워, 얼굴과는 어울리지 않는 수영복을 입은 기요짱에게 말을 걸고 있었다. 후지사키는 물가에 쪼그리고 앉아서 이제 갓 걷기 시작한 발가숭이 딸에게 물을 끼얹어주고 있었다. 기요짱의 아이와 요이치, 그리고 나카노 부부가 데리고 온 두 아이가 공놀이를 하고 있었다.

아키유키는 해변에 드러누웠다.

투명한 햇살이 하늘에서 쏟아지고 있었다.

도루는 후미아키와 일행이 마시기 시작한 맥주 세 병을 컵과 함께 아키유키에게 갖고 왔다. "마시자구" 하며 마개를 땄다. 미지근해졌는지 맥주 거품이 컵의 절반가량 일었다. 아키유키는 도루가 따르는 맥주를 받으며, 언젠가 지금과 똑같은 일이 있었던 듯한 느낌이 들었다. 하지만 기억이 나지 않았다. 고로가 헤엄치러 간 뒤, 파라솔 속에서 멍하게 바다를 바라보고 있는 미치코를 아키유키가 불렀다. 미치코는 아키유키의 곁으로 왔다. "배가 튀어나와서 손해야" 하고 미치코는 말했다. "나 좀 모자라나? 배가 불러서 헤엄도 치지 못하는 주제에 해수욕 간다고 신이 나 있었거든. 수영복도 갖고 왔는데."

"너야 언제나 그렇지."

"초비키니 수영복. 작년 거지만 도루 삼촌이 보면 눈이 돌아갈 정도라구."

"입으면 되잖아." 도루는 그렇게 말하고 모래가 묻은 등이 가려운지 긁었다.

"하지만 저 머저리가 말이야, 저래 봬도 자기가 내 남편이라고 생각하는지, 몇 번이나 물에 들어가면 안 돼, 죽을지 몰라 하고 말하는 거야. 자기 상처도 제대로 낫지 않았으면서. 아침까지 머리 꼭대기에 반창고를 붙이고 있었거든. 그런데 저 녀석, 아키유키 삼촌에게 들키면 헤엄치지 못하게 할 거라며 떼어냈어."

"미치코가 배에 반창고를 붙이면 될 게 아냐?" 아키유키가 놀렸다.

"어디에?" 미치코는 물었다. "갈라진 곳 말이야" 하고 도루가 말했다.

도루는 펜던트를 하고 있었다. 도루는 맥주를 마시면서 해변을 거니는 여자들을 눈으로 좇았다. 요이치가 아키유키 쪽으로 달려오는 것이 보였다. 이야기를 시작한 미치코와 도루를 놔두고 요이치를 따라서 아키유키는 다시 물에 들어갔다. 요이치에게 수영을 가르쳤다. 요이치는 손을 놓으면 물에 빠졌다가 안아올리면 입을 벌리고 거친 숨을 쉬었다. 속눈썹이 물에 젖어 솜처럼 달라붙어 몇 번이고 팔로 눈을 비볐다. 다시 한번 아키유키는 양손을 잡아주고 다리로 물장구를 치도록 했다. "내가 놓으면 손도 움직여야 해." 그렇게 말하고 기회를 보아 아키유키는 손을 놓았다. 요이치는 아키유키가 손을 놓은 순간 물장구질을 멈추고 물 속으로 가라앉았다. 안아올린 아키유키의 목에 매달려 "잘 안 돼" 하며 울상을 지었다.

후미아키와 인부들이 점심을 먹기 시작했을 때였다. 아키유키는 도루에게 "잠깐 커피라도 마시러 가지 않겠어?" 하고 물었다. 도루는 끄덕였다. 아키유키의 말을 듣고 요이치가 "나도 주스 마시고 싶은데" 하고 혼잣말처럼 중얼거렸다. 아키유키는 그 말투가 마음에 들지 않아 "마시고 싶어, 데려가줘, 하고 똑바로 말해" 하며 요이치를 살짝 건드렸다. 요이치는 울상을 지었다. 평소에는 아키유키가 그렇게 말하면 요이치는 기분을 바꿔 힘을 냈다. 하지만 지금은 달랐다. 요이치는 눈물을 글썽거리고 있었다. 요이치의 몸 저편에 파도가 있었다. 바다 속에는 점프대로 사용할 작정인지 망루가 세워져 있었다.

미치코 곁에서 밥을 먹고 있는 고로의 차 열쇠를 빌렸다. 고로는 아키유키가 해수욕보다 재미있는 놀이를 발견한 게 아니냐는 듯이 "어디 가는 거야?" 하고 올려다보며 물었다. "금방 돌아올게" 하고 아키유키는 대답했다.

오도마리 해수욕장으로 이어지는 언덕 중턱에 세워뒀던 차를 몰고 도로로 나왔다. 차를 달려서 오도마리를 벗어났다.

기노모토를 지나, 그 옛날에 불의 신을 낳다가 여음(女陰)이 불에 타서 죽었다는 이자나미노미코토*를 모시는 하나노이와야를 지났다. 아키유키는 주유소 곁에 있는 술집의 주차장에 차를 세웠다. 요이치는 거의 잠들어 있었다.

"아침 일찍부터 난리를 치더니." 아키유키는 스낵의 소파에 앉았다. 요이치는 아키유키 옆에 앉았다. 눕기만 하면 그대로 잠에 빠져들 것 같았다. "예전에는 나도 강에 헤엄치러 갔다가 돌아올 때면 언제나 녹초가 되곤 했지."

"나도 어머니에게 자주 야단을 맞았어. 아버지가 좀처럼 집에 없으니까 아버지한테 야단맞을 일도 없었지만. 어머니가 데리고 있는 게 이샤나 여급에게, 집에 있을 때면 언제나 졸린 듯한 눈을 하고 있다고 놀림을 당했지."

그리고 도루는 커피를 마시면서 강에서 놀던 이야기를 했다. 아키유키는 도루의 이야기를 듣고 있지 않았다. 아키유키는 술집 창문으로 바깥을 보았다. 그 사내가 태어난 아리마는 바로 가까운 곳에 있었

---

* 일본 신화에 등장하는 여신.

다. 산과 바다에 둘러싸인 땅, 이 부근 일대는 대부분 그렇다. 산은 다카노와 나라와 이세로 이어졌다. 산과 산이 겹쳐져, 산이 끊어진 곳에 약간의 땅이 있고 바다가 있다. 그곳을 구마노라고 했다. 그 땅에는 어디나 한결같이 햇살이 강하고 바람이 거칠고 여름이 되면 언제나 태풍이 엄습했고 화재가 많고 살인 사건이 많았다. 옛날이야기에 자주 나오는 전설이 많은 곳이었다.

아키유키는 도루에게 아무런 설명도 하지 않았다. 차에 탔다. 금세 아리마였다. 국도에서 오른쪽으로 들어가, 낮은 인가가 이어지는 길가의 과자 가게 앞에 차를 세웠다. 아키유키는 얼굴을 내민 가게의 여자에게 "하마무라 씨 댁을 아십니까?" 하고 물었다. 여자는 글쎄요, 하며 고개를 갸웃했다. 가게 안쪽에서 사내가 얼굴을 내밀었다. 아키유키와 눈이 마주치자 시선을 허공으로 돌렸다. 아이가 둘, 차 안을 들여다보고 있었다. "잠갔어?" 하고 도루가 뒤를 돌아다보며 물었다. 아키유키는 두세 사람에게 물어보았다. 한결같이 "글쎄요" 하고는 "어디선가 들어본 적은 있는데" 하고 말했다. 한 사람이 "저기 절 쪽이 아닐까요?" 하며 바다 쪽을 가리켰다. 아키유키는 차로 돌아가 운전을 했다. 요이치는 뒷좌석에 앉자마자 다시 그대로 눈을 감았다. "누워서 자." 도루는 조수석에서 몸을 내밀어 요이치를 뉘었다.

골목길과 비슷한 길 안쪽에 정원수에 물을 주는 노파가 있었다. 하마무라 류조라는 사내를 아느냐고 물었다. 모른다고 하기에, 그렇다면 이네라는 할머니를 아느냐고 물었다. "알지" 하고 노파는 대답했다. 그 류조는 이네의 아들이라고 아키유키가 말하자 "훌륭하게 됐다고 모두들 그러지" 하고 말했다. "훌륭하게 돼서 다행이야."

그 골목 일대에서 아키유키가 들은 말은 그 노파가 한 것과 같은 소리뿐이었다. '훌륭하게 됐다', '부자가 됐다'. 그 사내가 이 아리마의 어디에서 태어났으며, 후사와 사귀기 전 스물일곱 살 때까지 무엇을 했느냐고 물어도, 글쎄, 하고 고개를 갸웃거렸다. 아키유키는 지나가는 남자에게 그 사내 하마무라 류조가 세운 비석의 소재를 물었다. 그 남자는 절의 경내에 있다고 대답했다. "저런 건 웃음거리가 될 뿐이야" 하고 그 남자는 말했다. "선조 대대의 묘가 있는 곳에 무슨 속셈으로 저런 걸 세웠는지. 다들 이러쿵저러쿵 말이 많아."

아키유키가 들은 그 소문은 변변한 것이 아니었다. 커다란 체구에 사람에게 묘한 위압감을 주는 사내가 갑자기 돈을 갖고 와, 주지를 속이고 향토 사가를 속여서, 이 부근 일대에 말로만 전해 내려오던 하마무라 마고이치의 비를 세운 것이었다. 그 하마무라 마고이치와 하마무라 류조를 잇는 것은 그저 하마무라라는 성에 불과했다. 하마무라 류조는 면장이며 촌장, 현의회 의원들을 불러서 성대하게 비석 제막식을 거행하고 청년회관에서 강연을 했다. 본에 추는 '절름발이춤'이란, 오다 노부나가와의 전투에서 패한 하마무라 마고이치가 다리를 저는 애꾸눈이 되어 구마노의 산을 내려온 데에서 유래한다고 향토 사가는 말했다.

다른 소문은 이러했다. 사내는 사쿠라를 죽였다. 벼락부자가 됐다. 그래서 그 돈으로 아리마의 땅을 마구 사들였다.

도루는 그 소문에 "설마" 하고 말했다. 아키유키는 "그런 건 나도 다 알고 있어" 하고 말했다. 사내는 아리마에서도, 아키유키와 도루가 살고 있는 곳에서와 마찬가지로 뒤에서 손가락질을 당하고 있었다.

그것은 그 사내의 비밀이라 할 정도는 아니었다. 아키유키는 그 하마무라 류조가 세운 하마무라 마고이치의 비가 있는 절에 가보기로 했다. 사내를 좀더 알고 싶다는 생각이 들었다. 햇빛을 받으며 자동차 쪽으로 갔다. 해수욕장에서 샤워도 하지 않고 온 탓에 사타구니가 가려웠다. 피부에 묻은 소금물이 땀에 녹아서 끈적거렸다. 차로 돌아온 아키유키는, 누군가 못 같은 것으로 자동차 문에 길게 선을 그어 흠집을 낸 것을 발견했다. 골목 입구에 세워뒀던 것이다. 아이들의 모습은 보이지 않았다. "이런 못된 짓을 하다니." 길 저편의 집에 여자가 있었다. "누군가 이 차에 못된 짓을 한 놈 보지 못했습니까?" 아키유키가 물었다. 여자는 "몰라요" 하고 대답했다.

아키유키는 차 안에서 자고 있던 요이치를 깨웠다. 요이치에게 물어봤지만 모른다고 대답했다. 차를 벽 쪽으로 바짝 붙여서 세워뒀던, 현관이 열려 있는 집을 향해 도루는 "죄송합니다, 계십니까?" 하고 불렀다. 대답은 없었다.

아키유키는 자신을 지켜보는 눈이 있음을 느꼈다. 그것은 마치, 교도소에서 출소하여 기차를 타고 그 땅의 역에 내린 사내를 보고 있던 눈과 같은 것이었다. 골목의 공동 우물에서 미에와 함께 대야에 물을 받아서 놀고 있던 세 살짜리 아키유키에게 사내가 걸어서 다가가는 모습을 지켜보는 눈이었다. 류조를 쏙 뺀 큰 체구의 젊은 사내가 류조에 관해서 물으러 왔다. 그렇게 소문은 시작되어 확대된다. 젊은 사내는 실의에 빠져 있다. 젊은 사내는 문을 쾅 닫는다. 아키유키는 차를 느릿느릿 운전했다.

시각은 두시를 약간 지났을 뿐이었다.

절을 찾아낸 것은 그로부터 십 분 후였다. 바닷가의 절에 있는 그 비석은 산을 향해 서 있었다. 비석에는 '하마무라 마고이치 종언의 땅'이라고 새겨져 있었다. 비석의 뒤쪽에 하마무라 류조라는 이름이 보였다. 비석은 그 사내의 더러운 피를 섞어서 만든 것처럼 검은색이었다. 만져보니 까칠까칠했다. 이 피가 아키유키의 몸 속에도 흐르고 있다. 그것은 열풍처럼 갑자기 골목에 나타나 후사의 집에 기거하며 세 여자를 동시에 임신시킨 사내의 발기한 성기였다. 패전 직후 방화를 한 사내의, 남들이 혐오하는 무자비 그 자체였다. 사내의 열병이라고 아키유키는 생각했다. 산의 능선이 하얗게 빛나고 있었다. 그곳부터 산기슭까지 귤밭이 광활하게 펼쳐져 있었다.

  귤밭은 짙은 초록색으로 빛나고 있었다.

  소리는 없었다. 아키유키는 하얗게 빛나는 산등성이, 그 산기슭에 펼쳐진 귤밭을 바라보았다. 아키유키는 자신의 내부에서 무언가가 천천히 고개를 들기 시작하고 있다는 사실을 깨달았다. 산이 몇 겹이나 중첩되어 있다. 그것은 아키유키가 사는 땅도, 아리마도 마찬가지였다. 그러나 산은, 그 땅에서 보는 것과는 다르게 보였다. 산은 가공의 이야기에 나오는 산이었다. 비석이 있는 그 절을 향해 산기슭에 광활하게 펼쳐진 귤밭도 가공의 땅이었다. 그 산, 그 땅은 커다란 체구에 뱀눈을 지닌 그 사내, 파리왕 하마무라 류조의 열병이 만들어낸 가공의 이야기에 나오는 장소였다. 불의 신을 낳다가 여음이 불에 타서 죽은 이자나미노미코토를 매장한 굴은 자동차로 불과 오 분 거리에 있다. 신화 속의 황천은 이곳이었다. 이 부근 일대였다. 이곳에 사내는 비석을 세웠다.

  비석은 사내의 영구히 발기해 있는 성기였다. 아니, 수축되는 일도 썩는 일도 없는 불멸을 향한 염원이었다. 아키유키는 팔에 문신을 새긴 커다란 사내가 어떤 모습으로 이 비석에 머리를 조아렸을까 상상했다. 사내의 머릿속에는, 오다 노부나가의 군에 패해서 일향종* 신도

---

*정토진종(淨土眞宗)의 별칭. 아미타불의 대원력(大願力)으로 정토에 가는 것을 이상으로 삼는 불교의 한 파. 종조(宗祖)는 일본의 호넨(法然).

로 구성된 마을이 불타고 아녀자조차 살해당하자, 마고이치가 다리를 절며 소수의 부하들과 더불어 산을 내려오는 광경이 보였을 것이다. 산 속을 기듯이, 바다가 있는 쪽, 빛이 있는 쪽으로 내려오는 일당이 있다. 빛을 향해서, 바다를 향해서. 그것이 사내의 먼 조상의 염원이었다. 전쟁은 신앙을 지닌 자와 지니지 않은 자의 싸움이었다. 부처는 패주하는 자들의 곁에 있었다. 빛이 있고 바다가 있는 그곳에는 부처와 더불어 살 수 있는 최후의 낙원이 있다.

아키유키는 하마무라 마고이치의 비를 세운 그 사내의 얼굴을 떠올렸다. "괜찮아, 괜찮아, 백치가 태어나도 괜찮아" 하고, 아키유키가 사토코와의 관계를 밝히자 웃음조차 띠며 그렇게 대답했다. 아리마에 사놓은 땅이 있으니까 백치가 태어나더라도 걱정 없다고 말했다. 아키유키는 그 광활하게 펼쳐진 귤밭을 보면서, 바다가 있고 빛이 있는 이곳에서, 사토코와 아키유키 사이에서 태어난 백치 아이들이, 심어놓은 귤나무처럼 북적대는 모습을 상상했다. 귤나무가 바람에 흔들리듯이 백치 아이들은 꿈틀꿈틀 움직인다. 귤나무에 빛이 비치듯이 백치 아이들은 빛을 받는다. 그래도 사내는 웃으면서 보고 있다.

그 웃음이 불쾌했다.

아키유키는 도루와 요이치를 재촉해서 차에 올라타고 오도마리 해수욕장으로 돌아갔다.

바다는 파도가 느릿느릿 넘실대고 있었다. 도루는 차를 원래의 장소에 세우고, 언덕길에서 해수욕장을 보고 있는 아키유키에게 "바다가 놀아주고 있는 느낌이군" 하고 말했다. 방금 전까지 졸려서 축 늘어져 있던 요이치가 언덕을 뛰어내려갔다.

아키유키는 도루에게 아무 말도 하지 않았다. 아키유키는 해수욕장의 백사장을 향해 걸으면서, 자신이 사내의 한 방울의 정액과 여자의 자궁에 있는 한 개의 난자로 만들어진 것이 아니라, 지금 등지고 있는 산들의 영기와 맞은편 바다의, 잠들어 있는 듯한 소금의 배에서 만들어져 이곳에 존재하는 듯한 느낌이 들었다. 바다는 동요한다. 파도는 헤엄치는 사람들을 희롱한다. 언덕 중간에 위치한 오두막에서 아키유키는 발가숭이가 되어 다시 수영복으로 갈아입었다. 도루는 아키유키에게 등을 돌린 채 수영복을 입고는 익살스런 어조로 "쪼그라들었어" 하고 말했다.

바다는 햇빛을 받아 푸르고 희게 빛났다. 햇빛은 해변에 선 아키유키를 바다 경치에 물들였다. 도루가 요이치를 데리고 바다 속으로 들어가는 것을 보면서, 아키유키는 백사장에 누웠다.

아키유키는 그 사내가 세운 비석을 떠올렸다. 사내는 그 비석을 세우고, 아키유키가 사는 땅의 모든 사람들로부터 비웃음을 샀다. 아리마 사람들에게도 비웃음을 사고 있었다. 하마무라 마고이치 종언의 땅에 세운 비석은 사내의 어린애 같은 몽상이기도 했다. 아니, 골목 안에 있는 후사의 집에서 다카다이의 집으로 뛰어오른 기록이자 승리의 기념비였다. 그리고 영원히 발기해 있는 성기와 같은 모양의 비석은, 사내의 불사의 기원이 응축된 것이었다. 사내는 자신이야말로 지금 새로이 태어난 하마무라 마고이치라고 말하고 싶은 것이었다. 하마무라 마고이치는 애꾸눈에 절름발이 상태로 구마노 산 속을 패주하여, 이 바다 곁의 아리마로 내려왔다. 문득 아키유키는 자신이 그 사내, 파리왕 하마무라 류조의 아들이라면, 자신의 먼 조상도 그 하마무라 마고이치라는 사실을 깨달았다. 그것은 하늘이 내린 계시와도 같은 것이었다. 사내를 탄식하게끔 만들고 괴롭히려면, 사내의 아들인 아키유키가 하마무라 마고이치와는 아무런 혈연 관계도 없다고 입증하던가, 패주해서 이 구마노로 내려왔다는 전설이 거짓임을 폭로해야 한다. 아니, 아키유키가 사내의 손에서 하마무라 마고이치를 빼앗아야 한다. 아키유키는 생각했다. 당신의 말을 전부 인정한다. 하지만 당신이 아니라, 바로 나야말로 하마무라 마고이치의 직계이며, 하마무라 마고이치이며, 하마무라 마고이치의 수호를 받고 있다.

사내는 단지 아키유키가 이 세상에 나타나는 데 필요한 한 방울의 정액, 한 마리의 정충 제공자에 불과하다. 하마무라 마고이치가 몇백 년이나 후에 모습을 나타내기 위해서 정자가 난자로 숨어드는 데 필요한 하나의 기관에 불과하다. 아키유키의 아버지는 바로 하마무라 마고이치이며, 그 사내는 아버지가 아니라 종자가 끊어지지 않도록 마련된 단순한 미생(未生)의 어둠에 불과하다. 아키유키는 그렇게 생각하고 일어섰다. 하마무라 마고이치에 관해서 알고 싶었다.

아키유키는 바다로 들어갔다.

바다는 아키유키를 에워쌌다. 아키유키는 바다 깊은 곳으로 향했다. 아키유키는 밀려오는 파도를 향해 입을 벌려서 그 파도를 마셨다. 바다의 소금이 목에서 위로 들어가, 자신이 소금과 햇빛이 반사되는 바다 그 자체에 녹아드는 것 같았다. 하늘에서 내리쬐는 햇빛은 투명했다. 정화시키고 싶었다. 자신은 모든 종자와 무관하며, 또한 자신도 종자를 만들고 싶지 않다. 모든 것과 인연을 끊고 지금 이곳에 바다처럼 존재하고 싶다. 투명한 햇빛처럼 되고 싶다. 그것은 노동을 하고 있을 때와 마찬가지였다. 바다 깊은 곳으로 향하면서, 헤엄치는 자신의 호흡 소리를 들으며 그대로 계속 헤엄을 치고 있노라면, 자신이 호흡에 불과하게 되고, 이윽고 호흡조차도 바다로 녹아들 것이었다.

요이치는 기요짱이 갖고 온 튜브에 걸터앉아 있었다. 도루와 고로가 이끌며 파도를 태워주고 있었다. 요이치는 해변으로 돌아오는 아키유키를 발견하고 손을 흔들어 신호했다. 그 순간 균형을 잃고 튜브에서 파도로 떨어졌다. 고로가 요이치를 안아올려 다시 튜브에 앉혔다.

수건으로 얼굴을 닦고 있는 아키유키에게 미치코가 "삼촌, 어린애 같지?" 하고 말했다.

"고로는 저런 식으로 놀고 있을 때는 기분이 좋거든." 미치코는 손으로 모래를 쥐어 손가락 사이로 흘렸다. "어째서 여자만 배가 불러야 하는지, 난 정말 싫어."

아키유키에게는 그러한 미치코가 열여섯 살의 평범한 소녀처럼 보였다. "너도 아이를 낳고 나서 놀면 되잖아."

아키유키는 미치코에게 수건을 건넸다.

도루가 고로에게 말을 걸어, 서로 신호를 주고받더니 일제히 물 속으로 잠수했다. 파도가 왔다. 도루와 고로가 손을 놓은 튜브는 파도에 실려 움직이다가, 파도가 해변에서 부서지는 것과 동시에 뒤집어졌다. 파도에 떨어진 요이치를 수면으로 얼굴을 내민 도루가 구해냈다. 요이치는 도루의 목에 매달린 채 소리내어 우는 모양이었다.

"저 게 같은 아이에게 그만 나오라고 하는 게 어때." 미치코가 아키유키에게 말했다. "아키유키 삼촌이 바다 멀리 가 있을 때부터 계속 저러고 있어. 도루 삼촌한테 몇 번이나 혼이 난 모양이야."

요이치는 다시 튜브에 탔다. 아키유키는 요이치가 탄 튜브로 파도 타기를 해주려는 도루를 불렀다. 목소리는 파도 소리에 지워져 도루에게는 전해지지 않았다.

"여기에 앉아서 수영도 하지 않고 보고 있으니까 잘 알겠어. 끈질기게 몇 번이나 바다 속에 떨어뜨리는 걸 보면 도루 삼촌이 저 아이를 전혀 귀여워하지 않는다는 걸 알 수 있어. 저애는 좀 둔하니까 마냥 기뻐하지만." 미치코는 옆에 앉은 아키유키의 얼굴을 보며 커다란 배로 한 차례 숨을 쉬고 미소지었다. "이렇게 배가 커지니까 왠지 나 혼자만 손해보는 듯한 느낌이 들어. 고로는 저 모양으로 전혀 신경 써주지도 않으니까."

후지사키가 발가숭이 아이를 데리고 물가로 갔다. 아이의 등과 엉덩이에 붙은 모래를 바닷물로 씻어내고 뒤통수와 목덜미에도 바닷물을 끼얹었다. 후지사키는 파도에 앉은 채로 있는 기요짱과 나카노 쪽을 향해서 "땀띠가 났거든" 하고 말했다.

후지사키는 밝게 웃었다.

예정에도 없던 여름 야유회가 끝나자, 이제 본까지 보름도 남지 않았다. 야유회 다음날부터, 현장은 의붓아버지인 시게조가 따온 공사를 하기 위해서 미나미다이의 공동묘지 가까이에 위치한 볼링장으로 옮겨졌다. 여름 야유회로 오도마리 해수욕장에 다녀온 지 사흘 뒤, 아키유키는 미에로부터 "고로가 일하고 싶대" 하며, 고로를 다케하라 작업반의 인부로 써달라는 부탁을 받았다.

"다친 데는 괜찮아?" 하고 아키유키는 물었다. "다 나았다고 그랬어." 미에는 대답했다.

"자기 집에 올 사위니까 매형이 직접 고용하면 좋을 텐데."

"나도 그렇게 생각하지만, 애들 아빠는 공사장 일을 처음 시작할 때 젊은 사람들이 많은 곳이 좋지 않겠느냐는 거야. 아버지는 성질이 격해서 자기 딸의 남편이라면 다른 인부들보다 더 엄하게 대할 거고. 언젠가 고로에게 사업을 물려줘야 할 것을 생각하면 인부들에게는 나무라지 않을 일도 나무라게 될 거고. 공사판 감독이 될 작정이라면 아키유키처럼 감독 공부를 해야 하니까." 미에는 그렇게 말했다.

그리고 미에는, 사네히로가 미에와 결혼한 뒤에 의붓아버지인 시게조의 작업반에서 인부로 일하기 시작해서 감독이 될 때까지 겪은 고생이 여간한 것이 아니었다고 이야기했다.

형 이쿠오가, 시게조의 작업반에서 인부로 일하지 않겠느냐는 후사의 말을 거절했을 때 몹시 기뻐했던 미에였다. 그런데 남편인 사네히로가 다케하라 시게조의 작업반에서 일을 한다. 시게조는 사네히로를 감독으로 키우려는 생각은 없다. 사네히로가 토건 청부업자로 독립한 것은 사네히로의 남자로서의 의지이자 미에의 의지였다.

"고로에게 그런 의지가 있을까?" 아키유키는 물었다.

"글쎄" 하고 미에는 웃었다. "이제 겨우 열아홉 살이고, 아무 고생도 모르고 자란 모양이니까."

고로는 다음날부터 아키유키의 작업반에 일하러 왔다.

수작업으로 사흘 걸릴 굴착 작업을 삽차는 하루에 해치웠다. 땅을 파는 것이 아니라, 지면에서 흙을 뜯어내는 느낌이었다. 흙은 어차피 흙이겠지만, 아키유키에게는 곡괭이로 일궈서 삽으로 퍼낸 흙과 기계로 도려내고 뜯어낸 흙과는 분명히 달라 보였다. 근육을 사용해서 곡괭이로 파낸 흙은 언제나 숨을 쉬고 있었다. 갓 파내어 축축한 흙은 하얗게 건조되어 말라죽을 때까지 바람 소리, 풀잎 소리, 매미 소리에 공명했다. 흙의 숨소리는, 파는 사람의 숨소리였다.

흙은 아키유키였다. 아니, 흙만이 아니라 흙을 말리는 햇빛, 햇빛을 받은 나무, 가지의 잎사귀, 숨쉬는 모든 것이 아키유키였다. 뜯어낸 흙은 무미건조하다. 세련된 동작으로 팔과 배에 힘을 주어 내리친 곡괭이의 아픔에 신음하는 일이 없다. 쾌락에 소리를 지르는 일이 없다. 아키유키는 후지사키에게 말해서, 파낸 흙을 덤프트럭에 싣도록 시켰다.

도루가 고로에게 작업 순서를 가르쳤다.

고로는 도루의 뒤를 따라다녔다. 도루가 하는 말에 순순히 "네, 네" 하며 끄덕였다.

고로가 아키유키의 작업반에 일하러 온 지 사흘째였다. 아침에, 아키유키는 평소와 다름없이 혼자 일어나 창고에서 꺼내온 도구를 덤프트럭에 실었다. 목부용에 꽃봉오리가 맺혀 군데군데 하얀 꽃잎을 펼친 것도 있었다. 달콤한 냄새가 났다. 덤프트럭의 엔진 소리가 귀에 크게 들렸다. 도구를 다 싣고 집으로 들어가자 이번에는 차죽 냄새가 났다. 몇 년이나 변함없는 여름 아침의 냄새였다. 후사는 그날 문득 생각이 난 듯 "고로는 아침을 먹고 오니?" 하고 물었다. 그리고 잠시 고로 이야기를 했다.

고로와 미치코는 골목에 있는 미에의 집이 아니라 건어물 가게가 있는 역 앞의 아파트에 살고 있었다. "고로도 일을 하기 시작했으니, 아이가 태어나기 전에 형식만이라도 미치코에게 식을 올려줘야 한다고 아버지도 말씀하시더라구" 하고 후사는 말했다.

"또 그 얘기야?" 아키유키는 말했다.

"그래 그 얘기야. 세상 체면이라는 게 있잖아. 사네히로와 미에는 어떻게 생각하는지 모르겠지만, 작업반을 이끄는 사람이 남 부끄러운 짓은 할 수 없지. 게다가 요시코도 기미코도, 미에의 딸이 식도 올리지 않는다면 낙담할 거야. 엄마도 낙담할 거고." 후사는 그렇게 말하며 목소리를 낮췄다. "첫 손녀야."

"이미 낙담하고 있는 게 아닐까?"

"미치코가 저 나이에 식을 올리는 건 설익은 열매를 따는 거나 마찬가지지만 나쁜 일이라고는 할 수 없지." 후사는 얼굴에 미소를 띠었다. 눈언저리의 주름이 얼굴에 부드러운 인상을 주었다. 이 년 전, 미에의 남편이자 사네히로의 형인 후루이치가 사네히로의 여동생 미쓰코의 남편인 야스오의 칼에 찔려 죽자, 미에가 심한 노이로제에 빠져 정신이 이상해진 그 무렵부터 후사는 눈에 띄게 늙어버렸다. 표정은 부드러워졌다. 술에 취해서 죽이겠다며 찾아온 이쿠오를 달래지도 않고, 거칠게 행동하고 싶으면 거칠게 행동하라며 "죽일 테면 죽여봐!" 하고 말하던 당시의 모습은 없었다.

도루가 온 지 한참이 되도록 고로는 오지 않았다. "어젯밤에 늦잠잘 짓을 한 거겠지." 도루가 말했다. 아키유키는 결국 덤프트럭에 도루만 태우고 고로를 데리러 미치코의 아파트에 갔다. 문을 노크하자 미치코가 붉은색의 투명한 네글리제 모습으로 나왔다. 불룩한 배에 감긴 헝겊이 들여다보였다.

"간밤에 안 돌아왔어." 미치코가 말했다.

"무슨 일 있었니?"

"차를 타고 도망쳤어. 그런 머저리는 차라리 눈앞에 없는 편이 속시원해. 얼굴을 보고 있으면 화가 날 뿐이니까. 그 녀석의 얼굴을 보고 있으면 속이 뒤집힌다구" 하고 퉁명스럽게 대답했다.

열시의 휴식 시간에 아키유키는 현장을 후미아키에게 맡기고 미치코의 아파트로 갔다. 미치코는 없었다. 자물쇠를 채우지 않은 방 안에, 소리를 죽인 텔레비전이 켜져 있었다.

덤프트럭을 아파트 앞에 세워두고, 아키유키는 걸어서 미에의 집으로 갔다. 신랑이 도망쳤다는 생각에 아키유키는 혼자 웃었다.

골목으로 들어가자, 문득 아키유키는 자신이 신고 있는 작업화에서 찰박찰박 소리가 나는 것을 깨달았다. 골목의 흙은 햇살에 달아올랐다. 골목집 처마 밑의 얼마 안 되는 장소에 심은 화초, 화분의 금잔화, 백일초, 작은 꽃이 몇 개 핀 해바라기가 꽃잎을 햇빛에 드러내고 있었다. 잎사귀는 한결같이 강렬한 햇빛을 받아 초록의 내용물이 녹아서 흘러나올 것처럼 보였다. 아이들이 놀고 있었다. 두 여자가 서서 이야기하다가 아키유키와 눈이 마주치자 목례를 했다. 아키유키도 목례를 했다.

문득 사네히로의 말을 떠올렸다. 이 년 전 후루이치가 칼에 찔렸을 때, 첫번째 수혈은 병원에 있던 피와 사네히로 등 친척들의 것으로 충분했지만, 밤이 되어 상태가 악화하자, 사네히로는 심야에 잠이 든 골목집을 한 집 한 집 두드렸다. 잠에서 깬 사람들과 목소리를 들은 사람들이 제각기 분담하여 후루이치와 같은 혈액형을 찾아다녔다. 같은 혈액형이라고 생각되는 사람들은 즉각 병원으로 달려갔다. 그렇지 않은 사람들은 같은 혈액형을 수소문하며 다녔다. "정말 감사합니다" 하고 아무에게나 답례를 하는 미에의 모습을 상상할 수 있었다.

덕분에 후루이치는 위기를 벗어나 사흘가량 살 수 있었지만, 결국은 죽었다. 사네히로는 "골목 사람들 덕분에 사흘이나 살았어" 하고 말했다. 미에는 자신의 몸에 골목 사람들의 피가 수혈되기라도 한 듯이 몹시 고마워했다.

미치코는 그 미에의 집에 있었다.

"텔레비전이 켜져 있더라구."

미치코의 얼굴을 보자마자 아키유키는 말했다. 미치코는 "그래?" 하며 혀를 내밀었다.

아키유키는 작업화를 벗고 집 안으로 들어갔다. 미에는 "고로하고 또 싸웠대" 하고 말했다. "소꿉장난하듯이 살고 있다니까."

"그 녀석이 다에코와 술집에 간 거야." 미치코는 말했다. "다에코한테 고등학생 주제에 어디 남의 남자하고 술집에 가냐고, 가지 말라고 하니까, 너하고 같은 나이잖아 하고 대꾸하더라구." 미치코는 맥락도 없는 이야기를 했다. 아키유키가 "차근차근 말해" 하고 말하자 미치코는 혀를 내밀더니 "그 녀석이 도망쳤으니까 또 아키유키 삼촌에게 야단맞을 거라고 생각했어" 하며 웃고는 자세를 고쳐앉았다. "그 녀석 정말로 참을성이 없지?"

"어차피 그렇겠지. 길거리를 쏘다니던 녀석이 공사판 일을 할 수 있겠느냐는 생각이 들더라구."

"오사카에서도 그랬어. 마음이 내키면 이렇게 성실할 수 있을까 싶을 정도지만, 주유소도 자동차 정비소도 금방 그만두더라니까" 하고 미치코는 말했다. 어제, 작업을 끝내고 아키유키 일행과 헤어진 고로는 어두워지기 시작한 길을 걸어서 집으로 돌아갔다. 도중에 미치코의 동창생인 다에코를 만난 것이었다. 그 때문에 뛰어왔다고 미치코는 말했다. 고로는 즉시 목욕탕에 갔다. 식사도 별로 들지 않았다. 그리고 곧바로 차를 돌려주러 간다며 밖으로 나갔다. 아홉시가 되어도 돌아오지 않기에 미치코는 고로의 친구 집에 전화를 걸었다. 차를 돌려주러 오지 않았다고 고로의 친구는 말했다.

그래서 문득 깨닫고는 술집으로 갔다. 예상대로 고로는 그곳에 있었다. 다에코가 애인처럼 찰싹 달라붙어 있었다. 다에코가 "같은 나이잖아" 하고 말하기에 미치코는 화가 치밀어서 다에코의 따귀를 때렸다. "뭐야, 그 말투는?" 하고 미치코는 말했다. "내가 너를 얼마나 도와줬는지 잊었어? 부모님과 선생님께 너에 관해서 모두 일러바칠까?" "옛날 일이잖아" 하고 다에코는 대꾸했다. 그 다에코를 감싸듯이 "창피하니까 그만둬" 하고 고로는 말했다. "그래? 그렇다면 잠깐 밖으로 나와. 내 성질 잘 알지? 난 화가 나면 여간해선 가라앉지 않으니까. 그렇게 말하고는 고로를 밖으로 끌어냈어. 고로에게 운전을 시켜서 아파트로 돌아갔지. 마구 두들겨패줬어. 나중에 손톱을 보니까 손톱 사이에 피가 말라붙어 있더라구. 얼굴이며 목이며 마구 할퀴어

186

댔으니까."

"여자가." 미에가 말했다.

"당연하잖아. 난 여자니까 그러는 거야." 미치코는 말했다. 매니큐어를 칠한 양손의 손톱을 보이며 킥킥 웃고는 "아키유키 삼촌하고 도루 삼촌이 돌아간 뒤, 그 녀석 지금쯤 할퀸 상처가 아플 거라고 생각하고 우스워서 매니큐어를 칠하면서 혼자서 웃었지. 그 녀석은 한 번도 반항을 하지 않더라구. 덩치는 커다란 주제에."

미치코도 미에도, 고로가 떠난 것에 대해서 그다지 개의치 않았다.

현장에 돌아가려고 혼자서 미치코의 아파트 앞으로 갔다. 덤프트럭을 사방에서 에워싸듯이 열다섯 대가량의 오토바이가 세워져 있었다. 아키유키는 혀를 찼다. 한 대를 발로 걷어찼다. 히데오의 패거리가 이런 짓을 한 거라고 생각했다. 그렇게 생각하니 화가 치밀어, 덤프트럭 운전대 곁에 있던 해골 마크를 붙인 한 대를 걷어찼다. 오토바이가 쓰러지자, 그제야 간신히 문을 열 수 있었다. 운전석에 앉고 난 뒤에야 오토바이로 앞뒤가 막혀 있어 덤프트럭을 움직일 수 없다는 것을 알았다. 클랙슨을 울렸다. 아무도 나타나지 않았다. 아키유키는 계속해서 클랙슨을 울렸다. 그래도 나타나지 않았다. 아키유키는 일단 덤프트럭에서 내려 앞을 막고 있는 오토바이를 치울까 생각했지만, 그러면 부모에게 응석이나 부리는 똘마니들의 도전에 겁을 먹고 꽁무니를 빼는 결과가 되는 듯한 느낌이 들었다. 이까짓 게 뭐냐는 생각에 아키유키는 일단 덤프트럭을 천천히 후진시켰다. 뒤에서 와르르 오토바이 쓰러지는 소리가 들렸다. 앞에 서 있는 오토바이를 쓰러뜨리고, 그 쓰러진 위를 밟고 전진하면 된다. 덤프트럭은 바퀴가 크고 차체가 높기 때문에 쓰러진 오토바이에 걸릴 위험은 없다. 핸들을 오른쪽으로 틀면서 덤프트럭을 전진시켰다. 서 있는 오토바이 앞바퀴에 덤프트럭의 앞쪽 범퍼를 천천히 접촉시키고, 핸들을 틀어 오토바이 석 대를 쓰러 뜨렸다. 석 대는 서로 겹쳐진 채로 비스듬히 기울었다. 다시 전진시켰다. 좌측의 한 대가 완전히 쓰러졌다. 조금만 더 전진하면 오른쪽 바퀴가 통과할 수 있는 간격이 생기려는 순간, 길가에 있는 여관의 오른쪽 옆에서 일고여덟 명의 사내가 나타났다. 아키유키는 클랙슨을 울렸다. 마구 고함치는 소리가 들렸다. 덤프트럭의 창문에 매달려, 변성기를 갓 지난 듯한 목소리로 "무슨 짓을 하는 거야!" 하고 외쳤다. 아키유키는 개의치 않았다. 어물거리면 깔아뭉갤 테다. 아니, 이렇게 된 이상 자신의 덤프트럭 앞에 선 자는 치어 죽이겠다고 생각한 아키유키는 "혼 좀 나 볼래?" "순찰차를 불러!" "끌어내려!" 하는 도발적인 소리에 개의치 않고, 다시 한번 덤프트럭을 후진시켜 쓰러져 있는 오토바이를 좌측 바퀴로 뭉개고, 그 오토바이가 덤프트럭의 무게로 일그러지는 것을 알면서 오토바이의 포위 밖으로 나갔다.

"아야, 아야, 내 다리도 치었어!" 하는 허풍 같은 소리가 들렸지만, 속도를 내어 일단 교차로까지 갔다가 방향을 전환했다. 클랙슨을 길게 울렸다. 리젠트 머리에 싸움을 잘할 것 같은 녀석을 표적으로 삼았다. 치어 죽일 테다. 아키유키는 속도를 올려 곧장 달렸다. 사내들은 일제히 비명을 지르며 피했다. 속도를 올리겠다는 듯이 공회전 소리를 내며, 리젠트 머리가 모습을 감춘 집의 틈새로 트럭을 몰아, 집과 충돌하기 직전에 차를 세웠다. 리젠트 머리는 정색을 하며 아키유키의 얼굴을 보았다.

아키유키는 다시 땀에 뒤범벅이 되었다.
땀은 웃통을 벗은 아키유키의 전신을 뒤덮었다. 콘크리트를 치기 위해서 거푸집널을 도면대로 만드는 작업이었다. 공사장 일은 그 계절에, 어떠한 현장이건 늘 마찬가지로 흙을 파고 판 곳이 무너지거나 움직이지 않도록 돌이나 콘크리트로 덮는다. 아키유키는 볼링장의 기초 공사를 위해서 콘크리트의 거푸집널을 채웠다. 햇빛을 받으며, 햇빛에 그을리며, 인간의 손으로 감당할 수 없는 흙을 향해 아키유키를 비롯한 일꾼들은 기도를 올리는 듯한 느낌이 들었다. 땀은 기도를 위해서 흘린다. 기도가 없으면 질서는 해이해지고 흙은 움직이고 물은 넘친다. 그곳에 무엇이 세워지건 무엇을 위해서 그 공사를 하건 최초로 흙을 만지는 것은 바로 일꾼들이었다. 아키유키는 열아홉 살에 공사장 일을 시작하면서 그렇게 생각했고 지금도 그렇게 생각한다. 기도하며 일하고, 일을 끝내고 기도를 올리는 것이 아니라, 아무것도 생각하지 않고 도면대로 거푸집널을 만들어, 아무런 기도도 감사의 말도 생각하지 않고 풍경에 물들었다. 계절에 물들었다.

얼굴에서 땀이 솟아나 콘크리트가 말라붙은 거푸집널 위에 떨어졌다. 아키유키는 목에 두른 수건으로 이마를 닦으며 얼굴을 들었다. 다소 높은 곳에 위치한 그 현장에서 아키유키가 사는 동네의 절반가량이 보였다. 미와사키로 이어지는 국도 저편에는 목재 저장소가 있고 오른쪽에는 공동묘지가 있는 산이 있었다. 묘지 입구에 크게 가지를 펼친, 잎이 무성한 벚나무가 있었다. 나뭇가지가 빛을 반사하며 흔들리고 있었다. 그곳에서 보이는 묘지에도 햇빛이 비치고 있었다.

아키유키는 양동이의 얼음물을 마셨다. 양동이 바닥에 모래가 가라앉아 있었다. 얼음물을 머리에 뒤집어썼다.

후미아키는 목수인 미야모토와 서서 이야기를 하고 있었다. 후지사키는 무슨 생각이 났는지 "아키유키 씨, 아까 물을 얻으러 갔던 집에서 아키유키 씨를 안다는 아가씨를 만났어" 하고 말했다.

"아는 아가씨야?" 아키유키는 대답했다. "아는 아가씨라도 어쩔 수 없지. 이렇게 더운데."

"정말 그래요." 기요짱이 아키유키의 말에 맞장구를 쳤다. "나도 아까 저쪽에 옛날 남자가 지나갔지만, 사랑이고 뭐고 날씨가 선선해야 흥이 나지 하는 생각에서 잠자코 있었어. 좀 선선하고 어둑어둑했더라면 말을 걸었을 테고 그러면 어떻게 됐을지 모르는 일이지."

"어떻게 될 것도 없잖아." 아키유키가 말했다. "기요짱의 옛날 남자가, 햇볕에 새까맣게 탄 기요짱과 새까만 우리를 보고 깜짝 놀랐겠지."

"흥!" 하고 기요짱은 코방귀를 뀌었다. "말을 걸지 않은 덕분에 인부가 한 사람 줄지 않았는데. 말을 걸었더라면 마른 장작에 불이 붙어서, 후지사키 씨, 아무리 역에서 기다려도 난 오지 않았을 거야."

"식중독에 걸려서 드러누웠나? 오랜만에 맛있는 음식을 보고도 먹질 못하고." 후지사키가 말했다.

"그런 썩은 음식을 먹을 리가 있어? 내가 말하는 건, 멋진 옷을 입고 지금쯤 그 남자하고 어딘가로 도망을 쳤을지도 모른다 그 소리야."

도루가 소리내어 웃었다. 아키유키는 그 웃음소리가 후미아키를 닮았다고 생각했다. 기요짱은 나무토막을 집어 "뭐야 왜 그렇게 웃어!" 하며 도루에게 다가갔다. 도루는 들고 있던 거푸집널을 내던지고 도망쳤다. "아무 말도 안 했잖아" 하고 도루가 말하자, 후지사키가 "아니, 그 웃음소리가 나빠" 하고 진지하게 말했다. "그 웃음은 기요짱이 기모노를 입으면, 꼭 뭐가 껴입은 꼴이 될 거라고 흉보는 듯한 웃음이라구." "뭐야?" 하고 이번에는 기요짱이 후지사키에게 고함쳤다. "그렇게 화를 낼 건 없잖아" 하며 후지사키는 웃었다.

"후지사키!" 하고 아키유키는 낮은 목소리로 타이르듯이 말했다.

"빌어먹을, 더이상 못 참겠네" 하고 기요짱이 말했다. 기요짱이 나무토막으로 때리려고 달려들자, 후지사키는 도루처럼 삽차로 판 구멍에서 뛰쳐나와 자재를 쌓아둔 쪽으로 도망쳤다. 기요짱은 나무토막을 내던졌다.

"뭐야, 다 같이 합세해서 사람을 바보 취급하고." 기요짱은 입을 다물었다. 눈물이 나와 눈을 깜빡이자, 그제야 어느새 농담이 진담이 된 것을 알았다.

기요짱은 잠자코 무엇에 홀린 듯이 거푸집널에서, 먼젓번에 쳤을 때 달라붙은 콘크리트 덩어리를 하나하나 떼어냈다.

기요짱이 기분을 푼 것은 아키유키를 안다는 아가씨가 왔을 때였다. 새빨간 꽃이 가슴에 달린 소매 없는 상의와 짧은 스커트를 입고 있었다. 아가씨는 자재 위에 걸터앉았다. 아가씨는 "이곳은 젊은 사람들만 있는 작업반이로군요" 하고 말했다. 후지사키가 즉각 "나카노 씨도 젊구나" 하고 말했다.

"물론 젊지" 하고 나카노는 대꾸했다. "젊고말고."

"작업반장도 젊고, 현장 감독도 젊고." 그렇게 말하더니 도루를 향해서 "당신들 '후지타' 나 '아카시아' 에 자주 가시죠?" 하고 말하고는, 어쩔 줄을 모르는 도루에게 "피우겠어요?" 하며 외제 담배를 내밀었다.

"'후지타' 의 치짱은 내 친구예요. '아카시아' 뒤쪽의 술집에 근무해요. 하지만 이런 직업도 재미있겠군요."

후지사키는 아키유키에게 손으로 아가씨 머리가 약간 모자라다는 신호를 보냈다.

"'아카시아' 뒤쪽이라" 하고 도루가 말했다. 기요짱이 "'바카시아*' 겠지" 하고 말했다.

---

* 바보라는 뜻의 '바카' 를 아카시아에 붙여서 상대를 비웃는 말.

약간 머리가 모자란다고 후지사키가 사인을 보냈던 여자는 아키유키에게 집 근처를 서성거리는 백치 소녀를 연상시켰다. 아니, 파리왕 하마무라 류조가 말한, 사토코가 낳을 아이를 연상시켰다.

낮에 돌아가보니 그 백치 소녀는 창고 안에 들어가 있었다. 덤프트럭의 엔진을 끄자 백치 소녀가 숨을 쉴 때마다 내는 헉헉 소리가 들렸다. 후미아키의 차에서 떨어져나간 포일을 창고 안에 넣어두었는데, 그것을 콘크리트 바닥에 떨어뜨리며 놀고 있었다. 포일을 바닥에 떨어뜨릴 때마다 백치 소녀는 "아아, 아아" 하며 소리를 내고는, 창고 안에서 목소리가 울리는 것이 재미있다며 웃었다. 포일이 바닥에 떨어져 빙글빙글 돌기 때문에 목소리가 울리는 것으로 생각하는 모양이었다. 아키유키는 그 아이를 밖으로 쫓아내려다가, 덤프트럭에서 내리자 마음이 바뀌었다. 그대로 집으로 들어갔다. 후사가 아키유키의 얼굴을 보고 "무슨 일이야?" 하고 물었다. 아키유키는 대답하지 않았다.

무언가가 크게 변했다. 아키유키의 주위, 아키유키의 내부에서 무엇인가가 무너지고 무엇인가가 새로이 솟아났다. 그것은 공사 현장이 산 속에서 국도 변으로 옮겨진 탓도 있었다.

고로가 자취를 감췄다. 후사와 시게조는 "본도 얼마 안 남았는데" 하고 말했다. 하지만 아키유키는 고로의 실종이 히데오로 인해서 야기된 듯한 느낌이 들었다. 설령 미치코와 싸움을 했다 하더라도 히데오에게 얻어맞고 차가 부서지는 일이 없었더라면, 그것은 사랑싸움에 불과했으리라고 생각했다. 그리고 히데오라면 고로가 어디에 있는지 소문을 알고 있으리라고 생각했다.

아키유키는 시내 도로에서 히데오를 발견했다. 덤프트럭을 접근시켜, 히데오의 오토바이를 멈추게 했다. 히데오는 엔진을 공회전시키는 소리를 내면서, "뭐야?" 하고 아키유키의 얼굴을 똑바로 쳐다봤다.

"위험하잖아." 아키유키는 히데오가 그 사내 하마무라 류조가 아니라 사내의 아내인 요시에를 닮았다고, 소리치는 얼굴을 보고 생각했다. 아키유키는 물었다.

"그런 얼간이 알 게 뭐야." 히데오는 말했다. "그런 녀석이 어디에 갔건 내가 알 바 아니잖아. 어차피 누군가 협박하니까 겁을 먹고 내뺀 거겠지." 히데오는 그렇게 말하더니 이빨 사이로 칫 하는 소리를 내며 침을 뱉고, "그런 일로 나한테 말 걸지 마" 하며 아키유키를 노려봤다. "난 부담스러워. 당신이야 어떻게 생각하는지 모르지만, 난 당신과 관계없다고."

"그래?" 하고 아키유키는 말했다. 몸 속 깊은 곳에서 우러나오는 듯한 목소리로 그렇게 말하고는 잠자코 노려보고 있는 아키유키의 시선에 히데오는 눈길을 돌렸다. 목에 걸고 있던 오토바이용 안경을 끼더니 "살벌하군" 하며 발로 기어를 넣어 산 쪽을 향해서 도로를 질주했다. 아키유키는 덤프트럭을 세운 채 사라져가는 오토바이의 히데오를 지켜봤다. 도로의 콘크리트가 햇빛에 빛나고, 그 저편에 땅을 나누듯이 위치한 산이 빛나고 있었다. 히데오의 모습이 보이지 않게 되자 아키유키는 고로 때문에 자신이 스물여섯 살의 지금까지 그 사내나 그 사내와 혈연관계에 있는 자들과 유지하고 있던 거리가 혼란스러워진 것을 깨달았다. 사방이 산과 바다와 강으로 둘러싸인 비좁은 이 땅에 아키유키가 살고 그 사내도 산다. 히데오도 사토코도 산다.

아키유키는 자신이 확실히 변한 것 같았다. 고로가 일하러 왔다가 사흘 만에 사라진 뒤에도, 해와 더불어 일을 시작하고 해와 더불어 일을 끝내는 노동은 예전과 마찬가지였고, 자신이 햇빛에 물들고 현장의 풍경에 물들고 자신을 지켜보는 시선을 느끼는 것도 마찬가지였다. 아키유키는 햇빛에 녹고 흙에 녹고 바람에 녹는다. 아키유키를 지켜보는 것은 그 사내가 아니다. 그 사실을 깨달았다. 그 사내 하마무라 류조의 먼 조상이라는, 애꾸눈 절름발이로 가레키나다의 해안선에서 구마노 산 속으로 패주하여 빛이 있는 해안으로 내려왔다는 하마무라 마고이치가 그 정체였다. 그것은 그 사내가 생각하고 믿었던 가공의 조상 이야기였다. 그렇게 단정해도 좋았다. 설령 그 이야기가 사실이다 하더라도, 전국시대로부터 몇백 년이나 지난 지금 비석을 세울 정도는 아니다. 하지만 하마무라 류조는 비석을 세우고 아리마의 땅을 사들였다. 그 사내는 아키유키가 어렸을 때부터 쭉 지켜보고 있었다. 후미진 곳에 숨어, 나무 그늘에 숨어, 아키유키가 친구들과 놀이에 열중하다가 문득 정신을 차리고 얼굴을 들면 사내의 눈이 있었다. 그러나 그것은 아버지의 눈이 아니었다. 그 먼 조상, 하마무라 마고이치의 눈이었다. 아키유키는 그렇게 생각했다. 당신을 친아버지라고는 생각하지 않는다. 친아버지는 그 사내가 생각하고 믿는 가공의 조상, 하마무라 마고이치였다. 그렇게 말해주고 싶었다. 당신은 그저 벼락부자일 뿐이야.

두시가 지나자 강에서 상당히 떨어져 있는 국도 곁 공사 현장에, 강 건너 우도노의 펄프 공장 냄새가 전해져왔다. 바람이 오전과는 달리 몹시 세차게 불었다. 세시가 지나자 하늘에 구름이 몰려들더니 가느다란 비가 내리기 시작했다. 때마침 와 있던 후미아키는 방금 짠 거푸집널에 걸터앉아 양동이의 얼음물을 마시며 "괜찮아, 그칠 거야" 하고 말했다. 해가 묘지 바로 위를 통과하여 산등성이에 접근할 무렵, 방금 전의 가는 비는 어느덧 굵은 빗발로 변했다. 해는 구름에 가려졌다. "해가 다시 날 것 같진 않군" 하고 도루가 말했다. 확실히 그렇게 보였다. 구름에 덮인 해의 주위만이 희미하게 밝았다. 풍경은 칙칙해지고, 아까 밝은 햇빛이 넘치던 때와는 달리, 나뭇가지도 잎사귀도 풀잎도 어쩐지 서먹서먹한 막을 한 장 뒤집어쓰고 있었다. 아키유키는 인부들에게 서둘러 도구를 정리하라고 말했다.

아키유키가 빗속에서 집으로 돌아오자, 고로가 있었다. 느닷없이 돌아온 고로를 보고 당황한 아키유키는 "어떻게 된 거야?" 하고 물었다. "또 히데오하고 실랑이를 벌인 줄 알고 걱정했잖아." 아키유키가 그렇게 말하자 고로는 단지 고개를 끄덕일 뿐이었다. 미치코가 "제대로 사과해" 하고 말했다. "자기가 나하고 싸웠다고 해서 일까지 내팽개칠 건 없잖아. 사흘 만에 약속을 어기다니. 자기가 다케하라 작업반에서 일하고 싶어하니까 우리 엄마가 아키유키 삼촌한테 부탁한 거라구. 사흘 만에 약속을 어기다니, 다케하라 작업반에서 일하게 해준 아키유키 삼촌 얼굴에 먹칠을 한 거라구." 미치코 자신도 고로의 어떤 점에 화가 나는지 모르는 듯, 날카로운 목소리로 고개를 떨구고 있는 고로를 다그쳤다.

시게조는 평소에는 거의 들어가지 않는 응접실에 있었다. 손님이 있는지 이야기 소리가 들렸다.

"내가 고로 때문에 대체 누구한테 망신을 당한다는 거야?" 아키유키는 물었다. "후미아키 말이냐? 아니면 아버님?"

"다케하라 할아버지." 미치코의 목소리가 작아졌다. 아키유키는 웃었다. 언젠가 미치코는 히데오를 '당신의 동생'이라고 말한 적이 있었다. 미치코는 아키유키의 입장, 아키유키의 심정을 오해하고 있었다. 아키유키는 "바보 같은 소리 하지 마. 내가 어째서 내 부모한테 망신을 당한다는 거야?" 하고 말했다.

고로는 "죄송합니다" 하고 사과했다.

"오로시에 가 있었대. 다른 여자하고 데이트하는 게 내 눈에 들어와서 야단 좀 쳤더니 그 길로 차를 타고 오로시의 자기 부모님 댁에 갔다는 거야." 미치코는 그렇게 말하고 히스테리를 일으킨 듯 "이 녀석은 남의 배는 불룩하게 만들어놓고 자기 혼자 도망치려 한 거야. 내 배가 부르지만 않았더라면 완전히 뻗을 때까지 패줬을 텐데. 내가 지금 그러지 않는 건 용서하기 때문이 아니야. 두고 봐. 아이만 태어나면 언젠가 반쯤 죽여놓고 말 테니까. 나 혼자서 아이를 낳으란 말이야?" 미치코는 고개를 떨구고 있는 고로의 팔을 툭 쳤다.

"너무 심하게 그러지 마." 아키유키는 말했다. "비가 그치면 콘크리트를 쳐야 하는데, 일손이 필요해. 또 어디로 사라져버리면 곤란하다구."

밥을 먹고 목욕을 했다. 목욕을 끝내고 옷을 입으며 바깥을 보았다. 비가 내려도 바깥은 밝았다. 후사는 미치코와 고로를 위해서 저녁 식사를 준비했다.

시게조가 전화로 이야기하고 있었다. 시게조가 "요이치!" 하고 불렀다.

"요이치, 오사카에서 전화야."

아키유키는 후사의 얼굴이 일순 밝게 변하는 것을 보았다. "요이치는 어디 갔어?" 아키유키는 후사에게 물었다. 후사는 "후미아키네 집에 놀러간 게 아닐까?" 하고 말하고는 "아키유키, 불쌍하니까 찾아봐 줘" 한다. "참 운도 없는 애야."

아키유키는 우산도 쓰지 않고 빗속을 달렸다. 요이치는 후미아키의 집에 없었다. 제재소 안에서 흙탕물투성이가 되어 고인 물을 널빤지로 휘저어대고 있었다.

"이 녀석, 할머니한테 야단맞으려고."

요이치는 "돈을 떨어뜨렸어" 하며 몸을 일으켜 아키유키를 보았다.

196

"전혀 안 보여." 아키유키는 손에 든 널빤지를 빼앗아 톱밥을 쌓아둔 곳으로 던졌다.

"오사카에서 너한테 전화가 왔어."

"정말?" 하고 요이치는 말한다. 요이치의 얼굴도 일순 밝아졌다.

"거짓말을 할 리가 있냐?" 아키유키는 요이치의 머리를 툭 쳤다. "너한테 그런 거짓말을 왜 해."

요이치는 아키유키의 말도 듣지 않고 빗속을 달렸다. 요이치의 달리는 속도에 맞추어 비가 얼굴에 닿지 않도록 목을 움츠리고 아키유키도 달렸다.

발과 옷에 흙탕물을 묻힌 채로 집 안에 들어가려다 미치코에게 잡혔다. 미치코가 "할머니!" 하고 부르자, 후사가 얼굴을 내밀었다. "아니, 그 꼴이 뭐야!" 하고 후사는 소리를 질렀다. 요이치는 현관에서 급하다며 제자리에 서서 "빨리빨리 닦아" 하고 제법 어른스런 소리를 했다. "뭘 잘했다고" 하며 후사는 목욕탕에서 걸레를 갖고 와서 몸을 구부려 요이치의 발을 닦았다. 후사가 걸레를 짜러 세면대로 가자 "빨리 해!" 하고 외친다.

"전화는 이미 끊어졌어." 시게조가 안에서 나왔다. "옷 벗은 김에 목욕이라도 해라."

시게조의 말에 흥분됐던 감정이 순식간에 가셨는지 요이치는 울었다. "네 잘못이야" 하고 아키유키는 후사가 옷을 벗기고 있는 요이치에게 말했다. 그 요이치에게 시게조가 "본인 13일이 되면 곧바로 여기에 올 테니까 얌전히 기다리고 있어" 하고 퉁명스럽게 말했다. "나중에 할아버지가 아빠한테 전화해줄게. 그때 아빠하고 얘기하면 되잖아. 지금은 저쪽도 바쁘니까."

기분이 좋아진 요이치는 혼자 목욕탕에 들어가, 오 분 만에 나왔다.

"안 돼" 하고 아키유키는 말했다. "삼십 분 정도 들어가서 깨끗이 씻어야지." 요이치는 순순히 다시 들어갔다.

시게조는 분조가 그의 아내와 재결합하지는 않을 거라고 말했다. 아이가 딸린 여자와 살림을 차리기로 했고 장사도 옛날처럼 잘 되니까 인사도 시킬 겸 여자와 아이도 함께 요이치를 데리러 온다는 것이다. "일단, 다행이지. 고생은 되겠지만." 시게조는 말했다. "고생하는 건 잘된 일이야. 그 녀석도 막내로 태어나 아무것도 모르고 자랐으니, 마흔다섯을 넘어서야 어른이 되는 거야." 시게조는 그렇게 말하고 담배에 불을 붙였다. 담배를 피우면서 등을 벽에 기댔다.

아키유키는 시게조의 얼굴을 보고, 시게조의 말에 고개를 끄덕이는 후사를 보고, 그 옛날, 분조가 술에 취해서 나타났던 일을 떠올렸다. 분명 분조는 헤어진 아내와의 사이에서 태어난 아이와 양자인 요이치를 데리고, 시게조와 후사가 둘이서 겪어온 고생을 이제부터 해야 한다. 하지만 이쿠오는 충고하듯이 죽었다. 미에는 정신이 돌았다. 몇 번이나 죽을 뻔했다. 이 집이 싫다고, 아키유키는 시게조의 얼굴을 보면서 생각했다. 다케하라라는 성이 싫다, 다케하라라는 속임수가 싫다. 아키유키는 언젠가 어머니 후사에게, 죽으면 어느 무덤에 들어갈 작정이냐고 물어본 적이 있었다. 형 이쿠오의 뼈는 니시무라 가쓰이치로의 무덤에 있었다. "어디라도 좋아" 하고 후사는 대답했다. "만약 내가 공사장에서 일하다가 사고로 죽더라도 다케하라의 무덤에만큼은 들어가지 않을래" 하고 아키유키는 말했다.

고로는 비가 그친 이틀 뒤부터 아키유키 작업반에서 다시 일하기 시작했다. 고로가 마음 잡고 일한다면 미치코와 고로의 결혼식을 집안 식구끼리라도 조촐하게나마 올리라고 말하는 후사와 시게조의 제안에, 사네히로는 "애를 낳고, 가을 무렵에 해도 돼" 하고 대답했다. 미에가 그 이야기를 골목집에서 듣고는 후사에게 전하자, 후사는 "옛날부터 그랬지만, 대체 무슨 생각을 하고 사는지 알다가도 모를 사내야" 하고 말했다. 후사는 "비록 작아도 사람 부려가면서 일을 하고 있다면 매사를 확실히 구분지을 줄 알아야지" 하고 말하고는, 사소한 일로 화를 내는 사네히로에게는 어울리지 않는 말이라며 나무랐다. "네가 확실하게 말해야지. 자기 딸의 일인데."

"그렇기는 하지만" 하고 말한 미에는 결국, 남자에게 결단을 내려야 할 때가 있다는 걸 가르치는 게 바로 여자다, 라는 후사의 설득에, 본인 13일에 나고야의 요시코 부부와 오사카의 기미코 부부를 불러서 식을 올리기로 했다.

본까지 기초 공사를 끝내야만 했다.

힘든 일이라 숨이 가쁜지 고로는 자주 몸을 일으켜서 수건으로 땀을 닦았다.

"이젠 도망치지 못하겠군."

아키유키는 고로를 놀렸다. 고로는 아키유키의 그 말을 듣고 진지하게 끄덕였다. 도무지 미덥지 않은 신랑이라는 생각에 아키유키는 쓴웃음을 지었다.

"우리도 불러줄 건가요?" 하고 기요짱이 물었다.

"시간이 있어?" 하는 아키유키의 말에 기요짱은 "아키유키 씨는 언제 결혼해요?" 하고 되물었다. "아키유키 씨 결혼식 때 우리도 가서 한바탕 난리를 피울 생각이에요. 나카노 씨도 당나귀춤 출 거죠?" 나카노는 "그건 봄 야유회에서만 하는 거야" 하고 대답했다. 술에 취한 나카노는 발가숭이가 되어 여관의 수건을 허리에 감고, 나의 사랑하는 당나귀, 하며 노래에 맞추어 춤을 춘다.

작업이 일단락되자 '후지타'에 레미콘 주문을 하러 가기 위해 아키유키는 덤프트럭에 올라탔다. 문득 고로를 기분 전환이라도 시켜줘야겠다는 생각이 들어 "같이 갈래?" 하고 말을 걸었다. 고로가 티셔츠와 청바지를 털고 있는 모습을 도루가 보고 있었다. 아키유키는 도루에게도 물었다. 시게조라면 아무리 휴식 시간이라고는 하지만 한꺼번에 세 사람이나 현장을 떠나는 것은 용납하지 않았을 것이다. 그것은 토건 청부업자로서 시게조의 성실성과 관련된 문제였다. 하지만 후미아키는 달랐다. 삼십 분가량의 휴식 시간 내에 돌아온다면, 아키유키 혼자 가도 될 일을 도루가 따라가더라도 불만을 표시하지 않는다. "가는 김에 슈퍼에서 칼피스라도 사와" 하고 말하기조차 했다.

국도로 나가 왼쪽으로 꺾었다. 국도를 오른쪽으로 가서 곧바로 '제1고개' '제2고개'라는 이름이 붙은 두 고개를 넘으면 바다를 따라 미와사키, 사노, 그리고 나치, 가쓰우라로 이어져, 고자, 구시모토 부근에서 가레키나다 연안을 지나게 된다. 왼쪽으로 가면 곧장 현의 경계인 다리가 나왔다. 그 다리를 건너면 길은 우도노, 아다와, 아리마, 구마노 시의 해안선을 달린다. 다리의 두번째 신호에서 우회전하여 '후지타' 앞에 차를 세웠다. 덤프트럭을 세우자 땀이 솟아났다. 아키유키는 도루와 고로를 앞의 '아카시아'에서 기다리게 하고 혼자 '후지타'에서 용건을 끝내기로 했다.

'후지타'의 여자는 아키유키의 얼굴을 보자 "더운 날이야" 하고 깔보는 듯한 어투로 말했다. '후지타'의 여자는 "자, 이거" 하며 내민, 주문이 적힌 종이를 보고는 흥흥 하며 고개를 끄덕이다 "알겠습니다" 하고 말한다. 남자 사무원이 아키유키의 얼굴을 훔쳐보다가 아키유키가 노려보면 시선을 돌렸다. "다음에 또 데이트나 할까?" 하고 아키유키가 물었다. '후지타'의 여자는 코웃음쳤다. "여기저기 여잔데도 몸

이 잘도 버티네" 하고 말하고는 눈으로 '아카시아'를 가리키며 "저기
에 있어" 하고 말했다. 노리코가 '아카시아'에 있는 거라고 생각했다.
"알고 있었나? 그래서 질투하는 거로군." 여자는 다시 코웃음쳤다.
"알고 있었냐구, 이제 와서 무슨?" 하고 말한다. "자기 같은 사람은 여
간해서 없어. 알고 자시고 간에 뛰어봤자 벼룩이지. 좁은 동네라서 누
가 누구의 자식인지 금방 아니까."

　여자가 그렇게 말하자, 아키유키는 '아카시아'에 있는 사람이 노리
코가 아니라 그 사내 하마무라 류조라는 사실을 깨달았다. 전화를 걸
어 고로를 불러낼까 생각했지만, 도망칠 이유는 없다는 생각에 아키
유키는 문을 열고 안으로 들어갔다.

　"기다리고 있었다" 하고 도루 옆자리에 앉은 아키유키에게 그 사내
는 말했다. 고로는 사내의 덩치에 주눅이 들어 벽에 찰싹 붙어앉아 있
었다.

　"어차피 아침은 먹지 않았을 테니 뭔가 들자구." 아키유키는 고로에
게 말했다. 고로는 핫케이크와 아이스 밀크를 주문했다.

　"미에의 딸 미치코의 약혼자로군" 하고 사내는 고로를 보며 말했
다. "히데오가 시샘할 만도 한데. 여자들이 좋아할 미남이야." 사내는
그렇게 말하고는 도루의 얼굴을 쳐다보았다. 사내는 "다이오치에 사
는 진이치로의 아들인가?" 하고 물었다. "지금은 다이오치에 살지 않
습니다" 하고 도루는 작은 소리로 대답했다. "얼마 전까지 다이오치
에 틀어박혀 있었지. 죽은 건 작년 본이 지났을 무렵이던가?" 사내는
말했다. "금년은 진이치로가 죽고 나서 첫 본이로군. 옛날에 내가 '진
이치로, 도박 한판 벌이지 않겠나?' 하고 물어도, 일을 해야 한다며
거들떠보지도 않았는데. 죽기 직전에는 나보다도 훨씬 잘했지."

　고로는 핫케이크를 먹었다. 도루는 테이블의 벽 쪽에 설치된 운세

보는 기계의 레버를 돈도 넣지 않고 찰칵찰칵 소리를 내며 당기고 있었다. 아키유키는 의자에 등을 기대어 뒤로 젖힌 자세로 커피를 마셨다. 새삼스레 커다란 사내라는 느낌이 들었다. 승마 바지를 입은 다리를 의자 밖으로 내밀고 있다. 고로가 핫케이크를 절반 정도 먹다가 갑자기 포크를 놓고 얼굴을 들었다. "왜 그래?" 하고 아키유키가 물었다. "머리카락" 하고 고로가 말하자, 그 사내가 접시를 들여다보았다. 사내는 손을 들어 여급을 불렀다. 여급에게 지배인을 부르라고 말했다. "이런 걸 손님에게 내놓으면 어쩌나?" 지배인에게 고로가 먹다 남긴 핫케이크 접시를 내밀었다.

　"보고 왔나?" 하고 그 사내는 아키유키에게 물었다. "이삼일 전, 아리마에 다녀왔지. 아리마 사람들도 절의 스님도, 어떤 젊은이가 마고이치의 비석을 보러 왔었다고 하기에, 필경 자네가 보러 왔을 거라고 생각했지."

　"부질없는 짓입니다." 아키유키는 말했다.

　"부질없는 짓이지. 이제 와서 말해봤자 소용없지만." 그 어조는 방금 전 '아카시아'의 여급을 시켜 지배인을 불렀던 때와는 달리, 아키유키에게는 앳되게 들리기까지 했다. 하마무라 마고이치는 처음에는 하마무라 부대라고 불리는 조총 군단을 이끌며 오다 노부나가의 총애를 받았지만, 일향종이 노부나가와 반목하기 시작하자 노부나가와 싸우게 되었다. 마고이치는 구마노 산 속을 패주하여 아리마로 내려왔다. "나는 보지 못했지만, 내 할아버지, 너의 증조할아버지가 다다미를 짜고 있을 때 파리 한 마리가 성가시게 날아다녔어. 바늘을 입에 이렇게 물고 훅 불었지. 바늘이 파리에 명중했다고 아버지는 자주 말씀하셨지. 한마디로 총을 다루던 닌자쯤 되겠지. 향토사를 연구하는 오하타 선생께도 협조를 구해서, 언제부터 있던 건지 모르겠지만 그 당시의 것이라고 여겨지는 창고를 열어볼 작정이야."

그 사내는 아키유키에게, 본에 한번 아리마에 가서 '절름발이춤'을 보고 오라고 말했다. 몸 속에 오랫동안 잠들어 있던 피가 용솟음치며 들끓을 것이다. 그 피의 용솟음을 느끼면 아무리 아키유키라 해도 처절한 싸움에서 자신의 부하와 신도가 엄청나게 죽은 걸 보면서, 먼 미래에 희망을 걸고 기듯이 애꾸눈 절름발이로 산을 내려온 선조를 이해하게 될 것이다.

그렇게 말한 사내는 불쑥 "무슨 말인지 알겠나?" 하고 물었다. "공사장 일을 그만두고 하마무라 목재로 오지 않겠느냐는 말이야."

아키유키는 웃었다.

"후사의 배를 빌렸을 뿐이야. 자네가 내 대를 이어서 하마무라 목재를 운영한다 해도 전혀 이상할 건 없어."

아키유키는 사내의 얼굴을 보면서 뻔뻔스런 소리라고 생각했다. 사내의 소문은 수없이 많이 들었다. 산을 가로챘다는 둥 땅을 가로챘다는 둥, 나쁜 소문뿐이었다. 변변한 것이 없었다. 선조를 이해할 수 있다느니 잠들어 있던 피가 용솟음칠 거라느니 하는 소리는 궁지에 몰린 사내의 망상이었다. 열병이었다. 악랄한 짓을 해서 벼락부자가 된 사내의 허튼 소리에 불과하다고 아키유키는 생각했다. 이 동네 골목에서 사내는, 갑자기 나타나서 어느새 여자를 셋이나 임신시킨 출신이 의심스런 사내였다. 도박을 하고 싸움을 하고 방화를 했다. 아리마 지방에 전해져 내려오는 진위를 가릴 수 없는 하마무라 마고이치의 전설을, 자신의 조상 이야기라며 비석을 세웠다. "돈만 있으면 조상도 좋은 걸로 얻을 수 있나 보지" 하고 골목 사람들은 말했다. "집을 세울 목재를 취급하는 게 아니라, 나막신 만들 목재를 취급하는 거겠지" 하고 자기 아버지가 말했노라고 노리코는 전했다.

"그런 것보다도 사토코는 어떻게 할 겁니까?" 아키유키는 말했다. "자식이잖아요."

"기노에의 딸 말인가? 기노에의 딸은 어쩔 수 없어. 그게 사내라면 어떻게든 해보겠지만, 여자는 아무짝에도 쓸모가 없어. 그년은 운이 없는 거지." 사내는 무슨 생각이 났는지 낮은 소리로 웃었다. "어이, 아키유키, 여자란 잠자리에서만 필요한 거야. 여자가 하는 소리는 여자를 밑에 깔고 있을 때만 들어주면 돼."

여자란 잠자리에서만 필요한 거야, 라고 한 사내의 말이 귓전에서 사라지지 않았다. 아키유키는 사내가 자신의 약점을 쥐고 있다고 느꼈다. 아키유키는 도루와 고로를 덤프트럭에 태우고 국도를 달리면서, 사내를 놀라게 해주고 괴롭히기 위해서 폭로한 사토코와의 비밀이 오히려 상대방에게 이용당하고 있다는 사실을 깨달았다. 분명 여자란 잠자리에서만 필요한 존재였다. 여자는 성기에 불과하다. 아키유키는 현장으로 돌아가, 다시 햇빛을 받고 땀을 흘리면서 삽차로 도려낸 부분의 흙을 도면대로 삽으로 다졌다. 거푸집널을 만들었다. 볼링장이라는 대규모 건물을 세우려면 기초 공사가 끝나는 대로 바닥을 통나무로 짜야만 한다. 아키유키는, 왜 잠자리에서만 필요한 여자에게 자신이 이끌리는 걸까 하고, 노리코가 아키유키의 몸에 깔린 채로 부둥켜안고 쓰다듬고 손톱을 세우던 손의 감촉을 떠올렸다. 짧게 깎은 머리를 쓰다듬는 그 손은 목부용 가지가 닿는 감촉과 비슷했다. 어째서 여자에게 이끌리는 것일까? 미에는 이쿠오가 죽었을 때 울었다. 아키유키는 호리고타쓰*에 발을 넣고 아침밥을 먹으면서, 이쿠오가

---

* 방바닥의 한 곳을 네모나게 파고 거기에 불을 지핀 난방 시설.

골목집의 감나무에 목매달아 죽었다는 말을 듣고는, 그 순간 '꼴 좋다'고 생각했다. 이쿠오에게 이겼다고 생각한 것이다. 미에가 미치고 사토코와의 일이 발생한 지금, 아키유키는 여자인 미에 누나의 힘에 농락당해왔다고 생각했다.

아키유키는 들고 있던 삽을 갑자기 거푸집널에 내리쳤다. 거푸집널이 부서졌다. 누군가 자신을 마구 야단쳐주면 좋겠다, 마구 패주면 좋겠다고 생각했다. 그러면 자신이 하마무라 류조의 자식이며, 하마무라 류조와 똑같이 열병을 앓고, 할아버지가 있고, 증조할아버지가 있고, 훨씬 위에 하마무라 마고이치가 있다는 가공의 이야기를 믿게 될 것이고, 아키유키의 절반의 수수께끼가 명백해질 것이다. 모든 것으로부터 자유로워질 것이다.

도루가 아키유키를 보고 있었다.

멀리서 울어대는 매미 소리가 들린다. 바람도 없는 현장에서 내쉬는 숨소리가 아키유키에게는 빨려들 듯이 일을 저지른 자신을 홀로 견디는 신음 소리로 들렸다. 해는 하늘에서 세상의 모든 것을 적나라하게 드러내고 있었다. 해는 이글거렸다. 햇빛을 받은 지금의 풍경에 애매한 것은 없었다. 돌은 돌의 모양이었다. 나뭇잎은 나뭇잎으로, 나뭇조각은 나뭇조각으로 존재했다.

그날 밤 신개지의 '돈'에 간 것은, 그곳에서 사토코를 기다리기 위해서였다. '야요이' 문을 열고 들어서는 아키유키를 보자 사토코는 "잠깐 기다려, 외출중인 가즈짱이 돌아오면 갈 테니까" 하고 무뚝뚝하게 말했다. 핑크빛 조명이 달린 칸막이 자리에 있던 취객이 "또 남자를 만들었군" 하며 놀렸다. 사토코는 아키유키에게 윙크를 하고는 "질투할 거 없잖아요, 남자를 만들건 말건" 하고 애교를 부리며 손님에게 안겼다.

'몬'은 '야요이'에서 신개지 길로부터 한 골목 안쪽으로 들어간 곳에 있었다.

아키유키는 '몬'의 카운터에 앉았다. 몬 마담 혼자 아키유키의 상대가 되어 장소에 어울리지 않는 옛이야기를 시작했다. 몬 마담에게 말상대를 빼앗긴 여자가 아키유키 옆의 둥근 의자에 앉아 무무* 같은 드레스의 옷자락을 손으로 털고 있었다. "문을 열어놔서 모기가 들어와" 하고 말했다. 바깥으로 사람이 지나갈 때마다 입버릇처럼 "놀다 가세요" 하고 말했다. 발소리가 들리자 "놀다 가세요" 하고 둥근 의자에 앉은 채 밖으로 얼굴을 내밀더니 "뭐야" 하며 얼굴을 움츠리고는 "헛수고 했잖아" 하고 말했다.

"누군데?" 하고 몬 마담이 물었다.

"요시지 아저씨."

몬 마담은 웃었다. 얼굴을 쳐다보고 있는 아키유키에게 "겐 아저씨처럼 이 부근을 어슬렁거리고 있지" 하고 설명했다. "언제나 주위에서 얼쩡거리는 사람이 있기 마련이라는 생각이 드는군." 몬 마담은 그렇게 말하며 웃고는 무슨 생각이 났는지 아키유키 옆에 다리를 벌리고 앉아 있는 여자에게 "밖에 나가서 손님이나 끌고 와" 하고 턱으로 가리킨다. 여자가 나가자 "저녁 때 저쪽 슈퍼에서 미에를 만났어" 하고 그것이 무슨 비밀이라도 되는 것처럼 말했다. "만나자마자 이쿠오 얘기가 나왔지. 나는 옛날과는 달리 심장이 나빠서 씩씩거리는 나이고, 언제나 여기가 아프니 저기가 아프니 하지만 미에는 옛날과 변함이 없으니, 결국 이쿠오 얘기가 되거든." 몬 마담은 목소리를 낮추고

---

* 하와이 원주민의 민속 의상으로, 화려한 무늬의 원피스.

아키유키의 얼굴을 보았다. "닮지는 않았지만 그렇게 앉아 있는 느낌이 비슷해."

신개지에 있는 몬 마담의 가게는, 사네히로와 도망친 미에가 이쿠오가 죽기 직전까지 숨어 지내던 때와 변함이 없었다. 카운터가 일층에 있고 이층은 방이었다. 이쿠오가 살아 있었을 때와 다른 점은, 바닥 전체에 융단이 깔려 있다는 것뿐이었다.

이쿠오는 새벽녘 가까이까지 마셨다. 그 무렵, 이쿠오는 골목 집에 혼자 살고 있었다. 아키유키는 그 형을 생각했다. 스물네 살인 이쿠오는 '몬'에서 아키유키의 집으로 향했다.

"좋은 아이였지. 바로 이곳에 가게를 차렸을 때였으니까, 벌써 이십삼사 년이 됐겠지만, 그 아이는 열대여섯 무렵부터 이 가게에 드나들었어. 그 무렵 젊은 아가씨를 네댓 명 데리고 있었는데 이쿠오가 짓궂게 구는 거야. 젊은 아가씨들도 싫지는 않은 모양이었지만, 언니, 이쿠오가 사람을 놀려, 하며 나에게 오곤 했지."

몬 마담이 아키유키 너머로 바깥을 본다. 몬 마담을 따라서 고개를 돌린 아키유키는 누군가가 바깥 신개지 길을 지나갔다는 걸 알아차렸다. "이쿠오가 말이야" 하고 술잔을 비우는 아키유키에게 말했다. "죽었다고 들었을 때, 꼭 내 자식이 죽은 것 같더라구."

사토코가 '몬'에 온 건 마침 그 사내와 관련된 이러저러한 소문의 진상을 묻는 아키유키에게 몬 마담이 성실하게 대답해주던 때였다. 역 뒤 가건물에 불을 지른 것이 그 사내인지 아닌지는 모르지만 '사쿠라 출입금지'라는 팻말이 세워졌다. 역 뒤의 주민들은 가건물을 세울 수 있게 해달라고 사쿠라에게 부탁하러 갔지만 거절당했다. 그 사내에게 물어보라는 사쿠라의 말에, 몬 마담은 어떻게 된 사정인지도 모르는 채 사내와 협상해서 '몬'의 땅을 손에 넣었다. "얼마를 줬을까?"

유키는 사내와 협상하는 방법을 몰라서 신개지 땅을 손에 넣을 수 없었다. 유키는 그렇게 말했다. 그 사내는 번화가에 불을 지른 대가로 사쿠라로부터 가건물이 늘어선 역 뒤의 땅을 받아, 거기에도 또 사정없이 불을 질렀다. 화재를 일으켰다. 당장 내일의 생활조차 장담할 수 없는 역 뒤의 주민들을 내쫓았다.

사토코는 들어오자마자 "용건이 뭔데?" 하고 물었다. 아키유키 옆에 앉았다. "오늘은 왠지 기분이 안 좋으니까 짜증나는 소리 하지 마" 하며 손에 들고 있던 커다란 지갑 같은 핸드백을 카운터에 놓았다. 안에서 담배를 꺼내어 한 대 입에 물고 라이터로 불을 붙이고는 다시 집어넣었다. "마담 언니, 나도 술 좀 줘요" 하고 코로 연기를 내뿜으며 말했다.

사토코는 차가운 청주를 맥줏잔에 부어 단숨에 들이켰다. 숨을 한 번 크게 쉬고 "오늘도 이걸로 말〔馬〕 힘이 나겠군" 하며 웃는다. 아키유키는 그러한 사토코의 웃는 얼굴이 자신과 닮았다고 생각했다. 밖에서 짙은 화장을 한 서른 살 남짓한 여자가 안으로 들어왔다. "실례해도 될까요?" 하고 여자가 말하자, 사토코는 뒤돌아보지도 않고 "괜찮아, 괜찮아. 어차피 넌 맨날 폐만 끼치고 살잖아" 하고 말했다. 사토코는 아키유키를 사이에 두고 앉은 여자에게 "이 사람, 내 친오빠야" 하고 말했다. "닮은 것 같긴 하지만 뭔가 다른데" 하고 여자가 믿지 못하겠다는 투로 말하자 "나도 안 믿겨지지만" 하며 몬 마담의 얼굴을 보았다.

"부잣집 도련님이야. 난 신개지의 창녀지만. 나야 상관없으니까 마음대로 뜯어내." 사토코는 자신이 한 말이 우습다고 웃었다. "그 대신, 서비스 잘해야 돼. 나중에 서비스가 나빴다는 사실이 내 귀에 들어오면 앞으로는 상대도 하지 않을 테니까." 사토코가 그렇게 말하자 여자는 아키유키의 허벅지에 손을 놓았다.

"다시 한번 그 사람 만나보지 않을래?" 아키유키는 물었다. "내가 전부 얘기해줄게."

"뭘 얘기해준다는 거야, 쓸데없이?"

"이제 와서 모르는 척하게 놔둘 순 없어. 아리마에 있었는지 없었는지도 모르는 그따위 조상의 비나 세우고 옛날 일만 들먹이면서, 네 일은 모르는 척하고 있잖아. 자신에 관한 일은 모르는 척하고 있는 거라구. 나도 내가 왜 이러는지 모르겠지만 그냥 화가 치민다구."

"난 화도 나지 않아. 아무래도 상관없으니까." 사토코는 아키유키의 얼굴을 봤다. "산동네에 있었을 때, 산을 내려가면 아버지도 있고 오빠도 있다는 말을 듣고 꿈같은 얘기라고 생각했어. 어차피 창녀의 딸은 창녀니까. 다 쓸데없는 일이라고 생각해." 사토코는 그렇게 말하고 핸드백에서 담배를 꺼내 불을 붙였다. "엄마는 요전에도 류 씨가 어쩌고 저쩌고 하며, 원래 잘 웃고 잘 우는 성격이라서 그런지 울고 있더라구. 이제 와서 나와는 상관없는 일이야. 안 갈래. 절대로. 당신들도 여동생이 있으면 난처하겠지만 나도 마찬가지야. 그 사람도 그러리라고 생각해."

"그럴 리가" 하고 몬 마담은 말했다. "류조 씨는 사토코를 걱정하던데."

"무슨 걱정?" 사토코는 산동네 사투리로 물었다. "내가 오빠 아이라도 임신할까봐?"

"무슨 말을 그렇게 해?" 하며 몬 마담은 사토코의 시선에 호흡이 거북하다는 듯 어깨를 들어 숨을 들이마셨다.

"여기에 왔었나요?" 하고 아키유키는 물었다. 아키유키는 그 사내가 자신과 사토코의 비밀을 몬 마담에게서 알아낸 것이라고 깨달았다.

기노에의 딸은 몬 마담을 의지해서 이 신개지로 왔다. 그 사내도, 그리고 불쑥 남의 집에 가서 하루해를 보내던 겐 아저씨도, 몬 마담으로부터 그 이야기를 들었다. 아키유키는 기노에의 딸이 신개지에 있는 것 같다는 이야기를 미에에게서 들었다. 견디다 못한 몬 마담이 그 사내에게 털어놓을 수 있는 일이다. 두 사람 모두 그 사내의 자식이며 동시에 아키유키는 이쿠오의 동생이기도 하고, 사토코는 기노에의 딸이었다.

그 비밀스런 사건은 역 뒤의 이 신개지에서 발생했다. 몬 마담에게는 그것이 사내의 인과응보로 여겨졌다. 아키유키는 살이 쪄서 호흡이 불편한 듯한 몬 마담의 얼굴에서 그것을 상상할 수 있었다.

사내는 번화가를 불태운 그 손 그 발로 가건물 사방에 불을 질렀다. 솟아오른 불길은 밤하늘을 붉은빛과 황금빛으로 물들였다. 불은 재빠르게 번져나갔다. 불길은 살아 있는 듯이 황금빛을 발하며, 돌발적인 사건으로 가재도구 일체를 그대로 남겨둔 가건물을 삼켰다. 설령 불을 지른 것이 그 사내가 아니라 하더라도, 사쿠라에게서 역 뒤의 땅을 양도받은 것은 확실했다. 사내가 다카다이에 살게 되고 산을 소유하고 땅을 소유하고 큰 목재상을 경영할 수 있었던 것은, 가건물 주민들이 울고 신음한 그 땅 덕분이었다.

"난 싫어." 사토코는 말했다. 그리고 문득 생각난 듯 "당신 같은 부잣집 도련님과는 어울릴 수 없다구" 하고 말했다. 짧은 스커트를 걷어 올려 무릎을 드러냈다.

"오빠, 어때, 내 피부 하얗지?" 하고 말했다. "장사를 해야 돼, 무슨 짓을 해서든지 잔뜩 벌어서 요즈음 몸이 불편한 엄마에게 맨션이라도 사드릴까 해. 그래서 요즈음에는 별로 마음에 들지 않는 손님이라도

210

마구 자는 거야. 이 아줌마와 둘이 손잡고. 좋은 콤비지. 손님을 너무 많이 받아서, 아파. 이 아줌마는 매춘부 존코*라고 해."

"또 아줌마라고 부르네" 하고 아키유키의 허벅지에 손을 놓은 여자가 말했다. "잘 부탁해요." 얼굴에 미소를 지었다. 여자의 손이 아키유키의 성기에 닿았다. 몬 마담이 아키유키의 얼굴을 카운터 너머로 보고 있었다. "술 주세요" 하고 아키유키는 말했다. 그 소리가 목에 걸려 잠긴 소리가 났다.

그 사내의 새로운 소문은 봄을 며칠 남겨두지 않은 어느 날, 이 땅의 골목에서 번져나가기 시작해 '별장' 가까이에 사는 아키유키의 귀에도 들어왔다. 미에는 무시무시한 짐승 같은 사내라고 말했다. 후사는 그런 짓을 저지르고도 남을 사내라며 아키유키를 보고 "마음을 고쳐먹지 않으면 언젠가 남에게 호되게 당할 거야" 하고 말했다. 아키유키가 그 사내의 소문을 듣고, 사내의 짐승 같은 행동, 인간이라고는 생각되지 않는 잔혹함을 그제야 알고는 놀라서 어두운 표정을 짓고 있을 거라 생각했는지 "점잖은 너로서는 상상도 안 되겠지" 하고 말했다. "아키유키가 매일 열심히 공사장에서 일하는 걸 보고 엄마는 무엇보다도 기뻤어. 현장 감독을 하고 결혼을 하고 작업반장이 되고 독립해서 남들한테 손가락질당하지 않게 살아야 해. 남들한테 손가락질당하게 되면 제아무리 돈이 많아도 소용없어." 미에는 후사의 말에 "응, 응" 하며 끄덕이고는 "안 그래, 엄마" 하고 말했다. 밝은 목소리였다. "옛날부터 오빠도 나고야의 언니도 오사카의 기미코도 아키유키만큼은 고생시키지 말자고 말했었죠. 비뚤어지지 않게 해야 한다며." "아

─────────
* 착한 아이라는 뜻의 사투리. 여기에서는 애칭으로 사용됨.

버지와 함께 살게 되면서 내가 걱정한 건 아키유키가 비뚤어지지 않을까 하는 거였어. 아키유키 친구들은 모두 정도의 차이는 있지만 비뚤어졌잖아." 이어서 후사는 조직 폭력단에 들어가 상대방 조직의 간부를 총으로 쏘아 죽인 아키유키의 친구 이야기를 했다.

사내에 관한 새로운 소문을 아키유키도 어느 정도는 알고 있었다. 사내는 아리마의 땅을 몽땅 사들였다. 그 다음이 파리왕 하마무라 류조의 수법이었다. 파리왕은 "땅값이 오르기를 기다릴 뿐이야" 하고 말하고는 옛날 그대로 남에게 소작시키고 있는 밭이 있다면 계속해서 소작을 시켜도 좋다, 귤을 재배하고 있다면 그대로 재배해도 좋다고 했다. 계약은 그저 종이쪽지에 불과하다고 말했다. 사람들은 그 말을 믿었다. 그러나 사내는 입술의 침이 마르기도 전에 인부를 시켜서 땅에 있는 모든 것을 뽑아버렸다. 속이려다가 사내에게 속았다. 소작인들은 사내에게 항의했지만, 항의라면 땅을 판 사람에게 해라, 재판을 하겠다면, 사내가 일으킨 셀 수 없이 많은 문젯거리를 수없이 담당했던 유능한 변호사를 내세우겠다고 말했다. 남의 산을 자신의 산이라고 주장하여, 법률에 어두운 시골 사람을 감쪽같이 속여서 산을 가로챈 변호사였다. 또하나의 소문은 필시 사토코와 관련된 것이었다. 사내는 자주 신개지를 방문했다. "사토코는 몰랐을까?" 하고 미에는 말했다. "태어나자마자 저 구석으로 가서 살았으니, 사토코는 만나도 몰랐을 거야" 하고 말하고는 치가 떨리는 듯한 목소리로 "짐승이야" 하고 말했다. "끔찍해."

아키유키는 금방 알아차렸다. 그것은 파리왕이 아닌, 미에의 동생이기도 한 자신의 일이었다. 아키유키의 일이 신개지 어딘가에서 왜곡되어 하마무라 류조의 이야기가 되었다. 파리왕 하마무라 류조라면 그런 짓을 할 수도 있다. 여자를 몇 명이나 임신시킨 종마 같은 사내였다. 아리마에서 이 땅으로 흘러왔다고는 하지만, 골목의 어느 누구도 그 말을 믿지 않았다. 어디에서 태어나, 스물일곱의 나이로 이 땅의 골목에 나타날 때까지 어떻게 살았는지 알 수 없었다. 골목의 도박 패거리나 암시장 패거리, 목재를 운반하던 패거리는 조상이 누구누구라고 주장하는 사내의 소문을 듣고는 "그 망나니가!" 하고 웃었다. 언제나 국방색 바지에 국방색 상의를 걸치고 있는 커다란 체구의 사내는 방금 군대에서 탈영한 것처럼 보이기도 했다. 유키의 말에 의하면, 골격이 억센 그 사내의 얼굴이며, 먹을 것도 제대로 먹지 못하고 자란 탓에 부드러운 근육이 붙을 정도의 영양 공급조차 원활하지 못했던, 키가 크고 뼈가 굵고 건장하기는 하지만 극빈자 생활을 그대로 드러내는 그 몸뚱이 자체가, 성기 같았다. 유키는 그 사내가 골목 안에서 긴 마비키를 하던 초지로의 처를, 초지로가 없는 사이에 희롱하는 장면을 보았노라고 말했다. "도대체 여자를 몇 명이나 거느려야 성이 차는 걸까, 하고 생각했지." 그 사내라면 창녀에게 낳게 한 자신의 딸을 건드릴지도 몰랐다.

아키유키는 무자비한 사내를 비난하는 후사와 미에의 이야기를 듣고 있었다. 햇빛을 받으며 햇빛에 물들고 경치에 물드는 자신이 그 짐승이었다.

아키유키는 일을 했다.

땀을 흘리며 흙을 상대로 일한다. 모든 것을 버리고 싶다. 과거도 미래도 없고, 다만 나 혼자 이곳에 돌처럼 있다. 풀처럼 있다. 바람이 국도 쪽에서 돌풍처럼 불었다. 바람은 풀을 흔들었다. 아키유키는 보았다. 아키유키는 몸을 일으켜 수건으로 땀을 닦고, 콘크리트의 거푸집널을 벗겨내고 있는 후미아키와 고로 곁을 지나, 발판으로 이용하는 통나무 위의 양동이를 잡았다. 양동이 속에는 칼피스를 탄 물과,

얇고 투명한 작은 얼음이 있었다. 아키유키는 양동이 속의 것을 버렸다. "아직 남아 있잖아?" 하고 후지사키가 말했다. "내가 애냐 계집애냐. 단 걸 어떻게 마셔?" 하고 아키유키는 내뱉듯이 말했다. 후지사키는 아키유키의 기세에 당황해서 시선을 돌렸다.

"마실 물 받아올게" 하며 아키유키는 빈 양동이를 들고 현장 위의 언덕길을 올라갔다.

언덕 위에 있는 집의 바깥 수도에서 아키유키는 머리와 얼굴을 적신 뒤, 수도꼭지에 입을 대고 물을 마셨다. 국도가 산을 가르듯이 미와사키 쪽을 향해서 구불구불 뻗어 있었다. 그 국도가 지나가는 높지막한 산들에 가로막혀 바다는 보이지 않았다. 반대로, 강에 놓인 다리는 그곳에서 뚜렷이 보였다. 그 다리 바로 앞에서부터 배꼽처럼 집들 사이로 덩그렇게 솟은 산까지가 번화가였다. 두 개의 백화점이 경쟁이라도 하듯이 애드벌룬을 띄우고 있었다. 골목은 그 배꼽 같은 산에 가려 그곳에서는 보이지 않았다.

그날은 일찌감치 점심 시간을 가졌다.

아키유키는 도루를 해변 가까이의 집에 데려다주고, 그 길로 덤프트럭을 역 앞으로 몰아, 미치코 부부가 빌린 아파트에 고로를 내려줬다. "아키유키 삼촌, 잠깐 들렀다 갈래?" 하며 덤프트럭에서 뛰어내린 고로는, 사네히로와 미에가 미치코 부부의 새살림을 위해서 사준 가재도구를 보겠느냐고 물었다. 아키유키는 그냥 가겠다고 대답했다. "사실은 그런 거말고 차나 사주지 하고 생각했지? 장인에게 덤프트럭 사달라고 해서 그거 끌고 '다케하라' 가서 쓰라구. 물론 덤프트럭의 차체를 낮출 수는 없겠지만." 아키유키가 그렇게 놀리자 고로는 "열 아홉이니까 면허를 따려면 좀더 기다려야 해" 하고 말하고는 손을 들어 흔들며 아파트 계단을 올라갔다. 아키유키는 고로의 그 다정한 미소를 보고, 정말로 고로는 딱 열아홉 살이라고 생각했다. 아키유키는 집을 향해 덤프트럭을 몰면서, 미치코가 고로라는 열아홉 살의 성기가 달린 인형을 선물받은 것이나 마찬가지라고 생각하니 웃음이 나왔다. 아직 아침 햇살이었다. 덤프트럭을 목부용 가까이에 세웠다.

창고 안에 백치 소녀가 있었다. 코가 막혔는지 배가 나온 탓인지 입으로 숨을 씩씩거리며 바닥에 포일을 던지면서 놀고 있었다. 입으로 포일이 굴러가는 소리를 흉내내며 고개를 흔들더니, 이내 현기증이 나는지 바닥에 엉덩방아를 찧었다. 현기증을 일으키기 전에 포일이 멈추는 때도 있었다.

"어이!" 하고 아키유키가 불렀다. 백치 소녀는 동작을 멈추고 "있잖아요—" 하며 길게 빼는 목소리로 변명하는 듯한 소리를 냈다.

"여긴 여러 가지 물건이 있어서 위험해. 학교도 안 가고. 넓은 곳에 가서 놀아라."

아키유키는 엄한 목소리로 꾸짖었다.

"있잖아요, 우리 엄마가 말이에요" 하고 백치 소녀는 맥락도 없이 깜찍한 말투로 말했다. 아키유키는 백치 소녀를 내쫓고 창고의 셔터를 닫았다. 도구가 사라지는 일도 없었기에 이제까지는 밤에만 창고의 셔터를 내렸었다.

집에는 미에가 와 있었다. 후사는 기분이 좋았다. 아키유키의 얼굴을 보더니 "벌써 시간이 이렇게 됐니?" 하고 묻고는 "요시코와 기미코에게 전화하고, 둘이서 옛이야기를 하다 보니 저녁 준비도 잊고 있었네" 하고 말했다. 장녀 요시코와 삼녀 기미코는 미치코의 결혼식 당일인 13일 아침에 기차로 올 거라고 후사는 말했다.

아키유키가 집에 온 지 약 오 분 후에 시게조가 밖에서 돌아와 "후사! 후사!" 하고 불렀다. "합격했어, 합격했다구!" 후사는 무슨 소리를 하느냐는 듯 "그거 잘됐군요" 하고 무뚝뚝하게 말했다. "그 나이에 왜 그토록 차를 운전하고 싶은 건지. 미치코 신랑이라면 운전 면허를 따고 싶어하는 심정을 알겠지만. 몇 번이나 떨어지고서."

"몇 번이나 떨어졌는데요?"

"이번이 여섯번째." 시게조는 말했다. "일이 끝나면 좀 가르쳐달라고 했는데도, 후미아키도 아키유키도 도망만 다니니 말야."

"자기가 가르쳐달라고 해놓고서는 되레 고함만 치니" 후사가 말했다. "고함치는 건 상관없는데 너무 둔해요." 아키유키가 말하자 "나이가 몇인데 젊은 애들처럼 할 수 있나?" 하고 시게조는 변명하듯이 말했다. 시게조는 반대를 무릅쓰고 운전학원에 다녔다. 도중에 교관의 주의를 받고 화가 나서, 차에서 끌어내려 패줄까도 생각했지만 꾹 참고 운전학원 운영자에게 교관을 해고하라고 말하고는 그곳을 그만뒀다. 그리고는 후미아키와 아키유키에게 운전을 가르쳐달라고 하자, 후미아키는 한 번, 아키유키는 네 번 만에 가르치기를 포기했다. 우선 반응이 너무 둔했다. 그 주제에 조금만 칭찬하면 자신만만해져서 마구 속도를 내려 했고 신경질적이며 거만했다. 학생 자격이 없었다. 두 사람이 포기하자 마지못해 다시 운전학원에 다니기 시작한 시게조는, 여섯번째에 면허를 땄다. 한바탕 시게조의 면허에 관한 일장 연설이 벌어졌다. 시험관 이야기를 전했다. "사이드 발진으로 엄청난 소리를 내며 엔진을 공회전시키더군요. 차가 뒤로 밀려서 어떻게 되나 했더니 간신히 버티기에 진땀이 났습니다." "언덕길은 좀 어려우신 것 같으니까 언덕이 있는 곳은 돌아가는 편이 좋을 것 같은데요."

밥을 먹고 잡담을 했다. "시간이 벌써 이렇게 됐나. 그이가 야단치겠어" 하며 미에가 골목 집으로 돌아갔을 때는 이미 정오를 이십 분가량 지나 있었다. 그 뒤에도 아키유키는 후사와 시게조의 잡담을 듣고 있었다. 문득 "요이치는 어디 갔을까?" 하고 요이치가 없다는 사실을 깨달은 후사의 말에, 아키유키가 밖으로 찾으러 나갔다. 현관에서 밖으로 나가려는 아키유키 뒤에서 "말 안 듣는 녀석은 당장 고아원에 돌려보낼 거라고 겁을 줘" 하고 시게조가 말했다.

후미아키의 집에는 없었다. 노리코네 '별장' 터를 깎아서 만든 제재소에도 없었다. 해가 바로 머리 위에 있는 탓으로 새벽녘에 피는 관목처럼 굵은 줄기의 화장화는 잎사귀마저 시들어 있었다. 나무토막이 흩어져 있는 제재소 바닥은 하얗게 메말라 있었다. 남자 한 명이 전기대패를 사용하고 있었다. 소리가 나른했다. 산에 있으리라 짐작하고는 제재소에서 나와 산으로 가는 길에, 아키유키는 요이치가 산에서 돌층계를 뛰어내려오는 것을 보았다. "요이치, 너 또" 하고 아키유키는 시게조가 시키는 대로 겁을 주려다가 말았다. "정말 말 안 듣는 녀석이야" 하고 어깨를 움츠린 요이치의 머리를 한 대 쥐어박았다. "아야!" 하며 머리에 양손을 대고 "자꾸 때리지 마" 하고 입이 부루퉁해서 말했다. 아키유키는 미치코의 말대로 게처럼 생겼다고 생각했다.

"덴구*에게 잡혀가면 어쩌려고."

"덴구?" 요이치는 물었다. 아키유키는 요이치에게 설명하기가 귀찮아서 "저 산꼭대기에 덴구가 있다는 걸 몰라? 어른들도 무서워서 가까이 가지 않는데" 하고 일부러 잔뜩 겁먹은 목소리를 꾸며서 말했다. 요이치는 웃으면서 "붙잡아서 서커스에 팔면 되지" 하고 어른처럼 말대꾸를 했다. "서커스에 팔아서 한밑천 잡아야지." "끔찍한 소리 하지 마. 이 산의 덴구가 얼마나 착한데. 서커스에 내보내면 금방 울 거야."

---

* 얼굴이 붉고 코가 높으며 신통력이 있어 하늘을 자유롭게 날면서 깊은 산 속에 산다는 상상의 요괴. 또는 산의 신이라고도 함.

"괜찮아, 괜찮아." 아키유키는 그 말투가 마음에 들지 않아서 머리를 한 대 쥐어박았다.

"또 때려. 도루 형도 아키유키 형도 툭하면 때려. 이걸로 세번째."

"도루가 때렸어?" 하고 물었다. 그렇게 묻는 아키유키에게 요이치는 도루가 산에 있다고 대답했다.

아키유키는 풀과 흙냄새가 나는 돌층계를 올라 정상까지 갔다. 혼자 집으로 가서 밥을 먹으라고 했지만, 요이치는 말을 안 듣고 아키유키를 따라왔다. 오두막이 있었다. 아키유키는 창문으로 안을 들여다보려 했다. 하지만 자신이 남의 비밀을 엿보는 듯한 느낌이 들어서 그만뒀다. 일부러 풀소리를 크게 내고 걸으며 문짝이 떨어져나간 입구로 향했다. 목소리가 들렸다. 아키유키는 입구에 섰다. 요이치의 말대로 도루가 있었다. 아키유키가 다가오기를 기다렸다는 듯 움직이지 않고 앉아 있었다. 하반신이 발가숭이였다. 백치 소녀는 도루가 벗어놓은 바지와 팬티를 밟고 서 있었다. 요이치가 아키유키 옆에서 오두막 안을 들여다보려 하자, 아키유키는 "보지 마!" 하며 떠밀었다. 도루의 눈에 눈물이 글썽이는 것을 보고 아키유키는 "빨리 옷 입어" 하고 말했다. 아키유키는 자신의 목소리가 다정하다는 것을 깨달았다. 도루는 아키유키에게서 시선을 돌려, 갑자기 수그러든 성기가 거추장스러운 듯 천천히 팬티를 입고 일어섰다. 작업복 바지를 입었다. 작업복 바지 밑에 누가 봐도 여자의 것이라 알 수 있는 꽃무늬 팬티가 있었다.

"바보가 아직 있네" 하고 요이치는 오두막 안을 향해서 말했다. 아키유키는 도루가 무슨 소리를 하면 한 방 먹일 생각이었다. 산의 풀이 내뿜는 숨냄새가 났다. 백치 소녀에게는 아키유키가 무섭고 도루가 다정한 사람으로 여겨지는 듯, 도루 뒤에 서서 아키유키의 시선을 피하려고 했다. 도루는 밖으로 나왔다. 눈물이 고인 듯한 눈으로 아키유키를 보고 시선을 돌리는 도루에게 "밥 다 먹었으면 우리집에 일찍와" 하고 아키유키는 말했다. "너무 빨리 왔다가 할일이 없어서 따분하면 창고 속의 쓰지 않는 작업 도구 손질을 하던가 덤프트럭 물 세차라도 해." 목소리가 갈라졌다. 도루는 고개를 끄덕였다.

아키유키는 산의 돌층계를 내려오면서 요이치에게 아무에게도 말하지 말라고 일러두었다. "내 말 안 들으면 고아원으로 되돌려 보낼 거야" 하고 시게조가 말했던 식으로 으름장을 놓았다. 도루에게는 끝까지 시치미를 떼라고 말했다. 도루는 끄덕였다.

아키유키에게는 일밖에 없다.

유키가 말했던 도루의 소문을 사실로 목격했다. 아키유키는 해와 더불어 일하고 해와 더불어 일을 끝내며 잠자코 자신을 견뎌내는 수밖에 없다고 새삼스레 깨달았다.

일몰과 함께 덤프트럭을 운전하여 도랑 곁까지 도루를 태워다주었다. '아카시아'에 노리코를 불러낸 것은 별다른 이유가 있어서가 아니었다. 아키유키는 그냥 노리코가 보고 싶었다. 공원의 수은등을 받아 온통 은빛 솜털이 난 것처럼 보이던 젖가슴을 만지고 싶었다. 힘껏 안아주고 싶었다. 힘껏 안기고 싶었다.

아키유키는 후미아키에게 차를 빌렸다. 레코드의 음악이 멈추자 확성기에서 나오는 민요가 '아카시아'의 실내까지 들려왔다. 카운터 안에 있던 지배인이 선반 위로 몸을 내밀어 무드 음악 LP를 집으며 "저런 본오도리* 노래를 듣고 있으려니 괴롭지 않나" 하고 말을 걸어왔

---

* 음력 7월 15일 밤에 남녀들이 모여 동그랗게 원을 만들어 추는 춤. 1년에 한 번 이 세상에 돌아오는 정령을 맞이하고 다시 보내기 위한 풍습에서 기인함.

다. "어디서 하고 있지?" 하고 묻자 "가지 마을 근처겠지" 하고 대답했다. "신 카지 마을 옆이 가지 마을, 동 도리데 마을 옆이 서 도리데." 아키유키는 음률을 맞추듯이 말했다. 지배인이 "요전에 화재가 발생했잖아? 그 근처야. 옛날에는 본보리* 마을이라고 했던 모양이야. 본보리 마을의 히노데야**가 불에 탄 거지. 웃기지? 본보리 마을도 옛날에 불이 나서 그후로 불길하다며 이름을 바꾼 모양인데."

노리코는 삼십 분 늦게 숨을 헐떡이며 들어오더니 "빨리 가요!" 하고 말했다. "무슨 일이야?" 하고 아키유키가 이유를 물어도 "빨리 가요!" 라고 말할 뿐이었다. 밖으로 나간 아키유키는 "빨리!" 하는 재촉에 차를 발진시켰다. 강을 따라 올라가는 국도를 타고 터널을 통과하자, 노리코는 아버지와 싸우고 집을 뛰쳐나왔다고 말했다. 아버지는 노리코가 아키유키에게 속고 있다는 것이었다. 하마무라 류조가 그 아들인 아키유키를 시켜 대대로 이어온 노리코 집안의 간판을 빼앗으려고 노리코를 현혹해서 마음대로 조종하고 있다. 그 사내와의 혼사만큼은 사양하겠다는 게 노리코 아버지의 확고한 생각이었다. 온통 커브 길이었다. 노리코는 아키유키에게 "이 길을 '야반도주로' 라고도 하는 모양이에요" 하고 말했다. "혼구에서 나라로 갈 수도 있고 다나베로 갈 수도 있잖아요. 우리도 가지 않을래요?" 아키유키는 속도를 올리며 "혼구까지 갈 것 없이 도중에 민박집이라도 있으면 그곳에 들어가자구" 하고 말했다. 목소리가 고조된 것 같았다.

13일 아침, 맨 먼저 도착한 것은 나고야의 요시코 일가였다. 한 시

---

* 본보리는 자그마한 등잔을 의미하는 말.
** 해가 뜨는 집이라는 의미의 가게 이름.

220

간 정도 지나자 오사카에서 기미코 부부와 분조가 같은 기차에서 만 났다며 함께 왔다. 요시코 일행은 미에와 아키유키가 역으로 마중 나 갔고, 기미코의 가족과 분조는 미에와 아키유키가 요이치를 데리고 마중 나갔다. 분조가 연락했는지, 유키가 개찰구에 서 있었다. 유키는 왠지 서먹서먹한 태도였다. 요이치는 열차에서 내리는 사람들 속에서 금방 분조를 발견하고는 "왔다, 왔어!" 하며 양손을 들고 깡충깡충 뛰 었다. 분조는 플랫폼과 개찰구를 잇는 지하도 계단을 다 올라와서도 알아차리지 못했다. 마중 나온 사람이 없어 실망한 표정으로 곧장 걸 어왔다. "아빠, 하고 불러봐." 아키유키는 요이치에게 말했다. 요이치 가 개찰구 난간에 기어올라가 위태위태하게 다리로 균형을 잡으며 큰 소리로 부르자, 그제야 분조는 알아차렸다. 얼굴 전면에 웃음이 퍼졌 다. 선물을 든 손을 들었다. 옆에 기미코와 그 남편이 있었다. 한두 마 디, 먼저 가겠다는 듯한 말과 함께 인사를 하고, 웃음을 띤 채 총총걸 음으로 달려왔다. "왔다, 왔어, 본에 왔어!" 요이치는 난간 위에서 말 했다. 그 소리가 들렸는지 "본에 왔지" 하고 분조는 잠긴 목소리로 말 했다. "잠깐 실례합니다" 하며 인파 속으로 끼어들었다. 개찰구를 나 온 분조는 눈물을 흘리고 있었다.

요이치는 분조에게 매달렸다. 아키유키가 분조의 양손에 있는 짐을 받아 들었다. 요이치는 소리내어 울었다. 유키와 미에도 따라서 울었 다.

개찰구를 나온 기미코가 "잠깐, 마스카라가 떨어질 것 같아" 하며 양손의 짐을 남편에게 건넸다. 핸드백에서 손수건을 꺼내어 눈에 댔 다. "분조 오빠는 차 속에서 요이치 얘기만 하더라구."

유키까지 와서 시게조와 후사의 집은 사람들로 북적거렸다. 요이치 를 포함해서 아이는 다섯 명이었다. 어른은 신랑 신부, 그리고 분조와

유키를 포함해 열다섯 명이었다. 게다가 12일 낮에 인부들에게 상여금을 주고 15일까지 쉬기로 했기에 도루가 아침부터 와 있었다. 아이들은 금세 떼를 지어 집 안을 뛰어다녔다. 유키는 짜증이 나는 듯 "애들아, 정신 없다. 바깥이 넓으니까 바깥에서 놀아라" 하고 말했다. 아이들이 밖으로 나가자 그제야 한숨 돌릴 수 있었다.

요이치 혼자 분조 곁에 남아 있었다. 분조가 시게조와 후사에게 감사하다는 말을 하자, 도루는 얌전히 앉아 있는 요이치에게 "이제야 본이 왔구나" 하고 말했다. "몰라, 거짓말쟁이" 하고 요이치는 혀를 내밀었다. 분조는, 재혼할 여자가 아이와 함께 진이치로의 니본*을 지내는 15일에 올 거라고 시게조에게 말했다. "잘 부탁합니다."

유키를 따라서 분조가 요이치를 데리고 원래 진이치로가 살던 집으로 간 뒤, 이번에는 요시코가 "더워지기 전에 성묘라도 다녀와요" 하고 말했다. 후미아키 부부도 가겠다고 했다. "난 안 갈래" 하고 아키유키가 말하자, 요시코는 "벌받을 거야" 하고 말했다. "나도 그냥 여기에 있을래" 하고 미치코가 말했다. "난 여기 사니까 언제라도 갈 수 있잖아."

"줄지어 가봤자 죽은 사람은 누가 누군지 전혀 모르지 않을까?" 아키유키가 말하자, 미에가 "안 돼!" 하고 평소와는 달리 날카로운 목소리로 말했다. 아키유키는 미에의 얼굴을 봤다. "아키유키도 미치코도 무슨 소릴 하는 거야?"

"갈게, 갈게" 하고 아키유키는 말했다. 후사와 시게조를 제외한 다섯 작업반의 부부는 석 대의 택시를 불렀다. 후사는 차멀미 때문에 따로 날을 잡아 인사도 할 겸해서 혼자 가겠노라고 했다. 아키유키는 후

---

* 新盆. 사람이 죽은 뒤 처음 맞이하는 본.

미아키의 자동차 키를 빌렸다. 요시코는 "묘지에 오지 않으면 그냥 두지 않을 테니까 그런 줄 알아" 하고 아키유키에게 말했다.

열 사람이 떠나도 잠시 동안은 집 안에 어수선한 분위기가 남아 있었다. "북새통이네." 후사는 나고야에서 온 아이가 마구 벗어놓은 옷을 갰다.

"다케하라 본가도 무슨 일인지 어젯밤부터 사람이 많던데. 그 넓은 집에 제등 가게 차려도 될 만큼 제등이 주렁주렁 달려 있고 아이들이 시끄럽게 뛰어다니더라구." 도루는 시게조가 연못의 잉어에게 먹이 주는 것을 보고 있었다. "아저씨 집의 잉어 중에는 한 마리에 오십만 엔이나 하는 놈이 있죠?" 하고 도루는 시게조를 치켜세웠다. "저 빨간 잉어가 좋아 보이네." 도루가 손으로 가리키자 시게조는 들여다보고 "그건 싼 놈이야" 하고 대답했다. 도루는 농담이라는 듯이 웃었다.

"요이치가 여기서 낚시를 하겠다며 낚싯줄을 던지고 있을 때는 깜짝 놀랐어. 내가 고함을 치니까 바늘은 달지 않았다며 웃더군." 아키유키는 그때 일을 떠올리며 말했다. "툭하면 날 속이지, 그 녀석은."

"분조 삼촌이 왔으니 내일이면 아키유키 얼굴을 보고도 모르는 척할 게 뻔하지." 도루는 그래도 밉지 않은 녀석이라는 듯이 "엉엉 우는 꼴을 보고 싶었는데. 내가 있었더라면 마구 울게 부추겼을 텐데" 하고 말했다. 시게조는 연못 바닥에 가라앉은 주걱을 잉어가 놀라지 않게 망으로 천천히 건져올리면서 "분조 니 머릴 박살낼걸" 하고 말하고는 "후사!" 하고 불렀다. 건져올린 주걱을 들고 말했다. "이런 게 빠져 있어."

"그렇네" 하고 어린애를 대하듯이 후사가 대답했다. "못된 녀석들이야." 후사는 건성으로 그렇게 말했다.

오랜만에 느끼는 여름 아침이라고 아키유키는 생각했다. 작업을 하면서 보는 아침과는 전혀 달랐다. 사물의 그림자가 짙게 보였다. 열 사람이 택시에 분승해서 간 묘지는 공사 현장에서 보이는 공동묘지였다. 함께 가겠다는 도루를 태우고, 아키유키는 덤프트럭으로 다니던 평소의 길말고 중학교 뒤쪽 길을 달렸다. 교정에 심은 벚나무에서 매미가 울고 있다. 그곳은 언제나 그랬다. 아키유키가 초등학교 이학년 때 의붓아버지인 다케하라 시게조와 살게 되고부터, 여름이 오면 놀이터는 언제나 중학교 부근이었다. 그때도 지금도 매미가 울고 있다.

매미는 묘지에서도 울어대고 있었다.

미에는 아키유키에게 염주를 건넸다. 아키유키는 염주를 손에 걸고 머리를 숙였다. 무엇을 기도해야 좋을지 알 수 없었다. 매미가 아키유키 대신 소리를 내고 있었다. "이렇게 여럿이서 떼지어 오니까 모기한테 물리잖아" 하고 미치코는 말했다.

결혼식은 골목의 미에 집에서 해가 저물기 시작한 다섯시에 거행되었다. 미에의 집에는 오로시에서 온 고로의 양친과 미에 부부, 그리고 시게조와 후사, 요시코 기미코 부부, 후미아키 일행과 아키유키가 자리했다. 나머지는 골목 사람들뿐이었다. 아키유키가 모르는 사람들이 절반은 되었다. 창문도 현관도 활짝 열어두었다. 고로의 아버지와 사네히로가 간단하게 인사를 나누었다. 미에는 머리를 숙인 채였다. 형식뿐인 삼삼구도*를 하고 그대로 술잔치를 벌이려 할 때, 시게조가 한마디 하고 싶다고 했다. 제대로 된 식을 올리지 못해 유감이라는 것이었다. 시게조는 눈물이라도 흘릴 듯한 기세로 연설을 했다. 기미코가 웃음을 참으려고 자신의 다리를 꼬집는 것을 알 수 있었다. 무언가 화

---

*三三九度. 신랑 신부가 세 개가 한 벌로 된 술잔으로 한꺼번에 석 잔씩 세 번 술을 올리는 예식.

가 치밀어 견딜 수 없는 느낌이었다. 미치코는 사네히로의 딸이다. "원래는……" 하며 시게조는 망가진 레코드처럼 그 말을 했다. 사네히로는 미에의 남편으로, 또한 옛 다케하라 작업반에서 자신의 오른팔로, 성실하며 강직한 사내로 살아왔다. 원래는 제대로 된 식을 올려야만 했다. 유키가 시게조의 말에 응응 하며 고개를 끄덕였다. 아키유키는 시게조의 연설보다도 유키의 태도가 우스웠다.

미치코도 고로도 고개를 수그린 채 웃고 있었다.

시게조의 연설이 끝나자 곧바로 술잔치가 시작됐다. 자리는 금세 소란해졌다. 탁자 위에는 골목 여자들이 만든 음식들이 차려져 있었다. 도미 소금구이를 먹고, 옆에 앉은 후미아키가 따라주는 술을 마시는 아키유키에게 "그다지 못한 남자는 아니잖아" 하고 기미코가 말했다. "엄마는 한심하다고 말했지만, 제법 미남이고 솔직해 보이네."

"미남이고 솔직하면 숙맥이라도 좋단 말이야?" 옆에 있던 기미코의 남편이 물었다.

"열아홉에 하는 결혼이니까 고생은 각오하고 있겠지." 후미아키가 말했다.

요시코와 미에가 이야기에 열중하고 있었다. 미에의 집에서 세 채 떨어진 곳에 사는 여자가 부엌에서 얼굴을 내밀며 미에에게 "맥주 컵 없어?" 하고 물었다. 미에는 뒤돌아보고 "아줌마, 이제 됐으니까 저기 가서 사람들하고 함께 마셔요" 하고 말했다. 그 여자는 후사가 아직 골목 집에 살던 무렵, 나고야에 일하러 갔던 장녀 요시코에게 보내는 편지를 자주 대필해주었다. 돈을 보내라는 편지였다. 달필이었다고 요시코는 말했다. 그 여자가 쓴 달필의, 한자가 많은 편지를, 중학교도 제대로 다니지 못한 요시코는 읽을 수 없었다. 여자는 미소를 지으며 "괜찮아" 하고 말했다. "애 아빠가 나 대신 저쪽에서 마시고 있

225

으니까. 대충 끝나면 부엌일 하는 우리끼리 이쪽에서 먹고 마시기로 했어. 요리도 생선도 제일 좋은 걸로 남겨뒀지."

　골목 사람들이 노래를 부르기 시작했다. 얼빠진 듯한 마무로 강 가락*이라서 "본오도리 같아" 하고 놀리는 소리가 들렸다. 고로의 아버지가 시게조에게 술을 따르며 시게조 옆에 앉은 유키의 이야기에 고개를 끄덕였다. 유키는 노래 따위는 듣고 싶지 않다는 듯이 이야기에 빠져 있었다. 젓가락을 들고 야채 조림을 한 조각 집어서 입에 넣었다. "형, 한잔 들겠어?" 하고 미에의 친가 쪽 사촌이 아키유키에게 술을 따랐다. 미에와 이야기하고 있던 요시코가 기미코를 불렀다. 한두 마디 요시코의 이야기를 들은 기미코가 "정말?" 하며 고개를 들어 아키유키를 보았다. 노래는 중단되었다. 활짝 열어젖힌 창문 너머로 아이들이 들여다보고 있었다. 미에의 사촌이 사네히로에게 "잘된 일입니다" 하고 축하 인사를 하자 "감사합니다" 하며 사네히로가 사촌에게 술을 따르려 한다.

　배가 불룩한 미치코를 장시간 앉혀두기 뭣하다는 요시코의 말에, 신랑과 신부를 술자리에서 물러나게 했다. 아키유키의 집에라도 가서 자라고 미에는 말했다. 신랑과 신부는 일어섰다. 주례가 있고 사회자가 있는 결혼식이라면 박수가 터져나올 상황이었다. "남편의 품에 꼭 안겨서 자라구" 하고 후미아키가 박수 대신이라는 듯이 말했다. 임부복 차림의 미치코는 "그런 부끄러운 짓을 어떻게 해" 하고 신부답지 않게 후미아키에게 대꾸했다. 아키유키는 신부답지 않게 배가 튀어나온 미치코가 새삼스레 귀엽게 여겨졌다. 화장을 하고 있었다. 화장은 붉은 자줏빛 드레스에 잘 어울렸다. "좀 다소곳이 행동할 수 없니?"

---

*야마가타 현 마무로 강 마을의 민요로 술자리에서 흥을 돋우기 위해 부르는 노래.

하고 후미아키가 말하자 "이제 와서 뭘" 하며 미치코는 웃었다.

"잠깐 밖으로 나와."

아키유키의 귀에 기미코가 속삭였다.

아키유키는 밖으로 나갔다. 골목의 밤공기가 상쾌했다. 기미코와 함께 밖으로 나온 요시코가 기모노 옷깃을 여미면서 "엄마 화 나셨어" 하고 말하고는 덥다며 손수건으로 부채질을 했다. 본오도리의 레코드 소리가 들렸다. "오늘도 내일도 모레도 바빠. 너하고 미에가 일 년에 걸쳐서 맛보는 걸 우리는 사흘 동안에 맛봐야 하니까. 다른 곳에 살면 사흘 동안 맛본 걸로 일 년을 참아야 한다구."

"뭘 맛본다는 거야?"

"이 골목의 냄새 말이야." 요시코는 말했다.

"나도 몇 번이나 꿈을 꿨어. 형이 저 골목 어귀에서 달려오는 꿈을."

"미에가 말했던 기노에 아주머니의 딸, 어디에 있어?"

기미코의 느닷없는 질문에 아키유키는 당황했다. 신개지의 '야요이'에 있다고 아키유키가 대답하자 "어쩐지 믿어지지 않아" 하며 기미코는 웃었다. 요시코의 두 아이가 부엌문으로 뛰쳐나왔다. 중학교 일학년인 큰딸이 "어디에 가는 거야?" 하고 물었다. 요시코는 "미치코가 할머니 집에 가 있으니까 다케히코를 데리고 함께 가자꾸나" 하고 대답하고는, 초등학교 삼학년인 다케히코를 가까이 불러서 밖으로 빠져나온 셔츠를 허리춤에 넣어줬다. "미치코 언니는 초록색 차를 타고 놀러 갔어" 하고 여자아이가 말했다. "엄만 지금부터 볼일이 좀 있으니까, 집에서 술 드시고 있는 아빠와 함께 있거나 본오도리라도 구경하고 오렴. 시골에 왔으면 실컷 놀아야지." 요시코의 어조는 강했다.

아키유키는 사토코가 일하는 가게는 여자들이 드나들 곳이 아니라고 말했다. 아키유키는 여름용 기모노를 입은 두 누나를 데리고 걷는 것이 질색이었다. 신개지 여자들은 아키유키에게 말을 걸지 않았다. '야요이' 앞을 지나지 않도록, 아키유키는 좁은 모퉁이를 돌아서 '몬'으로 갔다. '몬'의 도쿄 말투를 쓰는 여자와 짙은 화장의 여자가 가게 옆 평상에 앉아 길 가는 사람들에게 말을 걸었다. 아키유키에게는 아무 말이 없었다. 신개지의 도로가 끊기는 저편에, 역의 침목에 철조망을 친 울타리가 보였다. 기차가 서 있었다.

이층으로 올라가겠느냐는 몬 마담에게 "아키유키는 언제나 여기서 마시죠?" 하고 기미코가 물었다. 몬 마담이 고개를 끄덕이자, 기미코는 그렇다면 자기도 여기서 마시겠다고 했다. "기노에 아주머니의 딸이 이 신개지에 와 있다기에 만나러 온 거예요. 아까 그 사실을 알고 깜짝 놀랐어요." 기미코는 그렇게 말하고 아키유키의 팔을 한 차례 때린다. "이 덩치 큰 우리 젊은이는 한마디도 말해주지 않아요."

"말해봤자 소용없잖아."

'야요이'가 여자들이 갈 곳이 못 된다면, 남자인 아키유키가 '야요이'에 가서 기노에의 딸을 데려오는 게 어떻겠느냐고 기미코가 말했다. 아키유키는 "좋아" 하고 선뜻 대답하고는 밖으로 나갔다. 아키유키가 혼자서 신개지를 걷노라니, 평상이나 둥근 의자를 바깥에 내놓고 앉아 있던 여자들이 "이봐요, 이봐요" 하며 말을 걸었다. "잠깐 얘기 좀 해요" 하고 부르는 여자도, "들렀다 가지 않겠어요?" 하고 유혹하는 여자도 있었다. 아키유키는 사토코를 불러낼 생각이 없었다. 두 누나의 호기심을 만족시켜주기 위해 사토코를 내세워봤자 소용없는 일이었다.

사토코는 기노에와 그 사내 하마무라 류조의 딸일 뿐이다. 신개지 가장 깊숙한 곳까지 가서, 침목 울타리에 소변을 봤다. 아까 서 있었

228

던 기차는 떠나고 없었다. 역의 홈이 보였다. 하늘은 짙은 군청색이었다. 아키유키는 되돌아가려고 '몬'을 향해서 걷다가 문득 생각을 바꿨다.

'야요이'의 문을 열었다. 주인 여자가 "사토코!" 하고 부르자, 칸막이 안에서 중년 사내와 함께 있던 사토코가 목메인 소리로 "왜요?" 하고 대답했다. 주인 여자는 눈으로 신호를 보내고는 "사토코, 오빠한테 하룻저녁 너를 사라고 해" 하고 말했다. "또 무슨 일이야?" 사토코는 아키유키를 보면서 문 쪽으로 걸어왔다. 핑크빛 조명에 사토코의 눈이 반짝였다. "잠깐 따라와!" 아키유키는 다소 거친 투로 말했다. 체구가 큰 사토코는 미에나 요시코나 기미코보다 아키유키와 체형이 비슷했다. 그것이 아키유키와 사토코 두 사람이 친아버지인 그 사내에게서 물려받은 것 중의 하나였다. 그 점은 히데오도 마찬가지였다. 친아버지로부터는 몸을 받았다. 요시코와 기미코에게, 둘이 나란히 서서 이것이 바로 혈육이라고 가르쳐주겠다. 스물네 살에 죽은 이쿠오와, 이쿠오보다 이 년이나 오래 살고 있는 스물여섯 살 아키유키의 차이는, 나약한 체구의 인간과 두들겨 패도 내리쳐도 죽지 않는 인간의 차이였다. 미에와 사토코의 차이는, 미친 자와 미치지 못하고 지금, 맨정신으로 살고 있는 자의 차이이며, 나약한 자와 강인한 자의 차이였다.

사토코는 아키유키 앞에 섰다. "오빠, 오늘은 안 돼." 사토코는 말했다.

"아까부터 저 아저씨가 이층에 올라가서 그걸 하자고 조르는 거야. 오빠하고 외출해봤자 괜히 기분 잡치고 짜증만 나잖아. 오빠가 재미있는 얘기를 해준다면 저 아저씨를 내버려두고 가겠지만, 금세 짜증나는 얘기를 하겠지?" 그리고 사토코는 "맞아!" 하더니 "아저씨!" 하고 칸막이 안의 중년 남자에게 말했다. "차 타고 드라이브 해서 모텔에라도 간다면 괜찮아요. 갈래요?" 중년의 사내는 "좋아!" 하며 일어섰다.

'몬'으로 돌아가자 요시코와 기미코는 몬 마담과 이쿠오 이야기를 하고 있었다. 아키유키는 사토코가 가게를 쉬었다고 거짓말했다.

골목의 미에 집으로 돌아가기 전에 본오도리를 보고 가려고 세 사람은 높지막한 산을 따라 이어지다가 끊기는 골목 언저리 공터로 향했다. 그 공터는 역으로 가는 길과 접해 있었다. 헬멧을 쓴 경찰관이 있었다. 한결같이 해골 그림의 휘장을 붙인 오토바이 열대여섯 대가 공터와 접한 길에 세워져 있었다. 큰길에서 들어오는 교통은 나란히 세워둔 그 오토바이로 인해서 지장을 받았고, 큰길과 공터를 드나드는 통행도 차단되었다. 히데오 그룹이 한 짓이었다. 경찰관은 호루라기를 마구 불어대며 지나가는 차에게, 멈추지 마라, 너무 빨리 달리지 말라고 지시하고 있었다. 공터 안에 망루를 세워, 그 망루를 에워싸고 춤을 추고 있었다. 망루에는 북을 치는 사람이 있었다. 마이크가 있었다. 스피커에서 커다란 소리로 민요가 흐르고 있었다. "춤 추자" 하고 요시코가 말했다. 세 사람은 경찰관이 불어대는 호루라기 소리에 황급히 길을 건너 공터로 들어갔다.

구경하는 사람들 속으로 끼어들었다. 아키유키는 그 망루 너머로, 히데오가 오토바이용 선글라스를 목에 걸고 쪼그려 앉아 있는 것을 발견했다. 그 주위에 히데오의 부하인 듯한 화려한 알로하셔츠 차림의 청년들이 있었다. 아키유키는 바라보았다. 약간 입을 벌린 채, 춤추는 사람들에게 넋이 팔린 듯이 잠자코 있는 히데오는 열아홉의 청년다웠다. 히데오는 문득 정신이 든 듯, 자신처럼 알로하셔츠를 입고 있는 옆의 청년에게 말을 걸더니, 춤추는 무리 속에 섞여 있는 알로하셔츠를 손으로 가리키며 고함쳤다. 그 소리는 주위의 소음 탓에 들리지 않았다. 알로하셔츠는 유카타*를 입은 아가씨 뒤에 붙어서 춤을 추고 있었다. 히데오 뒤에서 한 아가씨가 옆으로 나오자, 히데오는 일어나서 구경꾼 속으로 사라졌다.

바로 다음 순간이었다. 방금 전까지 히데오가 있던 곳의 인파가 술렁거렸다. 아키유키는 "어디 가는 거야?" 하고 묻는 요시코에게 대답도 하지 않고, 술렁거리는 쪽으로 갔다. 싸움을 하고 있는 것은 히데오가 아니었다. 알로하셔츠가 고등학생으로 보이는 소년을 때리고 걷어차고 있었다. 쓰러진 것을 일으켜세워 다시 때렸다.

히데오가 싸움을 지켜보고 있는 아키유키를 보고 있었다. 아키유키는 히데오의 시선을 느꼈다.

아키유키는 히데오를 보았다. 아직 키도 다 크지 않았고, 근육도 빈약했다. 하지만 히데오는 알로하셔츠 차림의 패거리 중에서 어느 누구보다도 골격이 굵고 키가 컸다. 싸움은 알로하셔츠가 고등학생으로 보이는 소년의 멱살을 잡은 채, 공터에서 밖으로 끌어내며 끝났다. 히데오가 그 알로하셔츠에게 "두 번 다시 설치지 말라고 잘 일러둬!" 하고 말했다.

문득 아키유키는 사토코를 생각했다.

아키유키는 히데오 쪽으로 걸어갔다. 히데오를 손으로 불렀다. 히데오 바로 앞에 서서 "잠깐 할말이 있어" 하고 아키유키는 말했다.

히데오는 아키유키가 자기에게 너무도 가까이 다가선 것이 뜻밖이라는 듯, 일순 부끄러운 표정을 지었다. 목에 건 오토바이용 선글라스를 손으로 만지작거렸다. 아키유키는 그런 히데오를 보고, 자신이 스

---

* 목욕 후나 여름철에 평상복으로 입는 기모노 모양의 홑옷.

물여섯 살이며 혼담도 있는 어른이라는 사실을 느꼈다. "잠깐 날 따라와." 아키유키는 다정하게 말할 작정이었지만, 거칠고 성난 목소리처럼 들렸다. 아키유키는 그 목소리가 본의가 아니라는 뜻으로 "사토코가 있어" 하고 덧붙였다. "너희 아버지 딸이야." 히데오는 "알고 있어" 하고 작은 소리로 대답했다.

히데오의 그 작은 소리가 마음에 들지 않았다. 이유는 알 수 없었다. 사토코가 그 사내의 딸이며, 그 딸이 여기에 있다는 사실을 '알고 있어' 하고 말한 히데오의 그 작은 목소리에 자신이 모욕당했다는 느낌이 들었다. "그래?" 하는 아키유키의 목소리는 잠겨 있었다.

공터 밖에서 숨을 헐떡이며 온 두 명이 "반쯤 죽여놨지" 하고 히데오에게 말했다. 그리고 히데오와 마주선 아키유키를 보고 "이 녀석이야" 하고 리젠트 머리의 청년이 말했다. "내 오토바이를 엉망으로 만든 놈."

"돌아가! 이런 데서 싸움이나 하다니" 하고 아키유키는 말했다.

"왜?" 히데오가 물었다. "왜 당신의 명령을 들어야 하지?"

"너희들은 방해가 된다구. 너희들처럼 쓰레기 같은 녀석들은 이 근처에 올 필요가 없어. 무슨 이유에서 골목의 본오도리까지 와서 으스대는지 모르겠지만, 돌아가서 파리똥에게 전하라구. 머지않아 내가 잠자는 목을 베러 가겠다고." 아키유키는 그렇게 화를 내고 있는 자신이 이상했다.

"흥!" 하고 히데오는 코웃음쳤다. "쓸데없는 소리 마." 히데오는 리젠트 머리를 불러 귓속말을 했다. 레코드와 북소리가 멈췄다.

망루 위에 유카타 차림의 노파가 올라가 있었다. 기미코가 아키유키 뒤에서 "오늘 왔어요" 하고 골목 사람에게 대답하면서 미소를 짓고는 다가와서 "잠깐" 하며 팔을 끌었다. "이 춤만 보고 돌아가자. 춤을

추고 싶긴 한데 이렇게 정장을 하고 있으니까." 그렇게 말한 기미코
는, 아키유키 앞에 선 알로하셔츠의 젊은이가 아키유키와 아주 비슷
한 얼굴이라는 사실을 깨닫고 "어머!" 하고 말했다. "류조 씨 아들이
야?"

히데오는 기모노 차림의 기미코가 그렇게 말하자 어색한 웃음을 지
었다.

"요시코는 어디에 있지?" 아키유키는 기미코에게 대답도 하지 않고
그렇게 물었다.

아키유키는 기미코를 끌고 그곳을 떠났다. 너무 오래 있으면 울화
통이 터질 것 같았다. 북이 울리고, "기타쇼*!" 하는 무희들의 목소리
가, 빨리 노래를 시작하라고 망루의 노파를 재촉하고 있었다. 망루 위
의 노파는 새로 생긴 도로변 돌층계 옆에 사는 노파였다. 골목은 마치
배꼽처럼 솟은 산을 따라서 자리해 있었다. 아키유키와 기미코가 인
파의 뒤쪽을 지나, 선 채로 수다를 떠느라 정신이 없는 요시코 곁에 가
자, "이영차, 야마테인가, 자, 여러분" 하고 노래가 시작되었다. 목소
리가 떨리고 있었다. 군중 속에서 "이제야 나오는군" 하는 야유가 튀
어나오자, 웃음소리가 솟았다.

고향은 교토 니시진 마을
오빠는 스물한 살, 그 이름은 몬텐
누이는 열아홉, 그 이름은 오키요
오빠 몬텐은 누이에게 반해서

---

* 장단을 맞추기 위해서 내는 소리.

그것이 쌓여서 병이 되어
세끼 식사도 두끼가 되고
두끼 식사도 한끼가 되어
한끼 식사도 목을 넘어가지 않는다

간신히 노파의 목소리가 떨리지 않게 되었다. 아키유키의 눈에는
누각 위의, 옅게 화장을 한 노파의 얼굴이 수많은 전구와 제등 불빛을
받은 때문인지 유키의 얼굴과 아주 비슷해 보였다. 무회의 숫자는, 레
코드 반주로 춤추던 방금 전에 비해 두 배나 되었다. 노파가 틀리면
"어라 틀렸네, 어라 틀렸다" 하고 장단을 맞추는 소리가 솟았다. "노
래 솜씨가 엉망, 숲속에 숨지 말고, 빨리 나와 노래 불러라." 기미코는
그 선창에 맞춰 소리를 내고는 "저 할머니도 이제 너무 늙었어" 하고
말한다. "목소리는 좋지만."

"무슨 먹따는 소리 같아." 아키유키는 말했다.

요시코는 "옛날부터 저 할머니하고, 또 한 사람 '서쪽 할머니' 뿐이
야, 노래하는 사람은" 하고 아키유키의 얼굴을 보지 않고 말했다. 노
파가 골목의 집집마다, 유키가 하는 식으로 소문을 퍼뜨리며 다니는
모습을 상상할 수 있었다. 옛날에 일어났던 일을 방금 실제로 일어난
것처럼 말하며 눈물을 흘린다. 요시코는 손수건으로 얼굴에 부채질을
했다.

오키요 오키요 하고 두세 번
부르면 오키요는 네네 하고
어머니 무슨 일이에요
오빠의 문병이야 문병을 가야지

어머니 말씀에 오키요는 문병을 간다
장지문을 살짝 열고
세 걸음 걸어서 한 발 물러나
양손을 바닥에 짚고 머리를 숙인다

오라버니 병세는 어떠세요
의사를 부를까요 간병을 할까요
그때 몬텐이 하는 말
의사도 필요 없고 간호도 필요 없다

내 병은 하룻밤에 낫는다
베개 둘에 이불 석 장
하룻밤 자면 병이 낫는다
하룻밤 부탁한다 누이동생 오키요

그 말을 듣고 오키요는 깜짝 놀라
무슨 소릴 하시나요 오라버니
당신과 저는 남매간
남들이 알면 짐승이라 할 텐데

부모님이 아시면 그냥 두지 않을 테고
친구들에게도 부끄럽습니다
당신에게 어울리는 아내도 있습니다
저에게 어울리는 남편도 있습니다

나이는 열아홉에 허무승입니다
허무승을 죽여주신다면
하룻밤 이틀 밤이라도 석 사흘 밤이라도
훗날은 아내가 되겠습니다

그렇게 말한 오키요는 일단 물러나
머리를 따고 화장을 하고
부모님께 물려받은 장롱을 열어
속에 입는 것은 하얀 털 겹옷

겉에 입는 것은 검은 털 겹옷
당시 유행하는 허리띠를
예쁘게 둘러 멋지게 매고는
손으로 치고는 뒤로 돌아서

당시 유행하는 끈 달린 짚신
두 척 남짓한 샤쿠하치* 들고서
세타의 가라하시 피리 불며 걷는다

몬텐이 그 모습을 보고
저것은 누이의 남편이려니
저자를 죽이면 오키요는 내 것이라며

---

* 일본 퉁소의 일종.

신중히 겨냥한 육혈포

방아쇠를 당기니 여자의 비명 소리
어디의 누구신지 용서해주오
그렇게 말하며 가까이 다가간 몬텐
삿갓을 벗기고 자세히 보니

꿈에도 그리던 누이 오키요
누이 오키요에게 속았다
여기에서 죽으면 오누이의 동반 자살
오빠는 교토의 니시진 마을에서

누각 위의 노파는 땀을 흘리며 노래했다. "불쌍한 오누이의 동반 자살" 하는 무희들의 목소리에 더욱더 흥이 난 듯 머리 꼭대기까지 울려 퍼지는 목소리로 노래했다. 노래는 끝났다.

아키유키가 요시코, 기미코와 함께 공터에서 나오자 알로하셔츠를 입은 한 명이 교통 정리를 하는 경찰관에게 "어째서 나쁘다는 거야?" 하며 대들고 있었다. 얼굴은 보지 않았지만, 아키유키는 목소리만으로 히데오라고 즉시 알아차렸다. "돌아갑시다, 다들 걱정할 테니까." 아키유키는 관심을 다른 데로 돌리려는 듯 두 사람에게 말했다. 요시코와 기미코는 "그래, 돌아가자" 하고 반가운 듯이 말했다.

본오도리 소리를 등지고 세 사람은 걷기 시작했다.

미에의 골목 집에서는 아직 결혼식 술자리가 계속되고 있는 모양이었다. 모퉁이를 돌자 아이들이 밖에서 놀고 있는 것이 보였다. 골목의 평상에 혼자 앉아 있던 여자가, 세 사람이 지나가는 것을 보고 "축하

해요" 하고 말을 걸었다. 요시코가 "감사합니다" 하고 대답했다. 골목 안의 모든 집들이, 바람이 잠잠한 밤이라서 그런지 현관과 창문을 열 어놓고 있었다. 모기향 냄새와, 처마 밑이나 옆집 사이에 심은 화초의 꽃냄새가 났다. 아키유키는 두 누나와 함께 골목의 미에 집으로 걸어 가면서, 정원수 뒤나 어딘가에 숨어 자신을 보고 있는 시선을 다시 느 꼈다. 두 누나와 나란히 서자 유달리 아키유키의 커다란 체구가 두드 러졌다. 커다란 체구의 사내, 그 사내는 이 골목을 불태우려 했다.

언젠가 유키가 말했다. 그 사내는 갑자기 이 땅에 나타나더니, 골목 안에 있는 후사의 집으로 들어와 후사를 임신시켰다. 사내는 번화가 에 불을 지르고, 이어 역 뒤의 가건물들을 불태웠다. 사쿠라의 땅이었 다. 하지만 사내는 골목마저 불지르려 했다. 아키유키는, 그렇게 말하 고 분개해서 목소리가 떨리는 유키를 떠올렸다. 골목에서 다카다이로 옮겨간 사내, 방화를 시작으로 라이온즈 클럽에 가입하기까지 사내가 한 짓은 조소와 비난을 받아 마땅하다. 골목 사람들은 그 사내를 용서 하지 않는다. 그 사내가 바로 아키유키의 친아버지였다. 하지만 아키 유키는 후사의 손에서, 후사가 낳은 막내아들로 자랐다.

"간신히 돌아왔네."

요시코는 그렇게 말하며 부엌문을 통해서 안으로 들어갔다. 요시코 를 따라서 부엌문으로 들어가려던 기미코가 "어떻게 할까?" 하며 아 키유키의 얼굴을 보았다. "기차를 몇 시간이나 타고 왔더니 힘이 드 네. 마음 같아서는 엄마 집에 가서 옷 벗고 쉬고 싶어. 하지만 이 집도 오랜만에 온 건데."

"여기서 사람들하고 술이나 마셔." 아키유키는 말했다.

기미코는 망설이듯이 "그게 낫겠지" 하고 대답했다. "모처럼의 기 회니까. 어차피 아키유키 결혼식은 여기선 안 올릴 거 아냐. 다케하라

238

집안의 친척들이야 잔뜩 오더라도, 옛날부터 우리가 알고 지내던 골목 사람들은 부르지 않을 테고. 할 수 없다. 오늘은 꾹 참고 버텨야지."

집 안으로 들어갔던 요시코가 "아키유키!" 하고 부엌문으로 얼굴을 내밀어 불렀다. 아키유키가 다가가자 "저 아줌마, 술에 잔뜩 취해서 쓸데없는 소리를 떠들어대고 있어. 엄마도 그만 가신다니까 모셔다줘" 하고 퉁명스럽게 말했다. 기미코가 유키 이야기냐고 묻자 "뭐가 그리 대단한지 쉬지도 않고 다케하라가 다케하라가 하고 염불을 외고 있다니까" 하며 혀를 내밀었다. "할 수 없지. 골목 사람들과 다투기 전에 저 아줌마를 내보내지 않으면 술도 제대로 마실 수 없겠어."

"내가 내쫓는 역할인가?"

"그래, 아키유키가 할망구 두 명을 내쫓는 역할이야."

"미에 언니는?" 하고 기미코가 물었다.

"뭐가 좋은지 술에 취해서 실없이 웃고 있어."

아침부터 나고야의 아이들과 오사카의 아이들이 복도에서 소란을 피우고 있었다. 아키유키는 잠자리에서 일어나 옷을 입었다. 햇빛이 아키유키의 방 안으로 들어와 아키유키 혼자 사용하는 전축을 비추고 있었다. 스피커 위에, 도루가 만들고 요이치가 얻어온 모형 비행기가 있었다. 전축을 트는 일은 거의 없었다. 아키유키 방에 있는 레코드는 모두 노리코가 빌려준 것이었다.

햇살은 강했다. 활짝 열린 유리문 저편에서 햇살과 더불어 바람이 들어왔다.

도루가 아키유키의 집에 온 것은 아홉시였다.

"본이라고 해봤자 따뜻하긴 마찬가지군." 도루는 아키유키에게 "어디 드라이브나 가지 않을래?" 하고 물었다. 후미아키의 차를 빌리기로 했다. 후미아키는 차 키를 빌리러 온 아키유키에게 "아침부터 어디 가는 거야?" 하고 물었다. "먼 곳에 갈 때는 기름 채워둬." 아키유키는 후미아키의 말투가 어린애에게 주의 주는 것 같다고 생각했다.

도루가 "잠깐 다케하라 본가에 들렀다 가자"고 했다. 아키유키는 진이치로의 집 앞에 차를 세웠다. 차가 멈추는 소리를 들은 요이치가 진이치로의 집 현관에서 얼굴을 내밀었다. 요이치는 웃지도 않고 아무 말도 없이 안으로 사라졌다. "요이치지?" 하고 도루가 차에 탄 채로 물었다. 아키유키는 "요이치야" 하고 도루의 얼굴도 보지 않고 끄덕였다. "내가 말한 대로야. 다케하라 본가에 오면, 우리하고 말을 안 하는군." 도루는 그렇게 말하고 "이까짓 집구석" 하고 코방귀를 뀌었다.

진이치로의 집 대문은 으리으리했다. 진이치로의 딸이 죽고, 작년 본이 지났을 무렵에는 진이치로마저 죽어, 집에는 집안 대대로 이어온 작업반을 물려받은 진이치로의 장남 부부가 살고 있었다. 혼자 사는 유키의 집은 엎어지면 코 닿는 곳이었다. 도루는 중학 시절부터 이 다케하라 본가를 싫어했다. 도루가 말한 대로 엄청난 제등이, 불단 사이에 여섯 가닥으로 이어놓은 철사 줄에 매달려 있었다. 아키유키가 현관에서 들여다보니, 네 평짜리 방에서, 유키는 앉고 분조는 누워서 잡담에 열중하고 있었다. 진이치로의 장남 내외는 뒤뜰에 있었다. 요이치가 분조의 옆구리를 탁탁 치며 "기분 좋아?" 하고 묻는다. 분조는 그 물음에 대답하지 않고 아키유키와 도루를 보고는 "야아, 어서 들어와" 하며 일어났다. 아키유키는 분조에게 목례하고, 유키에게 "어제는 고마웠습니다" 하고 인사를 했다.

"후미아키는 어떻게 됐어, 후미아키는?" 분조가 물었다.

"통 코빼기도 안 보여. 시게조 대신에 내가 자기를 얼마나 애지중지 키웠는데." 유키가 고자질이라도 하듯이 말했다.

"좋아, 숙부인 내가 단단히 일러두지." 분조는 말했다. 아키유키는 또 평소의 버릇이 나온 유키가, 오랜만에 돌아온 분조에게 미주알고 주알 말했을 거라고 생각했다. 화장을 한 유키의 눈가가 빨간 것을 보니 울었던 모양이다. 유키는 무슨 일이 있을 때마다 자신이 바로 다케하라 일가 그 자체인 듯한 심정이 되는 것이었다. 유키는 진이치로가 죽은 지금, 다케하라 일가를 생각하고 다케하라 일가의 성공을 기원하는 것은 자신뿐이라고 생각하고 있다.

"피를 나누지 않은 아키유키 쪽이 오히려 친절하게 말이라도 걸어주지. 옛날에는 아키유키 아비에게 몹시 시달림을 당한 적도 있었지만." 유키는 그렇게 말하고 문득 생각났는지 "변상이라도 해달라고 할까?" 하고 아키유키를 놀리듯이 말했다.

"변상해달라고 해요" 하며 아키유키는 억지 웃음을 띠었다.

"류조 말이야?" 분조가 유키의 마음을 꿰뚫어보듯이 말했다. "그 자식은 어쩔 수 없어. 그 자식한테는 무슨 말을 해도 통하지 않을 거야. 더구나 벌써 이십 년이나 전의 일이잖아."

"어이구, 그래?" 하고 유키는 분조를 조소하듯 말했다. "진이치로가 죽고, 시게조도 도움이 안 돼서 분조를 의지하려 했더니만, 그 분조가 나약한 소리를 하면 어쩌나? 원래는 사쿠라의 땅이었던 곳에 진이치로가 바라크를 세워 마련해준 집을, 그 사내가 욕심 때문에 불질렀잖아. 그때 한밑천 잡은 걸로 큰돈을 번 건데. 은행이라도 이자는 준다구." 유키는 "안 그래?" 하고 아키유키에게 동의를 구했다.

"좋아" 하고 분조가 말했다. "그 얘기도 내가 류조에게 해주지." 분조의 그 말에 유키는 갑자기 고개를 떨구고 양손으로 얼굴을 가렸다. 그리고 울음을 터뜨렸다. "사람 가지고 놀지 마." 높은 음정의 떨리는 목소리로 말하며 몸을 꼬았다. 소녀 같은 행동이었다. 분조의 어깨에 손을 걸치고 서 있던 요이치가 "이 아줌마 또 우네!" 하고 큰 소리를 냈다. "입 다물어!" 하며 분조는 어깨에 있는 요이치의 손을 뿌리쳤다. "요이치, 이리 와" 하고 아키유키가 불렀다. 유키의 행동이 답답하게 느껴졌다.

"싫어!" 하며 요이치는 혀를 내밀었다.

"언제나, 언제나 난 천덕꾸러기야. 다들 조금만 형편이 좋아져도 나 같은 건 거들떠보지도 않아. 엄마가 있었어도, 엄마가, 지금 있었어도, 내가 노력해서, 엄마도 진이치로도 노력해서, 이렇게 남들한테 손가락질당하지 않을 거고, 내 심정도 알아줬을 텐데. 엄마도 죽어버리고, 진이치로도 죽어버렸어." 유키는 또 설움이 북받치는지, 다시 히익 하고 소리를 높이 내며 울었다. "진이치로가 있었더라면." 유키는 말했다. 진이치로는 유키와는 달리 너그럽고 싹싹했다고 아키유키는 생각했다.

도루가 목소리를 내지 않고 입 모양을 만들어 '얼간이, 멍청이' 하고 요이치를 놀렸다. 아키유키는 도루에게 계속 울어대는 유키를 상대해봤자 소용없으니 떠나자고 눈짓했다. "잠깐만 기다려" 하고 도루는 뒤뜰에 있던 진이치로의 장남에게 어머니의 전갈을 전하러 갔다.

"다케하라가 뭐 그리 대단하다구" 하고 뒤뜰에서 다시 나타난 도루는 차 조수석에 타면서 작은 소리로 말했다. 아키유키는 말없이 진이치로의 집 앞에 놓여 있는 급조된 배를 보고 있었다. 이 고장에서는 니본을 맞이하는 집에서 이런 배를 만들었다. 집 안에 있는 제등을 남김없이 싣기 위해 배에는 나무틀이 짜여 있었다. 부근의 집들이 하나씩 갖고 온 제등에 불을 붙여 강물에 흘려보낸다. 이쿠오가 죽었을 때에도 그랬다. 후루이치 때에도 그랬다. 겐 삼촌이 죽었을 때에는, 골목의 뜻 있는 목수들이 모여서 배를 만들어, 옹이 구멍은 퍼티*로 메운 뒤 강에 띄웠다. 강어귀까지 흔들흔들 떠내려가다가 바다와 강이 접하는 곳에서 겐 삼촌의 배에 실린 제등은 더이상 견딜 수 없다는 듯 불타올랐다.

아키유키가 차를 출발시키려는 순간 도루가 "저기서 불러" 하고 말했다. 현관에서 얼굴만 내민 분조가 "아키유키, 아버님께 배 준비는 됐다고 말씀드려줘!" 하고 잠긴 목소리로 외쳤다. 아키유키는 "알았어요!" 하고 대답하고는 클랙슨을 울렸다.

바로 모퉁이를 돌았다. 햇빛이 짙었다. 왼쪽은 중학교였다. 나무들의 잎사귀 하나하나가 햇빛을 받아 빛나고 있었다. 한여름의 아침 바람을 받아 나뭇잎은 떨고 있었다. 아키유키는 햇빛을 받고, 창문으로 들어오는 바람을 받으며, 현장에서 햇빛에 물들고 바람에 숨이 막히던 자신을 떠올렸다. 공사장 일을 좋아했다. 일하는 것이 좋았다. 비 오는 날이나 태풍이 불 때, 잠시라도 일터를 떠날 때면 왠지 불안했다.

'후지타' 바로 앞길에서 우회전했다. '아카시아' 앞에 차를 댔다. 아키유키는 '아카시아' 안으로 들어가 노리코의 집에 전화를 걸었다. 도루는 아키유키를 보고 있었다. 노리코는 자기 집으로 오라고 했다. 아키유키가 거절하자, 당장 오겠다고 말했다.

도루는 자리에 앉은 아키유키에게 "신개지에 여동생이 있어?" 하고 물었다. "있어" 하고 대답한 아키유키가 도루의 얼굴을 바라보며 "그게 어쨌다는 거야?" 하고 되물었다. 도루는 "그 할망구가 또 별의별 소리를 떠들어대고 다니고 있어" 하고 말하고는 앞니를 보이며 웃었

─────────────

* 창유리 등의 접합제.

다. 쌍꺼풀 진 눈이 실처럼 가늘어지고 얼굴은 부드러워졌다. 아키유키는 이런 도루가 백치 소녀를 산 위 오두막으로 데려가 못된 짓을 했다는, 범했다는 사실이 믿어지지 않았다. 그것은 대낮에 꾸는 꿈이었다. 뜨거운 햇살 쬐인 산의 풀숲에서 숨막힐 듯한 열기가 풍겼다. 풀의 초록이 짙어 윤곽이 확실한데도, 아키유키의 눈에는 풀 껍질이 벗겨져 그 속의 내용물이 밖으로 흘러나오고 있는 듯이 보였다. 도루도 남들에게 알려져서는 안 될 비밀을 지니고 있다. 아키유키는 그렇게 생각했다.

아키유키는 커피를 마셨다.

노리코가 들어온 건 도루가 레코드를 바꾸러 갔을 때였다. 노리코는 아키유키 옆에 앉더니 "수영복을 갖고 왔어" 하고 작은 소리로 속삭였다. "모처럼 둘이서 수영하러 가지 않을래?"

아키유키는 "도루가 있어" 하고 대답했다.

"아무려면 어때?" 노리코는 말했다. "자기가 데리고 있는 인부잖아? 인부 눈치를 볼 건 없잖아? 그래가지고 어떻게 우리 목재상을 떠맡겠어. 제대로 하지도 못하고 금세 망해버릴 거야. 지금 우리 가게에 지배인이 몇 명인지 알아?" 노리코는 빠른 어조로 말했다. "잔소리가 심한 사람만 셋이야."

"내가 왜 목재상을 해야 되지?"

"결혼하지 않을 거야? 나한테 결혼하겠다고 말했잖아?"

"결혼은 할 거야." 아키유키는 말했다. "내가 감독이 되고 나서 말야." 아키유키의 말에 노리코는 농담이었다며 콧등에 주름을 지어 웃고는 "냄새 좋지? 향수를 뿌렸어" 하며 아키유키 앞에 팔을 내밀었다. 소매 없는 셔츠를 입은 노리코의 팔에는 솜털이 나 있었다. 도루는 노리코의 빠른 어조에 당황하고 있었다. 아키유키는 노리코의 팔냄새가

244

아니라, 땀이 마르고 다시 땀이 난 자신의 팔냄새를 맡았다. 무슨 냄새인지 알 수 없었다. 노리코가 아키유키의 팔에 코를 대고 "얼마 전까지는 끈끈한 냄새가 났는데 요즈음은 안 나네" 하며 손으로 두드렸다. 도루는 노리코의 얼굴을 바라보았다. "수영복 가지고 왔단 말야" 하고 노리코는 새삼스럽게 도루의 시선을 의식하듯이 애교 섞인 목소리로 말했다.

아키유키는 도루에게 함께 가자고 권했다. "둘이서 시시덕거리는 꼴을 어떻게 보라구." 도루는 퉁명스럽게 대답했다. 결국 도루 대신에 노리코를 조수석에 태웠다.

아키유키는 운전을 하면서도 수영을 하고 싶다는 생각은 들지 않았다. 옛날부터 본에는 물놀이를 간 적이 없었다. 해수욕장에는 어김없이 해파리가 나타났다. 본이 지나면 바다는 갑자기 차가워졌다. 나치 바다에도 오도마리 바다에도 가고 싶지 않았다. 기노모토도 가쓰우라도 갈 수 있는 국도로 나온 아키유키는 그 어느 쪽도 아닌 산 속으로 이어지는 국도를 달렸다. 그 길은 혼구를 거쳐, 곧장 가면 나라로, 왼쪽으로 꺾으면 다나베로 가는 길이었다. 볼링장으로 옮기기 전에 아키유키의 작업장은 그 길을 왼쪽으로 들어간 곳에 있었다. 터널을 지나 강변을 달리자 노리코는 "이상한 사람이야" 하고 혼잣말처럼 말했다. "무슨 일인지 몰라도 충혈된 눈으로." "도루 말이야?" 아키유키가 묻자, 응, 하고 대답했다.

"소문 들었어." 노리코가 말했다. "우리 아빠, 자기와의 결혼을 반대하고 있지만, 정작 자기한테는 아무 불만도 없어." 노리코는 한숨을 쉬었다.

노리코가 들은 소문도 아키유키가 미에에게서 들은 소문과 같았다. 노리코의 아버지는 그 사내를 용서할 수 없다고 했다. 아키유키라는

245

스물여섯 살의 사내는 좋다. 다케하라 시게조도 좋다. 하지만 그 사내의 소문은 또 새로이 불어났다. 신개지로 흘러온 창녀의 배에서 태어난 딸과 자신의 아이라는 사실을 알면서도 관계했다. 인간으로서 해선 안 될 행동을 분별하지 못하는 그런 짐승 같은 사내와 조금이라도 연관되는 것이 싫다. 노리코의 아버지는 그렇게 말했다.

"너는 어떻게 생각해?" 하고 물었다.

"관계없잖아." 노리코는 대답했다.

"짐승이라고 생각하지 않아?"

노리코는 아키유키가 화를 내고 있다고 생각했는지 "자기는 자기니까" 하며 기어를 잡은 손을 만졌다. "자기 아버님이 그렇다 해도 난 상관없어" 하고 덧붙였다. 아키유키는 속도를 올렸다.

아키유키는 수영복을 갖고 오지 않아서 팬티 차림으로 물에 들어갔다. 강물은 차가웠다. 오도마리의 바닷물은 그 강물보다 훨씬 따뜻했다. 아키유키는 수영복으로 갈아입은 노리코가 얕은 여울을 들여다보고 있는 것을 보고, 빨리 오라고 불렀다. 계류가 깊은 내를 이룬, 십 미터가 될까 말까 한 강을 단숨에 헤엄쳐 건넌 아키유키는 바위에 손을 얹고 멈췄다. 노리코의 하얀 피부가 계류의 맑은 물 색깔과 잘 어울렸다. 노리코는 몸을 구부려 수면 가까이에 얼굴을 대고 천천히 손을 내민다. 작은 물고기가 도망쳐버렸는지 "아아" 하는 소리를 냈다. 노리코는 다시 물 속에 손을 넣는다. "쪼그만 게 빠르네."

아키유키는 노리코가 헤엄쳐 오는 모습을 보고 있었다. 해가 바로 위에 있었다.

노리코는 바위에 손을 얹은 채 서서 헤엄치고 있는 아키유키의 팔을 잡았다. 노리코가 체중을 가해오는 바람에 손이 미끄러져, 아키유키의 몸이 가라앉았다. 아키유키는 그대로 강변을 향해 헤엄쳤다. 물

246

에서 나온 아키유키는 뜨거운 돌 위에 앉았다. 노리코가 뒤에서 젖은 머리를 흔들며 "잘 태웠는데 일부러 또 태울 필요 없잖아?" 하고 말했다.

"일 년 내내 태우는 셈이니까. 너도 집에 있지 말고 공사장에라도 오면 얼굴만이라도 새까맣게 탈 거야. 남자와는 달리 여자는 발가벗을 수 없으니까." 아키유키는 노리코에게 옆에 앉으라고 말했다. 노리코의 피부가 빛나 보였다. 아키유키는 산에서 불어오는 바람이 젖은 몸에는 차갑게 느껴진다는 것을 알고 있었다. 매미가 어지러이 울어대고 있었다. 얼마 전까지의 작업 현장은, 산 하나 너머에 있는 계류를 따라 좀더 들어간 곳이었다. 그곳과 마찬가지로 매미가 울고 있었다. 아키유키는 새삼스럽게 기묘한 소리라고 생각했다. 매미 소리는 강가의 습기찬 공기 속에 앉은 두 사람이 내뱉는 숨소리보다 작게도 들렸고, 귀가 찢어질 듯 크게도 들렸다. 염불을 외는 것처럼 들리기도 했고, 수행자들이 일제히 경을 외는 것처럼 들리기도 했다. 계류 저편으로 바위 표면을 드러낸 산에 심어진 삼나무 한 그루 한 그루의 가지에서, 수도승이 변신한 매미가 불경을 외고 있다. 아키유키는 숨이 막히는 듯했다.

노리코는 강가의 돌 위에 엎드렸다. 수영복 팬티가 엉덩이 모양을 드러내고 있었다. 아키유키의 성기가 발기했다. 그것은 자연스러운 일이라고 생각했다. 스물네 살이 될 때까지 아키유키는 여자를 몰랐다. 그 사내는 사토코와의 관계를 괜찮다고 말했다. 매미 소리를 들으면서, 아키유키는 문득 후사나 미에에게 그 짐승 같은 사내의 이야기는 바로 나 자신의 일이라고 털어놓는다면 어떤 말을 할까, 하고 생각했다. "노리코!" 아키유키의 목소리는 잠겨 있었다. "노리코!" 하고 아키유키는 다시, 돌에 뺨을 댄 채 눈을 감고 있는 노리코를 불렀다.

"왜?" 하며 눈을 뜬 노리코를 보자 아키유키는 일순간 주저했다. "이 것 봐, 이렇게 됐어." 아키유키는 성기를 바라보며 엉뚱한 소리를 했다.

"저질" 하고 노리코는 말한다. "그것도 살아 있어?" 강변의 돌이 노리코의 몸에서 묻은 물로 검게 젖어 있었다.

"네 건 어떤데?"

노리코는 웃었다. 그 웃음에 이끌려 아키유키는 "내가 그 짐승이야" 하고 말했다. 노리코는 얼굴을 들어 햇빛을 받은 아키유키의 얼굴을 바라보며, 아키유키의 사타구니에 손을 뻗쳐, 응, 응, 하고 끄덕였다. "잠이 깼어?" 노리코가 묻거나 말거나 아키유키는 이야기해버리고 싶었다. 아키유키는 말했다. "여동생 같지만 여동생이라는 사실이 확실하지 않을 때, 그 아이와 잤어. 그 사람이 아니라 내가 짐승이야."

"말도 안 되는 소리" 하며 노리코는 몸을 일으켰다. "무슨 소릴 하는 거야? 내가 욕을 하니까 그 사람을 감싸주고 싶어졌어?" 아키유키는 아니라고 대답했다.

노리코는 아키유키를 보았다. 상반신을 구부린 채 다리를 뻗은 아키유키의 햇볕에 탄 등에 물방울이 붙어 있었다. 아키유키는 노리코의 시선을 받고, 자신의 몸 속, 뱃속까지 지금 햇빛에 드러내겠다는 듯 몸을 꼬았다. 물에 젖어 달라붙은 팬티에서 음모와 발기한 성기가 비쳐 보였다. 그것이 스물여섯 살의 아키유키였다. 아키유키의 눈에 노리코는, 그때까지 수없이 아키유키의 짐승 같은 성기를 받아들여, 찢기고 열려, 정액을 받아들였음에도 더러움을 모르는 처녀 그대로인 듯이 보였다.

노리코의 살빛은 계류의 물을 배경으로 핑크색으로 보였다. 수영복 가슴은 작았다. 어느 누구도 손을 대거나 애무한 적이 없는 듯한 젖가습이었다. 맨손으로 곡괭이를 잡아 단단한 굳은살이 박인 아키유키의 손으로 잡으면, 그 순간 터져버릴 것 같았다. 목은 가늘었다. 노리코는 아키유키를 보고 있었다. 젖은 머리를 손으로 쓰다듬어 뒤로 넘기며 "그런 농담은 그만해" 하고 말하고는 뾰족 나온 귀에 새끼손가락을 넣었다. 물이 들어간 모양이었다.

아키유키는 일어섰다. 그대로 강가를 걸어 물 속으로 들어갔다. 아키유키는 물에 몸을 담그고, 매미가 울어대는 맞은편 기슭으로 헤엄쳤다. 아키유키가 내는 물소리 외에는 아무런 소리도 없었다. 아까와 마찬가지로 바위 표면에 손을 댄 채 빛나는 강물 저편에 웅크리고 있는 노리코를 보며, 아키유키는 노리코야말로 자신이 소유하는 여자라고 생각했다. 노리코는 일어섰다. 이마와 뺨으로 흘러내린 머리를 쓰다듬어 올린 뒤, 강가의 돌 위를 안짱다리 걸음으로 걸어서 천천히 물로 들어왔다. 바위 표면에 손을 댄 채 물 속에 서 있는 '짐승' 아키유키에게 미소를 보내고 물위에 몸을 띄워 헤엄쳐 온다.

노리코는 옷을 입었다. 아키유키는 젖은 팬티를 벗지도 않고 바지를 입었다. 상반신은 알몸이었다.

처음에 노리코는 저항했다. 아키유키는 노리코의 팬티를 찢었다. 노리코는 다리를 들고 흔들며 위로 덮친 아키유키의 머리를 손으로 때렸다. 아키유키가 왼손으로 걷어올린 셔츠 밑의 젖가슴에 얼굴을 들이대자, 그 얼굴을 밀어젖히려고 노리코는 몸을 흔들며 얼굴을 할퀴었다. 좌석은 뒤로 젖혀져 있었다. 노리코의 발이 자동차 박스를 찼다. 아키유키는 자신의 몸으로 노리코의 몸을 짓누르고 오른손으로 노리코의 머리채를 잡았다. 왼손으로 바지를 벗고, 물에 젖어 찰싹 달라붙은 팬티를 끌어내렸다. 노리코는 아키유키의 목덜미에 얼굴을 대고 깨물었다. 아키유키의 입에서 신음 소리가 났다. 성기가 팬티에서 빠져나와 자유로워짐과 동시에, 노리코의 머리채를 양손으로 잡아 목덜미에서 노리코의 얼굴을 떼어냈다. 노리코는 이를 드러내고 신음했다. 아키유키는 발을 움직여 바지를 벗었다. 알몸이었다. 아키유키는 씩씩거리는 소리를 냈다. "싫어!" 하고 비명을 지르는 노리코의 사타구니 사이에 몸을 넣었다. "싫어, 싫어!" 하고 노리코는 외쳐댔다. 아키유키는 계속해서 저항하는 노리코의 몸을 마치 성기로 찔러서 숨통을 끊으려는 듯이, 엉덩이를 움직였다. 하지만 성기는 빗나갔다. 노리코는 모텔이나 여관에서 아키유키의 성기가 자신의 몸 속으로 들어가려 할 때면 다리를 잔뜩 벌리고 허리를 들었는데도 아프다고 말했다. 그때마다 아키유키는 일시적으로 노리코의 통증이 가라앉기를 기다렸다가 다시 깊숙이 삽입시키곤 했다. 노리코의 성기는 아키유키의 성기 때문에 억지로 벌어지지만, 그래도 부드럽고 상냥하게 감싸준다. 언제나 그것이 좋았다. 난폭하게 행동하면 망가진다. 하지만 지금은 다르다. 망가뜨리고 싶었다. 아픔을 주고 싶었다.

아키유키는 이러다 결말이 나지 않겠다는 생각이 들었다. 오른손으로 노리코의 머리채를 거머잡고 좌석 등받이에 밀어붙여, 몸을 비트는 노리코의 왼쪽 다리를 붙잡아 무릎을 세우게 했다. 노리코의 몸은 약간이나마 위로 들렸다. 아키유키는 노리코의 벌어진 성기를 봤다. 그런 노리코의 몸을 찌르는 아키유키의 성기는 바로 '짐승'의 그것이라고밖에 달리 표현할 수 없었다. 성기가 삽입되자 노리코는 몸 속 깊숙한 곳에서 솟아나는 듯한 목소리로 신음하며 "싫어, 싫어!" 하고 외치더니, 고개를 저으며 울었다. 성기가 삽입되고 아키유키가 올라타 엉덩이를 움직일 때마다 노리코는 "싫어, 싫어!" 하고 신음했다.

자동차는 뒤는 대나무숲, 앞은 계류인 길 위에 있었다. 노리코는 아키유키의 몸을 떼어내려고 엉덩이를 잡고 손톱을 세웠다. 아키유키가 엉덩이를 움직일 때마다 손톱은 더욱더 파고들었다. 아키유키는 노리코의 목에 입술을 댄 채로, 자신의 엉덩이가 바깥에서 비치는 햇빛을 받아 '짐승'처럼 움직이는 것을 상상하고, '짐승'의 정액을 자궁 속에 쏟아 부어주겠다고 생각했다. 노리코는 몸을 경직시켰다. 자신의 몸 속에 파고든 아키유키의 몸을 떼어내기 위해 힘주어 밀어젖히며 손톱을 세우다가 돌연 포기했다. 노리코의 눈에 눈물이 넘쳤다. 몸을 축 늘어뜨린 채, 여전히 허리를 움직이고 있는 아키유키의 몸을 힘껏 안았다. 아키유키는 멈추지 않았다. 아키유키는 좌석에 무릎을 세우고 노리코의 양다리를 들어서 어깨 위로 올렸다. 노리코의 몸은 절반으로 접힌 꼴이었다. 자동차 밖의 대나무숲에 바람이 불자, 나뭇잎이 마찰하는 소리가 일제히 울려퍼졌다. 노리코는 고개를 들어 입술을 내밀고는 아키유키의 얼굴에 입을 맞췄다. 아키유키는 자신의 내부에 부풀어올랐던 것이, 노리코의 몸에 성기를 삽입시킬 때마다 더욱더 확대되는 것을 느꼈다. 힘든 자세로 엉덩이를 흔드는 아키유키를 도우려는 듯이 노리코는 입을 맞추고 허리를 움직인다. 노리코는 다시 소리를 질렀다. 그것은 차창 밖의, 햇빛을 받아 변색한 대나무숲이 내는 소리였다. 아키유키는 곡괭이로 일군 흙을 떠올렸다. 흙은 뒤틀린다. 흙은 아키유키의 호흡에 맞춰 허리를 들고, 허리를 움직인다. 노리코는 아키유키의 얼굴이 또 하나의 아키유키의 성기이기라도 하듯이 핥아댔다.

아키유키는 아무 말도 하지 않았다.

노리코는 입을 다문 채 찢어진 팬티를 버리고 옷매무시를 고쳤다. 아키유키가 한 말을 노리코가 믿었는지는 알 수 없었다. 아키유키는 다시 차를 몰아 국도를 달렸다. 해는 이미 산등성이 가까이 옮겨가 있었다. 산의 능선이 하얗게 빛나고 있었다.

차를 덤프트럭 뒤에 붙여 세우고 집으로 들어간 아키유키를 "재미있었어?" 하고 요시코가 놀렸다. "봄에 헤엄치러 가서 물귀신에게 안 잡혀갔다니 신통하네." 그리고는 "넌 여자 친구도 없니?" 하고 누워 있는 도루에게 묻는다. 도루는 당황했는지 이를 보이며 웃고는 "이제 질렸어" 하고 대답했다. 요시코는 옷을 개고 있었다.

"생긴 것도 나쁘지 않은데 여자 친구가 한둘은 있어야지." 그리고는 아키유키에게 "언제나 함께 있는 것도 아닌데 어쩌다가 우리가 찾아오면 밖에 놀러다니지만 말고 우리와 함께 있어야지" 하고 말했다. 요시코는 그것도 놀리려고 한 말이라는 듯 웃었다. "상관하지 마" 하고 아키유키는 대꾸했다.

미치코는 기미코와 이야기하고 있었다. 고로는 요시코의 막내와 함께 연못의 잉어를 불러모으기 위해 복도 기둥을 두드리고 있었다. 시계조가 먹이를 줄 때마다 늘 그렇게 하기 때문에 잉어는 소리를 듣고 사방에서 모여든다. 막내는 그걸 발과 손으로 붙잡겠다며 겁을 주는 것이었다. 잉어는 그림자에 놀라 일순간 사방으로 흩어진다. 후사도 미에도, 고로와 나고야의 아이가 목소리를 내지 않아서 그 장난을 눈치채지 못했다. "고로!" 하고 아키유키는 불렀다. 고로는 멋쩍은 듯이 아키유키를 보았다. 도루도 눈치를 챘는지 몸을 일으켜, 아키유키 대신에 "혼나려고 그래? 요이치도 그러지 않는데" 하고 말했다. 기미코와 한창 수다를 늘어놓던 미치코가 "자기, 따분하면 밖에 놀러나가도 돼" 하고 몸을 내밀며 말했다. "오늘은 이모님들이 와 계시니까 혼자 나가 놀더라도 아무 말 안 할게."

"엄처시하로군." 도루가 말했다. 모두들 웃었다.

후사를 불러, 아키유키는 혼자, 점심으로는 너무 늦고 저녁으로는 너무 이른 어중간한 식사를 했다. 후사는 아키유키의 밥을 푸면서 "딸이 셋이나 여기 모여 있으니, 다른 사람들까지 와서 이러쿵저러쿵 지난 얘기를 하게 되는구나" 하고 말했다. 후사는 아키유키의 얼굴을 보았다. "나도 평소에는 지난 얘기 하는 걸 싫어하는데, 나도 모르게 그만 끌려들어. 미치코가 저러니까 자꾸 묻는 거야." 아키유키는 후사의 말을 듣고서 유키를 떠올리고, 유키와 아주 닮은 본오도리 노래를 부르던 할머니를 떠올렸다.

3월 3일 아침, 분명히 이쿠오는 골목의 미에 집 감나무에서 스물넷의 나이로 목을 매달았다. 미에는 아키유키가 스물네 살 때, 후루이치가 야스오의 칼에 찔려 죽은 사건으로 정신이 돌았다. 그것이 태어나서 스물여섯이 된 지금까지 어머니의 피로 이어진 남매들에게 발생한 가장 큰 사건이었다. 아니 옛날 일이었다. 아키유키는 문득 이쿠오를 생각했다. 아키유키는 아직 열한두 살의 아이였다. 이쿠오는 미에가 남매 둘과 살던 골목집을 떠나 사네히로와 도망친 뒤, 술을 마시기만 하면 아키유키의 집에 왔다. 죽여버리겠다며 아직 덧문도 열지 않은 현관 사이 다다미에 식칼을 찔러댔다. 아키유키는 이쿠오를 증오했다. 갑자기 죽었다는 사실을 알고는 꼴 좋다고 생각했다. 아키유키는 후사의 얼굴을 보며, 그런 일이라도 이미 지나버린 과거의 일이니까 좋다고 생각했다.

아키유키는 일어섰다. 하지만 아키유키에게 일어난 사건의 절반은 과거의 일이 아니라 바로 현재의 일이다. 아키유키는 그렇게 생각하고 사내가 아리마에 세운 하마무라 마고이치 종언의 비석을 떠올렸다. 그것은 사내의 피가 응고된 것이었다. 영원히 발기해 있는 남근이었다. 열병이었다. 그리고 남들이 말하듯이, 그 사내가 큰돈을 벌어 땅을 손에 넣은 기념이었다. 아키유키는 그 사내의 생각이 후사나 누나들의 생각과 전혀 다르다는 것을 깨달았다.

땅 속에 묻혀 물에 씻겨 내려갈 듯한 옛날 일은 즐거운 모양이었다. "먹을 게 전혀 없었으니까" 하고 기미코는 흥분해서 말했다.

"미에가 아키유키하고 나를 데리고, 그리고 또 한 사람, 골목에 사는 내 친구하고 함께 어딘가 시장에 갔어. 처음에는 그 쓰레기장 같은 곳에서 봉지에 바늘이며 철사를 주워담았지. 근데 아키유키가 달걀이 길바닥에 떨어져 있다며 우리를 부르는 거야."

"다섯 갠가 여섯 개였지."

"두 개" 하고 기미코가 말한다. "주운 건 네 개였지만, 아키유키가 자기 호주머니에 넣겠다며 이렇게 양쪽 호주머니에 넣었다가 결국 그 두 개는 깨버렸으니까. 너무나 화가 났던 걸 기억하고 있거든. 아키유키를 데리고 오면 항상 말썽이라고 말이야. 미에가, 엄마에게는 비밀이라며 달걀 프라이를 만들었어. 아키유키는 그걸 거의 혼자 다 먹고서, 엄마한테 달걀 프라이를 먹었는데 맛있었다고 말한 거야. 엄마는 어찌된 일이냐며 미에와 나를 다그쳤지."

"훔쳤다고 거짓말을 해도, 주웠다고 솔직히 말해도 화를 내니 말야."

"상한 건 아니었어?" 도루가 묻는다. 아키유키는 잊고 있었다. 도루는 아키유키가 시치미를 떼고 있다고 생각하는 모양이었다.

이어서 이야기는 다시 이쿠오가 죽은 3월 3일의 일로 돌아왔다. 3월 3일 밤, 미에의 남편 사네히로가 보낸 전보는 오사카와 나고야에 동시에 도착했다. 요시코도 기미코도 처음에는 믿어지지 않았다. 기미코는 밤차를 타서 제대로 잠을 자지 못했다. 후사의 거듭된 송금 요청을 무시하고 있던 요시코도 그 무렵, '오빠위독' 이니, '미에위독' 이니 하는 식으로 돈을 재촉하는 전보를 받고 있던 터여서, '이쿠오가죽었다

즉시오너라' 라는 전보에 반신반의했다. 요시코가 그 전보를 사실이라고 생각한 것은, 이른 아침, 사네히로와 골목에 사는 사촌이 그녀를 데리러 역 개찰구에 와 있는 모습을 본 순간이었다. 요시코는 역의 수돗가에서 소리내어 울었다. 기미코가 탄 야간열차는 나고야에서 오는 기차보다 오 분가량 늦게 3번 홈에 도착했다. 지하도에서 올라오자 수돗가에서 여자가 큰 소리로 울고 있는 것이 보였다. "그게 나고야에 사는 언니라는 걸 알았을 때 눈앞이 캄캄하더라구." 기미코는 "그렇지 언니? 둘이서 집까지 어떻게 걸어왔는지도 몰랐잖아?" 하고 말했다. 아키유키는 그렇게 말하는 기미코의 얼굴을 보았다. 기미코도 미에도 요시코도 서로 아주 닮았다. 기미코는 눈물조차 글썽거리고 있었다.

아키유키는 답답했다. 여자들이 모여서 죽은 사람을 지금 여기 있는 사람처럼 말하고 있는 것 같았다. 후사는 벽장에 등을 기댄 채 다리를 뻗고 앉아서 기미코의 이야기에 맞장구를 치고 있었다.

그때 현관에서 소리가 들렸다. 도루가 일어나서 나갔다. 후미아키의 처가 "아키유키 씨, 잠깐 와서 도와주세요" 하고 흥분해서 떨리는 목소리로 말했다. 후사가 "무슨 일이야?" 하며 아키유키의 얼굴을 보았다. 후미아키의 처는 안으로 들어와 마침 텔레비전이 있는 방에 있던 후사에게 "어머니, 그 사람, 지금 난리예요" 하고 말했다. 후사가 "누구? 후미아키 말이야?" 하고 묻자 후미아키의 처는 고개를 저었다.

"아니에요, 숙부님이 술을 마시고."

"또야?" 하고 후사가 남자처럼 말했다.

"엉망으로." 후미아키의 처는 말했다. "아키유키 씨는 제대로 인사를 했는데, 너는 왜 숙부에게 인사를 하지 않느냐며 술을 마시고는 저도 마음에 안 든다고 나무라는 거예요."

도루가 아키유키를 불렀다. 요시코와 미에가 동시에 "나쁜 사람이야" 하고 말했다. 후사는 "그 나이가 돼도록 여전히 술버릇은 고쳐지지 않는구먼" 하고 말하고는 "아키유키, 잠깐 가서 도와주고 와" 하며 아키유키를 보았다. 아키유키는 현관에 있는 도루와, 복도에 앉아 나고야에서 온 아이와 질리지도 않는지 공을 던지며 놀고 있던 고로에게 "같이 가자" 하고 말했다. 후사가 "너무 심한 짓을 하면 안 돼" 하고 말했다.

요이치가 후미아키의 집 앞에 있었다. "왜 그러고 있어? 아빠가 소란을 피우고 있니?" 하고 요이치의 머리에 손을 얹으며 아키유키가 물었다. "아니야" 하고 요이치는 말로만 대꾸했다.

도루와 고로를 집 앞에 대기시키고 아키유키는 혼자 집 안으로 들어갔다.

분조는 서 있었다. 후미아키는 그 분조 앞에 책상다리를 하고 앉아 있었다. 두 사람이 다투고 있는 모습은 아니었다. 그저 분조 혼자서 술기운에 붉어진 얼굴로 고함치듯이 떠들고 있었다. 분조는 아키유키를 보고 "똑똑한 아키유키와 비교해보라구" 하고 말했다. 술기운이 분조를 떠들게 하고 있다고 생각했다. 분조는 얼굴도 체구도 당당했지만, 키는 아키유키의 어깨 정도였다. "애당초 네가 누님을 모시는 게 도리잖아? 시게조 형님이 전쟁에 나간 후로 너를 친자식처럼 키웠는데. 그런데 뭐야? 유키 누님이 이 집에 오기만 해도 싫은 표정을 짓잖아?" 분조는 그렇게 말하고는 숨을 돌린다. "애당초" 하고 다시 말한다. 아키유키는 유키가 분조에게 '애당초' 하고 눈물을 흘리며 말했을 거라고 생각했다. 애당초, 유키는 창녀 따위로 팔려가지 않고 보통 여자로 제대로 결혼해서 아이를 낳았어야 했다.

후미아키가 아키유키의 얼굴을 봤다. 후미아키의 처가 현관 입구에서 요이치를 부르는 소리가 들렸다.

아키유키는 후미아키가 겸연쩍은 웃음을 짓고 있는 것을 보고, 분조 뒤의 소파에 앉았다. 요이치가 후미아키의 처와 이야기하는 소리가 들렸다. 분조는 소파에 앉은 아키유키에게 "삼촌에게 물 한잔 갖다 줘" 하고 말했다. 아키유키가 부엌에서 돌아오자, 분조는 갑자기 술이 깨어 후미아키에게 잔소리할 마음이 사라지기라도 한 듯이 소파에 앉았다. 분조는 아키유키가 갖고 온 물을 소리내어 마셨다.

"어제도, 본가에 모여서 얘기하고 있는데 결혼식에서 돌아온 누님이 우는 거야" 하고 분조는 말했다.

어젯밤, 유키를 골목집에 데리고 간 것은 아키유키였다. 돌아오는 길에 유키는 후사와 아키유키에게, 다케하라가 어떻다는 거냐, 진이치로가 아무리 밖에서 잘난 척해도 누나인 자기에게는 머리를 들지 못했다, 하고 축하주에 취해서긴 하지만 기분이 좋은 듯 말했다. 그후, 유키는 진이치로의 집으로 간 것이었다. 시게조는 식장에서 '애당초' 운운하며 연설을 했다. 하지만 후미아키는 골목 사람들과 미에와 사네히로의 친척들만 있는 가운데, 계속 유키를 모르는 척했다. 그렇게, 유키가 울면서 말했노라고 분조가 말했다.

"어쩔 수 없었어." 후미아키는 말했다. "자리도 떨어져 있었고, 더구나 다케하라 집안의 결혼식도 아닌데 다케하라 집안 얘기만 하는 아주머니의 비위를 맞춰줄 수가 있어야지."

"돈 드는 것도 아닌데 비위 좀 맞춰주면 어때서."

"삼촌은 다른 곳에 살고 있으니까 모르는 거야. 이곳에서 청부업을 하며 집안을 꾸려가고 있는데, 남들 앞에서 '다케하라, 다케하라' 하고 노래 부르는 걸 일일이 상대할 수 있냐구. 그런 짓을 했다간 웃음거리가 될 거야."

분조는 거친 숨을 내쉬고 있었다. 분조는 후미아키의 얼굴을 봤다. 아키유키가 분조에게 "신부는 언제 오나요?" 하고 물었다. 그리고 또 화제를 바꾸듯이 "요이치는 어제부터 저한테 말도 걸지 않던데요" 하고 말했다. 분조는 아키유키의 말이 들리지 않는다는 듯 "너희들만 잘 되면 그만이야?" 하고 소리쳤다. 자신의 목소리에 더욱 화가 치민 분조는 일어서서 후미아키의 멱살을 잡았다. 후미아키는 그 팔을 뿌리쳤다. 일어났다. "잠깐 따라와, 누님께 사과 드려" 하며 분조는 후미아키의 팔을 잡으려 들었다. 후미아키는 그 손도 뿌리쳤다.

"언제까지나 어린애가 아니라구요. 그렇게 화장하고 하루 종일 바보 같은 소리만 지껄이는 할망구를 어째서 내가 걱정해야 합니까?" 후미아키는 그렇게 말했다. "이래 봬도 공사장 감독입니다. 작업반을 거느리고 있다구요. '다케하라, 다케하라' 하고 염불을 외면 일거리가 저절로 생기기라도 한대요? 다케하라가 뭐가 그리 대단합니까?"

"뭐야?" 하고 분조는 말하며, 후미아키의 머리를 치려고 덤볐다. 후미아키는 피했다. 아키유키는 분조의 몸을 옆에서 껴안아 말렸다. 분조는 발로 차려 했다. 아키유키는 분조의 몸을 안아 올렸다. 분조는 아키유키의 팔을 뿌리치려 버둥거렸다. 아키유키는 분조가 힘이 약하고, 생각보다 몸이 가벼운 것을 알았다. 아키유키는 후미아키의 처에게 분조를 밖으로 데려가라고 눈짓했다. 처는 후미아키의 뒤에 몸을 숨겼다.

"내일은 진이치로 아저씨의 니본인데." 아키유키는 말했다.

"그래, 그러니까 내가 말하는 거야." "큰형님의 니본이니까, 그렇지 않아도 아이가 없는 누님이 적적해하시니까, 후미아키에게 다정하게 해드리라고 말하는 거라구. 다정한 말 한마디 건네주면 될 게 아냐?

어머니에게 버림받은 너를 친자식처럼 길러주셨는데. 시게조에게 물어보라구."

아키유키는 분조를 자리에 앉혔다.

화가 가라앉은 분조와 아키유키가 집 밖으로 나가자 요이치가 분조의 얼굴을 가리키며 "햇님 같아" 하고 말했다. 분조의 얼굴이 석양을 받아 붉었다. "그래?" 하며 분조가 웃었다. 분조는 원숭이 새끼를 안아 올리듯이 요이치를 안아 올렸다. "어깨에 태워줘" 하고 요이치는 말했다. 분조는 "으차!" 하며 요이치를 어깨에 태웠다.

"아빠, 여기에서 쓰텐카쿠*가 보여!"

요이치가 일부러 꾸며서 내는 들뜬 목소리가 귀에 거슬렸다. 과거에 아키유키도 그랬다.

요이치를 목말 태우고 아키유키의 집 현관으로 들어선 분조는 그대로 집 안에 들어갔다. 후사가 "요이치, 이리 내려와. 아빠 힘드니까" 하고 말하자, 그제야 요이치는 어깨에서 내려왔다. 집에는 후사와 혈연관계인 여자들만 있었다. 분조는 머리를 다다미 바닥에 닿을 만큼 깊이 숙이며 요이치가 신세 많이 졌다고 감사를 표했다. 아직 취해 있는 것이었다. 미에가 "내일 요이치 엄마가 올 거야" 하며 웃음을 짓고는 다다미 위에 다리를 가지런히 모으고 앉은 요이치의 머리를 쓰다듬었다. "엄마하고 형이 한꺼번에 올 거야."

"그럼 이제는 요이치가 절대 말도 안 걸겠네."

"아냐" 하고 요이치는 아키유키의 얼굴을 봤다. "도루 형과 뚱보는 싫지만 아키유키 형하고는 말할 거야."

---

* 오사카 시 나니와 구의 환락가. 통칭 신세계 중심에 있는 탑. 에펠탑을 모방한 것으로 높이 103m.

"옴게!" 미치코가 응수했다. "내 배가 부른 건 다음달에 아이를 낳기 때문이야."

"그래도 뚱보야." 요이치는 혀를 내밀며 놀리다가 분조에게서 "이녀석!" 하고 머리에 꿀밤을 한 방 먹었다. 요이치는 아파서 얼굴을 찡그렸다. "뚱보, 뚱보." 요이치는 미에 옆에 앉은 미치코를 더욱더 놀려댔다.

"고로 같은 소리 하지 마. 그 바보 자식, 나하고 말다툼하다가 지면, 뚱보란 소리밖에 못 하거든."

"배만 커다랗고 다른 부분이 앙상한 건 편식을 해서 그래." 후사가 말했다.

미에 일행이 돌아가자 아키유키는 목욕을 했다. 옷을 갈아입고 밖으로 나왔다. 창고 곁의 목부용 냄새가 또 풍겼다. 매년 그 달콤한 냄새를 맡았다. 바람은 없었다. 나고야에서 온 유카타 차림의 아이가 제재소 쪽에서, 목부용 앞에 서 있는 아키유키 쪽을 향해서 달려왔다. 뒤에서 쫓아오고 있는 것은 백치 소녀였다. 나고야에서 온 아이는 아키유키 앞까지 와서 "저 멍청이" 하고 말했다. 백치 소녀는 아키유키를 보자 멈춰서더니, 아키유키가 무서운 듯 발길을 돌려 달렸다.

15일 낮, 아키유키는 시게조에게 이튿날부터 시작되는 볼링장 기초 공사에 사용할 목재를 보여주러 차를 타고 현장에 갔다. 시게조는 아키유키에게 "젊은이 둘이서 기자재를 잘 고를 수 있을지 염려되니까" 하고 변명처럼 말했다. 목재를 보고 싶다는 말은 구실이었다. 대규모 공사이고 자신이 따온 일이기에 청부업자의 본능에서 현장을 보고 싶다고 생각한 것이었다.

"염려 마세요." 아키유키는 시게조의 얼굴을 봤다. "한 달 후면 멋지게 완공될 테니까."

"소꿉장난이 아니야." 시게조는 문을 열고, 덤프트럭과 자동 굴진 기가 마구 짓밟아놓은 국도 곁의 밭에 내려섰다. 시게조는 목에 난 땀이 답답한지 호주머니에서 손수건을 꺼내 닦았다. 자동 굴진기로 파서 삽으로 정지(整地) 작업을 한 곳은 거푸집널로 두껍게 기초 콘크리트가 쳐져 있었다. 후미아키가 하청을 맡긴 목수 이케다는 북동쪽 모서리에 해당하는 부분에 비계를 완성시켜 놓았다.

시게조는 햇빛에 눈살을 찌푸린 채 "응, 응" 하고 혼자 납득했다는 듯 고개를 끄덕이고는 기분 좋은 목소리로 말했다. "소꿉장난을 하고 있는 건 아니군."

"후미아키도 열심이니까요."

"당연하지" 하고 시게조는 말했다.

현장에서 돌아올 때는 시게조가 차를 운전했다. 국도로 진입할 때 자동차 학원의 건널목에서 일단 정지를 하듯 좌우로 크게 머리를 돌려 확인하는 흉내를 내고, 단숨에 도로로 끼어들었다. 뒤에서 속도를 내며 달려오던 차는 핸들을 크게 틀어서 반대 차선으로 피하고는 클랙슨을 마구 울려댔다. "바보 녀석" 하고 시게조는 말했다. 기어를 최상단으로 바꿔도 발을 클러치에 얹은 채라서 차는 공회전 소리만 요란하게 냈다. 현장에서 돌아올 때 아키유키가 늘 달리던 길이 아니었다. 시게조는 신호가 없는 곳에서 우회전하거나 좌회전하는 것이 서툰 모양이었다. 해안선을 따라 국도를 달리다가, 강을 따라서 혼구로 이어지는 국도와의 교차점에 다다르자 우회전하려다가 멈칫했다. 뒤에서 오던 차가 클랙슨을 울렸다. 시게조는 불평하지 말라고 클랙슨으로 대꾸했다.

도로가 여름 햇살에 하얗게 메말라 있었다.

현장에서 돌아와 차를 세웠을 때, 마침 흰색 옷을 입은 호리호리한 여자와 걷고 있는 분조와 마주쳤다. 여자는 시게조와 아키유키에게 인사를 했다. 살이 쪄서 턱이 늘어진 중학생 정도의 아이가 요이치와 함께 뒤에서 따라오고 있었다. 요이치도 그 아이도 더위에 질렸는지 맥없는 걸음걸이였다. 그 여자가 분조의 새로운 아내였다. 시게조는 차의 사이드 브레이크도 걸지 않고 내리더니 분조와 여자를 향해서 "들어와, 들어와" 하고 말했다. 아키유키는 클랙슨을 한 차례 짧게 울렸다. 느릿느릿 걷고 있던 요이치가 자신의 기분을 알아준다는 듯이 얼굴을 찡그려 웃고는 더위에 늘어진 개처럼 혀를 내민다.

더위가 올 여름 들어서 최고라고 카 라디오 뉴스가 전했다. 아키유키는 차 밖으로 나오지 않고 조수석에서 운전석으로 옮겨앉아, 열린 창문 밖으로 내민, 햇빛에 드러난 팔에 땀방울이 솟는 모습을 보고 있었다. 본인 15일이었다. 해는 중천에 있었다. 메마른 도로가 햇빛을 반사하고 있었다. 도로 양쪽의 집들도 햇빛을 받아 껍데기만 남은 듯이 보였다. 하루 종일 머리 위로 햇살을 받으며 일하는 노동자인 아키유키조차 그렇게 생각했다. 하늘이 눈부시게 푸르렀다. 문득 아키유키는 엔진을 걸었다. 집 안에 들어간 요이치가 분조로부터 새로운 엄마와 형을 소개받고 어떤 생각을 하고 있는지 묻고 싶었지만, 아키유키는 기어를 넣고 차를 발진시켰다.

햇빛이 넘치고 있었다. 햇빛이 아키유키가 타고 있는 차의 앞유리 전면을 쬐고 있었다. 도로를 곧장 달려, 도랑의 다리를 건너 좌회전했다. 길은 그곳에서 해변의 방풍림까지 이어지고 있었다. 아키유키는 해변으로 갈까 다른 곳으로 갈까 망설였다. 결국 우회전해서 제1고개로 이어지는 산길을 택했다. 골목집에서 세 누나와 그 남편들과 아이들이 옛이야기 꽃을 피우고 있으리라는 것은 알고 있었다. 하지만 답답했다. 물론 죽은 사람은 애석하게 생각한다. 이쿠오는 어머니와 이복동생인 아키유키에게 충고하듯이 스물네 살의 젊은 나이로 죽었지만, 지금, 그 당사자인 아키유키가 바로 그 젊음 속에 있다. 이쿠오는 아키유키가 아니다.

산과 강과 바다로 둘러싸인 땅의 전경이 보이는 곳으로 와서 아키유키는 차를 세웠다. 바람이 계속 불고 있었다. 차창에서 보이는 산에 심은 나무들의 가지가 소리를 내며 흔들리고 있었다. 그곳에서는 늘 어선 인가 너머로 산이 보였다. 그 산 너머에 혼구가 있고 나라가 있다. 산은 겹겹이 중첩되어 있었다. 산은 끝이 없었다. 다케하라 일족은 기세이 선이 개통되기 전인 옛날에, 해안선의 와부카에서 산길을 통해 혼구를 지나, 혼구에서 강을 따라 이곳에 도착한 것이었다. 그것은 그 사내의 옛 조상 하마무라 마고이치의 패주로와도 매우 흡사했다. 하마무라 마고이치는 애꾸눈 절름발이가 되어 신경이 마비된 한쪽 다리를 질질 끌며 가레키나다 해안에서 구마노 산 속의 나카헤지를 지나 혼구에 도착, 다시 강을 건너 이 땅이 아닌 아리마로 내려갔다. 아키유키는 문득 생각했다. 그 애꾸눈 절름발이의 덩치 큰 사내야말로 가공의 인물이다. 어디에서 태어났는지, 골목 안에 있는 후사의 집에 나타날 때까지의 이십여 년 간을 어떻게 지내왔는지 불분명한 사내의 열병이 만들어낸 것이다. 역사에 의하면 오다 노부나가의 군에 의해 마고이치는 그의 일당과 추종자들과 함께 멸망했다고 한다. 죽어 멸망한 자가 구마노 산 속을 기다시피하며 걸어서, 이자나미노 미코토를 모신 하나노이와가 있는 황천의 땅에서 되살아나 자손을 낳았다고 그 사내는 말하는 것인가. 아키유키는 생각했다. 그 사내 하마무라 류조의 자식인 아키유키는 죽어서 멸망한 인간의 씨앗으로 인해, 바람이 불고 나뭇가지가 흔들리고 햇빛이 비치는 땅을 지금 보고 있다. 아키유키는, 자신이 죽은 사람일지도 모른다고 생각했다. 여기는 진정한 황천일지도 모른다. 보타락* 도해는 이곳에서 자동차로 삼십 분이면 갈 수 있는 나치 해변에서 시작된다.

아키유키는 산을 보았다. 산기슭의 삼나무가 하늘을 배경으로, 마치 사람들이 늘어서 있는 것처럼 보였다.

저녁 무렵, 진이치로의 집에서 급히 와달라는 전화가 왔다.

어떻게 할 거냐며 후사가 아키유키의 얼굴을 보았다.

"어차피 나도 양자로 가지 않는 이상 다케하라 집안 사람이잖아. 가봐야지."

아키유키가 어머니 후사를 안심시키듯이 가볍게 응수하자, 후사는 안도했다며 "그럼" 하고 한숨처럼 대답했다. "쓸데없는 일로 고집을 부리면 이제까지 고생했던 게 물거품이 되니까."

마침 옆에 있던 요시코가 "배를 띄우고 나면 즉시 누나 집으로 와" 하고 말했다. "오늘 밤은 바쁠 거야. 강가에 가서 오빠와 죽은 아버지를 보내고 나서, 잠깐 오타야에 들러서 본오도리를 출 작정이니까."

"가장 행렬도 있다고 그랬지?" 기미코가 말했다. 기미코는 옷 가방을 무릎 앞에 펼치고 화장을 하고 있었다. "그 신혼부부, 아까도 미에네 집에서 가장행렬 때문에 다투고 있더라구. 배는 불룩하고 신랑은 젊은 여자들한테 인기가 있으니까 미치코가 질투를 하는 모양이야."

아키유키는 기미코에게 자동차 열쇠를 건네주고, 차를 강변 입구에 있는 시민회관 곁에 갖다놓으라고 고로에게 전하도록 부탁했다.

아키유키는 걸어서 진이치로의 집으로 향하던 도중, 구멍가게에서 노리코에게 전화를 걸었다. 노리코는 없었다. 아홉시에 '아카시아'에

---

* 補陀落. 관세음보살이 있다고 하는 산.

서 기다리고 있겠다고 예의 바른 지배인에게 역시 전언을 부탁했다. 진이치로의 집에는 스무 명가량의 사람들이 있었다. 다케하라 일족만 스무 명이나 있는 가운데 시게조는 늦게 온 아키유키를 모가 나지 않게 야단칠 생각이었는지 "바쁜 건 알겠지만 좀더 빨리 와야지" 하고 말했다. 현관 앞에 둔 배에 제등을 달고 있었다. 유키는 제등을 조카들에게 건네주며 "아키유키!" 하고 즐거운 목소리로 부른다. "대단하지? 이런 건 하나에 몇 푼 하지도 않지만, 이 하나하나는 진이치로를 아는 사람들이 이만큼 제등을 들고 왔다는 걸 보여주는 거야. 절대 돈으로는 살 수 없는 거야."

진이치로의 집 안에서 도루와 진이치로의 차남이 제등을 운반하고 있었다. 진이치로의 장남과 후미아키가 배에 제등을 달고 꽃과 공물을 장식하고 있었다. "이거, 지금은 별 거 아니지만 불을 붙이면 멋지다구." 한 여자가 말했다. 유키는 "당연하지" 하고 말하고는 배 안의 꽃을 밖에서 보이도록 높게 장식한다. "당연해" 하고 노래하듯 말했다.

"누님" 하고 시게조가 유키에게 말했다. "불은 강에 가서 붙이라는군요."

"그건 남자들이 결정해야지. 여자인 내가 결정할 일이 아니잖아."

제등을 다 싣자 건장한 사내 열 명이 배를 들었다. 여자와 아이들은 배 뒤를 따랐다. 진이치로의 집에서 곧바로 역전의 큰길과 교차하는 길로 나섰다. 길을 걷는 사람들은, 배를 든 사람들이 말을 하지 않아도 길을 비켰다. 그곳에서 산을 향해서 도랑 곁의 길을 걸었다. 산등성이는 저녁놀의 여운이 남아 아직 붉은색을 띠고 있었다. 아키유키는 지금 걷고 있는 길이, 낮에 시게조가 교차로에서 차를 몰았던 길이라는 것을 알았다.

교차로에서 멈춰섰다. 아키유키 앞에서 함께 배를 들고 있는 도루가 "대낮이었으면 되게 창피했을 거야" 하고 뒤돌아보며 말했다. "조금만 참아" 하고 시게조가 옆에서 말했다. 교통 순경이 나와 있었다. 아키유키는 문득 자신을 지켜보는 자가 있다고 생각했다. 그런 일은 자주 있었다. 누군가가 아키유키를 보고 있었다. 언제나 아키유키는 눈치채지 못했다. 문득 얼굴을 들어보면 그 사내와 눈이 마주쳤다. 시내에서, 덤프트럭을 세우고 자재를 구하러 온 아키유키를 지켜보는 골목 사람이 있었다. 아키유키가 눈치채면 골목 사람은 시선을 돌린다. 교통 순경은 다리에서 산 저편 언덕으로 이어지는 국도에 정체된 차를 통과시키기 위해, 멈춰 있으라고 손을 흔들고 있었다. 멀리서 본 오도리의 스피커 소리가 들려왔다. 아키유키는 골목의 공터에서 있었던 본오도리를 떠올렸다. 클랙슨 소리가 몇 번이나 났다. 오토바이가 석 대, 언덕 쪽에서 다리 쪽을 향해서 경관의 지시도 듣지 않고 달려왔다. "신참이군" 하는 소리가 들렸다. 분조는 기다리다 못해 "무거운 걸 들고 있으니까 빨리 가게 해줘!" 하고 소리를 질렀다.

강변의 물가에 배를 내렸다. 아키유키는 팔이 아파서 팔을 흔들었다. "총각도 어깨가 아픈가?" 하고 여자가 말을 걸었다. 얼굴을 분간할 수 없었다. 도루가 "아키유키" 하고 말을 걸었다. "뭐야, 나라고 힘들지 않을 리가 있어?" 아키유키가 그렇게 말하자 도루는 "저런" 하고 말하며 웃었다. "요령이 없어서 그래. 난 계속 힘을 주지 않고 막대기에 손을 얹고 있었거든. 그러다가 손을 얹고 있는 것도 귀찮아서 오히려 매달려 있었지." 도루의 머리를 "이런 나쁜 놈!" 하며 때렸다. 도루는 중심을 잃고 머리를 감쌌다. "때리지 마" 하고 퉁명스런 목소리로 말했다. "형한테 다 털어놓으려 했더니."

"뭔데?" 도루는 아키유키의 팔을 잡고 물가로 끌고 가 "어떻게 하

266

지?" 하고 아키유키의 귀에 얼굴을 가까이 대고 말했다. 백치 소녀에 관한 이야기였다. "요이치가 말한 모양이야. 유키 할망구가 협박하더라구."

"그 할망구, 그런 소릴 했어?" 아키유키는 도루 뒤에서 차분히 이야기를 듣고는 해결 방법을 생각해보겠노라고 대답했다.

유키 일행은 물가에서 갖고 온 신문지에 불을 붙이고, 제등 하나하나에 불을 밝히기 시작했다. 아키유키를 부르는 소리가 들렸다. 후사와 미치코가 언덕 쪽에서 "여기야, 여기!" 하며 오는 게 보였다. 시게조가 배 안으로 들어가 불을 밝힌 제등을 매달고, 불이 없는 제등은 진이치로의 아들에게 건네주고 있었다. 초에 불을 붙여 제등 속에 넣는 것은 다케하라의 장녀인 유키의 역할이었다. 후사는 유키 옆에 서 있었다. 유키의 손놀림은 더뎠다. 후사 곁에 쪼그리고 앉은 미치코가 "도와드려요?" 하고 물었다. 유키는 손을 멈췄다. 잇달아 뭉쳐서 불을 붙이는 신문지의 불길 탓으로, 유키의 얼굴은 어둠 속에서, 강가에 나타난 도깨비처럼 보였다. 유키는 미치코의 얼굴을 보고 "저쪽으로 가" 하고 콧소리로 말했다. 울고 있는 것 같았다. 미치코는 일어났다. "흥, 뭐야!" 하고 말하고는 아키유키가 있는 쪽으로 걸어왔다.

후사를 그 자리에 남겨둔 채 아키유키는 미치코를 데리고 강변을 거닐었다. 사람들이 제각기 불을 붙인 선향 냄새가 났다. 니본을 맞이한 집은 이웃이나 친척들이 갖고 온 제등에 불을 붙여 배에 실었다. 니본이 아닌 집은, 자기 집에 찾아온 사자의 영혼을 위해 강가나 바닷가에서 불단의 공물과 꽃을 물가의 돌 위에 놓고 선향을 피웠다.

미에는 다케하라의 배에서 멀리 떨어져, 상류 쪽 다리 곁에서 평평한 돌 위에 공물을 놓고 선향을 피우고 있었다. 요시코의 가족과 기미코의 가족도 있었다. "왔다, 왔어!" 하고 요시코가 말했다. 아키유키는 미에 곁에 쪼그리고 앉아 물가를 향해 합장했다.

"어디 갔었어?" 하고 기미코가 묻는다. 미치코가 "언덕 아래쪽" 하고 대답했다. 미에가 쪼그려 앉은 채 돌 밑으로 들어온 강물을 손으로 떠올렸다. "밀물인가 봐" 하고 말하고는 일어섰다.

선향 냄새에 숨이 막힐 지경이었다. 미에의 남편 사네히로가 "고로는 어디까지 아키유키를 찾으러 간 거야?" 하고 말했다. 요시코의 남편은 강바람이 시원한 듯 "모기만 없으면 좋겠군" 하고 말했다. 사네히로가 "다 같이 저쪽 성터의 비어 홀에 가서 맥주라도 마시지 않겠어?" 하고 물었다. "못난 자식을 데리고 있으니 형식뿐인 식이라도 상관없다고 체념하지만, 나도 부모긴 부모인가 봐, 지쳤어. 어찌나 바쁜지." 요시코가 아이들에게 어떻게 하겠냐고 묻자, 오타야에 아이스크림을 먹으러 가겠다고 대답했다. "아키유키는?" 미에가 물었다. 기미코는 아키유키가 대답하기도 전에 먼저 "차를 몰고 계집애랑 시시덕거리러 갈 거야" 하고 말하고는 "어때, 족집게지?" 하며 아키유키의 등을 때렸다.

"결혼식은 성대하게 하자구." 요시코가 말했다.

"뭐야" 하고 미치코가 말했다. "내 결혼식, 초라해?"

"무슨 소리야? 나고야 이모는 미치코 얘기를 하는 게 아냐. 아키유키는 말야, 옛날부터 우리가 고구마를 먹을 때면 고구마의 한가운데를 먹으며 자랐어. 우리 세 사람은 언제나 고구마 꽁지. 그래서 이렇게 덩치가 큰 거야." 기미코는 말했다. "팔자 좋은 아이야. 나는 바에서 일할 때 아키유키 걱정만 했어. 오빠처럼 되면 큰일이니까. 그런데 걱정이 돼서 집에 가보면 커다란 덩치가 편안히 뒹굴고 있는 거야."

미에가 "기미코, 그렇긴 하지만 아키유키도 고생했어" 하고 말했다. 미에는 일어나서 "자, 오빠와 아버지께 한마디씩 해. 이걸로 끝이니까. 그리고 우리끼리 아이스크림 먹고 골목집으로 돌아가자구" 하고 말했다. "아키유키, 그만 간다" 하고 남자 목소리를 만들어 말하고는 "가장행렬에서 누가 일등을 할지 구경 가야지" 하며 걷기 시작했다.

파도가 철썩이며 바위를 씻고 있었다. 강물은 검은색이었다.

아키유키는 혼자 강가에 남았다. 아키유키는 다케하라의 배 쪽으로 걸었다. 그때 마침 언덕에서 내려온 고로와 마주쳤다. 고로에게서 과일 냄새 같은 향내가 났다. "위쪽 길에서 오토바이가 닥치는 대로 검문당하던데." 고로는 자동차 키를 아키유키에게 건넸다.

"자동차광도 아니고 술도 마시지 않았는데 뭣 때문에 검문이 두려워?"

아키유키는, 제등에 완전히 불이 켜진 다케하라의 배 쪽으로 걸었다. 문득, 아키유키는 보았다. 물가에 그 커다란 체구의 사내가 서 있었다. 아내와 딸, 그리고 젊은이 두 명이 보였다. 커다란 체구의 사내는 발로 돌을 차며 다른 사내와 이야기하고 있었다. 아키유키는 그 곁을 지나갔다. 그리고 지나간 뒤에 아키유키는 자신이 벌레만도 돌멩이만도 못한 비소한 남자가 된 느낌이 들었다. 사내와 그 가족에게, 그리고 사내의 가족이 돌 위에 공물을 바쳐 작별을 고한 죽은 사람들에게 모욕을 당한 느낌이다. 아키유키는 잠자코 후사 곁으로 갔다.

지금 불을 밝힌 제등을 실은 배는 물에 떠서, 모터가 달린 거룻배에 예인되어 강 한가운데로 가고 있었다. 제등이 흔들거렸다.

검은 강물에 불빛이 비치고 있었다.

바람은 불지 않았다. 모터를 단 거룻배가 일으키는 파도가 아키유키가 서 있는 강가의 돌을 거세게 치고, 씻었다. 그 물냄새에 섞여, 돌

위에 잔뜩 피워놓은 선향 냄새가, 서 있는 아키유키 주위에 어둠 그 자체처럼 맴돌았다.

거룻배에 끌려가는 진이치로의 정령주(精靈舟)는 불빛을 물에 반사시키며 강 복판으로 나갔다. 배는 강 한가운데서 흔들거리며 멈췄다. 어둠 속에서 거룻배에 탄 시게조가 배에 연결된 로프를 푸는 모습이 보였다. 배는 그곳에서 강물을 따라 강어귀로 향하다가, 강어귀에서 단숨에 무엇이건 삼켜버리는 바다로 나갔다. 바다는 언제나 광활했다. 아키유키가 매일매일 곡괭이로 일구고 삽으로 흙을 퍼내는 공사 현장에서 문득 얼굴을 들면 바다가 보였다. 아키유키를 물들이는 해는 바다에서 떠올라 산으로 진다. 이 고장에서는 언제나 바다 쪽에 밝고 투명한 해가 있었다.

아키유키는 유키의 얼굴을 봤다. 유키는 강가의 희미한 어둠 속에 분을 잔뜩 바른 얼굴로 서 있었다. 눈물 자국이 남아 있는 그 얼굴은 언젠가 진이치로의 집에서 본 유키 어머니의 얼굴과 비슷했다. 다케하라 일족은 가레키나다 해안에서 나카헤지를 지나 혼구에 도착했다. 유키의 어머니 대에 혼구에서 강을 따라 이 땅으로 왔다. 배는 이곳에서 강을 따라 내려가, 가레키나다와 이 땅을 뒤덮고 있는 바다로 나간다.

그 강가에서 배는 흘러가고 있는지 멈춰 있는지 구분이 되지 않았다.

후사가 "멋진 색이네" 하고 불쑥 말했다. 아키유키는 후사의 얼굴을 봤다. 토라진 어린애의 얼굴처럼 보였다. 남에게 눈물을 보이거나 나약한 소리 하기를 싫어하는, 후사의 슬픔을 참는 얼굴이라는 것을 알 수 있었다. "진이치로다워." 후사는 말했다. "이쿠오 때는 도중에 타버렸는데."

"이쿠오는 자살했으니까." 아키유키는 말했다. 자신의 목소리가 잠겨 있는 것을 느꼈다.

"그렇지." 후사는 한숨을 쉬듯이 말했다. 아키유키는 후사가 숨을 들이쉬는 것을 느낄 수 있었다.

후사는 이쿠오의 정령주를 떠올리고 있었다. 그때의 일은 아키유키도 기억하고 있었다. 골목 남자들이 운반한 이쿠오의 배는 강물에 띄워져 강의 중심으로 끌려가자마자 불타기 시작했다. 불길은 어둠을 뚫어버릴 기세로 치솟았다. 검은 강물을 물들였다. 강가에 남은 사람들은, 강의 흐름을 타지 않고 중심부에서 타오르기 시작한 이쿠오의 배를 바라보며 그 자리에 서서 마냥 울었다. 하지만 아키유키는 그때도 슬프지 않았다. 눈물은 흐르지 않았다. 그때로부터 오 개월 거슬러 올라간 3월 3일, 이쿠오가 골목집에서 목매달아 죽었다고 골목 사람이 알려주러 왔을 때도, 장례식 때도 슬프지 않았다. 아키유키의 몸속에 있었던 것은 슬픔이 아니라, 뼈가 하나 없어진 듯한 공백감이었다. 몸 속이 텅 빈 것 같았다. 후사는 이쿠오의 친어머니였다. 아키유키는 이쿠오보다 열두 살 늦게 태어난 씨다른 동생이었다. 이쿠오는 몇 번이나 후사와 아키유키를 죽이러 왔다.

아키유키는 숨이 막힐 듯한 선향 냄새 속에서, 곁에 선 후사의 낮은 숨소리를 느끼며 흔들리는 배의 불빛을 보고 있었다.

거룻배가 강가로 돌아왔다. 파도가 크게 일었다.

시게조가 배에서 내려 배의 로프를 바위에 묶었다. 유키가 시게조에게 "오빠, 고마워요, 고마워요" 하고 울음 섞인 목소리로 말했다. "진이치로도 기뻐할 거야, 다케하라 집안의 친척들만 이렇게 모여서 명복을 빌어줬으니까."

유키는 그렇게 말하고는 강가에 허리를 구부려 새로이 돌을 늘어놓았다. 그 돌 위에 선향을 놓았다.

아키유키는 둘러선 사람들 뒤에 도루의 어머니가 서 있다는 사실을 알아차렸다. 도루가 곁에 있었다. 두 사람은 모자지간이 아니라 나이 차가 많은 남매처럼 보였다. 후사 곁에 서 있는 아키유키는, 도루가 자신과 아주 비슷한 입장에 있다고 생각했다. 그리고 문득 백치 소녀가 아키유키의 얼굴을 무서운 괴물이라도 보듯이 발길을 돌려 달려가던 모습을 떠올렸다. 아키유키는 가슴이 답답했다. 강가에 있는 다케하라 일가와 백 미터도 떨어지지 않은 곳에, 사내와 그 가족이 있었다. 가슴이 답답한 것은 다케하라 일가의 죽은 영혼과 작별하는 장소에 있기 때문은 아니었다.

그곳과 이곳은 너무나도 가까웠다. 아키유키가 어둠을 숨쉬고 물을 숨쉬며 지금 물들어 있듯이, 사내와 그 가족도 물들어 있었다.

아키유키는 배를 봤다. 진이치로의 배는 이케다 주변까지 가 있었다. 그곳은 기차가 개통되지 않았던 시절에는 항구였다. 그 배 저편에 불에 타며 떠내려가는 다른 배가 있었다. 후사가 아키유키의 얼굴을 보고 "그 애들은 모두 돌아갔니?" 하고 묻는다. "요시코도 기미코도 어린애처럼 본오도리니 가장 행렬이니 하며 난리더구나."

"돌아갔어" 하고 아키유키는 대답했다.

"춤을 출 거라며." 후사는 아키유키의 등을 때렸다. 일순 아키유키는 등에 소름이 끼치는 것을 느꼈다. 후사의 숨결, 후사의 가슴속 심장 소리가 귀를 기울이면 들리는 것 같았다. 아키유키는 문득 자신이 아리마에 세운 하마무라 마고이치의 비석처럼 어둠 속에 서 있는 듯한 느낌이 들었다. 아키유키는 자신의 호흡 소리를 느꼈다. 다케하라 아키유키, 그 이름이 싫었다. 다케하라 후사, 그 이름이 싫었다. 아키유키는 등에 번진 소름과 불쾌감이 무슨 까닭인지 모르는 채 생각을

272

이어갔다. 하마무라 아키유키, 그 이름도 싫었다. 친아버지 하마무라 류조가 바로 곁에 있다. 그곳에서 남들과 마찬가지로 죽은 자의 영혼을 바다로 보내고 있다.

골목에서는 지금 '불쌍한 남매의 동반 자살' 이라는 본오도리 노래가 울려퍼지고 있을 것이다. 생각해보면 아키유키는 그 골목이 잉태하고 골목이 낳은 아이나 마찬가지로 자랐다. 아키유키에게는 아버지가 없었다. 아키유키는 후사의 사생아가 아니라 골목의 사생아였다. 아키유키는 사생아에게는 아버지도 어머니도 형제도 일절 없다고 생각했다.

아키유키는 도루를 불렀다.

도루는 아키유키 옆에 서서 턱으로 유키를 가리키며 "내일부터 또 자랑하고 다니겠지" 하고 말했다. "어차피 자기들 위안일 뿐인데. 죽으면 그걸로 끝인데." 도루는 그렇게 말하고 "내일부터 다시 힘을 내서 일해야겠군" 하며 사흘 동안 쉰 탓에 몸이 굳어지기라도 했다는 듯이 팔을 흔들었다. 아키유키는 그러한 도루의 말에, 햇살을 받아 달아오른 풀냄새를 떠올리고 산을 생각했다. 유키는 또다시 골목이나 제재소 근처의 집들을 있는 일 없는 일 떠벌리며 다닐 것이다.

햇빛에 물들고 싶었다.

햇빛에 씻겨, 땀이 온몸을 적시고, 자신은 돌멩이나 풀, 흙과 같아진다. 햇빛은 아키유키를 스물여섯 살의 사내로 만들었다. 스물여섯 살의 사내가 지닐 수 있는 여분의 것들을 없애주었다.

아키유키는 고로가 차를 세워뒀다는 언덕을 향해서 혼자 강가를 걸었다. 사내와 그 가족은 아직 물가에 있었다. 커다란 체구의 사내는 어둠 속에서도 분명히 알 수 있었다. 아키유키는 지금까지 진이치로의 배를 떠나보내는 강가에 있으면서 그 사내와 비밀리에, 희미한 어둠 속에 가득한 선향 연기와 찰싹찰싹 바위를 씻는 물과 그 냄새로, '아버지! 아들아!' 하며 말을 주고받았던 것 같은 느낌이 들었다. 아키유키는 그 곁을 지나쳤다. 그때, 뒤에서 "어디 가는 거야?" 하고 도루가 말을 걸었다. 아키유키가 뒤돌아보며 "아무 데라도 상관없어" 하고 대답했을 때 "어이!" 하는 소리가 들렸다. 아키유키를 알아차린 그 사내의 목소리였다. "아키유키냐?" 하는 소리가 들렸다. "자네야?" 하마무라 류조는 그렇게 부르기도 했다. "어이, 이리 와, 도미코도 있어."

아키유키는 어둠 속에서 얼굴이 상기되는 것을 느꼈다. 다케하라 일가 쪽에서 도루가 아키유키의 뒤를 좇아 강가를 달려오는 것이 보였다. 아키유키가 멈춰 선 것을 본 도루는 "잠깐 기다려" 하고 말했다. 아키유키는 도루를 보면서, 하마무라 류조인지 아니면 그 아들인지가 강가의 돌을 차서 내는 소리를 듣고 있었다. 도루는 아키유키 앞에 와서 다리를 들고는 "돌이 울퉁불퉁해서 신발 끈이 끊어져버렸어" 하고 말했다. "천 엔 손해봤네. 산 지 얼마 되지도 않는데."

"이리 와, 이리 와, 너의 할아버지와 할머니야." 사내는 그렇게 말했다. 도루가 그 소리를 듣고 "아아" 하는 소리를 내고는, 이어서 "오늘은 모두 여기 와 있군" 하며 신발을 벗어서 끊어진 끈을 살폈다. 강 건너편과 강변 도로에서 비치는 불빛은 희미했다. 침침한 어둠이었다. 얼떨결에 "어이, 자네" 하고 어르듯이 부르는 소리에 이끌려서 가더라도 이상할 것은 없었다. '아키유키' 하고 부르는 그 목소리는 틀림없는 친아버지의 목소리였다. '아버지! 아들아!' 하고 서로 소리내어 부르지는 않더라도, 멀리 떨어져 있으면 윤곽조차 분명치 않은 희미한 어둠 속에서, 강가의 돌 위에 선 채 그곳과 이곳을 잇는 물을 느끼고 선향 냄새를 동시에 마신다는 것은, 서로를 부르는 것과 마찬가지였다. 가슴이 두근거렸다. 아키유키는 걸었다.

　그 사내 하마무라 류조는 다가오는 아키유키를 보고 "왔다, 왔어, 아키유키가 왔어!" 하고 어린애처럼 들뜬 목소리로 말했다. 하마무라 류조와 이야기하고 있던 흰 셔츠의 사내는 만면에 미소를 띠며 아키유키를 봤다. 그 부자연스러운 웃음을 보고 아키유키는, 자신이 사내의 목소리에 이끌려, 돌에 꽃을 장식하고 공물을 올린 그곳으로 걸어간 것을 후회했다.

　"아키유키, 아리마의 본오도리를 보고 왔나?" 하마무라 류조는 물었다. 어르는 듯한 목소리였다.

　"아니요" 하고 아키유키는 무뚝뚝하게 대답했다. 아키유키와 눈이 마주친 요시에가 "아버지가 아키유키 얘기를 자주 하니까 항상 만나고 있는 것 같은 느낌이 들어" 하고 말했다. 요시에는 도미코와 도모카즈에게 인사하라고 말했다. "히데오가 남의 차를 망가뜨렸을 때 신세를 졌다며?" 요시에가 그렇게 말하자 히데오는 아키유키의 얼굴을 쳐다본 채로 끄덕였다. 히데오답지 않았다. 길거리에서 보는 히데오는 손을 대면 물어뜯을 듯한 들개와도 같았다. 돌 위에 놓인 선향 다발에서 연기가 솟고 있었다.

　그 사내 하마무라 류조는 희미한 어둠 속에 서 있었다. 그 사내가 어디에서인지 모르게 골목에 나타나 모든 사건을 일으킨 것이었다. 역 뒤의 바라크를 불태웠다. 그리고 골목도 불태우려 했다. 유곽 부근의 방화와 지금 '아카시아'가 서 있는 길에서 좌측으로 백화점이 서 있는 번화가의 방화도 그 사내가 한 짓이라는 소문이 있었다. 사내는 이쿠오와 요시코, 미에와 기미코 네 명의 자식을 거느린 후사의 집에 눌러 살았다. 이쿠오가 훗날, 후사와 아키유키를 죽여버리겠다며 시게조와 살고 있는 집에 나타났지만, 결국 자살한 것은 이 사내 탓이었다. 이쿠

275

오는 후사의 배후에서 이 사내를 본 것이다. 아키유키의 배후에서, 분명치도 않은 조상을 들먹이는, 주위로부터 어디서 굴러먹던 개뼈다귀인지도 모른다는 비웃음을 사고, 세 여자를 동시에 임신시킨 이 사내를 보았다. 이쿠오는 술에 취한 채 후사의 가슴에 식칼을 들이대고, 어금니 가는 소리를 내며 "죽여줄까?" 하고는 다다미 위에 힘껏 식칼을 내리꽂았다. 이쿠오는 후사와 아키유키를 죽이지 못했다. 결국 이쿠오 자신이 목을 매달았다. 이쿠오는 사내를 죽이고 싶었다. 이쿠오에게 아키유키는 동생이며, 그 사내가 후사에게 낳게 한 자식이었다. 아키유키의 몸에 있는 절반가량의 피, 아키유키는 사내를 보고 생각했다.

"절름발이춤을 봤나?" 하마무라 류조가 흰 셔츠의 사내에게 그렇게 묻자 "글쎄" 하고 대답한다. 하마무라 류조는 불만스러운 표정을 짓는다. "에노모토 씨도 남의 산으로 돈을 벌 생각이라면 장사하는 말솜씨말고도 마음껏 즐기는 법을 배워야지."

에노모토라고 불린 사내는 웃음을 띤 채로 "네" 하고 대답한다.

"나에게 재산을 빼앗긴 저 부근의 멍청이 이대와 삼대가 내가 마고이치 비를 세우자, 개뼈다귀가 이제 와서 조상을 들먹이며 헛소리한다고 비웃고 있지만, 말하자면 마고이치는 일종의 놀이야. 게이샤 놀이와 마찬가지라구. 젊은 게이샤를 첩으로 두고 살림을 차리면 마고이치의 몇 배나 돈이 들지. 안 그런가, 자네? 장사만이라면 조상 따위가 무슨 소용이겠나?" 사내는 그렇게 말하고는 왼쪽 다리를 구부리고 오른쪽 다리만으로 두 차례 깡충깡충 뛰었다. 다음에는 왼쪽 다리를 내리고 두 차례 합장을 하듯이 손뼉을 쳤다. 사내는 다시한번 같은 동작을 되풀이하더니, 이번에는 왼쪽 다리를 구부려서 오른쪽으로 뛰고는 손뼉을 친다. 사내의 동작은 쉰이 넘었다고는 여겨지지 않을 정도로 가벼웠다. 요시에와 도미코는 사내의 행동을 보고 웃고 있었다.

"도모카즈!" 하고 사내는 불렀다. "형한테 아리마의 절름발이춤을 보여줘라."

"창피하게." 도모카즈는 말했다.

"계집애 같은 소리 하지 마!" 하며 히데오가 도모카즈의 어깨를 쿡 찔렀다.

"향토사를 연구하는 분의 말씀에 따르면, '풀잎의 이슬이 되어' 라는 구절도 마고이치를 노래한 것이고, 절름발이 모습으로 춤추는 것도 남들의 눈에 그렇게 보인 게 아니라, 무언가 후세에 남기기 위한 거라고 하더군. 일향종 항쟁의 처절한 고통을 전하는 의미도 들어 있다는 거야. 여간한 어려움이 아니었겠지. 기어서 산을 넘었을 테니까." 사내는 그렇게 말하고는 다시 절름발이 춤을 시작했다. 헉헉거리는 사내의 숨소리가 들렸다. 아키유키는 그 사내를 보고 있었다. 에노모토는 여전히 얼굴에 웃음을 띠고 있었다. 사내는 아부로도 냉소로도 보이는 그 웃음에 자극되어 저항하려고 춤을 추는 것 같았다.

그 사내가 자신의 절반을 만들었다는 사실이 아키유키로서는 견디기 어려웠다. 사내의 말처럼 마고이치 전설이 사실이라 하더라도, 사내가 아리마에 비석을 세워 피가 영원히 멸하지 않고 과거에 몇 대나 이어져 왔듯이 앞으로도 몇 대나 계속되기를 기원하는 것이라면, 아키유키는 자진해서 멸족시키고 싶었다.

도미코는 요시에의 뒤에 몸을 숨기고 사내의 춤을 부끄러운 듯이 웃으면서 보고 있었다. 도모카즈는 서 있었다. 히데오도 서 있었다. 아키유키는 그곳에 친화감이 넘치고 있음을 느꼈다. 남이 끼어들 여지는 없어 보였다. 사내는 아키유키의 어깨를 두드리며 "이런 식이야" 하고 말하고는 춤을 멈췄다. 아키유키는 사내의 손길이 어깨에 닿자 소리를 내며 몸에 불이 붙는 느낌이었다.

"못된 짓만 했더군." 아키유키는 그렇게 소리내어 말했다. 문득 흥분이 가라앉은 듯 아키유키의 눈에서 눈물이 흘러나와 땀방울처럼 눈앞을 가렸다. "아리마에 가서 수소문해봤어. 당신이 도둑질도 하고 살인도 저질렀다는 사실을."

"무슨 소리야, 자네?" 사내는 당황했다.

"이 고장에서도 마찬가지야. 역 뒤를 불태우고, 골목에 불을 지르려 했지. 하마무라 마고이치가 들으면 기가 차겠군. 당신이 하는 짓은 내일 먹을 쌀도 없는 가난한 사람들을 괴롭히는 거나 마찬가지야." 아키유키는 말했다. 모든 것을 부정하고 싶었다. 흥분한 탓으로 혀가 매끄럽게 움직이지 않았다. 아키유키는 유키가 한 말을 떠올렸다. 그것은 사내가 믿는 먼 조상 하마무라 마고이치 이야기였다. 마고이치 일당이 패주하던 길은 다케하라 일족이나 골목 주민 절반가량의 먼 조상이 이동하던 경로와 비슷하다는 것이었다. 가레키나다는 가난한 곳이었다. 바다가 눈앞에 있어도 해안이 절벽을 이룬 탓에 배를 댈 항구가 없었다. 평지가 없고, 바로 산으로 이어졌다. 바닷가의 산에서 자라는 나무들은 끊임없이 불어대는 해풍으로 한결같이 잎이 떨어지고 둥치와 가지가 휘어서 마치 고목처럼 보인다. 산을 개간해서 심은 작물도 자라지 않았다. 다나베에서 나카헤지를 거쳐 혼구까지 오면, 그곳부터는 강을 따라 이곳으로 올 수도 있고, 강을 건너 아리마로 갈 수도 있다. 사람들은 기다시피 하여 나무가 나무답게 자라는 장소로 내려갔다. 또한 산 속에는 '다이다라봇치' 라는 커다란 덩치의 절름발이 남신(男神)이 있다고 했다. 유키는 아키유키의 얼굴을 보고 "그렇게 아주 닮았다면 헤이케*라는 먼 옛날의 조상이 아니라 마고이치라는

---

* 平家. 12세기경 정권을 잡았던 무사 집안.

사람을 조상으로 삼을까?" 하고 놀랐다.

"아리마에서 뭐라고 수군거리는지 알고 있어요?"

"다들 그렇게 말하지. 있는 말 없는 말 꾸며서 말이야."

아키유키는 사내를 보고 있었다. 그 사내는 역 뒤의 바라크에 불을 지르고, 그 길로 골목에 나타난 것이었다. 사내는 골목에 불을 지르려 했다. 불을 질러서 골목을 없애려 했다. 그 골목은 어디서 왔는지 출신이 불분명한 사내에게는 지나가다가 들른 장소였지만, 아키유키에게는 태어나 자란 곳이었다. 공동 우물, 그것은 아직 있었다. 골목의 집들은 한결같이 처마 밑에 나무로 만든 화분을 두고 꽃을 심었다. 애정을 느꼈다. 아키유키는 강가에 서서 사내를 보면서, 그 골목에 대한 애정이 가슴 가득히 번지는 것을 느꼈다. 아키유키는 오랫동안 그 느낌을 깨닫지 못했다고 생각했다. 다케하라도 니시무라도 아니다. 하물며 하마무라 아키유키도 아닌, 골목의 아키유키였다. 본오도리가 지금 한창일 것이다.

사내는 얼굴을 돌렸다. 고개를 숙이고 발로 돌을 찼다. "있는 말 없는 말 꾸며서들 말하겠지. 내가 사쿠라와 짜고 동네에 불을 지르며 다녔다느니 땅 투기를 했다느니." 사내는 얼굴을 들었다. "역 뒤도 골목도 분명히 사쿠라 것이었지. 지금도 골목은 조사해보면 알겠지만 등기는 사쿠라 것으로 되어 있어." 사내는 웃음을 띠었다. "이봐, 역 뒤에 불을 질러 빈터로 만들어서 다시 가난한 사람들에게 파는 그런 어리석은 짓을 내가 할 리가 있나? 사쿠라 아저씨는 바라크에 불이 나서 몽땅 타버렸을 때, 울타리를 치고 이제부터 그곳을 이 고장의 중심지로 만들겠다며 큰 점포에게만 땅을 빌려주려 했지만, 바로 내가 설득한 거야. 편안하게 살아온 사람은 모르겠지만, 가난한 사람들은 쉽사리 쫓겨날 정도로 마음이 너그럽지 못하다고 말이야."

"땅을 산 건 당신에게서잖아?"

"그렇지, 이 고장 제일의 땅부자인 사쿠라의 지배인을 하고 있었으니까." 사내는 소리내어 웃었다. "옛날이나 지금이나 소문이 많은 인간이야. 난, 차라리 그게 낫다 싶어 그러려니 한다네. 골목 사람들이 내가 불을 지르러 왔다고 말하는 건, 골목 사람들도 누구나 나처럼 되면 골목을 태워 없애고 흔적도 없이 과거를 지우고 싶어지리라고 생각한 때문이야. 죽은 사쿠라 아저씨가 이 고장의 지도를 보고, 그렇지 여기가 한복판이로군, 여기가 번화가가 되면 편리해서 벽지나 타고장의 역에서 손님이 올 거야, 하고 말했지만, 그곳 사람들도 그런 말이 나오리라는 사실을 알고 있었을 거야. 난리가 났지." 사내는 그렇게 말하고는 발로 돌을 쿵쿵 밟았다. 체구가 큰 사내였다. 본인데도 일터에서 돌아온 듯 승마 바지를 입고 있었다. 나란히 선 아키유키는 그 사내보다 키가 약간 작았다. 아키유키는 더이상 그 사내에게 어떻게 말해야 좋을지 몰랐다. 아키유키는 일순간 사내가 석유통의 휘발유를 골목의 집들과 벽에 마구 뿌려대는 모습을 보았다. "설령 방화 소문이 사실이라 하더라도, 소문이야, 소문, 소문!" 사내는 숨쉬듯이 웃었다.

"아키유키는 골목의 일을 생각하지 않아도" 하고 사내가 말을 건네자, 아키유키는 "당신, 함부로 아키유키라고 부르지 마!" 하고 대들었다. 그때였다. 히데오가 "이 새끼!" 하며 아키유키에게 덤벼들었다. 순간적으로 몸을 피했다. 도모카즈가 뒤에서 몸을 붙잡자 히데오는 "놔, 이거 놔!" 하고 몸을 비틀며 흥분하다가, 도모카즈가 손을 놓지 않으리라는 것을 알자 "당신이라니, 아버지한테 함부로!" 하고 소리쳤다. 도미코가 손으로 얼굴을 가린 채 요시코의 등에 기대어 울기 시작했다. 그곳에 도미코와 도모카즈와 히데오가 있는 것은 알고 있었다. 아키유키에게 하마무라 류조는 아버지가 아니라 그 사내라고

부를 수밖에 없는 인간이라 하더라도, 그들에게는 어엿한 아버지였
다. 아니 그들에게는 어엿한 아버지라는 이유에서, 아버지와 자식들,
아버지의 아이를 낳은 여자와 그 자식들, 그러한 친화감이 넘치고 팽
배해 있었다. "아키유키!" 하고 뒤에서 도루가 불렀다. 히데오는 방
금 전까지만 해도 아키유키의 얼굴을 멍하니 바라보고 있었던 것이
다. "당신, 당신 하고 아버지를 향해서 말하다니, 그래도 되는 거냐
구!" 히데오는 도모카즈의 손을 뿌리치려고 안간힘을 쓰면서 울부짖
었다.

그리고 그것은 돌발적으로 일어난 사건이었다. 모두 그곳에 있었
다. 모두가 보고 있었다. 아니, 희미한 어둠에 둘러싸여, 그 장면을 본
것은 가까운 거리에 있는 당사자 두 사람뿐이었다. 애당초 그 거리에
서는 애무나 주먹다툼, 두 가지 방법밖에는 없었다. 일 미터만 떨어지
면 몸의 윤곽이 흐릿해지는 어둠이었다.
도루가 부르는 소리에, 아키유키는 울며 고함지르는 히데오로부터
도망치기 위해 물가 쪽으로 걸었다. "몇시야?" 하고 아키유키는 물었
다. 곧 여덟시가 될 거라고 도루는 대답했다. "내일부터 다시 작업이
로군." 도루는 아키유키의 흥분을 진정시키려는 듯이 말했다. 아홉시
에 '아카시아'에서 노리코와 만나기로 되어 있었다. 아키유키는 물가
를 따라 걸으며 파도에 돌이 씻기는 것을 보았다. 그 부근은 방금 전까
지 미에 일행이 선향을 피우고 공물을 놓았던 곳이었다. 강어귀에서
조류가 역류하여 수위가 높아지고 있었다. 모든 것이 흔적도 없이 사
라져버렸다.
갑작스런 일이었다. "위험해!" 하고 도루가 비명처럼 외쳤다. 히데
오가 돌멩이를 들고 뒤에서 내리치려는 자세로 달려들었다. 히데오

는 돌멩이를 내리쳤다. 어깨에 맞았다. 아키유키는 히데오의 몸을 부둥켜안듯이 붙잡아 쓰러뜨렸다. 뼈가 굵기는 하지만 가느다란 몸매였다. "뭐야, 넌!" 하고 말하는 히데오를 그대로 짓누른 아키유키는 "어딜 함부로, 쪼그만 게" 하며 뺨따귀를 한 대 때렸다. 누르고 있던 손의 힘을 빼자 히데오는 허겁지겁 일어났다. "이 새끼!" 하며 다시 덤벼들었다. 아키유키는 주먹다짐을 할 마음이 없었기에 히데오를 깔고 앉았다. 마치 저항하는 여자를 강간하는 느낌이었다. 히데오는 아키유키의 몸을 밀어젖히려고 발버둥쳤다. "잠깐 도와줘." 아키유키가 얼굴을 들어 도루에게 말하는 순간, 히데오의 주먹이 콧등을 쳤다. 따뜻한 피가 흘러 떨어졌다. 아키유키는 밑에 깔린 히데오의 얼굴을 봤다. 눈이 아키유키를 보고 있었다. 그것은 돌발적이었다. 그 눈을 향해 아키유키는 주먹을 쥐고 팔에 힘을 주어 내리쳤다. 히데오의 얼굴에 닿은 주먹의 통증과 더불어 아키유키의 무엇인가가 무너졌다.

몸이 뜨거웠다. 불길이 전신을 감싸고 있었다. 히데오가 밀어젖히려고 발버둥쳤다. 깔고 앉은 채 옆에 있던 물에 젖은 돌을 잡고, 그것으로 머리를 때렸다. 죽여버릴 테다. 코에서 피가 흘렀다. 히데오의 셔츠는 검게 물들고 있었다. 신음 소리를 내며 히데오는 손으로 얼굴을 가리고 더이상의 공격을 피하려 했다. 그 히데오는, 길거리에서 봤을 때와도, 십 분쯤 전에, 서 있는 아키유키를 멍하니 보고 있다가 느닷없이 '당신, 당신 하다니, 아버지한테' 하며 덤벼들던 때와도 달랐다. 통증에 신음하고 있는 듯이 보이기도 했고, 쓰러진 채 비탄에 잠겨 있는 듯이 보이기도 했다. 얼굴을 향해서, 아키유키는 내리쳤다.

피가 흐르고 있었다. 하지만 검은 물과 피는 어둠 속에서 구별이 되지 않았다. 아키유키의 눈앞에 수위가 높아진 강물에 떠 있는 꽃이 보

282

였다.

도루가 아키유키의 몸을 뒤에서 붙잡았다. 일순간의 일이었다. "이 녀석이, 이 녀석이" 하고 말하며 아키유키는 일어섰다. 사람들이 달려 오는 것이 보였다. 어둠침침한 강가였다. 바람은 불지 않았다. 히데오 는 물가에 머리를 두고 양손으로 얼굴을 가린 채 몸을 흠칫흠칫 떨고 있었다.

다케하라 일가도 후사도 그 강가에 있었다. 그 사내 하마무라 류조 도 있었다. 숨이 거칠었다. 아키유키의 몸은 텅 비어 있었다. 드디어 죽였구나, 하고 아키유키는 생각했다.

"와, 큰일이다!" 하는 소리가 들리자, 도루가 아키유키의 몸을 흔들 며 "도망치지 않을 거야?" 하고 소리쳤다. 다리가 잘려나간 듯한 느낌 이 들어 움직일 수가 없었다. "당신 자식을 돌멩이로 때려 죽였어." 희 미한 어둠 속에서 아키유키는 그렇게 말했다.

히데오의 피인지 강물인지 구별되지 않는 것이 돌과 돌 사이에서 찰싹거리며 파도치고 있었다. 그것은 검게, 바다까지 이어지고 있었 다. 광활한 바다는 아리마도 이 땅도 가레키나다도 뒤덮고 있었다.

"도망쳐!" 하고 도루가 소리쳤다.

"어디로?" 아키유키는 물었다. 아키유키는 히데오를 봤다. 쓰러진 채 피를 흘리며 몸을 경련시키고 있는 것이 히데오가 아닌 것 같았다. 그것은 생소한 사람이었다. 아키유키는 손을 봤다. 손으로 이마를 비 볐다. 아키유키의 몸에서 땀이 솟고 있었다. 도루가 가만히 서 있는 아키유키의 팔을 잡고는 언덕 쪽으로 데리고 걸었다. 그 사내는 히데 오의 몸을 볼 것이다. 사내는 자신의 머리가 깨지기라도 한 듯이 머리 를 감싸고 신음할 것이다. 물가로 달려가는 사람들이 아키유키 곁을 지나쳤다.

언덕에 이르자 도루가 "아키유키, 도망치자!" 하고 귀에 숨을 내뿜으며 말했다. "나밖에 모르니까, 주위에 아무도 없었으니까."

"어째서? 죽인 게 뭐가 잘못이야? 그 녀석에게 물어보고 와." 아키유키는 말했다. 도루는 아키유키의 어깨에 손을 대고 어깨의 근육을 잡았다. 어깨가 아팠다. 아키유키의 몸이 떨리고 있었다.

사내의 신음 소리가 들려왔다. 아키유키는 도루에게 어깨를 붙잡힌 채 바지를 뒤졌다. 자동차 키를 꺼냈다. 숨이 거칠었다. 사내가 아니라 아키유키 자신이 통증을 참는 짐승처럼 신음 소리를 내고 있음을 깨달았다. "죽인 게 뭐가 잘못이야?" 다시 한번 아키유키는 자기 자신에게 확인시키듯이 잠긴 목소리로 말했다. 손에는 피가 엉겨 붙어 있었다. "그 녀석이 나빠, 그 녀석이 덤볐으니까." 아키유키는 손을 바지 엉덩이에 세게 문지르고는 다시 언덕의 어둠에 비춰봤다. 핏자국은 지워지지 않았다. 아키유키는 자동차 키를 손에 든 채 어디로 도망칠까 망설였다. 바다와 산과 강으로 둘러싸인 이 땅에서 태어나고 자란 아키유키는 별달리 갈 곳이 없었다. 햇빛을 받고 바람을 호흡하며 스물여섯까지 살았던 것이다. 후사도 그 사내도 여기에 있었다. 그 사내는 이제 무슨 일이 벌어졌는지 알아차렸을까? 사내에게 분명히 알려주고 싶었다. 그 사내의 자식을, 그 사내의 배다른 자식이 죽였다. 그 사내의 먼 조상 하마무라 마고이치의 핏줄이, 하마무라 마고이치의 핏줄을 죽였다. 모든 것은 그 사내의 성기에서 나온 재앙이었다. 산길을 기듯이 발을 질질 끌며 빛이 있는 쪽으로 바다 쪽으로 흘러온 가공의, 열병에 걸린 하마무라 마고이치의 성기가 몇백 년이나 지난 지금, 핏줄이 핏줄을 죽이는 참사를 만들었다.

몸은 아직 떨리고 있었다. 아키유키는 문을 열고 혼자 차에 탔다.

그 땅은 바닷가를 따라가면 오사카와 나고야로, 산길을 지나면 나라로 통했다. 산이 몇 겹이나 중첩되어 산과 산의 기슭에 사만 명도 채 안 되는 사람이 사는 그 땅덩이는 기이 반도의 동남부 중에서도 예부터 개방된 마을이었다. 여러 개의 얼굴을 갖고 있었다. 옛날에는 해안선에 항구가 없었던 탓으로, 배는 강어귀로 들어와 이케다 항구에 배를 댔다. 예부터 불의 신을 낳아 여음이 불에 탄 이자나미노미코토를 모신 하나노이와의 큰 바위는, 배를 타고 바다에서 보면 여음 그 자체로 보인다고 했다. 그곳은 또한 구마노 삼사(三寺)에 참배하는 사람들이 모이는 사찰 마을이자 숙박 마을이기도 했다. 기이토쿠가와 일가의 가로(家老) 미즈노 이즈모가 통치하는 성시(城市)였다. '아카시아'는 성터에서 도리데 마을의 교차로를 왼쪽으로 돌아 번화가를 지나서 신카지 마을에서 왼쪽으로 꺾어진 곳에 있었다.

그 사내 하마무라 류조가 사는 다카다이 일대는 별장 저택이라고 불렸다.

골목 가까이를 달리는 도랑은, 하야타마다이샤 뒤쪽의 유곽이 있었던 산본스기에서 시작되어 다이오치의 오하구로 도랑*으로 흘러들어 우키 섬을 통과했던 것이다. 그 우키 섬에 화재가 발생한 것은 패전 직후였다. 아키유키가 태어나던 무렵 화재가 빈발했다.

풀잎이 어둠 속에서 소리를 냈다.

빛은 아직 아무 데도 없었다. 그러나 하늘은 밝아오고 있었다. 평소라면 이미 일어나 있을 시간이었다. 팬티 바람으로 밖에 나가 덤프트럭 엔진을 걸었다. 목부용은 달콤한 향기를 내뿜었다. 창고에서 그대로 작업 도구를 꺼내오는 일도 있었고, 일단 집으로 들어가 찬물에 얼

---

* 유녀들이 도망가지 못하도록 유곽 주변에 만든 도랑.

굴을 씻고 입을 헹군 뒤, 작업 바지를 입고 덤프트럭에 도구를 싣는 일도 있었다. 창고 곁의 닭의장풀이 여기저기 꽃을 피우고 있었다. 파란 꽃잎은 밤의 물기를 머금어 반짝이고 있었다. 아키유키는 보았다. 그 모두가 환상이었던 것 같았다. 아키유키는 풀 위에 앉아 있었다. 그러던 중 하늘의 밝은 색이 확대되며 서서히 밑으로 내려와 아키유키 눈앞에 있는 관목의 부드러운 잎, 나긋나긋한 가지를 선명히 보여주었다.

히데오는 길거리에서 "이런 곳에서 말 걸지 마!" 하고 소리쳤다. 히데오는 아키유키보다 칠 년 늦게 요시에의 배에서 태어난 자식이었다. 강가의 희미한 어둠 속에서 히데오는 아키유키를 멍하니 보고 있었다. 손을 뻗치면 그 히데오의 머리를 만질 수도 있었다. 아키유키는 그때 사내를 향해 말하면서 그 곁에 있는 히데오나 도모카즈는 안중에도 없었다. 히데오는 과거에 하마무라 류조가 골목의 젊은 과부를 임신시켜 아키유키를 낳게 했다는 사실을 알고 있었다. 눈앞에 있는 것은 하마무라 류조의 첫아들, 장남이었다. 자신의 형이었다. 태어나서 이제까지 하마무라 류조가 함께 산 적은 없었고, 자신도 마찬가지였다. 히데오는 그렇게 생각하고 있었다. 히데오는 아키유키가 이복형이라는 사실은 확실하지만, 그것이 무엇을 의미하는지는 몰랐다.

몬 마담은 잡담을 하던 중 하마무라 류조에게서 그 이야기를 들었다. "히데오가 아키유키는 자기와 어떻게 되는 관계냐고 묻는 거야." 사내는 그렇게 말했다.

"어떻게 되다니? 네 형이지." 사내는 히데오에게 대답했다.

"집에는 나하고 도모카즈하고 도미코밖에 없잖아요?"

"집에 없는 게 당연하지."

"집에 있는 아들은 도모카즈와 나뿐이잖아." 히데오는 말했다. 그 히데오의 머리를 "집, 집 하지 마, 이 멍청아!" 하고 쥐어박았다. 때리지 말아요, 하고 히데오는 입을 빼물고 말했다. "집이 무슨 의미가 있냐고 히데오에게 말했지만, 고작해야 아직 열아홉이니까 알아듣지 못하더군."

몬 마담의 전언에 따르면, 사내는 이따금 히데오에게 마고이치가 어떻게 싸우고 어떻게 패해서 희망을 후세에 걸려고 했는지 이야기했다.

집은 관계 없다. 여자는 남자 밑에 깔려서 남자의 씨앗을 잉태하고, 남자의 쾌락을 위해서 존재할 뿐이다. 사내는 말했다. 뿔뿔이 흩어져 사는 일가를 하나로 통합시키는 것은 집이 아니라 마고이치의 피였다. 아키유키는 틀림없는 장남이었다. 어디에서 왔는지, 무엇을 하다 지금에 이르렀는지, 과거에 관해서는 일절 입을 다물고 있는 정체 불명의 그 사내는 열병처럼 하마무라 마고이치를 내세웠다. 무엇이건 그 하마무라 마고이치가 해결한다. 하지만 히데오는 이해하지 못했다. 아키유키도 그 사내의 열병을 알 수 없었다.

아키유키는 히데오를 생각했다.

처음에는 히데오가 뒤에서 돌멩이를 들고 덤볐다. 아키유키는 몸을 피해서 히데오를 깔고 앉았다. 그때 그럴 마음은 없었다. 뺨을 때리는 것만으로 아키유키는 팔을 놓았다. 히데오는 다시 덤벼들었다. 히데오의 공격으로부터 몸을 피하면서 아키유키는 바람이 없는 따뜻한 어둠을 느꼈다. 물냄새를 느꼈다. 일순간 아키유키는 방금 전까지 서 있던 강가를 보았다. 사내는 아키유키의 할아버지 할머니의 영혼과 작별하는 것이라고 말했다. 사내와 요시에의 배에서 태어난 도미코, 그리고 도모카즈가 있다. 친화감이 넘치고 있었다. 히데오를 깔고 앉아 그 시선을 받았다. 그 두 눈을 부숴버리겠다는 듯 힘주어 내리쳤다.

돌멩이를 들어 머리를 쳤다. 아키유키는 몇 번이고 생각했다.

문득 아키유키는 생각했다. 몸을 떨었다. 아키유키는 자신이 열두 살 때, 스물넷으로 죽은 이쿠오와 똑같다고 생각했다. 이쿠오를 대신해 아키유키는 아키유키를 죽였다.

히데오가 십사 년 전의 아키유키였다.

이쿠오는 시게조와 후미아키, 후사와 아키유키의 집에 만취해서 나타났다. 그때도 네 사람이 있었다.

"엄마와 아키유키가 행복한 게 미우냐?" 성격이 괄괄한 후사는 말했다.

"그래 미워." 이쿠오는 대꾸했다. "당신들 둘만 멋대로 하잖아."

"아키유키는 아직 어리지만, 너도 요시코도 미에도 기미코도 어른이잖아."

"그래서 내팽개쳐도 되는 거야? 당신이 멋대로 행동하고, 달랑 아키유키만 데려가고 다른 자식들은 내버려둬도 되는 거냐구."

"아키유키는 어린애잖아."

"그 노름꾼의 자식만 소중한 거야? 기미코가 오사카에서 무슨 짓을 하고 있는지 알아?"

"이쿠오!" 하고 후사는 흥분하며 떨리는 목소리로 말했다. "잘 들어. 몇 번이고 몇 번이고 말하지만 아키유키는 다른 누구의 자식도 아냐. 내 자식이야. 엄마가 혼자 낳아서 기르기로 작정했어. 너나 미에와 마찬가지로 내 자식이라구. 시게조와 함께 살려고 데려온 건 너도 알잖아? 엄마는 이 아이가 불쌍하니까, 엄마도 형제 중에서 혼자 배다른 아이였으니까 아는 거야."

이쿠오는 일순간 생각에 잠기는 시늉을 했다.

"시끄러!" 하고 소리치며, 동시에 식칼을 다다미에 내리꽂았다. 아키유키는 슬프지도 않았다. 놀라지도 않았다. 그런 일이 몇 번이고 몇 번이고 있었다. 아키유키는 이쿠오에게 응석을 부리듯이 소리내어 울었다. "시끄러!" 하고 이쿠오는 다시 식칼을 다다미에 내리꽂았다. "마음을 가라앉히고 이야기하자구" 하고 말하는 시게조에게 "당신이 이러쿵저러쿵 간섭할 일이 아니야! 잠자코 있어!" 하고 소리쳤다.

"죽일 테면 죽여도 좋아. 나도 이런 너를 보는 게 괴로워. 내 배 아픈 걸 참아가며 낳은 자식에게 밉다는 소리를 듣다니. 배 아픈 걸 참으며 낳은 자식이 나를 증오해서 죽이려 들다니, 괴롭다구. 엄마는 너에게 맡기겠다. 찌를 테면 찔러도 좋아." 후사는 말했다. "의붓아버지와 후미아키에게도 부끄러워."

산등성이가 빛나고 있었다.

하늘이 밝은 청색으로 변하고 있었다.

아키유키가 차를 타고 달린 길은 혼구로 빠져 곧장 가면 나라, 왼쪽으로 꺾으면 다나베로 가는 강변 국도였다. 바닷가 길은 택하지 않았다. 혼구 직전에서 휘발유가 떨어졌다. 차에서 내린 아키유키는 견딜 수 없는 기분이었다. 산 속으로 뛰어들었다. 바위에 발을 부딪치고 나뭇가지에 얼굴을 긁히며 아키유키는 산 속으로 들어갔다. 바위가 많은 곳에서 발을 헛디뎌 일 미터가량 아래로 떨어졌다. 그곳에 웅크리고 앉았다. 허벅지에서 뜨거운 물 같은 것이 흘러나오고 있었다. 어둠 속에서 끈적끈적한 느낌이, 몸에서 흐르는 피라는 것을 알 수 있었다. 그러자 안심했다. 아키유키는 자신의 몸에서 흘러나오는 그것이, 한꺼번이 아니라 천천히 끊이지 않고 흘러나오면 좋겠다고 생각했다. 이윽고 죽는다. 흘러나온 것 대신에 몸에 햇빛이 가득 차서, 햇빛에 물들어 죽는다. 아키유키는 그렇게 되기를 기원했다.

이쿠오와 히데오를 죽였다. 어쩔 수 없었다. 그 두 사람을 죽이지 않으면 아키유키가 죽게 된다. 아키유키는 그렇게 생각했다. 아니 아키유키는 히데오가, 그때, 이쿠오에게 살해된 아키유키 자신이며 사실은 목매달아 자살한 이쿠오인 듯한 느낌이 들었다. 이쿠오가 충고라도 하듯이 죽은 열두 살 때부터 아키유키는 자신이 이쿠오를 죽였다고 생각해왔다. 이미 사람을 죽인 경험이 있는 것이다. 그때부터 아키유키는 변성기를 맞이하고, 음모가 자라고, 몽정을 하고, 나날이 성장하는 아키유키 자신을 두려워했다. 골격은 그 사내를 닮아서 굵었다. 털투성이의 정강이, 작업화를 신은 발. 짐승의 것이지 도저히 인간의 것이라고는 생각되지 않았다. 그것은 살인자의 몸이었다.

이쿠오는 언제나 보고 있었다.

이쿠오는 아키유키가 그 사내와 똑같은 모습으로 성장해가는 것을 보고 있었다.

아키유키는 작업에 열중했다. 햇빛을 받고 바람을 받았다. 그것이 스물여섯 살의 아키유키가 하는 일이었다. 어떠한 현장이라도 좋았다. 겨울날, 가슴까지 물이 차는 바닷가에서 하수도로 흘러드는 도랑의 바닥을 씻은 적도 있었다. 이가 제대로 마주치지 않을 정도였다. 시게조가 후미아키에게 작업반을 물려준 뒤, 아키유키는 현장 감독으로 일했다. 밤에 지하수를 퍼내는 펌프를 보러 갔다. 펌프는 작동하지 않았다. 작업한 지 얼마 되지 않는 콘크리트에 물이 고이고 있었다. 한겨울에 양동이로 물을 퍼냈다. 여름에는 몹시 더웠다. 땀이 마구 솟았다.

아키유키는 공사장 일을 좋아했다. 해와 더불어 일을 시작했고 해와 더불어 일을 중단했다. 하루 종일 흙을 일구고 퍼내고 돌담을 쌓고 콘크리트를 쳤다. 흙을 퍼내도 무엇인가 자라고 열매 맺는 것은 아니었다. 돌담을 쌓고 도랑을 만들고 콘크리트를 쳐도, 자신이 사용하는 것은 아니었다. 남들에게는 도움이 되어도 아키유키에게는 헛수고였다. 하지만 그 헛수고는 기분이 좋았다. 작업반의 현장 감독인 아키유키는 돈이 문제가 아니라 해를 상대로 일하는 것만으로 족했다.

햇빛이 산비탈까지 확대되었다. 빛이 비치고 있었다. 아키유키는 일어섰다. 허벅지에서 피가 흐르고 있었지만 아프지는 않았다. 관목의 부드러운 잎이 햇빛을 받으며 바람에 움직이고 있었다. 기온이 오르기 시작했다. 매미 소리가 어지럽게 들렸다. 관목 주위에 있는 삼나무 속에서 매미가 울고 있었다. 아키유키는 현장에서 몇 번이고 들었던 그 울음소리를 듣자, 모든 것이 꿈이었던 듯한 느낌이 들었다. 그것은 그 사내 하마무라 류조의 열병이 만들어낸 먼 조상 하마무라 마고이치가 꾸는 꿈이었던 것이다. 죽음의 어둠은 이곳이었다. 해는 바다 쪽에서 떠올라 산으로 진다.

아키유키는 해가 비치는 산길을 걸어서 위로 향했다.

풀냄새, 나무 냄새가 났다. 등을 구부려 관목 가지 밑을 지나 돌출된 바위를 밟았다. 아키유키는 걸으면서 몇 장이고 지도를 그리듯이 그 땅을 마음속에 그렸다. 숙박지이자 성시이며 사찰 마을인 그 땅은 시대에 따라서 도로가 변해왔다. 그 땅의 한복판에 산이 있었다. 그 산이 그 땅을 둘로 나누어, 메이지 시대에는 성터에 있는 언덕으로만 왕래할 수 있었다. 산은 수 차례에 걸쳐 깎인 결과, 지금 남은 것이라곤 아키유키의 집 곁에 있는 부분과 골목 뒤의 작은 산뿐이었다. 번화가는 역에서 그 작은 산을 돌아간 곳에 있었다. 골목 뒤의 작은 산은 방해물이었다. 시게조는 언젠가 시의 장기개발계획에서 그 산을 허물자는 안이 나왔다는 이야기를 들었다. "편리해지겠지" 하고 시게조는 마침 놀러와 있던 미에에게 말했다. "장 보러 가는 것도 시내 나들이처럼 될 거야." 시게조는 어떻게 해서든 그 입찰을 따내고 싶다고 말했다.

"누나네 땅은 어떻게 됐지?" 문득 생각이 난 아키유키가 물었다.

"이대로 빌려서 살 거야." 미에는 대답했다. "사네히로는 다른 곳에 땅을 사겠다고 말했지만, 난 다른 곳에서는 살 수 없어. 오빠가 죽은 곳이기도 하고."

그 작은 산을 깎아내게 되면, 분명히 역에서 번화가로 이어지는 도로가 뚫릴 것이다. 아키유키는 골목을 떠올렸다. 미에가 골목에서 떠날 수 없듯이 아키유키도 그 골목에서 떠날 수 없었다. 하지만 이미 피는 흘렀다. 자신은 도대체 무엇인가, 하고 생각했다. 다케하라 아키유키도 아니고, 니시무라 아키유키는 더구나 아니다. 아키유키는 멈춰섰다. 그곳에서 강변의 국도가 보였다. 아키유키는 세워놓은 차를 봤다. 도망치라는 도루의 말에 순간적으로 혼구를 지나 다나베로 가려 했던 것이다. 가레키나다에 갈 작정이었다. 도중에 견딜 수 없는 기분이 들어 차를 버렸다.

바람이 불었다. 산이 일제히 울어댔다.

강 건너의 산이 검게 보였다. 해는 산 저편을 비추고 있을 것이다. 해는 바다 쪽에 있었다. 산을 넘은 저편에 아리마가 있고, 강을 내려간 곳에 그 땅이 있다. 매미가 울고 있었다. 비명 소리였다. 잠시 그 소리에 귀를 기울였다. 자신의 몸이 울고 있었다. 남들이 보면 아키유키를 나무와 혼동할 정도였다. 매미 소리가 자신의 몸 속에 울리자, 아키유키는 자신이 나무라고 생각했다. 나무는 햇빛을 받아 내용물만 노출된다. 나뭇가지의 잎사귀가 흔들리며 햇빛에 납처럼 녹은 초록을 뿌린다. 풀냄새가 땀냄새처럼 풍긴다.

하마무라 마고이치는 가레키나다에서 기듯이 산길을 내려왔다. 그것은 사내가 만들어낸 열병이었다. 아니, 이 땅의 골목 사람들과 마찬가지로 아리마 사람들이 가레키나다에서 혼구로, 혼구에서 바다가 있고 빛이 있고 경작할 밭이 있고 물건을 사줄 사람들이 있는 땅으로 내려온 사실을 전해준 신화였다. 하지만 그 사내는 믿었다. 정사(正史)에는 오다 노부나가의 군에 의해서 멸망했다고 되어 있는데, 하마무라 마고이치는 애꾸눈 절름발이가 되어 부하들을 이끌고 강을 건너고 산을 넘어 아리마 마을로 내려왔다고 했다. 하마무라 마고이치 종언의 땅이라는 비를 세운 그 사내는, 아키유키가 사토코와의 비밀을 밝히자 "괜찮아, 괜찮아. 백치가 태어나도 괜찮아" 하고 말했다. 히데오가 아키유키에게 살해됐다는 사실을 알면 사내는 뭐라고 말할까? 아키유키는 사내가 광분해서, 아키유키를 낳게 하고 사토코를 낳게 하고 히데오를 낳게 한 자신의 성기를 잘라버리는 모습을 상상했다. 아리마의 땅에 세운 먼 조상 하마무라 마고이치의 석비를 때려부수는 모습을 상상했다. 호흡조차 괴로웠다. 매미는 귀가 찢어질 정도로 울어댔다. 나뭇가지의 잎사귀 하나하나가 하얀 뒷면을 드러낸 채 떨고 있었다.

아키유키는 땅에 엎드려 용서를 빌고 싶었다.

햇빛이 비치는 곳으로 나가고 싶었다. 아키유키는 햇빛을 받고 햇빛에 물들어 녹는다. 나무가 되고 돌이 되고 하늘이 된다. 아키유키는 제자리에 선 채로 풀잎처럼 떨었다.

미치코가 체중 이천오백 그램의 딸을 낳은 것은 팔월 말이었다. 아키유키가 그 땅으로 돌아가, 두 개의 국도가 교차하는 곳의 주유소에서 전화로 후미아키를 불러내어, 후미아키를 동반하고 경찰에 자수한 16일 낮부터 꼭 일 주일 후였다. 아키유키를 본 주유소의 사십대 사내는 "바지가 피로 물들어 있더군" 하고 말했다. 그리고 아키유키가 사람을 죽였다는 사실을 이튿날 신문에서 보고 "알 수 없는 일이야" 하고 말했다. 아키유키는 사십대 사내에게, 절벽에 핀 철쭉을 따려다가 떨어져서 나무 둥치에 찔렸다고 웃으면서 얼버무렸다. "병원에 데려다줄까?" 하고 말하는 사십대 사내에게, 피는 멈췄으니까 형을 불러내서 천천히 가겠다, 대수로운 일은 아니다, 라고 말했다. 경찰은 아키유키가 범인이라는 사실을 몰랐다. 불량배끼리의 싸움이라고 생각했다. 그날 밤 미에의 집까지 경관이 어림짐작으로 찾아왔다. 고로는 집요하게 알리바이를 추궁당했다. 아키유키가 자수하기까지 하루도 지나지 않았지만, 소문은 골목 전체에 퍼졌다. "류조가 변변치 못한 짓만 하니까 그런 일이 생긴 거야. 아리마에도 이 땅에도 산동네에도 원한을 지닌 사람이 많이 있을 거야" 하며, 원한으로 막내가 살해됐다고들 말했다.

아키유키가 범인이라고 자수하자 그럴싸한 소문이 나돌았다. 싸움 끝에 사람이 맞아 죽었다는 말에, 사내는 사람들이 모여 있는 강가로 갔다. 사람들을 헤치고 보니 자신의 아들이었다. 의사를 불러라, 경찰을 불러라, 하고 말한 사내는 일순간 범인이 이복형인 아키유키라는 사실을 알아차렸다. 사내에게도 인간의 감정이 있었던 것이다. 사내는 마침 함께 있다가 아키유키를 본 가족과 거래 상대인 에노모토에게 아키유키를 본 사실도 아키유키와 얘기한 사실도 입밖에 내지 말라고 명령했다. 사내는 경찰관에게 "글쎄" 하며 시치미를 뗐다. "함께 할아버지와 할머니에게 작별을 고하러 왔는데 누구와 싸운 걸까?" 하고 불안한 목소리로 말했다.

후미아키는 아키유키의 전화를 받고 즉각 후사에게 알리려고 집으로 갔다. 집 안은 저녁 기차를 타려고 준비하는 요시코 일가와 기미코

일가, 그리고 미에 부부와 미치코, 분조와 요이치까지 뒤섞여 난장판이었다. 후미아키는 후사에게 말하려다가 그만뒀다. 요이치가 후미아키의 얼굴을 보고 "아키유키 삼촌은?" 하고 물었다. "일하러 갔어" 하고 후미아키는 대답했다.

"아침도 안 먹고." 기미코가 말했다. "아키유키 나이 또래의 남자애들은 개나 마찬가지야. 우리집 개도 줄을 끊고 뛰쳐나가 사흘이나 소식이 없다가 바싹 말라서 돌아오더라구. 동네 사람이 그러는데 여섯 정거장이나 떨어진 역에서 꼬리를 흔드는 개가 있기에 자세히 보니 우리집 개였다는 거야. 암놈을 쫓아나간 거지."

"누구야 그 암놈은?" 요시코가 물었다. "우리집 사내를 독차지하려는 계집은?"

"미인이야" 하고 미치코가 대답했다. "피부가 희고 얌전해. 우리집 여자들보다는 훨씬 낫지."

"큰일이로군, 우리들보다 예쁘다니." 기미코는 말했다.

"얌전한 아이야" 하고 미에가 말했다.

"물론 어렵겠지만" 하고 말한 후사는 후미아키에게 책망을 당하기라도 한 듯이 "하루쯤 일을 쉬어도 상관없을 텐데, 모두들 돌아가니까" 하고 말했다. 신문을 보고 히데오의 사건은 알고 있었을 것이다. 후사는 아키유키가 일하러 갔다고 생각하지는 않았다.

"이제 돌아가는데" 하고 요이치가 말했다. "아키유키 형에게 고맙다는 말을 하지 못하면 오사카로 돌아갈 수 없잖아."

"나한테 말해" 하고 미치코가 말했다. "해수욕 갔을 때 아이스크림 사줬잖아. 그리고 너 바다 속에서 오줌 눴지? 사실은 그런 짓 하면 경찰에 붙잡혀 가."

"요이치, 정말로 그랬어?" 후미아키가 물었다. 요이치는 끄덕였다.

미치코는 요이치가 후미아키의 얼굴을 보고 있는 사이에 혀를 내밀었다. 웃음을 간신히 참은 미치코는 "바다에는 물고기가 있잖아?" 하고 말했다.

"어부들은 물고기를 잡거든. 그 물고기는 바다 속에 있고. 바다에 오줌을 누면 물고기가 더러워지는 거야. 내가 잠자코 있어줬는데." 요이치는 일순간 진지한 얼굴이 되더니, 곧이어 "바다는 넓어" 하고 말했다. "순 거짓말, 고맙다는 말은 안 할거야!" 하고 소리쳤다.

후미아키는 일단 아키유키가 기다리고 있다는 주유소로 갔다. 차에 휘발유를 넣고 병원으로 갔다. 아키유키는 무슨 말을 물어도 묵묵부답이었다. 후미아키가 시게조에게 말한 것은 아키유키를 경찰에 넘기고 나서였다. 어림짐작으로 토목과 직원들이 이용하는 시청 앞 다방으로 갔다. 마침 시게조가 있었다. 후미아키는 시게조를 밖으로 데리고 나와 이야기했다. 경찰에 자수시켰다고 말하자 얼굴이 새빨개져서 이를 드러내며 "이런 멍청한 놈!" 하고 소리쳤다. "아비에게 말도 않고 멋대로 하다니. 손쓸 방도는 여러 가지 있잖아." 시게조는 후미아키에게 당장 경찰서로 가자고 말했다. 그리고 차 문을 열고 운전석과 바닥에 묻어 있는 피를 봤다.

"뭐야?" 하고 물었다. 부상을 당한 아키유키의 다리에서 흐른 피라고 후미아키는 말했다. 후미아키가 올라타려 하자 "밟지 마!" 하고 말했다. 그러더니 "벌써 밟았구나" 하고 목소리를 떨궜다. 시게조는 후미아키에게 말했다. "엄마한테는 내가 말할 테니까 잠자코 있어."

시게조는 경찰서에 도착하자마자 즉시 아키유키를 면회하고 싶다고 했다. 거절당하자 목소리를 높였다. "아비인 나를 못 만나게 한다구?" 목이 굵은 접수 담당 경관은 어찌할 바를 몰랐다. 안쪽에서 "사람을 죽이고 뭘 잘했다고 큰소리야?" 하는 목소리가 들렸다. 시게조는 그 목소리와는 정반대 방향에 앉아 있던 경찰관이 말한 것으로 생각하고는 "죽였는지 어쨌는지 모르잖아!" 하고 반박했다. 결국 시게조는 아키유키와 만나지 못했다.

아키유키가 자수했다는 기사는 그 고장의 석간 신문 '기난 일보' 에 실렸다. 요시코와 기미코, 요이치가 돌아간 뒤였다.

시게조가 말하기 전에 후사는 알았다. 후사는 돌아온 시게조에게 그 신문을 보여줬다. "알고 있어" 하고 시게조는 말했다. 눈물을 흘린 것은 시게조였다. 시게조는 목소리를 죽여서 울었다. "뭣 때문에 이제까지 키웠는지" 하고 말했다. "큰일을 저질렀어."

유키가 시게조의 집에 가서 후사를 만난 것은 19일 점심 때였다. 후사로부터 그날의 전말을 전해 듣고 유키는 시게조의 눈물을 이해했다. 유키가, 걸어서 한 시간은 족히 걸리는 도루의 집으로 가서, 진이치로의 첩이었던 도루 어머니에게 여기저기서 들은 이야기를 한 것은, 시게조의 눈물을 말하고 싶었기 때문이었다. 유키는 시게조를 위해서 울고 싶었다. 유키는 눈물을 글썽이고 있었다. "아무리 친자식이 아니라 해도, 아키유키가 철부지였을 때부터 후사와 가까웠으니까 업어주고 안아주고 했잖아. 후사는 시게조와 만났을 때, 다른 자식들은 집에 두고 갓난애인 아키유키만 데리고 갔지." 유키는 그렇게 말했다. "몇 년 전엔가, 길에서 마주쳤어. 영화 보러 가는 길이라더군. 후사는 역시 아키유키를 데리고 있었어. 시게조는 말썽꾸러기인 후미아키를 집에 둔 채 셋이서 손을 잡고 싱글거리는 거야. 화가 나서 언제 또하나 자식을 낳았느냐고 빈정대도 시게조는 싱글거리기만 하더라구. 그때부터 아키유키를 데리고 키웠으니까." 유키는 그렇게 말하고는 눈물을 글썽이며 코를 풀었다.

"그럼, 불쌍하게도." 도루의 어머니는 말했다.

"남의 자식을 길러도 애를 먹는 경우와 그렇지 않은 경우가 있어. 시게조가 이젠 좀 편안해지려나 하던 참에 이런 일이 생겼어." 유키는 그렇게 말하고, 시게조가 그날 밤잠을 이루지 못하고 이불에 일어나 앉아 있었다고, 후사에게 들은 말을 했다. 후사는 "나도 맥이 풀리지만 함께 그럴 수가 없을 뿐이야" 하며, 평소보다도 좋아 보인다는 유키의 말에 반박했다. "남자와 달리 여자는 배를 앓고 낳았으니, 아비보다도 낳은 내가 힘을 내지 않으면 경찰서에 가 있는 아키유키가 불쌍해." 유키는 "아키유키는 시게조와의 사이에서 태어난 애가 아니야" 하고 말했다. "하지만 언니, 이만큼 함께 살았으면 피고 뭐고 없잖아?" 하고 후사는 소리를 내어 즐거운 듯이 웃었다. 유키는 그 웃음이 불쾌했다. 후사가 일부러 아무렇지도 않은 듯한 태도를 보이고 있다는 것은 유키도 알고 있었다. 하지만 시게조는 밤에 잠도 못 이루는데, 후사는 골목이며 '별장' 주위며 시내에 나도는 소문에 대항하듯이 풀도 죽지 않고 경박한 여자처럼 말하는 것이 신기하기만 했다. 후사는 누가 보더라도 젊어진 것 같았다.

히데오의 장례는 아키유키가 경찰에 자수한 16일에 거행되었고 발인은 17일이었다. 다케하라 집안에서는 장례식에 아무도 가지 않았다. 17일에 나고야의 요시코와 기미코에게 후사가 전화를 했다. 두 전화 모두 후사의 말은 똑같았다. 후사는 놀라움과 슬픔을 금치 못하는 딸들에게 "고로를 말이야, 아무 짓도 하지 않았는데 마구 팬 걸 봐도 알 수 있듯이, 아키유키한테 갑자기 덤벼들었다는 거야. 아키유키가 그렇게 말하더라구" 하고 말했다. "엄마는 낙담하지 않아. 남들이 뒤에서 손가락질하겠지만, 아키유키가 덫에 걸린 거나 마찬가지니까. 걱정하지 않아도 돼. 마음 약한 미에조차도 아키유키가 잘못한 건 없다고 했어."

18일, 장례가 끝난 이튿날이었다. 저녁 무렵 시게조는 검은 양복을 입고 아무 말도 없이 외출했다. 후사는 즉각 깨달았다. 후미아키도 함께일까 하는 생각에 후미아키의 집에 전화를 걸어보니, 후미아키는 집에 있었다. 시게조는 혼자 걸어서 다카다이에 있는 하마무라 류조의 집에 간 것이었다. 시게조가 돌아온 것은 밤 아홉시가 지나서였다. 시게조는 후사를 보고 "피곤해"라는 한마디만 했다. 양복을 벗고 연못에 면한 복도의 걸상에 앉았다. 후사는 용기를 내어 물어봤다. 시게조는 "그 사내도 대단하더군" 하고 말하고는 후사를 힐끗 보고 금세 눈길을 연못으로 돌렸다. "나도 그 사내와의 사이에 여러 가지 일이 있었으니까 각오는 했지만, 한마디도 안 하는 거야. 당신보다 내가 하나 아래니까 나와 동갑이거나 하나 아래겠지만, 나보다도 몇 배 낫더군."

"뭐라고 했는데요?" 후사는 물었다.

"아버님이 와주신 것만으로도 위안이 된다며, 아버님은 염려하시지 않아도 됩니다, 하잖아. 죽은 히데오가 죽을 짓을 했을 거고, 경찰에게도 상대방의 정당 방위라고 말했다는 거야. 그 사내에게 아버님, 아버님 하는 소리를 듣고 있노라니까, 아키유키의 일은 내버려둬라, 아키유키가 히데오에게 한 짓 때문에 고민하는 건 바로 나다, 라고 말하는 느낌이 들더라구." 시게조는 한숨을 쉬고 담배를 피웠다.

후사는 잠자코 있었다.

"대단한 사내야, 한마디 불평도 하지 않으니." 시게조는 그렇게 말했다.

후사는 아키유키의 기분을 알 수 있었다. 후사는 아키유키를 낳은 지 일 년도 지나기 전에 시게조를 알게 됐다. 그 사내는 도박판의 싸움 때문에 교도소에 들어가 있을 때였다. 아키유키를 임신하고 육 개월이 되었을 때, 사내가 기노에와 요시에 두 여자를 동시에 임신시켰다는 사실을 안 후사는 배가 불룩한 채 교도소에 따지러 가서, 부부의 인연을 끊겠다, 뱃속의 아이는 떼어버리고 싶지만 육 개월이나 됐으니 혼자 낳아 기르겠다고 선언했다. 그 사내의 입장에서 보면 시게조는, 비록 자신의 아이를 임신한 여자가 둘이나 더 있다고는 하지만, 상대의 허점을 노려서 여자와 아이를 꾀어 가로챈 상대였다. 다소나마 불만을 털어놓아도 좋았다. 후사는 사내의 집에 아들이 태어나 도모카즈라는 이름이 붙여진 것을 알았다. 사내가 후사의 배에서 태어난 아키유키를 무시하기로 결심한 것을 느꼈다. 후사는 시게조를 보고 풀이 꺾인 것이라고 생각했다.

후사는 유키에게, 아키유키가 그 사내 하마무라 류조의 차남인 히데오를 죽인 것은, 결과적으로 시게조와 자신이 뿌린 씨앗이라고 말했다.

후사는 유키를 보고 웃었다. "그렇잖아? 아키유키는 상대방의 덫에 걸린 거니까 의기소침할 건 없어. 집에서 뒹굴지 말고 밖에 나가서 일거리라도 하나 얻어오라고 시게조를 밖으로 내보냈지." 후사는 이어서 "분조는 알고 있어?" 하고 물었다.

"글쎄, 나도 말하지 않았어. 내가 안 건 분조네 식구들을 보내고 난 바로 뒤였으니까." 유키는 대답했다.

"전화는?"

"오사카까지 비싼 전화를 걸어서 그런 소릴 지껄이느니 떡이라도 하나 사 먹겠다." 유키는 그렇게 말했다. 후사는 유키의 대답에 더이상 할말을 잃고 입을 다물었다. 유키는 우스웠다. 후사는 아키유키가 한 짓은 누구나 흥미를 보이고 동정할 일이라고 생각했다. 잠시 후 후사는 "언니, 분조한테서 도착했다는 전화 안 왔었어?" 하고 물었다.

유키는 "왜 전화를 하겠니?" 하고 대답했다. "오 년이나 만나지 못했어도, 걱정하는 나한테 편지 한 통 보내지 않는데."

"분조는 모르나?" 하고 후사는 말했다. "요이치도 모르겠군." 후사는 오늘 엽서가 도착했다고 말했다. 유키가 보여달라고 말하자, 어디 뒀는지 모르겠다는 듯 여기저기 찾으며 유키를 초조하게 만들더니 "찾았다, 찾았다!" 하며 텔레비전 위에서 집어들고 왔다. '다케하라 아키유키 귀하'라고 주소와 수취인 이름을 쓴 것은 분조의 필체였다.

'해수욕즐거웠어요또해수욕가고싶어요감사합니다요이치'

마치 퍼즐 같았다.

"이걸 보면서 잠시 울었어." 후사는 말했다.

유키는 "그 엽서를 보고, 분조가 요이치를 너무 귀여워한 나머지 고생이나 하지 않으면 좋을 텐데 하며 또 울었겠군" 하고 말했다. 도루의 어머니에게 그렇게 말하는 유키는 화장이 벗겨져 있었다. 코를 푼 탓에 코의 화장이 전부 지워져 있었다. 도루의 어머니는 유키의 얼굴을 보고 웃음이 터지려는 것을 참았다.

후사는 골목집에 자주 가게 되었다. 후사는 미에가 걱정이었지만, 그것뿐이 아니었다. 오전 열시까지 집안 정리를 끝낸 후사, 미치코의 결혼식에 왔던 요시코와 기미코가 16일에 떠나고 아키유키와 요이치도 없는 집에 있기가 답답했다. 짜증이 나서 견딜 수 없었다. 후사는 게다를 걸쳐 신었다. 여름이 한창이었다. 후사는 양산을 쓰고 그늘을 걸어서 골목으로 들어섰다.

후사를 보고 있는 사람이 있었다. 후사는 걸으면서 느꼈다. 집 안에, 집과 집 사이에, 정원수 뒤에 있었다. 후사는 자신을 보는 눈이 여럿이라는 사실을 깨달았다. 후사는 뜨거운 골목길을 보고 햇빛이 반사되는 지붕을 보고 흙냄새를 맡았다. 그 골목에 들어설 때마다 후사는 어릴 적의 아키유키를 떠올렸다. 설령 정당 방위라 하더라도 사람을 죽인다는 것은 상상도 되지 않았다. 이쿠오가 죽고, 아키유키가 그런 일을 저질렀다.

미에는 청소를 하는 때도 있었고 미치코와 이야기를 나누는 때도 있었다. 미에는 후사와 옛이야기를 하다가 "그래도 아직 내 정신이 멀쩡한 건 미치코가 아이를 낳기 때문이야" 하고 말했다. 후사는 아키유키와 히데오의 싸움을 처음부터 이야기했다. 히데오가 뒤에서 돌멩이를 들고 덤벼들었다. 그래서 깔고 앉았지만 히데오가 여전히 돌멩이로 덤비려 하니까, 결국 자기도 돌멩이로 때렸다. 후사는 신문 기사의 진술을 말하고 "어디까지나 히데오가 잘못한 거야" 하고 미에를 설득했다. 미치코가 아이를 낳지 않더라도 미칠 필요는 없다고 말했다. 그리고 후사는 미에를 데리고 자주 시내로 나갔다.

미치코가 이천오백 그램의 아이를 조산한 것은 8월 23일이었다. 22일 아침부터 병원에 입원했다. 출산 후 일 주일간 병원을 나갈 수 없다고 말하는 산부인과 의사에게, 못 견디겠다는 둥 짜증이 난다는 둥 하며 졸라서 사흘 만에 나왔다. 그것은 미에와 사네히로의 요구이기도 했다. 미치코는 병원에서 돌아오자 아파트로 돌아가지 않고 골목의 미에 집에 머물렀다. 고로는 미에의 집에서 밥을 먹고 목욕을 하고, 밤이 되면 혼자 아파트로 돌아갔다. 후사는 잠시 동안은 아키유키의 일을 잊을 수 있으리라 생각하고, 손녀가 낳은 아이를 보러 갔다.

유키도 도루도 도대체 소문이 어디서 나왔는지 알 수 없었다. 사내에 관한 그럴싸한 소문이었다. 장례가 끝나자 그 사내 하마무라 류조는 칠 일간 방 안에 처박혀 있었다. 사내의 아들이 다른 배에서 낳은 아들을 죽였다. 사내가 이 세상에 낳은 다섯 남매 가운데, 세 아들 중의 둘이었다. 온전한 아들은 도모카즈뿐이었다. 사내는 방 안에서 식사를 하며 아무도 접근하지 못하게 했다. 사내는 하루 종일 소파에 누워서, 분노에 이를 갈다가 지치면 잠들었다. 잠이 깨면 또 생각했다. 일 주일 동안 밤낮 없이 방 안에 틀어박혀 지냈다. 첫 일 주일과 이틀이 지나자, 그제야 사내는 방문을 열었다. "골목에서 모두 내쫓아!" 하고 말했다.

하지만 그 소문은 사실이 아니었다. 유키는 알고 있었다. 시게조는 히데오의 장례식 이튿날 하마무라 류조를 만났다. 몬 마담은 장례식 이틀 후, 즉 시게조가 사내와 만난 다음날, 하마무라 류조를 만나러 갔다. 사내는 여간해서 만나주려 하지 않았다고 몬 마담은 유키에게 말했다. "히데오 일이라면 이제 됐어. 이미 죽은 사람을 아무리 생각해봤자 소용없으니까." 그렇게 전화로 말했지만 "사토코에 관한 일이야" 하고 몬 마담이 말하자, 그제야 만나겠다고 대답했다.

생각했던 대로, 사내의 얼굴은 수척했다. 수염이 자라 있었다.

"어젯밤 다케하라가 다녀갔어" 하고 말했다. 사내는 몬 마담의 얼굴을 보고 혼자 끄덕이며 "제법 괜찮은 사람이던데" 하고 말했다. 담배를 피우다가 눈시울을 손으로 만지며 "너무 생각했더니 어지럽군" 하고 말했다. 사내는 그렇게 말하더니 소파에서 일어나 책상 앞에 있는 인터폰 버튼을 누르고 "어이!" 하고 불렀다. 즉시 "네" 하는 대답이 들려왔다. "시원한 맥주 좀 갖고 와. 그리고 아라키 변호사에게 오늘 밤 아홉시부터 할 일이 있으니, 맑은 머리로 일할 수 있게 미리 자두라고 말해둬. 야근이야." 사내는 그렇게 말하고 입에서 담배 연기를 내뿜으며 방 안을 이리저리 거닐었다. 사내는 소파 위에 놓여 있는 모조지 다발을 집더니, 그것을 책상 위에 차례로 늘어놓았다. "몬 마담" 하고 사내는 불렀다. "이것 봐" 하고 모조지 한 장을 몬 마담에게 카드를 던지

듯이 던졌다. "어리석은 짓이지만, 다케하라가 다녀간 뒤, 밤이 되어도 잠이 오지 않기에 이런 걸 만들어봤지." 몬 마담은 모조지를 봤다. 검은 펜으로, 사내가 그린 그림이라고는 믿어지지 않을 정도로 세밀한 탑 같은 것, 여자 모습 같은 것이 그려져 있었다. "뭐야, 이게?" 몬 마담이 물었다. 사내는 모조지를 힐끗 보더니 "그야 관음상이지" 하고 대답했다. "관음상?" 하고 되묻자 "아아, 그 그림 전체 말이야?" 하고 알았다는 듯이 말했다. "내가 관음상 따위를 세우면 남들이 비웃겠지만 히데오나 아키유키라면 세울 수도 있겠지 하는 생각에서 그려본 거야. 아리마에 그만한 땅이 있었다면 그런 걸 세웠겠지 하고. 밤새도록 장난 삼아 그걸 그렸던 거야."

"유원지 같은 데?"

"나도 바보 같은 인간이지" 하며 웃었다. "반성했어." 어느 틈엔가 나도 노인 같은 생각을 하고 있었구나 싶어서." 이것도 보여주지, 하며 사내는 또 한 장의 모조지를 내밀었다. 손으로 그린 지도였다. 진짜와 혼동할 정도로 잘 그린 것이었다. 몬 마담은 사내가 밤중에 혼자 이 지도를 그리며 정성껏 가느다란 펜으로 조심스럽게 선을 긋고 있는 모습을 상상하고는 소름이 끼쳤다. "어딘가 보통 지도와 달라 보이는 곳은 없어?" 사내의 질문에 몬 마담은 역 뒤의 신개지를 보았다. 골목도 보았다. 다르지 않다고 대답하자, 사내는 "그렇겠지" 하고 끄덕였다. "아무것도 없는 종이에 내가 하나하나 정성껏 그려넣은 거야."

사토코가 자포자기에 빠져 있다는 사실은 사내도 알고 있었다. 몬 마담은 "사토코를 보면 내 심장이 멎을 것 같아. 구월 중에 산동네로 돌아가겠다는데, 그건 좋지만, 하여간에 엉망이야" 하고 말했다. 사내는 "알아, 그 이야기도 들었어. 알았다구" 하고 말하고는, 돌려보내고 싶지 않다고 말했다. "옆에 두고 싶어. 첩으로 삼아서라도 사내아이를 낳게 하고 싶을 정도야." 사내는 다방을 개업할 가게를 서둘러 확보하겠다고 말했다.

여름 해가 짙었다.

흙냄새가 풍겼다. 도루는 작업에 열중했다. 유키의 쉰 목소리가 도루의 귓전에 남아 있었다.

자기 혼자만 아키유키의 사건 현장에 있었고, 사건을 목격했다는 사실을 나중에 알았다. 하지만 아무에게도, 그때 아키유키 곁에 있으면서 모든 것을 목격했다는 말을 하지 않았다. 입을 다물고 있노라니 아키유키에 관한 소문이 빈번히 귀에 들어왔다. 아키유키의 소문이라면 어떠한 것이라도 귀를 기울였다. 온몸이 귀로 변한 것 같았다.

유키는 도루의 집에 와서, 골목이며 아키유키의 집이며 그 부근의 소문을 듣고 와서, 그때까지 아키유키를 못마땅하게 여기고 있었던 게 거짓이었던 것처럼 "불쌍하기도 하지" 하며 울었다. 유키가 보고 왔다며 이야기한 내용을, 도루의 어머니는 도루에게 전했다. 귀로 들어온 소문은 하나하나 생생히 되살아나, 지금 도루의 눈에, 자신이 실제로 본 것처럼 비쳤다.

도루는 아침이면 늘 아키유키의 집에 갔다. 후사에게 열쇠를 빌려 창고를 열었다. 아키유키가 했던 것처럼 창고에서 작업 도구를 꺼내어 덤프트럭에 실었다. 목부용 냄새가 났다. 도루는 숨을 멈췄다. 지나치게 달콤한 냄새는 목을 간질여 기침이 날 것 같았다. 베어버리면 좋겠다고 생각했다. 창고에서 나올 때마다 가지가 머리 위를 스쳤다. 하얀 꽃이 몇 송이나 피어 있었다. 도루는 후미아키의 집으로 갔다. 후미아키가 덤프트럭을 운전했다. 아키유키가 있었을 때는, 덤프트럭은 번화가 옆의 아파트에 들러서 클랙슨을 울려 신호를 보냈다. 그러면 고로가 뛰어나와 차에 올랐다. 후미아키는 "차가 있으면 그걸 타고 현장으로 와" 하고 고로에게 말했다.

도루는 일에 열중했다. 아키유키와 마찬가지로 햇빛을 받고, 아키유키와 마찬가지로 바람을 받았다. 도루는 보았다. 도루는 흙을 파 일구면서 몇 번이고 그 사건을 다시 상기했다. 히데오는 아키유키의 적수가 아니었다. 처음에는 도망치던 아키유키가 어째서 도중에 본격적으로 상대할 마음을 먹은 것일까? 살인은 본격적이었다. 아키유키는 돌멩이로 머리를 때렸다. 머리를 감싸고 신음하는 히데오를, 아키유키는 다시 두 차례 때렸다. 도루는 아키유키가 적당히 히데오를 상대하다가 그만두리라고 생각했었다. 그렇기에 말릴 필요도 없다고 생각했던 것이다. 피가 솟아났다. 아키유키는 떨고 있었다. "어째서 죽이면 안 된다는 거야?" 하고 소리쳤다.

도루는 얼굴을 들었다. 공사 현장에서 하얗게 빛을 반사하는 국도가 보였다. 해는 구석구석을 비추고 있었다. 호흡이 거칠었다. 정당방위도 우연도 아니었다. 아키유키를 차에 태워 도망시키고 강가로 돌아간 도루는, 그 사내가 사람들이 모여 있는 것을 알아차리고 사람들 뒤에 서서 들여다보고 있는 모습을 봤다. 도루는 자신이 지금 또하나의 아키유키인 듯한 느낌이 들었다. 그 사내는 사람들을 헤치고 들어왔다가 즉시 빠져나갔다. 그 사내는 총총걸음으로 부인과 자식들이 있는 장소로 돌아갔다. 부인과 두 자식은 달려와서 울었다. 그 사내는 "의사를 불러, 경찰을 불러!" 하고 소리쳤다.

아키유키가 구속되고 며칠 후, 후미아키는 도루에게 점심 때에 도시락을 갖고 오라고 말했다.

"아키유키가 없으니 낮에 일일이 너를 바래다주기가 귀찮아" 하고 말했다. "아키유키와 너희들은 일을 한답시며 놀러나 다녔는지 몰라도, 난 일거리를 따와야 하고 현장도 돌봐야 하니까." 후미아키에게 그런 소리를 듣자 화가 치밀었다. 도루는 그때 처음으로 아키유키와 후미아키는 다르다고 생각했다. 후미아키는 시게조의 아들이었다. 도루는 시게조의 형 진이치로가 다이오치의 게이샤를 첩으로 두고 낳은 아이였다. 후미아키는 무신경했다. 도루는 애당초 후미아키의 작업반에 아키유키가 없었더라면 일을 하지 않았을 거라고 생각했다. 진이치로의 뒤를 이은 장남의 작업반에 일하러 가는 것과 다를 바 없었다. 그래서 낮에 차로 돌아가는 고로에게 부탁하기로 했다. 그 고로에게도 후미아키는 "도시락 싸달라고 해" 하고 말했다. 어리둥절한 표정의 고로에게 "알았어?" 하고 덧붙였다. "아무리 노가다라고 해도 혼자서 자기 할 일만 하면 되는 게 아냐. 혼자서 아무리 열심히 해봤자 빤하니까. 제각기 따로따로 행동하면 공사가 제대로 될 리가 없잖아. 남들이 덥다고 할 때 더운 곳에서 땀을 흘리고, 춥다며 집에 틀어박혀 있을 때 밖에서 일하는 거야. 모두 합심해서 일해야 공사도 제대로 진행되는 거라구. 도시락 싸갖고 와서 다 같이 화기애애하게 먹는 게 좋아."

고로는 "예" 하고 대답했다. 후미아키가 없을 때 도루는 고로에게 "내일부터 도시락 갖고 올 거야?" 하고 물었다.

"미치코는 도시락을 제대로 못 만들어" 하고 대답했다.

"아무리 그래도 밥 정도는 짓겠지." 기요짱이 말했다.

"밥도 짓고 반찬도 약간은 만들지만, 내가 집을 나설 때쯤에는 아직 자고 있고, 신경질이 심하거든. 미치코가 어떻게 나올지 뻔하다구. 빵 사먹으라며 돈을 줄 거야." 고로의 말에 모두들 일제히 웃었다. "미치코하고 같이 오사카에 갔을 때, 내가 밖에 일하러 가는데도, 자기는 고등학교 시절에 점심을 빵으로 때웠다며 언제나 백 엔을 주고 말더라구." 고로는 정색을 하며 말했다. "한번은 점심 때 집에 가보니까 자기는 밥을 시켜다 먹는 거야."

"자기도 빵을 먹는 게 아니구?" 도루가 물었다.

"그게 아니라 무슨 요리라도 시켜 먹었는지 잔뜩 어질러놨더라구." 고로는 말했다.

"도시락 싸달라고 처가에 부탁하면 되잖아" 하고 기요짱이 말했다.

"처가에 밥 먹으러 다녔었는데, 미치코가 애를 낳았으니까" 하고 고로가 말하자 "무슨 소리야" 하며 기요짱이 손을 젓는다. "고로 씨와 얘기하고 있으면 바보 취급을 당하는 기분이야. 애를 낳은 지 얼마 안된 사람은 누구나 도시락을 싸지 못하니까 빵이나 사 먹으라는 말이야?"

인부들은 한결같이 아키유키가 없으니 후미아키가 설치기 시작한다고 말했다.

도루는 고로의 차를 얻어타고 집에 가서 점심을 먹었다.

집에 돌아가자 또 유키가 와 있었다. 유키는 무무 같은 원피스를 입고 있었다. 어머니보다 먼저 "어서 와라, 더운데 고생이 많구나" 하고 말했다. 어머니는 도루를 향해서 일순간 눈을 찡긋하며 신호를 보냈다. 도루는 어머니에게 하듯이 "어휴 더워" 하고 말했다. 도루는 방으로 들어갔다. 방에는 플라스틱 모형이 있고, 벽에 여배우의 커다란 사진이 걸려 있었다. "도루, 밥 먹기 전에 손발 씻어!" 하는 소리가 부엌에서 들렸다. "그리고 말이야, 다이오치의 친엄마가 너에게 주라며 뭔가 잔뜩 보내왔더구나. 아까 그 애들이 다녀갔었어."

도루는 건성으로 알았다고 대답했다.

"부럽더라, 게이샤는 언제나 예쁘게 차려입고 다니니." 유키는 말했다. "사내들에게 사랑도 받고 마음대로 고를 수도 있고."

"인기 있는 것처럼 보이는 것도 재주라고 친엄마가 말하던데. 고생이 많을 거야. 옛날에, 그냥 얌전빼고 있으면, 너무 생기가 없다고 친엄마에게 야단맞은 적이 있었지. 항상 발랄하게 행동하라며."

도루는 어머니와 유키가 지켜보는 가운데 밥을 먹었다. 유키는 또 옛날 일을 끄집어내 마치 지금 실제로 유곽에 팔려가기라도 하는 것처럼, 지금 동생 진이치로가 자신의 몸값을 들고 이세의 유곽에 찾아오기라도 한 것처럼 눈물을 흘렸다. 시게조는 불운한 사내였다. 첫 부인은 전쟁에 나간 사이에 떠돌이 배우와 도망치고, 아이가 딸린 여자와 살림을 차리자 그 아이로부터 얼굴에 똥칠을 당했다. 이어서 유키의 이야기는 아키유키에게로 옮겨졌다. "있잖아" 하고 도루에게 말했다. "아키유키는 어딘지 어두운 느낌이 들지 않았니?" 유키는 밥을 먹고 있는 도루의 얼굴을 봤다. "그애는 붙임성은 좋은데 항상 뭔가 빠진 것 같은 어두운 느낌이 들지 않았어?" 도루는 글쎄요, 하고 대답했다.

유키는 그 이야기를 요이치에게서 들었다고 했다. "요이치가 분조와 함께 진이치로네 집에 와서 묵었을 때 '그렇지 아줌마?' 하고 말하는 거야." 유키는 도루의 어머니에게 목소리를 죽여서 말했다. 요이치는 영리했다. 그건 당사자인 아키유키로부터 절대 입 밖에 내지 말라는 명령을 받은 사항이었다. 아키유키는 그 이야기를 하면 때리겠다고 협박했고, 의지할 데 없는 요이치를 자기 집에서 내쫓겠다고도 말했다. "자기 집도 아니면서, 의붓아들 주제에." 유키는 이를 보이며 끔찍하다는 듯이 말했다. 아키유키는 백치 소녀를 범했다. 산꼭대기에 여자가 입는 속내의를 잔뜩 감추고 있었다. 유키는 그렇게 말하고 도루에게 "몰랐어?" 하고 물었다.

도루는 숨을 죽인 채 고개를 저었다.

"충분히 그럴 만해" 하고 유키는 말했다. 유키는 시게조의 집에 갔을 때 그 백치 소녀를 붙잡았다. 사탕을 사주겠다며 시게조의 집까지 데리고 가서 "저 집의 몸이 커다란 오빠, 아니?" 하고 물었다. 백치 소녀는 입으로 헉헉 숨을 내쉬며 눈을 크게 뜨고 "무서워!" 하고 대답했다. "저기 있어, 또 올 거야" 하고 유키가 말하자 신음 소리를 내며 유키의 손을 뿌리치려고 발버둥쳤다. 유키가 손을 놓자 백치 소녀는 부리나케 도망쳤다. 유키는 옛날부터 아키유키는 그런 짓을 저지르고도 남을 아이로 생각해왔다고 말했다. 도루는 유키가 사실을 알고 있는 거라고 생각했다. 도루를 아키유키로 바꿔서, 그 이야기를 도루에게 하고 있는 것이다. 아니, 어쩌면 유키는 요이치가 한 말이 정말로 아키유키의 얘기라고 생각하고 있는지도 몰랐다.

"요이치는 언제나 그런 소리만 하지. 어딜 가더라도 이야기를 꾸며서 어른들에게 서비스해야 된다는 생각에서."

"하지만 분조가 머리를 쥐어박으면서 거짓말하면 혼내줄 거야, 하고 말해도 정말이라고 우기던데?"

"정말이겠지" 하고 도루의 어머니가 말했다. "그렇게까지 해서 거짓말하지는 않겠지."

도루는 "알 수 없는 일이지" 하며 맞장구쳤다.

히데오를 죽였다고 아키유키가 자수한 지 14일째 되던 날, 후사는 마침 미치코가 낳은 아이를 보러 가려던 참이었다. 현관에서 소리가 나기에 나가보니 젊은 여자가 서 있었다. 후사는 금세 아키유키가 사귀던 노리코라고 알아차렸다. 노리코는 집 안으로 들어갔다. 노리코가 시게조의 집으로 들어가는 걸 이웃 사람이 보고 있었다. 하얀 피부였다. 첫눈에 '별장' 자리에 제재소를 갖고 있는 목재상의 딸이라는 것을 알 수 있었다. 유키는 그 아가씨가 시게조의 집에 들어가는 것을 봤다는 말을 듣고, 아키유키가 미인을 꼬셨구나 하고 생각했다. 역시 계집질에 능숙한 류조의 자식이라고 생각했다. "어쩌면 비위만 잘 맞췄어도, 목재상의 데릴사위가 된 아키유키한테 '큰어머니 신세 많이 졌습니다. 근사한 집을 지어드릴 게요' 하는 말을 들을 뻔했구나, 하고 생각했지." 유키는 웃었다. 유키는 그렇게 생각하다가 문득 깨달았다. 아키유키가 히데오를 죽인 것은 단순한 우연이 아니다. 정당 방위도 아니다. 그것은 그 사내 하마무라 류조와 그 자식들과 아키유키의 내분에 의한 것이다.

줄거리는 모두 그 사내가 만든 것이다. 뻐꾸기가 다른 새의 둥지에 알을 낳듯이, 하마무라 류조는 후사에게 아키유키를 낳게 했다. 아키유키는 성장했다. 그렇기에 아키유키는 시게조를 임시 아버지로만 생각했다. 친아버지로 생각한 건 그 사내 하마무라 류조뿐이다. 시게조는 그런 사실을 전혀 모르고 아키유키를 고등학교에 보내고 공사 청부업자로 만들기 위해 졸업하자마자 자기 곁에 뒀다. 아키유키는 자주 그 사내와 만났다.

아키유키가 그 '별장'의 딸을 꼬신 것은 우연이 아니었다. 아키유키는 처음부터 노리고 있었다. 아키유키는 사내에게서, 그 아가씨가 아키유키 없이는 살 수 없게 될 정도로 여자를 즐겁게 하고 울리는 솜씨를 배웠다. 모든 것을 배웠다. 그리하여 아키유키는 그 아가씨를 손에 넣었다. 내분을 일으킨 것은 사내들의 욕심과 아키유키의 욕심이 부딪친 결과였다. 아키유키는 죽었다.

노리코는 후사와 마주 보고 앉아 울었다. 후사는 노리코를 보고 있었다. 손수건으로 닦아도 닦아도 눈물은 하염없이 나왔다. 눈물이 얼굴을 씻어주는 것 같았다. 노리코는 얼굴을 들어 후사를 보고 울먹이더니 다시 고개를 숙였다. 양손으로 얼굴을 가렸다. "만나기로 되어 있었어요" 하고 노리코는 맥락도 없이 말했다. 후사는 일어나 세면실로 가서, 인부들에게 여름 보너스와 함께 주고 남은 '다케하라 건설'이라는 이름이 새겨진 새 수건을 집었다. 그것을 물에 적셔 힘껏 짰다. 후사가 그 수건을 건네자 노리코는 "죄송합니다" 하고 작은 소리로 말했다. 노리코는 얼굴을 닦았다.

"그애가, 그런 일을 저질러서 미안하다고 하더군요." 후사는 말했다. "아키유키도 반드시 결혼할 생각으로 있었으니까."

노리코는 끄덕였다. 끄덕이고 다시 울기 시작했다. 젖은 수건으로 눈물을 닦고 후사의 얼굴을 봤다.

"임신중이에요" 하고 말했다. "경찰서에 말하러 가고 싶었지만 갈 수 없었어요. 만나면 괴로운 건 저니까, 어머님께만 말씀드려야겠다는 생각에서." 후사는 노리코를 봤다. 이십육 년 전, 사내를 만나려고 기차를 탔다. 후사는 그때가 떠올랐다. 그리고 후사는 아키유키를 낳았다. 아키유키는 이십육 년 전에 태어났다. 노리코는 초점이 맞지 않는 눈으로 후사를 보고 "아키유키 씨, 모르고 있어요. 저도 몰랐으니까요" 하고 잠꼬대처럼 말했다.

후사는 노리코가 가고 난 뒤에도 잠시 동안 넋을 잃고 있었다.

후사가 사내가 자신말고도 두 여자를 임신시켰다는 사실을 안 것은, 뱃속의 아이가 육 개월 때였다. 후사의 배는 이미 누가 봐도 임신이 분명했다. 후사는 아키유키가 두고 간 작업복 바지를 보면서 지나간 시절을 잇달아 떠올리고 있었다.

후사는 그 사내가 도대체 지금 무슨 생각을 하고 어떤 기분으로 있을까, 하고 생각했다. 후사가 낳은 자식이 요시에가 낳은 자식을 죽였다. 아키유키만의 책임은 아닌 것이다. 류조, 후사와 요시에, 작부인 기노에 세 사람, 그리고 후사와 시게조와 류조 세 사람, 저마다 책임이 있다고 생각했다.

유키는 그 이야기를 몬 마담에게서 들었다. 몬 마담은 그 이야기를 당사자인 류조의 입에서 들었다.

그 사내는 밤만 되면 모조지에 지도를 그렸다. 아리마의 지도도 이 지역의 지도도 외우고 있었다. 처음 한 장에는 이 지역과 아리마, 그리고 하마무라 마고이치와 연관되는 곳 전부를 포함한 기이 반도의 조감도를 그리고, 산과 강과 바다를 정성스럽게 그려넣었다. 하마무라 마고이치가 전쟁을 되풀이하면서 패주해온 길에 있는 지명을, 그로부터 수백 년이 지난 지금 백지에 그려넣는 것이, 그 마고이치를 가호하는 지령(地靈)을 위로하고 죽은 자를 진혼하는 일이라며, 생각나는 모든 것을 그렸다. 가레키나다에서 혼구를 지나, 그곳에서 산길을 따라 걸어서 아리마로 나온다. 언젠가 한번 그 길을 하마무라 마고이치처럼 걸어보고 싶었다. 이어서 그 아리마 지역의 지도를 그렸다. 사내는 일일이 건물까지도 그려넣었다. 구청, 역, 기난 은행 아리마 지점은 파일에 정리해둔 토지 대장을 꺼내어, 사내가 절에 세운 일 미터 높이의 비석을 10분의 1밀리미터로 축소해서 계산한 뒤, 정확하게 제도용 T자와 컴퍼스를 사용해서 그렸다. 시간이 걸리는 작업이었다. 방금 전에 한시였다는 생각에서 시계를 보니 이미 한 시간가량이나 지나 있었다. 사내는 모든 것을 잊었다. 즐거웠다. 아리마 지도가 완성되자 사내는 다시 백지를 준비했다. 그곳은 최근에 사내가 아리마에 구입한 땅이었다. 산도 바다도 보였다. 사내는 칠월 초에 젊은 일꾼들을 시켜서, 새로 구입한 땅의 네 귀퉁이에서 동서남북을 향해, 한 시간마다 컬러 사진을 찍게 했다. 네 귀퉁이는 일출, 일몰에 따라 조금씩 달랐다. 마고이치의 비석을 향하여 토지 중앙에 저속 촬영용 8밀리 카메라를 장치하고 스물네 시간 찍어봤다. 칠월 초였다. 마고이치 비석 바로 위에 해가 비치는 것은 오전 여섯시 십분 무렵이었다.

사내는 얼마 동안 종이에 아무것도 그리지 않았다. 그 땅은 빈터인 채로, 사내가 아무런 흔적도 남기지 않고 아무런 지시도 내리지 않고 그대로 자식들에게 물려주려고 생각했었다. 아키유키, 도모카즈, 히데오, 도미코, 사토코, 다섯 명이었다. 하지만 아키유키가 히데오를 죽였다. 사내는 제대로 잠을 자지 못한 멍한 머리로 생각했다. 아키유키는 죽일 작정이었으면, 히데오가 아닌 도모카즈를 죽여야 했다. 우유부단한 도모카즈라면 그다지 아쉽지 않다. 도모카즈 같은 녀석은 목재상의 이세나 삼세에 흔히 있었다. 히데오는 달랐다. 히데오는 얼빠진 듯한 부분과 불 같은 성격을 동시에 지니고 있는 점이, 아키유키보다도 그 사내와 비슷했다. 다만 아키유키는 히데오보다 고생을 했다. 아키유키는 히데오를 죽였으니, 길게 잡아 십 년, 아니 히데오가 돌멩이를 들고 뒤에서 덤벼들었던 점을 생각하면 육 년, 짧아도 삼년, 교도소 생활을 해야 할 것이다. 사람을 죽이고 6년형을 받아 서른두 살이 된 아키유키는 쓸 만하리라고 사내는 생각했다.

사내는 아키유키를 생각했다. 그 서른두 살 된 아키유키가, 죽였을 당시 열아홉이었던 히데오를 데리고, 지금 교도소에서 사내가 있는 방으로 돌아온다.

"그 자식들 아무런 말이 없는 거예요. 답답한 놈들이지." 아키유키는 말한다. "걱정할 필요 전혀 없다고 하는데도 말이에요. 일일이 서류도 만들었겠다, 원한다면 대체지도 마련하겠다는데."

"자네도 너무 안달하지 말게나." 사내는 말한다.

"안달하는 건 아닙니다. 하지만 내 이상을 알아줬으면 좋겠어요. 내가 이상을 말하면, 네가 사람을 죽여서 남들에게 손가락질당하고 있으니 우리들에게 원한을 품고 있지 않냐고 지껄이더라구요. 무슨 소릴 하냐고 했죠. 내일부터 다시 시작입니다. 한 집 한 집 무릎을 맞대고 담판을 지어야겠어요. 옛날 같으면 그야말로 내가 불을 지르고 다니고 싶을 정도라구요." 아키유키는 웃는다. 산에서 굴러떨어진 탓에 다리를 가볍게 절고 있다. 아키유키는 소파에 깊숙이 앉는다. 사내의 얼굴을 본다. 사내에게 얼굴을 가까이 들이대고 "그 얘기 정말이에요?" 하고 묻는다.

사내는 손을 젓는다. "무슨 소리야, 망령이 들어서 조상의 무덤으로 들어가려는 사람에게 옛날 얘기를 하라는 건가?"

그럼요, 하고 아키유키는 대답한다. 골목에서 태어나 골목에서 여덟 살까지 자랐다. 그리고 스물여섯까지 후사를 따라서 시게조와 함께 살았던 아키유키는 옛날부터 골목 일에 관심이 있었다. 하지만 옛날 일은 아무래도 좋다. 아키유키는 번화가와 골목의 양쪽을 잇는 산은 대충 허물었다고 말한다. 머지않아 번화가와 골목과 역이 일직선으로 이어질 것이다. 아키유키는 사쿠라 명의인 채로 등기를 떼어다가, 사쿠라의 땅에 있는 골목을 없애고, 그곳을 역전과 이어지는 새로운 번화가로 만들려고 한다. 골목은 사라진다.

"절반은 찬성하지만, 아무래도 나머지 절반은 대체지로는 손해고, 돈도 적다는 거예요. 반대하는 집만 불에 탄다면 불을 지르고 싶은 심정입니다."

공상을 하던 사내는 문득 제정신이 들었다. 그리고는 지도를 꺼냈다. 인구 약 4만으로, 산간에 사는 사람을 제외하면 이 땅의 세대 수는 팔천에 불과했다. 여섯 장에 걸쳐서 가구 이름이 기록된 편리한 지도를, 사내는 평소에 다니던 부동산에서 얻었다. 정말로 번화가와 골목 사이에 작은 산이 있었다. 사내는 밤새도록 그 지도를 쳐다보고 있었다.

　사내는 아키유키를 생각하고 히데오를 생각했다. 신개지의 몬 마담이 아키유키가 사토코와 무슨 일인가 저질렀다고 말했을 때, 사내는 제대로 이해가 되지 않아서 되물었다. "사토코는 기노에의 딸이고 아키유키는 후사의 아들이잖아. 배는 달라도 남매야. 남매가 동반 자살을 한 꼴이지." 몬 마담의 대답이었다. 당사자인 두 사람은 아직 서로를 몰랐다. 아니, 아키유키는 알고 있었던 듯했다. 아키유키도 그렇게 말했다. 사내는 아키유키에게 화가 났다. 알고 있으면서 손님을 가장해서 사토코와 관계를 맺은 거라면, 그로부터 히데오를 죽인 오늘 이날까지의 이 년이라는 시간은 너무 길다. 사내가 아리마의 땅에서 사용한 것과 같은 저속 촬영이라도 해보지 않으면 알 수 없다. 시간이 너무나도 완만하게 지나고 있다. 여자와 관계를 맺은 그 길로 여자의 신원을 확인하고 "당신과 저는 남매지간, 남들이 알면 짐승이라 할 텐데, 부모님이 아시면 그냥 두지 않을 테고, 친구들에게도 부끄럽습니다"라고 말하는 사토코를 데리고 아키유키는 사내의 집에 왔어야 했다. 아키유키가 히데오를 죽인 것은 자살 행위였다. 아키유키는 육 년 내지 십 년을 교도소에서 살고, 아무에게도 해를 끼치지 않는 달관한 인간으로 변할 것이라고, 사내는 낙담했다. 그렇게 되면 희망을 걸었던 아들 둘을 한꺼번에 잃어버리는 게 된다. 남은 건 도모카즈뿐이다. 딸은 논의 대상이 아니었다. 여자는 다른 사내의 손에 농락당하고, 성기를 받아들여 돼지처럼 신음하고, 자궁에 받아들일 것이 없으면 돼지처럼 코를 킁킁거리며 돌아다닐 뿐이다.

　유키는 그 이야기를 몬 마담만이 아니라 동네 사람들에게서도 들었다.

사내가 외출을 한 것은 구월에 접어들어서였다. 제법 오랫동안 집 안에 틀어박혀 있었기에 다리가 약해진 것 같았다. 현관까지 갔다가 문득 생각이 나서 되돌아왔다. 도모카즈가 실내복 차림으로 거실에서 헤드폰을 끼고 레코드를 듣고 있었다. "도모카즈!" 하고 불렀다. 도모카즈는 알아차리지 못하고 사내에게 등을 돌린 채로 있었다. 도미코가 일어나 도모카즈의 어깨를 두드린 것과 사내가 스테레오 앰프에서 헤드폰을 뽑은 것은 동시였다. 순간 폭발할 듯한 음악 소리가 방 안 전체에 울려퍼졌다. 도모카즈는 놀라서 볼륨을 줄였다. 사내는 폭발하는 듯한 소리에 할말을 잃고 "히데오 거 아냐?" 하고 그 시끄러운 레코드를 가리켰다.

"어째서 그 녀석은 이런 걸 좋아했는지 궁금해서 들어본 거예요." 도모카즈는 히데오의 레코드를 멋대로 꺼내왔다고 혼나는 줄 알았다.

"잠깐 역까지 차를 태워줘" 하고 사내는 말했다.

번화가로 이어지는 길을 지나서 역으로 갔다. 사내는 도랑 쪽에서 역을 향해 차를 달리고 싶었다. 하지만 도모카즈에게는 말하지 않았다.

역 앞의 상점가에서 차를 내렸다. "어디 가는데요?" 하고 도모카즈가 물었다.

"기차를 타려고. 교도소는 다나베에 있으니까." 사내는 그렇게 말하고 성큼성큼 걸어서 문구점으로 들어갔다. 문구점 주인은 놀라서 "큰일을 치르셨네요" 하고 말했다. 사내에게 동정한다고 거듭 말했다. 사내는 "괜찮아, 괜찮아, 남들은 어떻게 생각하는지 모르지만, 강한 자는 약한 자에게 이기는 법이야. 더구나 내가 아직 젊으니까 손해본 만큼 다시 만회할 수도 있어" 하고 말했다.

사내는 이 고장에 처음 왔을 때부터 그 역 앞 문구점 주인을 알고 있었다. 그는 사내에게는 말하지 않았지만, 자주, 골목 사람들이 암시장에 들어오지 못하도록 해야 한다고 떠들고 다녔다. 문구점 주인은 그무렵 옷을 팔고 있었다. 언젠가 사내가 그의 귓전에 대고 "도둑질해서 장사하는 주제에" 하고 목소리를 죽여 말하자, 야채에 소금을 뿌린 듯한 꼴이 되었다. 어림짐작으로 한 말이었다.

주인은 웃지 않았다. "어르신, 무얼 드릴까요?" 하고 퉁명스럽게 물었다.

"나침반을 주게나. 작은 거면 돼, 초등학생들이 사용하는 정도의. 산길을 걷다가 내려오는 길을 몰라도 별일이야 없겠지만, 남쪽과 북쪽을 알 수 있는 정도의, 오 엔이나 십 엔쯤 하는 걸로." 사내는 말했다.

도모카즈는 차에 탄 채 아직도 그대로 있었다. 사내는 빨리 돌아가라고 손짓하고는 역으로 걸었다. 역 광장에서 물을 마셨다. 뒤에서 사내를 보고 있는 사람이 있는 듯한 느낌이 들었다. 뒤돌아봤지만 아무도 없었다. 기온이 오르고 있었다. 팔을 걷어올린 사내는 새삼스럽게 팔뚝에 문신이 있다는 사실을 깨달았다. 사내는 이십삼 년 전, 서른 살이었던 때로 돌아가 다시 젊어진 것 같았다. 아니, 사내는 6년형을 마치고 지금 역에 내린 아키유키였다. 아키유키는 몸을 구부려 물을 마셨다.

소문은 여러 가지였다. 도루의 귀에는 몇 가지나 들려왔다. 후사가 골목에서 외출을 했다. 미에와 둘이 번화가의 아기 용품점에 가서 보란 듯이 환성을 지르며 미치코가 낳은 아이의 핑크색 모자를 사고 핑크색 포대기를 샀다고 했다. 유키는 태어난 아이가 계집애라고 말했지만, 도루는 아직 보지 못했다. 골목에서도 거리에서도 15일의 본에 발생한 사건과 관련된 소문은 무엇이건 퍼졌다. 도루는 그 사내가 기차를 탔다는 소문도, 아키유키가 그 사내와 만났다는 소문도 들었다. 아키유키가 그 사내에게 사과했다는 소문도, 사내의 면회를 "필요 없어" 하고 거절했다는 소문도 있었다. 다른 소문은, 출소하면 함께 일하자고 사내가 말하자 "좋아, 나도 언제까지고 어린애가 아니니까" 하고 그 사내의 제안을 받아들였다는 것이었다. 하지만 도루는 그 어느 것도 아키유키와는 어울리지 않는다고 생각했다. 아키유키는 잠자코 있었다. 사내도 말이 없었다.

후사, 시게조, 사내, 요시에를 "삼각이 아니라 사각관계야"라고 말한 것은 도루의 어머니였다.

유키는 도루의 어머니를 봤다. "그런 복잡한 짓을 저지르는 어리석은 사람들이 많지" 하고 말했다. 유키가 말하는 '복잡한 짓'이란 도루를 일컫는 것이었다.

도루는 자신이 귀로 변하여, 귀로 들어오는 소문에 몸이 부풀어오르는 느낌이었다. 소문을 듣고, 아키유키가 떠난 뒤에도 햇빛을 받고 일하면서, 도루는 아키유키가 영원히 교도소에 갇혀 있으면 좋겠다고 생각하게 되었다. 자신이 아키유키와 지나치게 친했다고 생각했다. 아키유키는 도루의 비밀을 알고 있다. 유키는 요이치에게 들었다며 사건의 전말을 정확하게 이야기했다. 도루가 아키유키로 바뀌었을 뿐이었다. 산 위 오두막에서 백치 소녀를 범했다. 오두막 속에, 봉투에 담은 속내의를 넣어두었다. 요이치는 봤다. 아키유키는 요이치를 때리며 아무에게도 말하지 말라고 했다. 말하면 고아원으로 되돌려 보내겠다고 했다. 하지만 요이치는 말했다. 유키도 분조도, 요이치의 입에서 "도루가 했어"라고 들었을 것이다. 유키가 아키유키가 했다고 말한 것은, 빗대어 말하기에 지금이 좋은 기회이기 때문이었다. 유키의 입장에서 보면 첩이 낳은 자식이라 하더라도 도루는 진이치로의 아들이었다. 도루는 아키유키가 싫었다. 도루는 아키유키를 만나러 구치소에 가지 않았다. 도루는 자신의 변심이 신기했다. 아침이면 후미아키와 함께 덤프트럭을 타고 현장으로 향했다. 저녁에는 고로가 바래다주는 때도 있고 덤프트럭을 타고 오는 때도 있었다. 하늘이 아침놀에서 저녁놀로 바뀌기까지의 하루였다. 아키유키가 있던 무렵에도 그런 공사장 일은 변함이 없었지만, 도루는 후미아키와의 대화를 통해서 다케하라라는 자신의 성이 가짜가 아니라는 느낌이 들기 시작했다. 진이치로의 집에도 빈번히 드나들었다.

고로가 도루에게 집에서 식사가 끝나면 아키유키의 집으로 와달라고 했다. 평소처럼 도루의 집으로 데리러 가지 않겠다고 했다. 도루가 "무슨 일인데?" 하고 묻자 고로는 "산후 조리도 끝났으니, 할머니 댁에 아이를 데리고 놀러가겠다는 거야" 하고 말하고는 "산후 조리가 뭐지?" 하고 물었다. 도루도 몰랐다. 기요쨩이 도루에게 "그것도 몰라?" 하며 과장되게 놀란 표정을 지었다. 후미아키가 "머저리를 가리키는 거야" 하고 농담을 했다. "벌써 그렇게 됐나?" 기요쨩이 말했다.

"이제 곧 한 달이 되는군." 후지사키가 거푸집널 위에 앉아서 말했다. 그리고 생각났다는 듯 나카노의 얼굴을 보며 말한다. "아키유키의 사건이 발생해서 어수선하던 사흘째인가 나흘째에, 마침 다방에 들어갔다가 미쓰코와 만났어. 아키유키 누나의 남편의 여동생이던가? 복잡하군."

"이복형을 찌른 야스오의 여동생, 이복형의 여동생 말이지?" 나카노가 말했다. 후지사키는 고개를 끄덕였다.

"내가 끝내주는 여자하고 만나고 있는데, 내 곁에 와서 '후지사키,

320

오랜만이야' 하고 나를 부둥켜안더라구. 남의 몸에 향수 냄새가 지독하게 나는 몸을 마구 비벼대면서. 자기도 남자를 데리고 있으면서 말이야. 야스오려니 하고 보니까 다른 남자야. 후지사키, 후지사키 하고 하도 성가시게 굴어서, 이제 곧 야스오가 나올 텐데 젊은 남자하고 사귀다간 큰일날 거야, 하고 말했어. 그랬더니 야스오가 나오는 걸 알고 있었어, 하고 묻더라구."

미쓰코는 젊은 남자를 데리고 있으면서도 야스오의 출소를 몹시 기뻐하며, "저런 건, 임시변통이야" 하고 말했다. "삼 년이야, 삼 년!" 하더니, 불쑥 "들었어" 하고 말했다. "성실하고 태도가 좋으면 삼 년 만에 나올 수 있지."

"삼 년이라" 하고 후미아키가 말했다.

"어째서 아키유키는 그런 짓을 했을까?" 후지사키는 말했다.

나카노가 "야스오 때에도 아키유키 때에도, 난 언제나 곁에 있다구" 하고 잠긴 소리로 말했다. 나카노는 눈물을 흘리고 있었다. "나도 그래" 하고 기요짱이 말했다. 기요짱은 남자처럼 거푸집널에 다리를 벌리고 앉아 있었다. 끼고 있던 목장갑을 벗었다. "후미아키 씨가 뒤를 잇고 아키유키 씨가 현장 감독을 한다기에 다른 작업반에서 함께 옮겨왔는데." 기요짱은 목장갑을 내던졌다. "이젠 공사판이 싫어졌어. 미와사키에서 후리질을 하거나 돌멩이를 줍는 편이, 돈벌이는 안 돼도 훨씬 낫지. 고생만 하고." 기요짱은 그렇게 말하며 울먹였다.

도루도 눈물이 났다. 작업반 인부들은 아무리 부모형제라고 해도 이처럼 함께 하루도 빠짐없이 온갖 고생을 하지는 않으리라 싶을 정도로, 해가 있는 한, 겨울이면 하수도 청소를 하고 여름이면 땅을 팠다. 사실 후미아키 말대로 공사장 일은 혼자 하는 게 아니라 여섯 명이면 여섯 명, 열 명이면 열 명의 힘이 합쳐져서 도랑을 만들고 다리를 만들고 건물을 세운다. 혼자 따돌림을 당하거나 토라지거나 하면서 그 작업반에서 견딜 수 있는 자는 절대로 없었다. 후미아키가 시게조로부터 작업반을 물려받았을 때 월급제를 도입하려다가 시게조의 반대에 부딪힌 것도 그 때문이었다. 일당 오천 엔인 인부의 품삯은 이십 일에 십만 엔이었다. 후미아키는 매달 십만 엔을 인부들에게 보장해 주고, 그 위에 세대주나 근속 연수에 따른 수당을 더해줄 생각이었다. 시게조는 공사판 인부란, 이곳저곳 떠돌아다니는 법이라고 했다. 싫어지면 훌쩍 떠나고, 그렇지 않으면 계속 남는다. 도루는 이 작업반을 그만두고 다케하라 진이치로의 장남이 경영하는 다케하라의 작업반으로 옮길까 생각했다. 그렇게 생각한 것은 처음이었다. 도루는 자신의 변한 모습에 놀랐다. 다케하라 진이치로의 장남은 도루의 이복형이었다. 그 장남에게 도루는 이복동생이었다. 이제까지 도루는 그 형을 만나고 싶어하지 않았다.

　기요짱은 울음을 터뜨리고 다른 인부들은 모두 맥이 빠져 있는 것을 보고, 후미아키는 점심 시간을 한 시간이나 앞당겼다. 도루의 어머니는 거울 앞에서 기모노 옷감을 보고 있었다. 도루와 같은 또래의 사내가 그 뒤에 서 있었다. 어머니는 낮에 돌아온 도루를 보고 "어쩐 일이야?" 하고 물었다. "어쩐 일이라니, 점심 먹으러 왔지." 어머니는 "아아" 하고 끄덕이고는 "도루, 이 무늬 어때?" 하고 물었다. 젊은 사내는 "어울립니다" 하고 대답했다. 방에 들어가려는 도루에게 어머니는 말을 붙인다. "친엄마가 옷을 해주겠다며 기모노 가게에서 사람을 보내왔어." 도루가 대답을 않자 "금방 점심 차릴게" 하고 말했다.

　도루가 밥을 다 먹고 아키유키의 집에 간 것은 열한시 반이었다. 습기가 솟아오르는 길을 걸은 탓에 온몸이 땀투성이였다.

고로는 시든 꽃이 몇 송이나 달린 목부용 곁에 차를 세워두고 있었다. 아키유키가 그것을 봤더라면 차를 치우라고 했을 것이다. 아키유키가 사용하다가 지금은 후미아키가 타고 있는 덤프트럭은 제재소로 이어지는 길에 세워져 있었다.

길이 하얗게 메말라 빛나고 있었다. 아이들 셋이 덤프트럭의 짐 싣는 곳에 돌멩이를 던져 넣고 있었다. "어이!" 하고 도루가 말하자 아이들은 동작을 멈추고 도루의 얼굴을 보더니, 다시 돌을 주워 던지기 시작했다. 도루는 "안 돼, 그렇게 돌멩이를 던져넣으면" 하고 말하고는 "화낼 거야" 하고 덧붙였다. 도로에 면한 집에서 여자가 얼굴을 내밀더니 "그러면 못 써" 하면서 "가즈코!" 하고 한 아이를 불렀다. 헐렁한 옷에서 젖가슴이 튀어나올 듯한 여자였다. 여자는 도망치듯이 다가온 아이의 머리에 손을 얹고는 "미안해요" 하고 도루의 눈을 쳐다보며 머리를 숙였다. 그리고 아이를 보고 "할아버지 집에서 놀다 와. 아줌마가 오셨다니까" 하고 말했다. 집 안에 다다미 가게 주인 여자가 있었다. 도루를 봤다. 흙냄새, 햇빛 냄새를 맡았다. 서 있는 것만으로도 땀이 났다. 아키유키 이야기를 하고 있었다. 아니, 유키가 떠들고 다니는 백치 소녀 이야기였다. 백치 소녀는 아키유키가 무섭다고 말했다. 여자들의 눈이 도루를 보고 있었다.

도루의 눈에도 미에가 손녀를 봤다는 게 전혀 믿어지지 않았다. 목소리는 원래 높았다. "젊어졌지?" 하고 말했다. 아이를 보러 온 사람들은 누구나, 아키유키의 일에도 불구하고 미에가 원기 왕성하고 젊어졌다고 말했다. 미에는 웃었다. 길게 찢어진 눈초리에 주름이 잡혔다. "미치코도 역시 젖이 안 나와." 그렇게 말했다. "젖가슴이 아직 처녀 같아."

"이상하네" 하고 후사가 말했다. "엄마는 지나칠 정도로 젖이 불었는데. 아키유키가 갓난아기 때 잘 먹어줬기에 다행이었지." 후사는 미치코를 봤다. "네가 어미 말을 듣지 않고 제멋대로 행동하니까 그런 거야. 난 산후 조리가 끝나자 곧바로 행상을 나섰는데 젖이 불어서 몇 번이나 집에 돌아와야 했지. 먹어주지 않으면 아프거든. 자식을 다섯이나 먹여살려야 했으니까. 그렇지 미에? 엄마는 아키유키를 등에 업고라도 행상을 했잖아?"

미에는 "응" 하고 대답했다.

"엄마는 아키유키를 집에 놔두고 간 날이면, 아키유키 주위를 빙빙 돌며 행상을 하는 것 같았어. 나흘 전에도 시내에서 옛날에 단골이었던 사람을 만나니까, 그게, 아주머니의 아드님입니까? 하며 깜짝 놀라잖아. 그렇다고 했더니, 어쩌나, 어쩌나, 하고 울면서, 동생을 죽인 못된 인간이라고 욕했던 걸 사과하더라구" 하고 후사는 말했다. 미에는 갓난아기의 손을 손가락으로 만지고 있다. 미치코는 멍하니 벽장문에 등을 기대고 앉아 있다. 미치코는 미에와 나이 차이가 많이 나는 여동생처럼 보였다. 아이는 미에가 낳았다고 해도 이상할 것은 없었다. 고로와 도루는 연못 너머로 불어오는 바람이 닿는 복도에 걸터앉아 있었다. 고로도 미치코도 자신들의 아이가 아닌 듯이 보고 있었다. 도루는 이름을 묻지 않았던 것을 깨닫고 고로에게 물었다. 고로는 "아사미" 하고 대답했다. "네가 지었어?" 도루는 웃었다.

"고로는 상관없어. 고로는 관심도 없는 것 같아서 그냥 내가 붙인 거야."

"나도 아사미라고 했어."

"무슨 소리야, 남이 아프다고 신음할 때 동네 계집애들 이름을 따서 가즈미니 게이코니 하고 말하질 않나, 텔레비전 탤런트 이름을 들먹이질 않나. 네가 말하는 아사미는 바보를 뜻하는 '아호'의 아사미겠지." 미치코는 말했다.

"툭하면 싸우네" 하고 미에가 후사에게 말했다. "사네히로가 그렇게 싸울 거면 둘이 다시 오사카로 가라고 했어."

"아사미만 놔두고." 미치코가 웃는다.

"사네히로도 아키유키가 그렇게 되고 나니까 적적한 거야. 고로가 히데오와 티격태격하는 바람에 이렇게 된 거라더군. 아키유키를 자기네 작업반에 불러들여 어디에 내놔도 부끄럽지 않은 일꾼으로 키운 건 자기라며. 오빠와 옛 동료였잖아. 형님처럼 생각하고 있었잖아." 미에는 그렇게 말하고 "엄마" 하며 얼굴을 든다. 눈에 눈물이 글썽이고 있었다.

"왜?" 후사는 대답했다.

"미치고 싶지 않아. 마음 굳게 먹을게, 엄마." 미에는 말했다. "옛날하고는 달라. 오빠도 아키유키도 여자가 아니니까."

"물론이지." 후사의 맞장구를 기다렸다는 듯 미에의 눈에서 눈물이 흘렀다. 미에는 울면서 주먹을 쥐고 있는 아사미의 뽀얗고 작은 손가락을 손으로 감쌌다. "아키유키는 남자야."

도루는 아직 오후 작업을 시작하려면 한 시간이나 남은 것을 알고 후미아키의 집에 가려고 밖으로 나섰다. 해는 하늘 한가운데, 하얗게 뚫린 구멍처럼 있었다. 바람은 멈췄다. 길도 집도 나무도 구월의 햇살을 받아 뜨겁게 달아올라, 움직임을 잃고 그저 햇살을 견디고 있는 듯했다. 도루는 후미아키의 집으로 가는 길을 걷다가 문득 생각이 나서, 산의 돌층계로 이어지는 길을 걸었다. 산으로 올라가는 길은 몇 곳이나 되었다. 산은 경작하는 사람도 없이 잡목뿐이었다. 도루는 돌층계까지 갔다. 풀냄새, 흙냄새가 났다. 도루는 돌층계를 올라갔다. 돌층계의 중간쯤에서 잡목 속으로 들어가, 그 가지에 파랗고 작은 열매가 잔뜩 달려 있는 것을 알고는, 따서 호주머니에 넣었다. 그 바로 밑이 대나무숲이었다. 작은 열매를 그 대나무숲 쪽으로 던졌다. 그러자 대나무숲이 아닌 도루 바로 곁에서 풀색의 작은 새가 뛰쳐나와 황급히 날개를 펄럭이며 제재소 쪽으로 내려갔다. 도루는 돌멩이를 주워 잡목 쪽으로 던졌다. 또 던졌다. 새는 뛰쳐나오지 않았다. 도루는 몇 겹으로 겹쳐진 잡목 가지를 헤치며 앞으로 나아갔다. 산은 도루를 안심시켰다. 언젠가 아키유키에게 그렇게 말하자 아키유키도 안심이 된다고 말했다. "산만 있는 곳을 보고 자랐고, 어렸을 때부터 산에서 칼싸움을 하거나 '비밀'을 만들면서 놀았으니까." 아키유키는 말했다. 나뭇가지를 꺾고 둥치를 잘라서 은신처를 만들고 다른 동네 아이들과 전쟁할 무기를 저장했다. 여자아이가 같은 편에 가담하는 때도 있었다. 나뭇가지의 탄력을 이용한 덫을 만들어 새를 잡았다. 빨간 열매 먹이에 유혹되어 덫에 걸린 새는 머리가 깨지거나 다리가 부러져서 죽어 있었다.

정상에 올라간 도루는 오두막 속을 들여다보았다.

도루는 오두막 곁에서 풀이 무성하고 전망이 좋은 소나무 밑둥치 쪽으로 갔다. 그곳에서는 산 아래 제재소가 보이고, 구불구불한 길을 지나 아키유키의 집이 보였다. 방풍림과 바다가 있었다. 해는 정남쪽에 있었다. 풀이 호흡하고 있었다. 잡목 잎이 호흡하고 있었다. 그 냄새에 가슴이 답답하고 숨이 막혔다. 갑자기 바람이 불었다. 풀잎이 요란한 소리를 내며 흔들린다. 큭큭 하고 웃는 소리가 들렸다. 뒤돌아보았다. 돌층계를 지나 산꼭대기로 올라가는 입구에서 턱이 처진 백치 소녀가 입을 벌려 웃으며 도루를 보고 있었다. 입을 벌린 채 목 안에서 큭큭 하는 웃음소리를 냈다. 도루가 산에 오르는 것을 발견하고 따라온 것이리라.

326

충치 때문에 이가 검게 보였다. 다시 산이 울렸다. 산이 울리는 소리를 들으면서 일어난 도루는 얼굴에 웃음을 지으며 이리 오라고 손짓했다.

풍경의 얼굴

—작가 노트를 대신해서

덤프트럭이 흙을 가득 싣고 달리는 모습이 보인다. 하네다에서 비행기에 화물을 싣고 내리는 일에 싫증이 나면 저런 덤프트럭 운전수가 돼야지, 하고 생각했다. 그 경치는 보기에 따라서는 한때 유행했던 마카로니 웨스턴의 무대처럼 보이기도 했고, 사막처럼 보이기도 했다. 남자가 태어나서 죽는 곳은 아무런 장식도 없는 저런 곳이리라, 하고 생각했다.

아무리 보아도 질리지 않는 풍경, 아무리 가봐도 질리지 않는 장소가 있다. 오랫동안 하네다 공항에서 외국으로 보내는 화물을 다루며 생계를 꾸려왔지만, 그 하네다로 향하는 모노레일에서 보이는 풍경이 마음에 들었다. 오이 경마장 부근에서 정비장까지의 풍경이다. 지금 생각하면 다소 유치한 로맨티시즘처럼 여겨지지만, 진흙펄과 새로 메운 흙과 풀과 황량한 느낌이 나를 자극했다. 그렇기에 경치다운 색상이라곤 하나도 없는 그 경치가 보고 싶어서 모노레일을 타면 언제나 바다 쪽 창가 자리에 앉았다.

덤프트럭이 흙을 가득 싣고 달리는 모습이 보인다. 하네다에서 비행기에 화물을 싣고 내리는 일에 싫증이 나면 저런 덤프트럭 운전수가 돼야지, 하고 생각했다. 그 경치는 보기에 따라서는 한때 유행했던 마카로니 웨스턴의 무대처럼 보이기도 했고, 사막처럼 보이기도 했다. 남자가 태어나서 죽는 곳은 아무런 장식도 없는 저런 곳이리라,

하고 생각했다. 사막에 햇빛이 비친다. 모랫바람을 일으키며 지금 덤 프트럭이 사막을 달린다. 그곳이 멕시코도 텍사스도 아라비아도 아닌 데 그렇게 생각했다. 남자라기보다는 소년의 공상이었다.

내게는 아무리 보아도 질리지 않는 풍경이란, 아무래도 풍경답지 않은 풍경인 것 같다. 그림엽서 같은 풍경, 산수화 같은 풍경은 질색 이다. 그런 것은 일상 다반사로 보아왔다.

고향과 풍경이 중복되어 있는 느낌이 든다. 좀처럼 여행을 한 적은 없지만, 여행에서 보고 발견하는 집들, 언덕, 강변의 풍경은 자신이 어렸을 때 항상 보면서 친숙해진 고향의 풍경을 복사한 듯한 느낌이 들었다. 즉 풍경이란 완전히 자기 혼자의 기억의 재현이 아닐까 하는 생각이 든다.

와카야마 현의 시오노 갑에서 시라하마 부근까지의 해안선을 자동 차로 달려본 적이 있는가? 사람들은 그 해안선을 가레키나다 해안이 라고 부른다. 바위투성이의 해안이 끊임없이 이어지고 있다. 그곳에 간 것은, 신구(新宮)의 어머니 집에서 시라하마에 사는 사촌네 집에 들르기 위해서였다. 고교 일학년인 조카를 데리고 차를 몰고 가게 되 었다. 한 시간 반가량 달리다가 배가 고프다는 조카의 말에, 고자의 드라이브인(drive-in)으로 들어갔다.

"여기에 온 적 있니?" 나는 물었다.

조카는 고개를 저었다.

"고자에." 나는 말을 꺼내려다 그만두었다. 조카에게는 고자가 어 떤 곳이건 상관없었다. 물어봤자 소용없으리라는 생각에서 그만두었 다. 「물의 집」이라는 소설 속에 이 고자에 관한 이야기를 썼다. 그것은 불확실한 기억이었다. 쓰기 전에 어머니에게 확인해보려 했지만, 설 령 그것이 사실이건 나 혼자만의 착각이건, 어머니를 괴롭히게 되리라는 생각에서 그만두었던 것이다. 그곳은 분명 이 고자의 강이었다. 밤이었다. 달밤이었을까? 어머니는 물 속에 있었다. "겐지야, 겐지야, 이리 와봐!" 하고 불렀다. "예쁜 물고기가 있어." 그렇게 말했다. 그때 나도 물 속에 들어갔는지, 어두운 강가에 서서 물 속에 들어가기를 주저하고 있었는지 확실하지는 않다. 고자에 사시던 할머니가 아직 살아 계시던 무렵이었다. 세 분의 외삼촌들도 젊었다. 내가 초등학교 일학년 때 할머니가 돌아가신 것을 기준으로 역산해가면, 어머니와 둘이서 고자의 강에 온 것은 다섯 살 무렵의 일이다. 둘이서 투신자살을 하려 했던 걸까? 아니면 내가 투신자살을 하더라도 이상할 것이 없다는 생각을 하고, 그로 인한 기억의 합성인가? 그 무렵 어머니는 이미 지금의 의붓아버지와 사귀고 있었다. 몇 차례나 임신했다가 낙태시켰다. 의붓아버지와 함께 살기 시작한 것은 일곱 살 때였으니까, 당시가 어머니로서는 가장 어려운 시기였을지도 모른다. 동요하고 있었을 것이다. 반대로, 그 기억이 옳아서, 자신이 태어난 장소의 친숙한 강을 보고 물냄새를 맡고 옛날의 어린 시절을 떠올린 어머니가 미역을 감았던 것이라면 어떨까? 그렇게 생각해보기도 했다. 아무래도 그렇게 생각하는 편이, 첫 남편의 아이 네 명, 두번째 남편의 아이 하나를 낳고, 세번째 남편의 아이를 잇달아 낙태시킨 어머니에게 어울리는 것 같다. 투신자살 따위를 할 리가 없다. 어머니는 아직 젊었다. 서른두세 살이었을 것이다.

그 강이 보고 싶었다. 둘째 누나의 아들은, 배는 고프지 않지만 함께 먹어주겠다는 나보다도 천천히 햄버거라이스를 먹었다. 누나와 똑같다고 생각했다. 할머니가 위독하다는 연락을 받았을 때, 어머니는 두 누나와 나를 데리고 기차에 올랐다. 형은 동료들과의 일이 있다며 가지 않았고, 큰누나는 나고야에 일자리를 얻어서 떠나고 없었다. 전원 길을 걸으면서 둘째 누나는 시종 입을 다물고 있었다. 셋째 누나는 노래를 불렀다. 할머니는 어머니의 도착을 기다리고 있었다. "아, 사치코냐? 아이들도 데리고 왔니?" 하고 눈을 떠서 말하고는, 곧바로 숨을 거뒀다. 그 기억도 나중에 합성한 것이라서 이상하지만, 둘째 누나가 밤샘 때 나온 소면을 "싫어, 못 먹겠어!" 하고, 먹으면 자기도 죽음에 더럽혀지기라도 한다는 듯이 울면서 거절하던 일을 기억한다.

차를 타고 좁은 골목으로 들어가자 강이 나왔다. 차에서 내렸다. 조카는 계절에 어울리지 않는 비틀즈의 노래를 불렀다. 강폭이 의외로 넓었다. 강어귀에서 바닷물이 역류해 오는지, 수면이 부풀어 파랗게 빛나고 있었다. 기억 속의 강과는 전혀 비슷하지 않았다. 자갈투성이의 강변이 있었을 것이다. 얕아 보이는 강은 서너 걸음 들어가면 갑자기 절구 모양으로 깊어지며 차가웠던 것 같다. 배가 절반가량 물에 잠겨 있었다. 콘크리트 제방에 앉아서 조카가 부르는 능숙한 영어 가사에 귀를 기울이며 생각했다. 풍경은 기억과는 전혀 다르다. 강어귀에 다리가 있고 그 저편에 오시마가 보였다. 구시모토부시의 노래 가사에 등장하는 오시마였다.

우리가 젊었을 때에는 쓰가까지 걸어서 다녔다
쓰가에서 즐겁게 놀다가
밤이 샜다

시오노 갑에 철썩 부딪치는 파도는
사랑하는 님의
속마음일까

이 제등을 따라오면
결코 고생은
시키지 않으리니

구시모토부시에 있는 '쓰가노도메키'라는 장소는 고자에서 신구로 돌아가는 쪽 해안에 있을 것이다. 투신자살하려던 것이 아니라, 그 사랑 노래처럼, 젊은 어머니가 처녀로 돌아가 물 속에서 헤엄쳐본 것이라고 확신했다.

"담배 필래?" 나는 물었다.

조카는 고개를 끄덕이고는 담배갑에서 한 대 뽑았다. 조카와는 열두 살 차이였다. 죽은 형과 나의 나이 차이와 똑같았다.

가레키나다 해안을 따라서 길이 나 있었다. 온통 커브 길이었다. 바다에서 부는 해풍으로 나무는 한결같이 휘고 뒤틀려 고목처럼 된다. 거기에서 유래하는 이름이었다. 바다는 바로 눈앞에 있었다. 온통 절벽이었다. 항구는 없었다. 항구에 적합한 장소는 아니었다. 바다에 반사되는 햇빛 때문에 커브를 잘못 틀지 않도록 감속하다가, 직선 코스로 나오면 다시 속도를 냈다.

문득, 고향에 오기 전 친구들과 함께 도야마에 여행을 갔다가, 그곳에서 만난 동료의 차를 타고 갔던 히미의 찻집에서 본 풍경을 떠올렸다. 찻집은 만을 내려다보는 높은 지대에 있었다. 조용한 바다였다. 도야마에서는 술만 마시며 지냈다. 그때도 숙취였다. 뒤통수에 간밤의 술이 남아 있었다. 찻집에 〈사바의 여왕〉이 흘렀다. 〈콘도르는 날아가고〉가 흐르고 있었다. 모두 내가 좋아하는 곡이었다. 음악이 귀에서 뒤통수로 들어가 환청처럼 들렸다. 그 곡에 맞춰서 얌전한 만의 바다는 잔물결을 일으키고 있는 듯이 보였다.

"바다가 아니라는 얼굴을 하고 있군." 친구 하나가 내게 말했다. "아니" 하고 나는 고개를 저었다.

"유복한 느낌이잖아."

"기슈도 굉장할지 모르지만, 니혼카이*도 파도가 거칠어. 이곳은 후미진 곳이라 좀 다르지만."

만의 오른쪽에는 잔설이 빛나는 산이 있었다.

"한반도가 보일지도 모르겠군."

도야마의 친구는 웃었다. 바다 저편에 미국이 있다고 생각하며 자란 인간과, 한반도와 중국이 있다고 생각하며 자란 인간은 어떻게 다른 것일까 하고 생각했다. 시선을 집중해서 보고 있노라니 수평선 저편으로 한반도가 불쑥 얼굴을 내밀고 있는 듯한 느낌이 들었다.

가레키나다에서는 바다가 코앞에 있는데도 고기가 잡히지 않았다. 가난했다. 딸은 식모살이를 갔다. 방적 공장에 갔다. 어머니가 태어난 고자는 가레키나다는 아니었지만 '고자의 텅 빈 해변'이라고 노래 가사에도 있듯이 가레키나다의 해안선과 생활 조건은 다름이 없었다. 어머니는 열다섯의 나이로 신구에 식모살이를 갔다. 이곳에서는 누구나 객지로 일자리를 구해 가는 수밖에 없었다.

"어디에서 오른쪽으로 꺾으라고 했지?"

조카는 "몰라" 하고 대답한다.

"히키 강을 따라서 계속 가라고 그러지 않았니?" 조카는 또 "몰라" 하고 대답한다. 이상한 애라고 생각했다. 입을 여는 것이 몹시 귀찮다는 듯한 태도였다. 간밤에 누나에게 물어본 것이었다. 그때 조카도 분

---

* 우리나라의 동해.

명히 있었다. 어머니가 기억해내고, 할머니에게서 들은 이야기라며 말한 '다노에'를 한 번은 봐두어야겠다는 생각에서, 한 번 간 적이 있다는 누나에게 물었던 것이다. 소설을 쓸 때 그것을 직접 쓰지는 않더라도 무엇인가 도움이 되리라고 생각했다. 만약 아들인 내가 어머니의 일대기를 쓴다면, 소위 어머니의 원적인 할머니의 고향을 알아둘 필요가 있었다.

어머니는 자주 말씀하셨다. 할머니는 열여섯의 나이에 다노에에서 남자와 도망쳐 고자로 왔다고. 할머니는 외동딸이었다. 도망친 곳에서 자식을 잇달아 낳았다. 고생하는 딸을 보다 못해, 아버지, 즉 내 입장에서 보면 증조부는 밭에서 딴 콩과 호박을 광주리에 담아 짊어지고 다노에에서 고자까지 고개를 넘어 걸어왔다.

그 다노에의 마을과 고개를 확인해두고 싶었다. 굳이 이유를 말하자면 어머니의 원적은 바로 내 절반의 원적이기 때문이다. 그 마을과 고개의 풍경, 아니 풍모가 원적을 보장한다고 생각한 것이었다.

히키 강변을 따라 오른쪽으로 꺾어서 잠시 달리다가 갑자기 불안해졌다. 어디선가 본 듯한 풍경뿐이었다. 사람은 없었다. 밭에는 녹색 야채가 햇빛을 받고 있었다. 눈을 뜬 채 꿈을 꾸고 있는 느낌이었다. 버스의 표지에 '다노이'라고 적혀 있었다. 그곳에서 차를 멈추고 내렸다.

"고자까지는 걸어서 얼마나 걸립니까?" 하고 밭에 혼자 있는 여자에게 물었다. 여자는 무슨 엉뚱한 질문을 하느냐는 표정으로 "글쎄요" 하고 대답했다. 하루나 이틀은 걸린다는 것이었다. "가까운 지름길로 갈 수는 없습니까? 예를 들어 산을 넘거나 해서." 그래도 하루나 이틀은 걸릴 거라고 여자는 말했다. 앞뒤가 맞지 않는 느낌이었다. 어머니의 말에 의하면, 증조부는 광주리에 밭 작물을 담아 짊어지고 고자까지 걸어왔다. 그렇다면 짐을 짊어지고 갈 수 있는 거리에 다노에 가 있다는 뜻이 아닌가? 어머니의 오빠, 외삼촌들은 증조부가 갖고 온 시든 콩과 호박을 먹기 싫다고 말했다는데, 시간이 얼마나 지나야 밭에서 딴 콩과 호박이 시들어버리는 것일까? 다노이와 다노에가 같은 장소는 아닐 것이다. 현실의 풍경과 상상의 풍경과의 차이일까, 하고 생각했다. 차를 다시 해안선 쪽으로 돌렸다. 가레키나다는 계속되고 있었다.

풍경다운 풍경, 그림엽서에 그대로 담아도 팔릴 풍경은 많지만, 그런 것은 별로 좋아하지 않는다. 나치의 폭포도, 도로핫초도 그림엽서를 보는 눈으로 보면 그림엽서 한 장의 풍경과 같은 표정밖에 보여주지 않을 듯한 느낌이 든다. 도로핫초에는 세 번 정도 갔다. 한 번은 고교 시절의 친구와 함께였다. 옛날에 도로 마을에서 의사를 했던 아버지가 미나카타 구마쿠스*와 친분이 있을 뿐만 아니라 책 속에도 이름이 나오는 인물로서, 그 친구는 토광 속에 농민봉기의 소장(訴狀)이며 메이지 유신 당시의 기록 따위가 있을 거라고 했다. 아버지가 일찍 돌아가신 뒤, 그 친구 가족은 신구로 내려왔기에 토광은 잠궈놓은 채라고 말했다. 그래서 신구 역 앞에서 버스를 탔다. 구마노 강을 따라 버스는 포장한 커브 길을 산으로 향해 달렸다. 시코라는 곳에서 내려 프로펠러 선(船)으로 갈아타고 그대로 도로까지 직행했다. 있어야 할 집이 없었다. 토광도 없었다. 집은 송두리째 사라져 주차장으로 변해 있었다. 그 친구는 "어머니도 참. 집은 이미 부숴버렸다고 미리 알려주셨더라면 좋았을걸" 하고 말했다. 그의 어머니는 재혼했다. 친구는 동

---

* 南方熊楠. 생물학자이자 민속학자. 변형균 학자로서 균의 채집 연구에 힘을 쏟아 약 70개의 새로운 변형균을 발견했다. 또한 일본 민속 연구에도 공헌했다.

사무소에라도 그 토광 속의 기록이나 고문서 따위가 보관되어 있을 거라고 말했다. 산과 산이 겹쳐진 사이에 생긴 작은 마을이었다. 보고 싶지 않았다. 동사무소로 가는 언덕길을 앞장서서 걷는 친구가 공연한 허세를 부리는 것이라고 생각했다. 친구가 주저하는 것을 무시했다. 이미 다음 버스는 없다. 결국 산 하나를 넘어, 반대편 길을 걷다가 지나가는 차에게 태워달라고 부탁하는 수밖에 없다고 친구는 말했다. "친척이 많으니까 묵고 가." 기가 막혔다.

두번째로 그 도로에 간 건, 이 여자와 결혼하고 싶다며 아내와 함께 어머니를 뵈러 갔을 때였다. 신구의 강 저편에서 관광객과 함께 프로펠러 선을 타고 가이드의 안내를 들으며 갔다. 그림엽서의 풍경이 프로펠러 선의 움직임과 함께 있었다. 도쿄 태생의 그녀는 가이드의 설명에 "그래요?" "흐음" "굉장하네" 하며 맞장구를 쳤다. 맞장구를 치는 것이 남편이 될 남자의 고향을 칭찬하는 셈이 된다고 생각하는 모습이었다. 편도에 족히 한 시간은 걸렸다. 더 걸렸을지도 모른다. 돌아오는 길에는 두 사람 모두 잠이 들었다.

그리고 다음에 간 것은 가레키나다를 달렸던 사흘 후였다. 그 친구와 소식이 끊긴 지 오래였다. 말하자면 그 친구의 문학 소년 취미에 감화되어 나도 시나 소설을 쓸 수 있지 않을까 생각했던 것이다. 친구는 재혼한 어머니에게서 의사를 하던 아버지의 유산을 물려받았는지, 고등학교 시절부터 자신의 집을 갖고, 스테레오를 현찰로 사고, 외상으로 닥치는 대로 책을 사들였다.

고등학교를 졸업하고 삼 년째 되던 해에 그는 여자와 줄행랑을 쳤다고 들었다. 그 이후로 행방을 몰랐다. 동생이 하나 있었던 것을 떠올리고는 전화번호부를 뒤져서 어림짐작으로 전화를 걸어봤다. 그런데 적중했다. 한가하다는 핑계로 차를 타고 갔다. 신축한 집이었다.

동생의 말에 의하면 친구는 교토로 가서, 함께 간 연상의 여자와 붙었다 떨어졌다 하며 지내는 모양이었다.

"이 집은 누구 소유야?"

"누구라니…… 내 소유입니다." 동생은 말했다.

"형한테서 샀어요."

"너도 결혼도 하기 전에 집부터 마련하다니. 굉장하구나" 하고 웃었다. 동생은 어처구니없다는 표정을 지었다. "형이 사라고 졸랐어요." "넌 뭘 하고 지내지?" 동생은 미용사와 지압 면허가 있다고 말했다.

동생은 그의 고등학교 시절 친구들의 소문을 많이 알고 있었다. 한 명은 캐나다에 갔고, 한 명은 교사가 되었다. 대부분 신구로 돌아와 제각기 자기 집안의 가업을 이어받았다고 말했다. 신흥 종교에 빠져서 자신의 부모형제까지 끌어들여 물만 마시는 수행을 한 자도 있었다. 그는 결국 여동생을 불결하다며 때려죽이고 말았다.

"고등학교를 졸업한 지 이미 십 년이 지났으니까." 나는 말했다. "물만 마시는 수행을 하고 싶어지기도 할 만한 시간이지. 무엇엔가 의지하지 않으면 마음이 안정이 되지 않는 거야."

친구의 동생을 차에 태우고 드라이브를 했다. 문득 생각이 나서, 친구가 태어나 자란 마을인 도로에 다시 한번 가보자고 했다. 친구와는 달리 동생은 그 마을에 가기를 꺼려했다. 그래도 "잠깐 곧장 가기만 하면 되지" 하고 말하는 나에게 "맞아요" 하고 맞장구를 쳤다.

구마노 산으로 들어가는 길이었다. 그 구마노는 헤아릴 수 없을 만큼 많이 여러 책에 등장한다. 개미 떼의 구마노 참배라는 말이 있을 정도로 수많은 사람들이 이 구마노를 향해 걸어왔다. 업병, 지금은 완치되는 병이지만, 옛날에는 불벌이라 하여 두려움의 대상이었던 나병

환자는, 어느 날 어느 시간 발병을 알게 되는 즉시, 깊은 밤 남의 눈에 띄지 않도록 하얀 순례복으로 갈아입고 가족들이 지켜보는 가운데 구마노를 향해서 길을 떠났다. 이곳은 황천의 입구였다. 아니 황천이었다. 구마노에 있는, 영험이 뛰어난 온천으로 알려진 유노미네의 물은 고난을 받은 인간에게 황천에서의 마지막 희망이었다. 유노미네의 물에 들어가면 다시 소생한다. 구마노는 옛날 사람들에게 죽음과 재생의 관념이 순수 추출한 장소였다.

해가 비치고 있었다.

삼나무가 울창한 산들이 끝없이 이어지고 있었다. 산 속을 방황하다가 죽은 친척을 만났다고, 향토사를 연구하던 사람은 말했다. "정말입니까?" 하고 물었다. 심신이 극도로 피로해지면 분신이나 마음속에 남아 있는 사람의 환상이 보인다는 것은 알고 있었다. 산은 별다를 것 없는 어디나 있는 산인데도 '구마노의 산'이라고 생각하는 것만으로도 유령이 숨어 있을 것만 같다. 풍경이 어딘지 모르게 달라 보인다. 즉 풍경에서 자신의 관념이나 자기 자신의 얼굴을 보는 것이라고 생각했다. 밋밋한 풍경은 밋밋한 사람의 얼굴이다. 부드러운 풍경은 부드러운 사람 자신이라고 생각했다.

다리를 건넜다. 산길로 접어들었다. 가지가 잔뜩 뒤엉킨 삼나무가 왼쪽에 서 있었다. 하얀 꼬리의 긴 새가 날아가는 것이 보였다. 문득 작년 가을, 아내와 딸을 데리고 귀향해서 유노미네에 갔던 일이 떠올랐다. 낮이었다. 두 딸에게 산의 잡목에 매달려 있는 빨간 하늘타리를 따주려고 큰딸을 데리고 민박집 옆을 지나 산으로 들어갔다. 폭포 소리가 들려왔다. 그 폭포 주변에 있으리라는 생각에서, 소리나는 쪽을 향해서 돌층계를 올라갔다. 앞장서서 걷던 다섯 살 난 딸이 "앗!" 하고 외쳤다. 한순간 양쪽을 건너질러 달려서 숲속으로 사라진 물체가 있었다. 딸아이는 그것이 무엇인지 몰랐다. 그저 놀라서 내 손을 잡았다. "원숭이야, 원숭이!" 내 목소리도 흥분되어 있었다. 왠지 느닷없이 『고야성(高野聖)』*의 무대에 발을 들여놓은 느낌이 들었던 것이다.

"여기도 원숭이가 나올 것 같군."

"어렸을 때 토끼를 자주 잡았죠." 친구 동생은 말했다.

"멧돼지는?"

"멧돼지도 있어요."

친구 동생의 낮은 목소리가 마음에 걸렸다. 집에서 듣는 것과는 전혀 다르다고 생각했다. 옆에 앉아 있는 자가 정말로 친구의 동생일까 하고 생각했다. 귀신이나 요괴처럼 이 구마노 산의 풍경 속에서, 자신의 얼굴이 말이나 소로 변해 있는 게 아닐까 하고 생각했다. "다음 조교(弔橋) 바로 앞에서 왼쪽으로 가면 되지?" 하고 밝은 목소리를 꾸미며, 살짝 몸을 움직여 백미러에 비친 내 얼굴부터 봤다.

---

* 젊은 행각승이 깊은 산 속에서 남자를 유혹하여 짐승으로 만드는 요괴를 만나지만 무사히 살아남는다는 내용의 일본 소설.

나카가미 겐지에 관하여

가라타니 고진(柄谷行人)[*]

나는 현재의 일본에 포크너적인 것 혹은 나카가미적
인 것이 가능하리라고 생각하지 않는다. 그런 의미에
서 나카가미와 더불어 일본의 근대문학은 끝났다고
생각한다. 그러나 그가 말하는 '남쪽'은 결코 소멸되
지 않았다. 그것은 곳곳에 있다. 또한 현재의 세계적
분업의 재편성 과정은 중심, 준주변, 주변을 새로운
형태로 만들어낼 것이다. 그곳에서 생겨나는 문학은
언뜻 보아 '나카가미적인 것'과는 무관한 것처럼 보
일지 모르지만, 사실은 그렇지 않으리라고 나는 생각
한다.

---

[*]문학평론가. 1941년 일본 효고 현 출생. 도쿄대학 경제학부, 동대학원 영문과 졸업. 긴키대학, 컬럼비아대학 교수.

나카가미 겐지(中上健次)는 일본 근대문학사에서 자연주의 소설의 계보와 모노가타리*의 계보를 종합한 듯한 작가로 자리잡고 있다. 해외에서는 프랑스에서 대여섯 권의 번역이 나와 있으며, 다니자키 준이치로(谷崎潤一郎)나 미시마 유키오(三島由紀夫)의 후계자로 평가받고 있다. 비천함abjection과 미(美)의 문학으로 말이다. 그러나 이런 유의 평가는 전혀 틀린 것은 아니지만 나카가미의 작품이 지니고 있는 가능성을 왜소화시키는 것이다. 그런 의미에서 나카가미 겐지의 작품이 한국에서 출판되는 것은 무척 기쁜 일이다. 나카가미의 작품을 일본의 '문학사'나 '미학'으로부터 해방시키기에 가장 적합한 장소는 한국이라고 나는 생각한다.

　왜냐하면 '한국'은 나카가미에게 항상 큰 관심의 대상이었기 때문

---

*物語. 일본 고유의 이야기체 소설.

이다. 그는 1980년 초부터 육 개월간 한국에 머물며 김지하, 윤흥길 등과 가까이 지냈고, 또한 『고목탄(枯木灘 : 가레키나다)』의 속편인 『땅의 끝, 지상의 시간(地の果て 至上の時)』제1부를 완성시켰다(이 작품은 당시 한국의 문예지 『문예중앙』에 게재되었다). 그 무렵 일본 작가가 한국에 가는 것은 상당한 용기를 필요로 하는 행동이었다. 실제로 그는 일본의 좌익으로부터 비난받았을 뿐만 아니라 KCIA*의 앞잡이라는 중상을 당하기도 했다. 그러한 오해를 무릅쓰고 나카가미가 왜 한국에 머물며 소설을 쓰려 했는지 그 이유를 나는 잘 알 수 없었다. 물론 그 자신도 잘 알고 있었으리라고 할 수는 없을 것이다. 작가의 직관에서 그렇게 한 것이리라. 그러나 지금 되돌아보면, 그의 충동을 이해할 수 있을 것 같다. 나는 그 무렵 『일본 근대문학의 기원』을 출판했지만, 나카가미는 그 나름의 방식으로 폐쇄적인 '일본 근대문학'에서 벗어나고자 시도했고, 그것을 실제로 한국이라는 장소에 자신을 둠으로써 실현하려 했던 것이다.

1970년대 후반, 한국에서는 백낙청 교수가 주장한 '제3세계 문학'이라는 개념이 가장 영향력이 있었다. 이것은 당시의 정치·경제적인 '제3세계론'과는 다른 것이며, 또한 특정 지역이나 시대에 한정되는 개념이 아니었다. 근년에 내가 깨달은 것은, 백 교수의 생각이 어떤 의미에서는 나카가미나 내가 의도했던 바와 유사하다는 점이다. 유감스럽게도 당시 우리는 서로 알지 못했으며, 또한 나카가미 겐지는 일찍 세상을 떠나고 말았다. 나는 나카가미라는 작가와 동시대에 살았다는 사실을 자랑스럽게 여기고 있다. 뒤늦은 감이 있지만, 그의 작품이 한국에서 많이 읽히기를 기대하는 바이다.

---

* 중앙정보부. 당시로 보자면 안기부(국가안전기획부).

나는 여기, 나카가미 겐지를 소개하면서, 그의 문학을 일본 문학의 계보에서가 아니라, 한국을 포함한 '세계문학'의 계보 속에서 생각해 보고 싶다. 나카가미가 자신의 문학을 소위 '제3세계 문학'으로 인식 하는 계기가 되었던 것은, 포크너 William Faulkner를 읽은 후라고 해 도 과언이 아닐 것이다. 나는 포크너의 『압살롬, 압살롬! *Absalom, Absalom!*』이나 『8월의 빛 *Light in August*』 등을 1965년부터 이듬해에 걸쳐, 도쿄대학 대학원에서 오하시 겐자부로(大橋健三郞) 씨의 강의 를 통해서 읽었다. 사실은 나카가미에게 포크너를 읽으라고 권한 것 은 나였으며, 그것은 1968년이었다. 물론 나카가미가 '포크너적인' 것과 만난 건 그때가 처음은 아니었다. 당시 나카가미는 오에 겐자부 로(大江健三郞), 특히 『만연 원년의 풋볼(萬延元年のフットボール)』 에 심취해 있었는데, 이 작품에 포크너의 영향이 있었음은 두말할 필 요도 없다. 포크너를 읽은 직후, 스물두 살의 나카가미는 오에 겐자부 로가 포크너를 제대로 이해하고 있지 못하다며, 자신이 '일본의 포크 너'가 되겠노라고 주장했다.

나중에 다시 언급하겠지만, 신구(新宮)를 중심으로 하는 사가 saga* 는 물론이고, 나카가미의 『고목탄』을 중심으로 하는 삼부작은 『압살 롬, 압살롬!』이 없었더라면 불가능했을 것이다. 흥미로운 것은, 나카 가미가 그렇게 생각한 것과 거의 같은 시기에, 라틴 아메리카의 작가 들(마르케스나 요사 등)이 그렇게 생각했다는 점이다. 나카가미가 마르 케스 G. G. Marquez 등을 읽은 것은 훨씬 훗날이며, 따라서 그들의 영 향을 받지는 않았다. 다만 그는 읽자마자 즉시, 그들이 포크너를 계승

---

* 중세 아이슬란드 문학의 한 장르. 저자가 과거의 일들을 상상력을 이용하여 재구 성하기 위해 특정한 미적 원칙에 따라 주제를 조합하여 만들어내는 전설과 역사소 설.

하고 있다는 사실을 깨달았고, 그런 의미에서 자신의 친척이나 마찬가지라고 생각한 것이다.

나카가미 겐지가 포크너를 계속 읽었던 것은 아니다. 단지, 포크너를 통해 알게 된 세계를 죽는 날까지 추구했다고는 말할 수 있다. 그것은 이른바 영향의 문제가 아니다. 포크너가 알려지게 된 것은, 사르트르를 비롯한 프랑스의 비평을 통해서이며, 따라서 모더니스트 기법의 관점에서였다. 그런 의미에서라면 일본에서 포크너의 영향을 받은 사람은 나카가미 이전에도 적지 않았다. 그러나 나카가미는 기법적인 면에서는 그의 영향을 받지 않았다. 오히려 근대 일본의 자연주의 문학〔도쿠다 슈세이(德田秋聲)나 모노가타리 이즈미 교카(泉鏡花)〕과 같은 일본 문학의 정통적인 계보를 계승하고 있다.

나카가미에게 포크너의 영향이 있다면, 단순히 그러한 형식의 문제는 아니다. 그러나 그렇다고 해서 내용에 국한되는 것도 아니다. 포크너의 모더니즘은 내용이 필연적으로 요구하는 형식으로 나타났다. 일본에서 그것을 민감하게 느낀 작가는, 나카가미 겐지 한 사람뿐일 것이다. 그런 의미에서 나카가미는 본질적으로 모더니스트였다. 포크너의 보편성은, 예를 들자면 일본에서 나카가미 겐지라는 작가를 등장시켰다는 사실만으로도 증명된다. 나카가미 자신 또한, 그 보편성이 무엇인가를 생각했다. 그것은 그 스스로가 자신을 보편화시키는 것과 마찬가지였다. 1980년대 전반에 그는 자신이 이제까지 무엇을 하려 했는지, 글로벌한 문맥에서 자각하고 있었다.

나카가미는 1985년 포크너에 관한 국제학회에서 '번무하는 남쪽(繁茂する南)'이라는 제목으로 강연했으며, 그것이 잡지에 게재되었을 때 부기(附記)를 달았다. 부기에서 그는 '포크너의 현대성 혹은 전 세계와 관련되는' 메시지가 무엇인가를 추구했다.

권터 그라스Günter Grass를 제외하고, 포크너의 영향이 강한 유력 작가는, 이제까지 좀처럼 표현의 영역에 오르지 않은 계층의 작가들이다. 이 계층을 가리켜, 어떤 사람은 아시아 아프리카 라틴 아메리카, 즉 제3세계라고 말할지도 모르며, 에스닉ethnic의 조류라고 말할지도 모른다. 어쨌든 야만스러울 정도로 활력이 있고, 공동체의 민화 신화 등을 대담하게 활용할뿐더러 내러티브narrative하며 기이할 정도로 소문이나 목소리에 민감하다.

그들 중에는 일본에서 태어나 일본어로 소설을 쓰는 나도 포함되어 있다고 하자. 그래서 묻는 것이다. 포크너는 어째서 아시아 아프리카 라틴 아메리카의 작가들에게 영향을 줄 수 있었는가? 포크너 문학의 무대가 된 미국 남부에서 '남쪽'을 추출하여, 그것을 '번무하는 남쪽'으로 생각하게 되었다. (……)

남부에서 추출된 남쪽이란 갖가지 고민의 증거가 붙은 것으로, 즉각 CF 노래로 삽입되어 만연될 수 있는 따위의 남쪽은 아니다. 가치관이 정립되어 있는 북쪽의 입장에서 말하자면, 남쪽이란 통일된 가치관의 확보가 어려운 혼란의 장소인 것이다. 포크너는 끊임없이 가치관이 문란한 장소, 그러면서도 그 장소로 들어가면 들어갈수록 놀라우리만치 면밀한 가치 체계가 있고 방위가 있는 남쪽을 묘사했고, '요크나파토파* 사가'를 남겼던 것이다.

나카가미는 포크너의 세계성이 '남쪽'에 있다고 말한다. 이 남쪽은 미국 남부라는 의미의 남쪽이 아니다. 또한 남북문제라는 의미의 남

---

* Yoknapatawpha. 포크너의 작품에 나오는 가공의 토지.

쪽도 아니다. 그것은 공간적으로 특정할 수 없다. 실제로 그것은 북방에 있을 수도 있고 도쿄의 신주쿠 2초메(新宿2丁目)에 있을 수도 있다. 사실은 『땅의 끝, 지상의 시간』을 쓴 시점에서 나카가미의 고향이자 그가 '골목' 이라고 불렀던 피차별부락은 도시 재개발에 의해 해체되고 소멸되었다. 그는 무대를 서울 도쿄 뉴욕으로 옮겼다. 그는 그무렵 '골목' 은 전 세계 어디에나 있다고 말하기 시작했는데, 그 '골목' 은 바로 지금 말하는 것과 같은 '남쪽' 을 의미한다. 하지만 그러한 의미에서의 '남쪽' 은 이미 특정한 장소가 아닐뿐더러 시간적으로도 한정시킬 수 없는 추상성을 지니는 개념이다. 그러나 내가 기억하는 바로는 나카가미가 그렇게 묻기 이전에 이미 유사한 물음을 한 사람이 있었다.

나는 1980년 예일 대학에 있을 때, 그곳에서 가르치던 수잔 윌리스 Susan Willis의 「루럴 슬럼 Rural slum의 미학」이라는 논문(Social Text, 1979)을 읽은 적이 있다. 프레드릭 제임슨Fredric Jameson의 부인으로 마르크스주의자인 윌리스는, 이제까지의 마르크스주의자들의 비평과 뉴크리티시즘을 함께 비판하고, 포크너를 월러스틴Immanuel Wallerstein의 '세계 시스템 이론' (종속 이론)으로 보려 했다. 월러스틴에 의하면 세계 자본주의는 중심 core과 준주변 semi-periphery 및 주변periphery이라는 계층을 만들어낸다. 윌리스가 지적한 것은 포크너 문학의 무대가 준주변이라는 점이다. 그것은 주변이 자본제에 의해서 해체되는 세계이다. 그곳에는 주변에서 볼 수 있는 전통적 질서도, 또한 중심부에 성립되는 시민사회적 질서도 존재하지 않는다. 여기에는 모든 모순과 분열이 집중한다.

그러한 세계에서는 역사와 신화(모노가타리)가 교차한다고 윌리스는 지적했다. 그녀는, 남부 출신의 많은 신비평가들이, 그러한 세계의 뒤얽힘을 보지 못하고 단순히 비역사적인 원형으로 분리시켜버린 점을 지적했을 뿐만 아니라, 20세기의 하이모더니즘이 원래 그러한 것임을 지적했다. 일반적으로 모더니즘은 서양의 선진국에서 생겨난 문학 형식이라고 여겨지고 있지만, 조이스James Joyce 카프카Franz Kafka 베케트Samuel Beckett가 전형적인 것처럼, 이른바 준주변에서 생겨난 것이다. 하이모더니즘은 근대소설을 파괴하지만, 그것은 첨단적인 현대사회에서 나온 것이 아니다. 오늘날의 포스트모더니즘 작가들이 그들을 도저히 따라갈 수 없는 이유는 그 때문이라고 해도 좋을 것이다.

그러한 관점에서 생각한다면, 나카가미 겐지가 말하는 '남쪽'이란 이러한 준주변의 성질임이 명백하다고 하겠다. 또한 나카가미가 말하는 '골목'도 마찬가지다. 그것은 바로 윌리스가 말하는 루럴 슬럼, 혹은 백낙청 교수가 말하는 '제3세계'인 것이다. 따라서 나카가미의 작품에서 역사와 신화의 교착(交錯)이 생기는 것은 단순히 기법적인 문제가 아니다. 나카가미가 70년대에 김지하에 대해서 품었던 관심도 거기에 있으며, 그것은 단순히 정치적인 문제가 아니었다.

다시 말해서 나카가미가 말하는 '남쪽'이란 실제의 남쪽이 아니며, 또한 20세기에 한정되는 것도 아니다. 예를 들어 18세기 영문학에서 아일랜드 출신의 스위프트Jonathan Swift나 스턴Laurence Sterne은 소위 '남쪽'의 작가들이다. 그것이 19세기 후반에 성립된 3인칭 객관소설(리얼리즘)과 무관하다는 것은 두말할 필요도 없다. 런던에 유학했던 나쓰메 소세키(夏目漱石)는 스위프트나 스턴에게 관심을 가졌지만, 당시 영국에서 그들의 문학은 소설로서 미숙한 것으로 간주되고 있었다. 소세키는 『나는 고양이로소이다(吾輩は猫である)』로 데뷔했을 때 동시대의 일본 작가들로부터 비웃음을 샀다. 그들은 소세키가 자연주의적인 소설 『도초(道草)』를 썼을 때 비로소 인정했던 것이다.

그러나 소세키가 농촌을 그린 나가쓰카 다카시(長塚節)의 『흙』을 격찬했듯이, 자연주의는 단순한 리얼리즘은 아니다. 일본의 자연주의 문학은 화폐 경제 때문에 해체된 농촌의 현실과 불가분의 관계에 있다. 그것은 동시에, 이즈미 교카와 같은 모노가타리적인 문학을 그 배후에 탄생시켰다. 그러한 것들은 대립하는 것이 아니라 서로 보완하는 것이다. 그것은, 민속학자인 야나기다 구니오(柳田國男)가 양쪽 모두와 연관되어 있다는 사실로도 입증된다. 나는 앞에서 나카가미 겐지가 이 양쪽의 문학을 계승하고 있다고 말했지만, 그것은 오히려 예부터 각기 분리되어왔던 것을 통합했다기보다도 그 뒤틀린 상호관계의 원천 위에 서려는 것이었다.

그러나 구조적으로 유사하더라도 그것이 문학적 풍요를 낳기 위해서는 역사적 배경을 필요로 한다. 예를 들어 오에 겐자부로는 포크너의 '요크나파토파'를 고향의 '계곡 마을'에 설정하여 사가를 썼다. 그러나 그의 작품 중에서 역사와 모노가타리가 완벽하게 교차하는 것은 『만연 원년의 풋볼』뿐이다. 여기에서의 역사는 픽션이기 때문에 그 후로 오래 지속되지는 못했다. 포크너는 1955년 일본을 방문했을 때 "나는 일본인을 이해할 수 있다. 왜냐하면 우리들은 모두 양키에게 패했기 때문이다"라고 말했다. 남북전쟁은 그에게 '살아 있는 과거'인 것이다. 이와 마찬가지로 나카가미 겐지에게 '살아 있는 과거'로 존재했던 것은 '대역사건*'이다. 이것은 한일합방과 같은 시기에 발생한 사회주의자 탄압 음모를 말한다.

메이지(明治, 1868~1912) 이후 나카가미의 출신지인 신구는 목재

---

* 大逆事件. 1910년 다수의 사회주의자와 무정부주의자가 메이지 천황을 암살하려 했다는 이유로 처형당한 사건.

산업이 번창하여 부르주아 문화와 사회주의 부락 해방운동을 낳았다. 미국에서 의학박사가 되어 돌아온 오이시 세이노스케(大石誠之助)가 그 대표적 인물이다. 그는 사회주의자인 고토쿠 슈스이(幸德秋水)*를 원조했고, 신구에도 초대했다. 그것이 원인이 되어 신구 그룹 다섯 명이 천황 암살을 기도했다는 터무니없는 이유로 검거되었고, 두 명이 처형된 것이다. 이 대역 사건을 계기로 신구라는 마을 전체가 차별당하고 산업적으로도 정체되었다. 작가 나카가미 겐지에게 일종의 특권성을 부여하고 있는 것은 어디에나 존재하는 피차별부락이 아니라, 이 대역 사건이라고 해도 좋을 것이다. 그는 만년에 대역 사건에 관한 소설을 구상하고 있었다.

신구의 부르주아 문화는 사토 하루오(佐藤春夫)와 같은 모더니스트 작가를 낳았을 뿐만 아니라 급진적인 사회주의운동 및 부락 해방운동을 낳았다. 그것은 지역적인 현상이 아니었다. 예를 들자면, 대역 사건 이후 소위 '겨울의 시대'에 오이시의 조카인 니시무라 이사쿠(西村伊作)가 오이시의 유산 일부를 투자하여 도쿄에 '문화 학원'을 설립했는데, 그것이 다이쇼(大正, 1912~1926) 휴머니즘의 거점이 되었다. 다이쇼 휴머니즘이나 데모크라시가 얼마나 취약한 것이었는지 이러한 사실로도 알 수 있다. 그것은 단순히 현실의 패배를 회피하고 '문화'를 통해 현실을 극복하려 했던 것뿐이다.

사실 '겨울의 시대'가 노골적으로 남아 있던 곳이 바로 신구였다. 천황제 파시즘이 진전되던 시대에, 신구 사람들이 어떤 입장에 놓여 있었는지는 쉽게 상상할 수 있다. 물론, 실제로는 일본의 중공업화 속

---

* 명치시대의 사회주의자. 러일전쟁에 반대하여 평민사를 일으키고 『평민신문(平民新聞)』 간행. 후에 무정부주의자가 되어, 대역 사건 주도자로 몰려 처벌당함.

에서 목재 산업에 의존하는 부르주아지가 견뎌낼 수 없었던 것이지만, 대역 사건이 그 몰락과 정체를 상징했던 것이다. 이후 신구에는, 남북전쟁 후의 남부에 대량의 가난한 백인poor white과 흑인이 남았던 것처럼, 가난한 사람들과 피차별부락민이 남았다. 경제적 발전이 없었을 뿐만 아니라, 사회적 해방운동이 전혀 없었다. 나카가미 겐지는 그러한 장소에서 태어나 자랐던 것이다.

물론 16세기의 잇코잇키*와 노부나가(織田信長) 히데요시(豊臣秀吉)에 의한 철저한 탄압이라는 역사적 배경도 거기에 겹쳐져 있다. 『고목탄』에 등장하는 하마무라 류조라는 인물은, 잇코잇키의 군사적 지도자의 자손이라고 자처하고 있다. 이것은 단순히 비역사적인 전승이나 신화가 아니라, 16세기 이후의 '근대 세계 시스템'에 속하는 문제이다. 또한 이렇게 보면 어떤 의미에서 신구의 위치는, 일본에 대한 한국의 위치와 비슷하다고 하겠다.

그러나 나카가미는 이러한 역사적 지리적 배경에 관해서는 거의 언급하고 있지 않다. 앞에서 말한 바와 같이 그는 포크너를 통해서, 자칫하면 자연주의나 모노가타리가 되었을지도 모르는 대상 — 남 기슈의 피차별부락 — 을 소위 '남쪽' 문제로 보편적으로 포착하는 시각을 획득했던 것이다. 「곶(岬)」『고목탄』『땅의 끝, 지상의 시간』으로 이어지는 3부작은 아키유키라는 주인공을 중심으로 묘사되어 있다. 하지만 이 아키유키(秋幸)라는 이름은 아마도 '고토쿠 슈스이'에서 따온 것으로 생각한다. 그런 의미에서 아키유키에게는, 신구만이 아니라 근대 일본의 역사가 응축되어 있는 것이다. 하지만 이 작품들의 진정

---

* 무로마치 시대(1336~1573)에 일본 각지에서 일어난 종교적 집단 봉기. 진종본원사(宗本願寺) 파의 일향종 승려와 신자인 농민들이 연합하여 본건 영주의 영토 지배에 항거한 움직임.

한 주인공은 아키유키의 친아버지인 하마무라 류조라는 사내다. 이 인물은 포크너의 경우와 마찬가지로 항상 갖가지 소문이나 추측으로만 묘사되고 있다. 그러나 내가 알고 있는 바로는, 아키유키가 나카가미와 비슷하지 않듯이, 하마무라 류조는 나카가미의 친아버지나 의붓아버지와 비슷하지 않다. 아키유키는, 어떤 의미에서는, 하마무라 류조라는 인물과 관련해서 존재할 뿐, 후자의 출현이 이 3부작을 가능하게 한 것이다. 그가 실재 인물과 비슷하지 않다면 어디에서 온 것일까? 의심할 여지도 없이 나카가미는 『압살롬, 압살롬!』의 토마스 서트펜이라는 인물에서 힌트를 얻은 것이다.

서트펜은 산 속의 소위 원시 공산사회적인 주변에서, 노예제 플랜테이션이 있는 준주변으로 내려온다. 그곳에서 농장주의 하인인 흑인에게 망신을 당하자, 스스로 거대한 농장주가 되리라고 결심한다. 그는 우선 하이티에서 농장주의 딸과 결혼함으로써 계획에 거의 성공하지만, 태어난 아들에게 흑인의 피가 섞였다는 사실을 알고 처자를 버리고 남부로 돌아가, 그 계획을 다시 실천에 옮긴다. 악랄한 수단으로 그 계획에 성공하여 두 아들이 성장했을 무렵, 버렸던 아들이 대학생이 되어 찾아온다. 그 아들은 이복동생과 친해지고, 또한 여동생과 결혼하려 한다. 서트펜은 그것을, 근친상간이라는 이유에서가 아니라 흑인과의 결혼이라는 이유에서 반대한다. 그 결과, 차남은 장남을 죽이고 자취를 감춰버린다. 구약성서의 다윗처럼 두 아들을 동시에 잃은 서트펜은, 가난한 백인의 딸에게 아이를 낳게 하지만, 계집아이라는 이유로 모욕을 가하다가 여자의 아버지에게 살해된다.

나는 나카가미의 하마무라 류조가 서트펜이라는 인물에서 유래한다고 말했다. 하지만 모방이라는 의미는 아니다. 오히려 나카가미의 작품을 읽음으로써, 역으로 서트펜이라는 인물이 무엇인지 밝혀지리라고 생각한다. 하마무라는 자신의 남자 후계자를 만들려고 했지만, 서트펜처럼 백인의 피를 고집하지는 않았다. 또한 그는 16세기 잇코 잇키의 군사적 지도자였던 사이가 마고이치*의 자손을 자처하며, 이 세상에 정토를 실현하겠다는 이상을 외치고 있다. 물론 실제로는 그것과 상반되는 짓을 하고 있다 하더라도. 서트펜에게는 그러한 이상은 없다. 그는 이미 노예제 플랜테이션이 불가능한 시대에 그것을 재현시키려 했을 뿐이다. 그러나 자세히 보면 그들에게는 동일한 구조가 있음을 알 수 있다. 하마무라도 가레키나다(枯木灘)라는 땅에서 태어나 신구의 골목에 나타났지만 '파리왕'이라며 따돌림을 당했다. 훗날 그는 이 신구의 골목(피차별부락)을 점유하고 해체시키려 한다. 아울러 말하자면, 이 골목을 해체시키려는 지주 사쿠라는, 과거에 부락 해방을 위해서 활동하다가 '대역 사건'으로 처형된 자의 조카다. 그는 사건 후 피차별부락 사람들이 냉담하게 대했기에 골목에 원한을 품고 있다. 한편, 그들의 책략에 맞서는 사람이 아키유키, 소위 고토쿠 슈스이인 것이다.

하마무라 류조 혹은 서트펜의 '계획'은 언뜻 보면 반동적인 것이다. 그러나 그들이 무의식적으로 고집했던 것은, 예전에 그들이 살았던 산 속(주변)의 공동체(코뮌), 혹은 가레키나다에 있었던 그것을 재현하는 일이었다고 할 수 있다. 비극적인 것은, 그들이 완전히 뒤틀린 형태로 그것을 실현하려 했다는 데 있다. 다시 말해서 차별이 없는 세계를 보다 차별적인 방법으로 실현하려 했던 것이다. 하지만 그러한 운명적인 '무지'야말로 '비극'을 가능케 하는 것이다.

나는 현재의 일본에 포크너적인 것 혹은 나카가미적인 것이 가능하

---

* 雜賀孫一. 『고목탄』에서는 '하마무라 마고이치'로 되어 있음.

리라고는 생각하지 않는다. 그런 의미에서 나카가미와 더불어 일본의 근대문학은 끝났다고 생각한다. 그러나 그가 말하는 '남쪽'은 결코 소멸되지 않았다. 그것은 곳곳에 있다. 또한 현재의 세계적 분업의 재편성 과정은 중심, 준주변, 주변을 새로운 형태로 만들어낼 것이다. 그곳에서 생겨나는 문학은 언뜻 보아 '나카가미적인 것'과는 무관한 것처럼 보일지 모르지만, 사실은 그렇지 않으리라고 나는 생각한다.

역자 후기

일본 자연주의 문학의 현대판이라 할 수 있는 『고목탄』은 그 수준으로 보아 일본 문학의 진수를 충분히 맛볼 수 있는 작품이며, 독자들의 꾸준한 사랑 속에서 영원한 명작으로 남게 될 것이다.

읽으면 읽을수록 맛이 나는 소설이 있다. 나카가미 겐지의 작품이 그렇다. 나카가미의 작품만이 아니라 순수문학 계열의 작품이란 대부분 처음 읽었을 때보다도 몇 차례 다시 읽으면 그 진가를 깨닫게 된다. 그렇기에 좋은 책은 읽고 나서 버리거나 남에게 주지 않고, 장서로 간직하며 틈나는 대로 다시 읽어보게 되는 법이다. 순수문학이 대중문학보다 생명이 긴 이유는 시대를 초월한 예술성도 있지만, 읽을수록 맛이 나기 때문이기도 하다. 『고목탄』의 번역 의뢰를 받았을 때에는, 나카가미 특유의 파격적인 문장과 방언, 그리고 복잡한 가족관계가 머리에 떠올라 다소 난감한 느낌이 들었지만, 번역을 하며 몇 차례고 되풀이해서 읽는 동안, 이 작품이야말로 일본 문학의 최고 걸작이 아닐까 하는 생각조차 들었다.

산뜻한 문장에 도회적인 테마의 작품이 주류를 이루고 있는 요즈음, 『고목탄』은 오히려 새로운 느낌이 들 정도로 일본 문학의 전통성을 잘 계승하고 있다. 『고목탄』은 나카가미의 자서전이나 다름없는 작품이다. 『고목탄』뿐만 아니라 나카가미 문학의 중심을 이루는 작품들은 대부분 그의 고향을 무대로 설정하고 있으며, 자신의 출생과 성장 과정을 소재로 삼고 있다. 그렇기에 나카가미의 작품을 제대로 이해하려면 우선 그의 출생과 성장 과정을 알아둘 필요가 있다.

나카가미 겐지는 1946년 일본 와카야마 현 신구 시 출신으로 다섯 남매 중 삼남으로 태어났다. 아버지는 사생아로, 처음에는 스즈키(鈴木) 성을 지녔으나 고등학교 시절에 나카우에(中上)가 되었다. 그러나 도쿄로 상경하여 주위 사람들이 '中上'을 '나카우에'라 부르지 않고 '나카가미'라 부르자, 아버지 스스로도 '나카가미'를 자처하게 된 것이다. 그러한 아버지를 둔 나카가미 겐지는, 고등학교에 입학하던 1962년 어머니가 재혼하자, 어머니 측에서 보면 셋째 아들이지만 의붓아버지 측에서 보면 장남이고, 자신을 키워준 집에서는 차남이라는 복잡한 가족 관계에 놓이게 된다. 1965년 와카야마 현립인 신구 고등학교를 졸업하고 상경하여, 모던 재즈와 신좌익 운동을 경험한 나카가미는 스무 살이 되던 1966년부터 『문예수도』라는 동인지에 「나, 18세」를 비롯하여 여러 편의 소설과 시를 발표하였고, 정식으로 문단에 데뷔한 것은 1969년 「가장 처음 있었던 일」을 『문예』 8월호에 발표하면서였다. 스물네 살이 되던 1970년에 결혼한 나카가미는, 그때까지 "재즈와 마약만 있으면 그 외에는 아무것도 필요 없다"고 할 정도로 방탕한 생활을 했으나, 결혼과 더불어 그러한 생활을 청산하고 하네다 공항의 노동자로 성실하게 땀을 흘리며 일하기 시작했다. 육체노동자로 일하는 한편, 다방 등지에서 틈틈이 집필활동을 하여, 1973년부터 3년 연속 아쿠타가와 상 후보에 올랐다. 이 무렵의 작품인 「열아홉 살의 지도」「비둘기들의 집」 등은 모두가 훗날 노벨 문학상을 수상하게 되는 오에 겐자부로의 영향을 받아서 쓴 것으로, 도회지에 사는 고독한 젊은이들의 존재적 불안감을 추구한 작품들이다. 그러나 복잡한 혈연관계 속에서 괴로워하면서도 꿋꿋이 살아가는 청년의 모습을 그린「곶」으로 1976년 1월 제74회 아쿠타가와 상을 수상하게 되자, 나카가미 스스로 "수많은 사연이 소용돌이친다"고 표현한 그의 고향이 작품의 주된 무대가 되었다. 고향인 기슈를 무대로 설정한 작품으로는「곶」이외에도,『고목탄』을 비롯하여「화장」「물의 여자」『봉선화』『땅의 끝, 지상의 시간』등이 있다.

이러한 나카가미에게『고목탄』은 단연코 그의 대표작이자 나카가미 문학의 중심에 위치하는 작품이다. 특히 자신의 출생과 고향을 소재로 구상한 방대한 서사시의 절정을 이루는 작품이기도 하다. 그 서사시는「최초의 사건」에서 시작되어「보타락」「화장」「곶」을 거쳐『고목탄』으로 이어지고 있다.『고목탄』의 속편이라 할 수 있는『땅의 끝, 지상의 시간』은 동생 히데오를 죽인 혐의로 투옥되었던 아키유키가 삼 년의 형기를 마치고 골목으로 돌아오는 데에서 시작된다. 그리고 아키유키, 자신의 출생지이자 일가족의 본거지였던 골목의 소멸, 생부인 하마무라 류조의 자살 등 새로운 사건들과 직면하게 된다.

나카가미의 자서전이라 할 수 있을 정도로 작가 자신의 성장 과정과 가족관계가 잘 투영되어 있는『고목탄』은 수많은 얼굴을 지닌 작품이다. 개인의 힘으로는 어쩔 수 없는 운명의 소용돌이 속에서 괴로워하는 아키유키를 통해 청춘 시절 특유의 고뇌를 엿볼 수도 있으며, 전통적인 가족관계의 붕괴 속에서 피로 맺어진 일족의 끈끈한 정을 엿볼 수도 있고, 아키유키의 친아버지인 류조를 중심으로 작품을 읽는다면 자신의 족보를 찾으려는 그의 집념 속에서 '뿌리'의 의미를 새삼 확인할 수도 있다. 그러나 무엇보다도『고목탄』은 골목이라는 비좁은 공간에서 벌어지는 근친상간과 골육상쟁을 기조음으로 삼고 있는 점이 일본 신화의 세계와 유사하다.

일본의 신화는 우리나라의 단군 신화와 마찬가지로 몽골 계통의 천손강림 신화이다. 단군 신화는 천제 환인의 손자이자 환웅의 아들인 단군이 천부인 세 개와 무리 삼천을 거느리고 태백산 신단수 아래로 내려와 아사달에 도읍을 정하고 웅녀와 결혼하여 자손을 번식시켰다는 내용으로, 신화의 세계에서조차 배우자를 먼 곳에서 구하는 옛 전통을 보여주고 있다. 단군 신화에 비해서 문학적으로 상당히 치밀하게 각색되어 있는 일본 신화는 이자나기와 이자나미라는 두 신으로부터 시작한다. 이들은 남매간으로 근친혼을 통하여 일본 열도와 바다와 산천초목을 낳았고, 이자나미가 불의 신을 낳다가 죽은 뒤, 이자나기가 목욕을 하던 중에 생겨난 것이, 단군 신화에서 환인에 해당하는 아마테라스노오미카미이다. 아마테라스노오미카미의 손자인 니니기노미코토가 아버지를 대신하여 세 개의 신기를 갖고 지상으로 강림하여 천황의 시조신이 되었다는 부분은 단군 신화와 매우 흡사하다. 또한 일본 신화에서 가장 인기 있는 영웅인 야마토타케루는 자기의 형이 아버지의 첩을 범한 사실을 알고는 형의 사지를 찢어 죽이는 등, 육친간의 피비린내 나는 싸움이 끊이지 않는다. 『금각사』의 작가 미시마 유키오는 이러한 일본 신화를 일컬어 "부모에게 효도하지 않고 형제는 서로 다투며, 부부는 화합하지 않고 친구간에 서로 믿지 않으며, 교만하고 자기본위"라 평하고, 기존의 도덕이나 관습에 억압받지 않는 신화의 세계를 이상향으로 생각했다. 작품의 무대로서 수많은 사연이 소용돌이치는 곳을 원했던 나카가미는 아마도 자신의 고향과 신화의 세계를 접목시키려 했던 듯하다.

『고목탄』의 가장 중요한 테마는 근친상간이다. 자살한 이쿠오는 여동생인 미에와 미묘한 관계에 있었으며, 아키유키는 사토코가 이복동생인 줄 알면서도 관계를 맺었다. 본오도리의 음악인 〈동반 자살〉은 이루어질 수 없는 남매간의 사랑을 노래한 것으로서 작품의 테마 송이나 다름없는 역할을 하고 있다. 그러한 가운데 아키유키는 형의 자살에 대한 죄책감으로 괴로워하다가 이복동생인 히데오를 죽이게 되고, 결국에는 가장 증오하고 멸시하던 자신의 생부 류조와 똑같은 인생을 걷게 된다.

이토록 복잡하고 치밀한 골목의 신화는 「곶」에서 본격화하여 『고목탄』에서 꽃을 피웠고, 『땅의 끝, 지상의 시간』으로 발전했다. 그러나 나카가미가 이 원대한 구상을 완성시키지 못한 채 마흔여섯의 나이에 암으로 쓰러진 것은 너무나도 애석한 일이라 하겠다.

나카가미는 우리나라와도 인연이 깊은 작가였다. 나카가미가 한국에 관심을 갖게 된 것은, 1978년 6월 서울을 방문하면서였다. 당시의 나카가미는 판소리에 심취하여 전라북도 전주를 여행했고, 2년 후인 1980년에는 2월부터 7월까지 육 개월간 여의도에 거주하기도 했다. 당시, 윤흥길과의 대담집이 『동양에 위치하다』라는 제목으로 일본에서 출간되었다. 이후로 나카가미는 세계 각국을 여행하였으며 여러 차례 우리나라를 방문한 바가 있기에, 비록 나카가미의 작품은 우리에게 잘 알려져 있지 않았다 하더라도 지식인들 사이에서 나카가미라는 작가는 이미 상당히 친숙한 존재가 되어 있었다.

나카가미가 한반도의 상황이나 한국의 문화에 관심을 지니고 여러 차례 우리나라를 방문했으며, 세 차례나 아쿠타가와 상 후보에 오른 끝에 「곶」으로 수상자가 되었음에도 불구하고 그의 작품이 우리나라 독자들에게 알려지지 않은 것은, 70년대 당시에는 일본의 문화가 전반적으로 아직 우리나라에 뿌리내리지 못했던 탓도 있겠지만, 또하나의 이유는, 나카가미의 작품이 지나치게 일본 문학의 전통을 고집하고 있기 때문이기도 하다. 특히 작가 자신의 고향을 무대로 부모와 자식간의 갈등을 다룬 점은 일본 자연주의 문학의 효시인 『파계』를 다시 접하는 느낌조차 준다. 『파계』는 피차별부락의 백정 집안에서 태어난 청년이 사회생활을 하면서 겪는 고뇌와 비극을 그린 작품이다. 오늘날 우리나라의 젊은 독자들이 일본문화에 지대한 관심을 지니고 있다고는 하지만, 일본에서 만들어진 만화나 게임을 즐기며 성장한 그들에게 어필할 수 있는 것은 이러한 순수문학 계열의 작품이 아니라 도회적인 대중문학이다. 일본에서는 이미 오래 전부터 베스트셀러의 필수 요건으로, 주간지나 스포츠 신문처럼 전철 안에서 가볍게 읽을 수 있는 작품이어야 한다는 점을 들고 있다. 근년에 큰 화제를 모았던 『노르웨이의 숲』이나 『키친』 『실락원』 등은 한결같이 그 요건을 충족시킨 작품들이다. 그에 비해서 『고목탄』은 오늘날의 한국 문학에서조차 느낄 수 없는 흙냄새와 땀냄새를 물씬 풍기고 있다.

하지만 나카가미 특유의 거칠고 억세며 고집스러운 문학이 주는 강렬한 이미지는 우리나라에서 폭넓은 독자층을 확보할 수 있으리라 생각된다. 특히 붕괴된 가족간의 피로 이어진 운명의 사슬은 핵가족 시대에 살고 있는 우리들에게 갖가지 교훈을 전해주고 있다. 또한 일본 자연주의 문학의 현대판이라 할 수 있는 『고목탄』은 그 수준으로 보아 일본 문학의 진수를 충분히 맛볼 수 있는 작품이며, 독자들의 꾸준한 사랑 속에서 영원한 명작으로 남게 될 것이다.

2001년 봄
허호

옮긴이
허호
1954년 서울 출생. 한국외국어대학교 일본어과 및 동대학원을 마치고
일본 쓰쿠바대학에서 문예언어연구과 박사과정을 수료했다. 현재 수원
대학교 일본어학과 교수로 재직중이다. 미시마 유키오를 중심으로 일본
근대문학을 연구했으며,『도쿄 이야기』『포로기』『인간실격』『핀치러너
조서』등을 우리 말로 옮겼다.

문학동네 세계문학

고목탄

| 1판 1쇄 | 2001년 3월 13일 |
| 1판 3쇄 | 2001년 7월 13일 |

지 은 이	나카가미 겐지
옮 긴 이	허호
책임편집	이진영 정미영 조연주
펴 낸 이	강병선
펴 낸 곳	(주)문학동네
출판등록	1993년 10월 22일 제22-188호

주 소	136-034 서울시 성북구 동소문동 4가 260번지 동소문빌딩 6층
전자우편	editor@munhak.com
	하이텔 : podo1
	천리안 : greenpen
전화번호	927-6790~5, 927-6751~2
팩 스	927-6753

ISBN   89-8281-369-1   03830
＊ 잘못된 책은 바꿔드립니다.
www.munhak.com